HEIMO SCHWILK

Rilke und die Frauen

HEIMO SCHWILK
unter Mitarbeit von Uwe Wolff

Rilke und die Frauen

Biografie eines Liebenden

Mit 22 Abbildungen

Piper München Berlin Zürich

Mehr über unsere Autoren und Bücher:
www.piper.de

FSC
www.fsc.org
MIX
Papier aus verantwortungsvollen Quellen
FSC® C014496

ISBN 978-3-492-05637-3

Gesetzt aus der Minion
Satz: Kösel Media GmbH, Krugzell
Druck und Bindung: GGP Media GmbH, Pößneck
Litho: Lorenz & Zeller, Inning am Ammersee
Printed in Germany

Für Dagny

Inhalt

Vorwort

Es kann kein Mensch aus sich so viel Schönheit heben, daß sie ihn ganz verdeckt. Seines Wesens ein Stück sieht immer dahinter hervor.
RAINER MARIA RILKE

Rilke war das, was man heute ironisch als »Frauenversteher« bezeichnen würde. Er behauptete von sich, eine weibliche Seele zu besitzen, und verfasste viele seiner Gedichte aus der Perspektive von Frauen, nannte sie »Lieder der Mädchen« oder »Mädchen-Klage«. »Die einzige Gnade, die ich erflehe, ist die, daß meine Werke ein zartes Echo in den Herzen hübscher Frauen finden möchten«, schrieb schon der Neunzehnjährige. Dabei hatte er es, schüchtern wie er war, schwer, die Frauen zu beeindrucken. Rilke war kein schöner Mann, erst in seinen späteren Lebensjahren gewannen seine weichen, mit den wulstigen Lippen und dem fliehenden Kinn irgendwie auch karikaturhaften Züge einen Anflug von reifer Männlichkeit. Umso mehr Sorgfalt verwendete er lebenslang auf sein Äußeres, das von ausgewählter Eleganz, aber nie eitel daherkam. Seine stärksten Waffen waren seine tiefblauen, nach innen gerichteten Augen und seine sonore, österreichisch gefärbte Stimme. Als Rezitator war Rilke unschlagbar, und auch im ernsten Gespräch – nicht in der lebhaften Diskussion – konnte er wie kaum ein anderer für sich einnehmen. Diese Fähigkeit der gespannten, hochkonzentrierten Zuwendung bezauberte die Frauen.

Für sie erschien er wie ein Wesen aus der Idealwelt ihrer Träume: einfühlsam, leise und auf sanfte Weise werbend mit einem erotischen Unterton, der Spannung aufbaute, aber nie zudringlich wurde. Und dieser Dichter verfügte noch über ein zusätzliches Mittel der Werbung: den Brief. Raffiniert verstand es Rilke, vor allem die weiblichen Adressaten seiner Briefe in eine existenzielle Komplizenschaft hineinzuziehen, indem er seine Sache zu der ihren machte. Das schmeichelte, berückte – und schuf eine emotionale Abhängigkeit, die nach immer mehr Zuwendung und Intimität verlangte.

Der Biograf hat den Vorteil, gleichsam aus der Vogelschau der Quellenkenntnis alle Korrespondenzen zu überblicken. Dabei werden die Muster und die Variabilität von Rilkes fast unbegrenzter Fähigkeit zur Menschenfischerei erkennbar. Für jeden Briefpartner findet er einen anderen Ton, ohne je opportunistisch Zugeständnisse zu machen, was seine dichterischen oder philosophisch-ethischen Überzeugungen betrifft. Dennoch waltet in diesen abertausend Zeugnissen ein einziger großer Wille: sich Menschen und Dinge gefügig zu machen für das große Werk. Hier ist Rilke kompromisslos und zielstrebig bis ins abstoßend Egomane hinein. Die subtil umworbenen Fürstinnen, Baronessen und Gräfinnen sind eben nicht nur geistreich oder reizvoll, sondern vor allem vermögend und immer dienstbar, was die Förderung des rastlosen Dichters angeht. In dieser Darstellung werden deshalb auch ausführlich Rilkes bis an die Grenzen der Maßlosigkeit gehenden Wünsche und Forderungen geschildert, die er seinen Gönnerinnen zumutete. Rilkes Freundinnen und Mäzenatinnen haben ihre sehr persönlichen Erinnerungen der Öffentlichkeit preisgegeben. Sie geben ein facettenreiches, lebensnahes Porträt des Dichters, das hier erstmals vollständig zur Schilderung des alltäglichen Lebens von Rilke genutzt wird.

Über Rilke scheint alles gesagt. Über seine tief berührende, zugleich aber auch bewusst dunkle Lyrik, sein extravagantes Leben auf Schlössern und in elitären Adelszirkeln, sein weihevoll inszeniertes Außenseitertum. Auch über sein schwer fassbares Gottesbild wie seine ästhetisch ausgerichtete Religiosität gibt es zahlreiche Studien. Und natürlich haben sich Forscher wie Biografen an Rilkes schillernder Beziehung zu den Frauen und seinem emphatischen Begriff der Liebe abgearbeitet, der ihm bis heute vor allem das Interesse weiblicher Leser sichert. Dennoch bleibt ein Mysterium: die Magie eines Dichters, der es verstand, sein Leben fast vollkommen in seinem Werk aufgehen zu lassen. Die Leidtragenden dieses poetisch so erfolgreichen Verfahrens waren die Frauen, die Rilkes Weg säumten und die auserkoren waren, in den »Weltinnenraum« seiner Imaginationen hineingesogen und in Dichtung »verwandelt« zu werden. Von solchen Schicksalen handelt dieses Buch.

Schon die Verliebtheit des Schülers zeigt den Zug ins Absolute, Übersteigerte, der Rilkes Verhältnis zu den umworbenen Frauen auszeichnete. Die Liebesbeteuerungen gegenüber der Prager Jugendfreundin Valerie von David-Rhonfeld unterscheiden sich nicht allzu sehr von den Briefen, die er später an die bewunderte Lou Andreas-Salomé, an Clara Westhoff, seine spätere Frau, an die Pianistin Magda von Hattingberg (»Benvenuta«), die Malerinnen Lolou Albert-Lasard (»Lulu«) und Elisabeth Klossowska (»Mouky«) richten wird. Immer beschwört er die Einzigartigkeit seiner Gefühle, die Erlösung, die die Liebe für ihn, den Einsamen, von der Mutter Verlassenen und für die Dichtung Geborenen, bedeutet. Schon Rilkes junge Geliebte Valerie, die den Pubertierenden im Rückblick als abstoßend hässlich beschrieb, war beeindruckt von der verwandelnden Kraft der Erotik des Geistes und wurde, indem sie die Finanzierung der Veröffentlichung seiner Jugendgedichte übernahm, zu Rilkes erster Gönnerin.

Der Schlüssel für Rilkes Beziehung zum weiblichen Geschlecht ist sein Verhältnis zur Mutter. Auch hier setzt dieses Buch bewusst einen neuen Akzent. Die großen Biografien sind ohne Kenntnis der 1134 Briefe Rilkes an seine Mutter Sophia geschrieben, die 2009 in einer zweibändigen, sorgfältig kommentierten Edition veröffentlicht wurden. Sie zeigen einen Dichter, der seine Mutter lebenslang verehrte. Sophia Rilke, die gern selbst Schriftstellerin geworden wäre, erkannte früh die dichterische Begabung ihres Sohnes. Gegen den Widerstand des Vaters und der Familie förderte sie seine künstlerische Sensibilität, was der Sohn ihr nie vergessen hat, selbst in Phasen der Abgrenzung und der Loslösung vom katholischen Milieu der Mutter. Dankbarkeit bestimmte lebenslang Rilkes Verhältnis zu seiner Mutter, die stolz war auf den berühmten Sohn, der geschafft hatte, was ihr versagt blieb.

Neben dem Gefühl dankbarer Verbundenheit existierte jedoch auch das eines unwiederbringlichen Verlusts, den Rilke erlitt, als seine Mutter sich vom Vater trennte und schließlich Prag verließ, um einem Glück hinterherzureisen, das sie nie finden sollte. Rilke hat diese frühe Enttäuschung zum Trauma seines Lebens stilisiert – besonders gegenüber den umworbenen Frauen. Sie sollten ihm geben, was ihm die Mutter bei aller Liebe nicht geben konnte. So suchte er unentwegt Ersatzmütter und fand sie nacheinander in der strengen Lou Andreas-Salomé, dann in der schwedischen Schriftstellerin Ellen Key und vor allem in der resoluten Fürstin von Thurn und Taxis, die Rilkes ständiges Liebeswerben durchschaute und ironisierte. Und am Ende seines Lebens fand er in Nanny Wunderly-Volkart eine selbstlose Vertraute, die ihm wie einem kleinen Kind alle Wünsche von den Lippen ablas und sie sogleich erfüllte.

So sehr Rilke mütterliche Zuwendung einforderte, so wenig war er bereit, sich verantwortlich auf einen Menschen einzulassen. Die als absolut empfundene Berufung zum Dichter dominierte jede menschliche Beziehung. Hier war Rilke zu keinem Kompromiss bereit und entzog sich konsequent jeder Verpflichtung, die ihm Ehe und Familie auferlegten. Warum er Clara Westhoff, die schweigsame Bildhauerin, heiratete und mit ihr aufs Land nach Worpswede zog, blieb ihm später selbst ein Rätsel. Denn jede Bindung beschwerte ihn und nötigte zur Flucht – in neue Bindungen. Rilke feierte die Liebe und entzog sich ihr, als wolle er der Flamme, die er entzündet hatte, nicht zu nahe kommen. Ruth, die eigene Tochter, ließ er von den Großeltern erziehen, um in Paris ein Buch über Rodin schreiben zu können. Statt sich um Ruth zu kümmern, suchte er sich gelegentlich Ersatztöchter auf Zeit, an denen er seine Wirkung als Dichter und eine gönnerhafte Vaterschaft erproben konnte. Dieser Dichter war ein Meister des Rückzugs, der die, die er an sich band, bald aus seinem Leben wieder hinauskomplimentierte. Die Liebe sollte ihm allein zur Selbststeigerung als Dichter verhelfen. In der erinnernden Distanz konnte Rilke aus heißen Emotionen kühl und formvollendet Kunst gestalten. Die Frauen haben es ihm verziehen – spätestens dann, wenn sie sich selbst und ihr Leben in seinem großartigen Werk wiedererkannten.

Zu Rilkes Ambivalenzen gehörte auch die Sexualität. Er befürwortete (»Brief an einen Arbeiter«) den tabufreien Umgang mit ihr, räumte ihr aber im eigenen Leben wenig Raum ein. Die wenigen »phallischen Gedichte«, die er schrieb, entsprangen einer Metaphorik kosmischer, nicht männlicher Fruchtbarkeit. Sein Begriff der Liebe war religiös fundiert, weniger erotisch. Rilke liebte viele Frauen. Aber er war weder ein Don Juan noch ein Casanova. Der eine wollte Unterwerfung, der andere Hingabe. Rilke aber liebte die Frauen wie ein Sohn die eigene Mutter. Deshalb erschrak er, wenn es in der Liebe zum Letzten kommen sollte. Er floh vor dem Feuer der Leidenschaft, das seine Briefe und Gedichte entfacht hatten. Wie im Verhältnis zu seiner Mutter, brauchte er bei seinen Geliebten die Balance von Nähe und Distanz. Mit Lou Andreas-Salomé und Clara Westhoff hatte er erste sexuelle Erfahrungen gemacht, aber keine Erfüllung gefunden. Die körperliche Liebe war nicht seine Sache. Er flüchtete zeitweilig in die Selbstbefriedigung, wie er gegenüber seiner Vertrauten und Freud-Schülerin Lou bekannte. Rilke war ein Sänger der Liebe, aber gewiss kein guter Liebhaber. Seine Vereinigungen mit der Geliebten fanden im Herzen – oder im Gedicht statt. Das wussten die Männer jener reichen Frauen, mit denen er korrespondierte. Rilke liebte den Duft der Rose, aber er berührte nicht ihre Blätter. Körperliche Annäherungen enden in Rilkes Gedichten oft in jener großen Enttäuschung, die er in seinem Gedicht »Einsamkeit« beklagt. Es entstand am 21. September 1902 in Paris und beschreibt eine traurige Liebesnacht und die Dämmerung eines regnerischen Morgens, »wenn die Leiber, welche nichts gefunden,/ enttäuscht und traurig von einander lassen«.

Auf den Liebesakt müsse man sich Wochen vorbereiten, meinte Rilke. Man darf diese Aussage auch symbolisch verstehen: Liebe ist eine Aufgabe, die wie das Schreiben eine sich steigernde Virtuosität verlangt. Eine Suchbewegung, die nicht unbedingt im Finden enden muss: Der Weg ist das Ziel. So ist Rilke auch ein Meister der Verzögerung, mit allen Assoziationen, die sich daran knüpfen lassen. Nicht die Erfüllung, sondern die Verheißung empfand er als seine Mission – als Dichter und als Mann. Er wollte ein »Rühmer der Freude« sein, der großen Vorfreude auf das letzte Geheimnis, das sich einmal enthüllen würde. Frauen und Engel verkörpern es, Dichter rühmen es. Die Liebe ist sein höchster Ausdruck, aber auch sie kann es nur umkreisen. Dass es sich immer wieder neu entzieht, gehört zum Leben. Mit der Liebe hat Gott sich selbst in seine Schöpfung eingebracht und darf nun an ihr mitwachsen, sich an sich selbst vollenden. Das war Rilkes Credo jenseits aller christlichen Dogmen. Wer so hoch hinaufzielt wie er – seine Elegien markieren den Scheitelpunkt dieser Suchbewegung –, darf auch scheitern. Gott verschwendet sich in der Welt, das Leben des Dichters muss sich in der Poesie vollenden. Rilkes Frauen haben das geahnt und stillgehalten, wenn der Zug an ihnen vorüberging. Sie wussten, dass die Liebe vor allem den Liebenden beschenkt, der Schmerz aber auch etwas Heilsames hat. Am Ende steht Rilkes große Dichtung vor uns, in der das alles auf wunderbare Weise aufgehoben ist.

Zu großem Dank bin ich Uwe Wolff verpflichtet, dem Freund und Mentor, was die theologischen Bezüge von Rilkes Werk betrifft. Ohne ihn, den profunden Kenner der Welt der Engel, hätte dieses Buch so nicht geschrieben werden können. Ich danke auch Kristin Rotter vom Piper Verlag und meiner Lektorin Heike Wolter für die sachkundige und sorgfältige Begleitung.

Heimo Schwilk
Berlin, im Januar 2015

Sophia Rilke – Mutter des Erwählten

Eine leidenschaftliche Frau

»Der Wert eines Kusses liegt allein in seiner Glut.«

Der kleine Engel mit den blauen Augen steht wieder neben ihr. Er ist nicht gestorben. Er trägt ein weißes Gewand, wie die Mädchen zur ersten heiligen Kommunion. Sophia Rilke hat es eigenhändig mit Brokat verziert. Das blonde lockige Haar ihres Kindes schmückt eine rosafarbene Schleife, den zarten Rücken ein Flügelpaar aus weißer Gänsedaune. Der Junge liebt Mädchenkleider und trägt sie zur Freude seiner Mutter gelegentlich sogar auf der Straße. Die letzten Wochen sind voller Erwartung gewesen. Eine Feier folgte der nächsten. Zuerst der Namenstag des heiligen René, dann der Geburtstag. Das Kind war am Barbaratag des Jahres 1875, dem 4. Dezember, geboren worden. Jetzt haben Mutter und Sohn an diesem Festtag Kirschzweige auf dem Markt gekauft und sie in eine Vase mit warmem Wasser gestellt, damit sie in der Nacht aller Nächte erblühen. Seit Wochen freuen sie sich auf den Moment, wenn sich die Flügeltüren zum Wohnzimmer öffnen werden. Hinter ihnen liegt das große Geheimnis von Mutter und Kind.

Weihnachten im Hause Rilke ist eine sehr feierliche Angelegenheit. Die Stunde der Anbetung, der Freude und Dankbarkeit wird ein Leben lang nachhallen. »Kommt doch alles Lichte meiner Kindheit in jenen glücklichen Abenden zusammen, da man, in dem schönen Kleide, gleichsam den

Engeln verschwistert war und sich zwischen ihnen und der übrigen Welt auf einer schwebenden Insel erhielt, zu der einen die Leichtigkeit des eigenen Herzens hinaufgehoben hatte.«[1]

Der Knabe hatte es eilig gehabt, auf die Welt zu kommen. Ein Siebenmonatskind. Zeitlebens wird das Gesicht davon Zeugnis ablegen. Geboren wird es in der Mitte der Nacht zwischen dem 3. und 4. Dezember. Ein Frühchen. Schon einmal hatte die Mutter eine Frühgeburt erlebt. Zesa, ein kleines Mädchen, war schon nach wenigen Tagen gestorben. Dieser Verlust hinterließ tiefe Wunden im Herz der Mutter. Der Verlust des ersten Kindes ist das Sandkorn in Sophias Gemüt. In den uralten Ritualen ihrer Religion sucht sie Trost. Wenn kleine Kinder sterben, werden sie zu Engeln. So wird es gelehrt, und das glaubt auch Sophia Rilke.

»Der Seele tiefinnigster Wunsch ist – Gebet.«[2] Aus der Stille tauchen manchmal Gedanken auf, die Sophia Rilke in ihr Tagebuch notiert. Schreiben und Beten beruhigen ihre Nerven. Sophia entwickelt eine innige Beziehung zu jener Frau, die unter wunderbaren Umständen ein Kind empfangen hatte. Es tut ihr gut, Zuflucht bei Maria zu finden. Diese kennt die Freuden der Mutterschaft wie den Schmerz des Verlustes. Vier Tage nach der Geburt nimmt Sophia ihr Kind, hüllt es in Decken und trägt es in die Prager Kirche St. Heinrich, um es Maria zu weihen. Es ist der 8. Dezember 1875, an dem das Fest der unbefleckten Empfängnis gefeiert wird. Noch heute ist dieses Hochfest der Maria in Österreich ein gesetzlicher Feiertag. Am 19. Dezember erfolgt die Taufe auf die Namen René Maria Rilke. Sophia liebt die romanischen Sprachen. Im Lateinischen lautet der Name »Renatus« und bedeutet »der Wiedergeborene«. Der Heilige René ist der Schutzpatron der Schwangeren.

Bald werden in den Prager Gassen die Glocken der Kirchtürme läuten und die Sechsuhrstunde ankündigen. Den ganzen Tag über hat der Vater das Weihnachtszimmer geschmückt, den Baum aufgestellt und die Kerzen aufgesteckt. Die Tanne, so erklärt die Mutter, trage ein immergrünes Kleid wie der Baum im Garten Eden am Anfang der Zeit, als auf der Welt noch großer Friede herrschte. Weihnachten sei das wiedergefundene Paradies. Gleich werden sich die Türen öffnen, und der Cherub, der sechsflügelige Engel mit dem flammenden Schwert, wird nicht mehr den Weg zum Baum des Lebens versperren. Alles wird in schöner, vertrauter Ordnung an seinem gewohnten Platz stehen: die Gruppe mit den anbetenden Engeln und der Gebetsstuhl vor dem Weihnachtsbaum. Dann erklingen die Glocken. Der Vater öffnet die Türen, und ein Lichterglanz überwältigt Mutter und Kind. Feierlich und mit ganz kleinen Schritten betreten sie Seite an Seite das Zimmer, schreiten zu dem Gebetsstuhl und knien gemeinsam nieder.

In Rilkes Werk spielen die Himmelsboten von den frühen »Engelliedern« bis zu den »Duineser Elegien« eine überragende Rolle. Das große Thema der »Elegien« ist der Lobpreis des Lebens in allen Facetten, das Rühmen selbst der Vergänglichkeit. Die »Elegien«, so schreibt Rilke in einem späten Brief an die Mutter, seien der Versuch »irgendwie Leben und Tod in einer übergroßen Freude, die ohne Namen bleibt, zusammenzufassen und alles, was uns hier geschieht, so auszusprechen, dass es sich feiern lässt, wie eine Vorfreude, um des Zitterns, um der Erwartung, um des Geheimnisses willen. Amen! Und so knieen wir wieder nebeneinander, liebe Mama, und erkennen die Eine Quelle des Segens, und bitten, gesegnet zu sein.«[3]

Rilke versteht sich nicht als Schriftsteller, sondern als Dichter. Das unterscheidet ihn von allen anderen schreibenden Zeitgenossen, auch von Thomas Mann, der ebenfalls 1875 geboren wird. Wie die Propheten spürt Rilke in sich eine höhere Sendung, eine Art Auftrag von oben, der er Gehorsam schuldet. In einer anderen weihnachtlichen Meditation verknüpft er sein Selbstverständnis mit der frühkindlichen Erfahrung der mütterlichen Liebe:

> »*Vielleicht bin ich deshalb, meine liebe Mama, ein solcher Rühmer der Freude geworden (sie ist dem Glück, auch noch dem, was die Menschen ein großes Glück nennen, unbedenklich vorziehend), weil ihr mich zu so großer Vorfreude erzogen habt und an diesem einen Tag, an dem so viel Erfüllung geheimnisvoll zusammenkam, meinem Herzen zugemuthet, in der Leistung der Vorfreude, ein Maaß der Freude anzunehmen, das völlig unaussprechlich war.*«[4]

Die Frauen lieben Rilke, besonders seine leuchtend blauen Augen: die »Augen einer Frau, in denen unter den buschigen Wimpern unerwartete freudige und kindliche Schalkhaftigkeit aufleuchtet, wenn er, seine blendend weißen Zähne zeigend, lacht.«[5] So urteilt seine mütterliche Freundin, die Fürstin Marie von Thurn und Taxis. Rilke ist von zarter Gestalt, Schuhgröße 38, immer korrekt gekleidet. Er besitzt ein äußerst feinfühliges Wesen. Der große Dichter der Liebe kann schweigen und zuhören. Wenn er mit seiner weichen, ein wenig singenden Stimme einige Verse vorträgt, entsteht eine Aura des Wohlgefühls, der Nähe und des Einverständnisses. Da findet einer Worte für das Unaussprechliche. Die Frauen lieben Rilke, weil er ihr Geheimnis kennt und weil er mit seinen Worten ihre Seelen berührt und in Schwingung versetzt. Vielleicht spüren sie: Rilke lebt in der Liebe seiner Mutter. Immer leuchtet ihr Bild im Hintergrund, wenn er von Seele, Hingabe und Gefühl spricht. Wie durch eine unsichtbare Nabelschnur verbunden, weiß er sich eins mit der Frau, die ihm das Leben geschenkt hat. In weit über tausend Briefen bezeugt er seine zärtliche Fürsorge. Beide führen später ein unruhiges Reiseleben. Doch wo immer sie in Europa weilen, einmal im Jahr, am Heiligen

Abend, ziehen sie sich am gleichen Tag, zur gleichen Stunde in ein einsames Zimmer zurück, zünden eine Kerze an und öffnen einen Brief, den der jeweils andere geschrieben hat.

Sophia Rilke lebt in der Welt der Heiligen und in den Ritualen ihrer Kirche. Hier ist der Namenstag wichtiger als der Geburtstag. Sophia ist der Name der göttlichen Weisheit. Sophia Rilke trägt ihren Namen mit Stolz. Durch sie, so glaubt sie, habe Gott einem Dichter das Leben geschenkt. Sie fühlt sich als Mutter eines ganz besonderen Kindes. Sophia Rilke hat ihren Sohn über alles geliebt und sich mit seiner Arbeit identifiziert. Dennoch wird sie ihrem Mann und ihrem Sohn schon früh den Rücken kehren. Das wird einen Stachel in Renés Beziehung zu seiner Mutter setzen.

Wie der biblische Josef, so steht auch Rilkes Vater neben der Mutter und dem Kind. Josef Rilke trägt den Vornamen des Ziehvaters Jesu, und wie dieser bleibt er Zuschauer der weihnachtlichen Szene. Er findet die religiösen Gefühle und die weihevolle Stimmung überspannt, aber er weigert sich nicht, zur Inszenierung des Festes beizutragen. Seine dienende Rolle wird auch in Rilkes »Marien-Leben« (1912) deutlich. Hier ballt Josef in Argwohn seine Fäuste, als er von der jungfräulichen Empfängnis hört. Ein Engel muss ihn aufklären:

> *»Doch da schrie der Engel: Zimmermann,*
> *merkst du's noch nicht, dass der Herrgott handelt?«*[6]

Josef Rilke steht im Schatten seiner selbstbewussten Frau. Der Altersunterschied der beiden beträgt dreizehn Jahre. Viele jener Frauen, denen Rainer Maria Rilke begegnen wird, sind ebenfalls mit wesentlich älteren Männern verheiratet. Sie machen mit der Altersdifferenz eine gute Erfahrung. Das Vermögen ihrer Männer ermöglicht ihnen ein emanzipiertes und privilegiertes Leben. Josef Rilke hingegen ist fürsorglich und gutmütig, den Ansprüchen seiner Frau aber nicht gewachsen. Sophia Rilke stammt aus einem vermögenden Elternhaus und ist durch ihr Erbe zeitlebens finanziell unabhängig. Josef wird nach einer militärischen Ausbildung als Feuerwerker Lehrer an einer Regimentsschule. Weil er nicht zum Offizier befördert wird, verlässt er das Militär und nimmt eine Arbeit bei einer Eisenbahngesellschaft an. Seine Frau aber will wie eine Prinzessin auf Händen getragen werden. Sie ist intelligent, kreativ, reiselustig und kontaktfreudig. Die äußere Gestalt der zierlichen, ja zerbrechlich wirkenden Vegetarierin ist stets in edle schwarze Kleider gehüllt. Ihre Nerven aber sind überaus reizbar. Schnell fühlt sie sich überfordert und muss sich in die Einsamkeit zurückziehen. Eine Frau wie Sophia Rilke ist für den braven Josef Rilke eine Herausforderung.

Josef und Sophia Rilke hatten am 24. Mai 1873 geheiratet. Seit 1884 lebten sie in getrennten Wohnungen in Prag, ohne sich scheiden zu lassen. Wann der Prozess der Entfremdung begann, wissen wir nicht. Der Grund deutet sich aber in den Ritualen zu Weihnachten an: Neben der Mutter und ihrem Kind ist kein Platz für einen Mann. Man muss aus Josef Rilke keinen kleinen Beamten machen, der unter dem Karriereknick beim Militär litt und seine Enttäuschungen nicht verarbeiten konnte. Auch das Bild von Sophia Rilke als einer verwöhnten Tochter aus begütertem Hause mit einem großen Adelstick und einer überspannten bigotten Religiosität ist eine grobe Verzerrung ihres Wesens. Rainer Maria Rilke wird später selbst zu jenem negativen Bild seiner Mutter beitragen, das manche Leserinnen und Leser seiner Gedichte für die reine Wahrheit halten.

Sophia Rilke ist eine Frau mit Anspruch an sich selbst und an die Menschen in ihrer Nähe. Sie will Liebe, Leidenschaft, Lust und bleibt in diesem Verlangen nach ganzheitlicher Vereinigung von Körper und Seele in ihrer Ehe allein. Damit teilt sie, wie viele Frauen nicht nur ihrer Generation, das Schicksal der Emma Bovary. In ihrem Buch »Ephemeriden« (1900) veröffentlicht Sophia Rilke Sprüche, die ihre Sehnsucht nach Hingabe bezeugen:

»Wer wahrhaft liebt, gibt alles und opfert dabei nichts.«[7]

»Das Wertvollste, was ein Mensch verschenken kann,
ist seine – Seele.«[8]

»Der Wert eines Kusses liegt allein in seiner Glut.«[9]

Josef kann ihre Sehnsucht nach Hingabe und Verschmelzung nicht erwidern. Große Gefühle sind ihm suspekt, ja, er hat Angst vor ihnen. Denn er kennt die andere Seite der Begeisterung. Immer droht der Absturz. Sie leidet unter Migräne, kann keine Nahrung zu sich nehmen und verharrt wie gelähmt in einer depressiven Phase. Sophia besitzt eine Künstlernatur mit erheblichen Stimmungsschwankungen. Euphorie wechselt schroff mit Melancholie.

Ihre Neigung zur Überspanntheit überträgt sich auf den Sohn. Zu den Festtagen lässt Sophia den Siebenjährigen Gedichte der Klassiker abschreiben, die er in feierlicher Inszenierung und festlicher Verkleidung vorträgt. Bald folgen eigene Gedichte für die Mutter. Sie bleibt auch während der Pubertät seine große Liebe. »Tausend innige Küsse sendet mit herzinnigem Glückwunsch und adee ton René«[10], schreibt der Vierzehnjährige unter ein Geburtstagsgedicht für die Mutter. Sophia Rilke entfacht das Feuer der Dichtung in ihrem Sohn. Sie hilft ihm auch, seine ersten Gedichte in Zeitungen und Zeitschriften unterzubringen. Rilke liebt seine Mutter, aber er begehrt sie nicht als Frau. Ihre Beziehung ist vollkommen frei von jenen ödipalen Konflikten, die Sigmund Freud in der Psyche der Knaben entdeckt haben will.

»Väter und Söhne« (1861) ist der programmatische Titel einer Erzählung des russischen Dichters Iwan Turgenjew, in der jene Konflikte zwischen den Generationen beschrieben werden, die auch in der deutschen Literatur der Jahrhundertwende Ausdruck finden. Seit dem Auszug aus der gemeinsamen Wohnung lebt Rilke bei seiner Mutter. Aber er ergreift nicht Partei für sie. Der Vater, so wird Rilke gegenüber seiner Mutter beteuern, sei für ihn »die Güte selbst, die treueste Hilfe, der rührendste Freund« gewesen, »von Jahr zu Jahr immer mehr sich mir nähernd in hingebender Herzlichkeit«[11]. In seinem Gedicht »Jugend-Bildnis meines Vaters« (1906) setzt der Sechsundzwanzigjährige dem verstorbenen Josef Rilke ein liebendes Gedenken. Er porträtiert ihn als Gefangenen wie den berühmten »Panther« im Pariser Jardin des Plantes.

»Im Auge Traum. Die Stirne wie in Berührung
mit etwas Fernem. Um den Mund enorm
viel Jugend, ungelächelte Verführung,
und vor der vollen schmückenden Verschnürung
der schlanken adeligen Uniform
der Säbelkorb und beide Hände -, die
abwarten, ruhig, zu nichts hingedrängt.
Und nun fast nicht mehr sichtbar: als ob sie
zuerst, die Fernes greifenden, verschwänden.
Und alles andere mit sich selbst verhängt
und ausgelöscht, als ob wir's nicht verständen
und tief aus seiner eigenen Tiefe trüb -.«[12]

Lieber wäre er ein Mädchen gewesen
»Wo ein Puppenkleid … Glück mir war.«

Sophia Rilke erkennt früh das hohe Einfühlungsvermögen ihres Kindes, seine Fantasie und Freude am Rollenwechsel. Rilke mag keine Jungenspiele, auch wenn er sich gelegentlich mit Zinnsoldaten beschäftigt, um dem Vater zu gefallen. Das Einzelkind hantiert mit Puppen und liebt bunte Stoffe mit Spitzenbesatz. Wie die geliebte Mutter, so will auch der Sohn Kleider tragen. Weiß er, dass die Mutter vor ihm schon einmal schwanger gewesen war und die kleine Zesa geboren hatte? Der Sohn ist kein Ersatz für die Tochter, und nicht an ihrer statt trägt er gelegentlich Kleider. Er hat eine weibliche Seele, empfindsam und empathisch. Auch deshalb verfasst er später Gedichte aus der Perspektive von Frauen und nennt sie »Lieder der Mädchen«, »Mädchen-Gestalten«, »Gebete der Mädchen zu Maria«, »Mädchen-Klage«, »Grabmal eines Mädchen«. Er fühlt sich in das Herz liebender Frauen ein, auch jener, die Frauen lieben – wie die Dichterin Sappho, die auf der Insel Lesbos eine Liebesschule für Frauen unterhielt.

Auf seiner ersten Italienreise sucht er die zärtliche Nähe zu der kleinen Amélie. Die Mutter hat ein Landhaus mit offenen Arkaden und einem verwunschenen Garten gemietet. Hier spielen die Kinder jeden Tag. Wenn Amélie einmal nicht kommen kann, findet Rilke auf einer Bank oder unter einem Baum ein winziges Blumensträußchen. Dann sind die Ferien zu Ende, und es gilt Abschied unter Tränen zu nehmen. Der Knabe schenkt Amélie einen Ring. Später wird die kleine Gefährtin in ein Kloster eintreten. Rilke hat Amélie nie vergessen. Mit Fürstin Marie von Thurn und Taxis besucht er eines Tages in Italien das Ferienhaus aus seiner Kindheit. Er betritt einen halb verfallenen Pavillon und findet auf einem wackeligen Holztisch ein sorgfältig gebundenes Veilchenbouquet. Die Welt ist für Rilke voller Zeichen.

Ein frühes Gedicht führt zurück in die Prager Heinrichsgasse 19, wo er im Blauen Salon mit Puppen spielte:

»Der Erinnerung ist das traute
Heim der Kindheit nicht entflohen,
wo ich Bilderbogen schaute
im blauseidenen Salon.

Wo ein Puppenkleid, mit Strähnen
dicken Silbers reich betreßt
Glück mir war.«[13]

Noch Jahrzehnte später, als Gast der Fürstin von Thurn und Taxis auf Schloss Duino, gehört es zu den liebsten Freizeitbeschäftigungen des Dichters, in den Kommoden und Schränken der Damenzimmer zu stöbern, alte Stoffe in die Hand zu nehmen und zärtlich darüberzustreichen. Auf seine äußere Erscheinung ist er stets bedacht, achtet auf die Abstimmung sämtlicher Details von der Kopfbedeckung bis zu den Gamaschen und zieht sich – auch wenn er allein ist – mehrfach am Tag um, damit er für die Mahlzeit oder einen Spaziergang angemessen bekleidet ist. Von besonderer Bedeutung sind für ihn Taschentücher, die von der Mutter eigenhändig mit seinem Monogramm bestickt werden. Wie eine Dame, so trägt Rilke auch im Frühjahr und Sommer gerne hauchdünne Handschuhe, von denen er ebenfalls Dutzende besitzt und die er quer durch ganz Europa seiner Mutter zum Waschen sendet. Natürlich hätte sie jede Feinwäscherei in Toledo, Florenz, Danzig oder wo der Dichter gerade weilt, reinigen können. Aber zwischen der Mutter und dem Sohn gibt es Rituale inniger Nähe und Verbundenheit, und um ihre Pflege geht es. Die Handschuhe sind für

Rilke ein Symbol der Liebe, wie die Welt der Blumen und der Gerüche, besonders der Veilchen und Rosen, mit denen er sich gerne umgibt.

Das Bild von Rilkes Kindheit wäre unvollständig, wenn nicht eine andere Seite seiner Freude an der Verkleidung Erwähnung fände. Wie jeder Junge besitzt er ein Schaukelpferd, Säbel und Helm. Diese Geschenke seines Onkels und späteren Mäzens Jaroslav Rilke sind keine Symbole einer frühen militärischen Erziehung. Auch die Kinderbilder vom Drachenkampf verraten nicht mehr als die zeittypische Prägung eines Jungen, dessen Phantasie durch Balladen Schillers beflügelt wird, die seine Mutter beim Möbelabstauben rezitiert. Zur Prinzessin gehört der edle Ritter, der die Welt von Unholden befreit und wie der Heilige Georg gegen den Drachen kämpft, um die Jungfrau aus seinem Bann zu erlösen. Ritter im Einsatz für zarte Frauen sind ein Lieblingsmotiv der von Rilke geschätzten Präraffaeliten. Rilke ist beides: Prinzessin und jener Ritter des Geistes, der die befreienden Worte findet, um die Seele der Jungfrau zu retten. In seinem hochkomplexen Wesen durchdringen und ergänzen sich die musische Natur der Mutter und die soldatische Männlichkeit des Vaters, auch wenn diese Gegensätze später immer wieder aufbrechen und mühsam in der Produktivität des Dichterischen ausbalanciert werden müssen.

Die Schulzeit
»Gemütsbeschaffenheit: still, zaghaft, gutmütig«

Bereits einige Jahre vor der räumlichen Trennung von ihrem Mann beginnt Sophia Rilke, ihre eigenen Wege zu gehen. Sie nennt sich jetzt Phia Rilke. Weil sie viel reist, gilt sie in Prag als »vergnügungssüchtig«. Es gehört zur Größe von Rilkes Vater, dass er den Drang nach Freiheit und Selbstständigkeit seiner Frau nicht behindert. Die fortschreitende Stilisierung seines Sohnes zum Dichter sieht er jedoch mit Unbehagen. »Bitte, fasse Dich kurz in den Briefen und rege René durch ja nichts auf, ebenso lasse ja das Dichten bei René nicht aufkommen«[14], bittet er seine Frau. Auch Jaroslav Rilke, der die Ausbildung seines Neffen finanziert, beargwöhnt den Einfluss von Sophia Rilke. Nach Abschluss der Schule soll Rainer Maria, so will es sein Onkel, Jura studieren, um anschließend seine Prager Kanzlei zu übernehmen. »Renés Phantasie ist ein Erbteil seiner Mutter, und durch ihren Einfluss, von Hause aus krankhaft angeregt, durch unsystematisches Lesen allerhand Bücher überheizt – ist seine Eitelkeit durch vorzeitiges Lob erregt.«[15]

Mit der Trennung der Eltern wird die schulische Laufbahn des Sohnes zu einem Problem. Rilke hätte weiterhin eine der Prager Bildungsanstalten besuchen können, doch der Unabhängigkeitsdrang seiner Mutter führt sie immer wieder auf Reisen nach Wien, München oder Italien. Auf Dauer kann jedoch die Großmutter das Kind nicht allein betreuen. So entscheidet Sophia Rilke sich für die Unterbringung ihres Sohnes in einem Internat für angehende Offiziere. Keineswegs schiebt sie ihn ab. Der Anmeldung im Internat gehen intensive Gespräche zwischen Mutter und Sohn voraus. Sophia erklärt sich dem Zehnjährigen. Sie spricht von ihren Gefühlen, gibt ihm Einblicke in ihre Empfindungen und Nöte, erzählt von dem »geistreichen« Freund Dr. Engel, einem Mediziner in Wien, der sich um ihre Seele sorge und der ihre reizbaren Nerven beruhigen könne. Der Sohn versteht die Mutter. Er kann ihr nachfühlen, vielleicht zu sehr, sodass seine Anteilnahme seine Kräfte übersteigt. Später wird er Worte für die Gefühle der Mutter in dieser Trennungsphase finden. Das Gedicht heißt »Der Auszug des verlorenen Sohnes« (1906). Es beschreibt einen Moment der Versöhnung inmitten des Abschieds. Selten vollziehen sich Trennungen der Eltern ohne Schuldzuweisungen. Rilkes Gedicht zeichnet ein Ideal, eine höhere Erkenntnis, einen Augenblick der Versöhnung inmitten des Aufbruchs in ein neues Leben. Es ist eine Anleitung für den Umgang mit Grenzerfahrungen in menschlichen Beziehungen:

»Nun fortzugehn von alledem Verworrnen,
das unser ist und uns doch nicht gehört,
das, wie das Wasser in den alten Bornen,
uns zitternd spiegelt und das Bild zerstört;
von allem diesen, das sich wie mit Dornen
noch einmal an uns anhängt – fortzugehn
und Das und Den,
die man schon nicht mehr sah
(so täglich waren sie und so gewöhnlich),
auf einmal anzuschauen: sanft, versöhnlich
und wie an einem Anfang und von nah;
und ahnend einzusehen, wie unpersönlich,
wie über alle hin das Leid geschah,
von dem die Kindheit voll war bis zum Rand«[16]

In Prag hatte Rilke von 1882 bis 1886 die Deutsche Volksschule der Piaristen, eines katholischen Männerordens, besucht. Er glänzt durch sehr gute Leistungen trotz enorm hoher Fehlstundenzahlen. Das zweite Halbjahr der dritten Klasse versäumt er vollständig. Seine Nerven sind überreizt, sodass er mit dem Schulbesuch überfordert ist. Den Unterrichtsstoff holt er mit Leichtigkeit im häuslichen Studium nach. Die Einschulung in die Militärunterrealschule St. Pölten am 1. September 1886 geschieht mit seiner Zustimmung. Dass er in Spitzenunterwäsche gekleidet in St. Pölten eingezogen sei, gehört zu den vielen Gerüchten um Rilkes Kindheit und Schulzeit. Ebenso unglaubwürdig ist die Anekdote, ein Offizier habe dem frommen Knaben beim

Eintritt in die Schule das kleine Kreuz vom Hals gerissen. Rilke wächst in einer katholischen Welt auf, deren Gebräuche wie etwa das Küssen des Kruzifixes oder eines Heiligenbildes, das Knien vor dem Bett beim Abendgebet und die anschließende Bekreuzigung noch heute in der orthodoxen Welt des Ostens selbstverständlich sind. Mutter und Sohn hatten keine romantischen Vorstellungen vom Leben der 200 Schüler in dieser Eliteschule. Hier ging es diszipliniert zu, aber keineswegs regierte der Rohrstock. Wie die meisten Schriftsteller hat Rilke im Rückblick ein negatives Bild von seiner Schulzeit gezeichnet, um den frühen Freiheitsdrang des Kreativen zu unterstreichen – oder das eigene Desinteresse am Schulstoff und die Flucht in die Phantasiewelten zu bemänteln. Das war ungerecht, aber verständlich. Dass ihm der Abschied von der Mutter schwer fiel, hat er 1894 in seiner Prosaminiatur »Pierre Dumont« eindrücklich beschrieben. Und dass die Trennung ihn traumatisiert habe, wie er später gegenüber seinen Gefährtinnen und Geliebten immer wieder beteuern wird, ist eine der Übertreibungen, mit denen Rilke seine Grundbefindlichkeit des Aus-der-Welt-Gefallenseins lebensgeschichtlich zu verankern suchte.

Lehrer und Schüler lassen ihn in seiner Eigenart gelten. Der junge Rilke schreibt Geschichten, Theaterstücke, ein Operetten-Libretto unter dem Titel »Der Weltuntergang« (1894), doch was ihn im Innersten bewegt, findet vollendeten Ausdruck nur im Gedicht. Beflügelt von der Mutter, demonstriert bereits der Schüler Rilke sein Erwählungsbewusstsein. Der Fünfzehnjährige inszeniert sein Dichtertum mit so großer Selbstverständlichkeit, dass die Klassenkameraden seinen Auftritten im Deutschunterricht andächtig und ohne ein spöttisches Wort folgen. Rilkes Deutschlehrer in St. Pölten ist der Oberleutnant Cäsar von Sedlakowitz. Er trägt den Beinamen Edler von Lanzenkampf und unterrichtet Rilke auch in Schönschreiben, Geschichte und Exerzieren. Die mit der Mutter eingeübten Rituale pflegt der junge Dichter auch im Deutschunterricht. Laut- und wortlos erhebt er sich vor Beginn des Unterrichts von seiner Bank in der letzten Reihe und geht betont langsam und mit ganz kleinen Schritten zum Pult des Lehrers, überreicht ihm Gedichte und bittet ihn, diese vorzulesen.

Selbst im Turnunterricht, wo er wie ein nasser Sack in den Kletterseilen hängt, hänseln ihn die Kameraden nicht. Das Drama der Schule spielt sich weitgehend in Rilkes Kopf ab, und nicht die Note »ungenügend« im Fach »Turnen« gibt ihm Nahrung. Das Einzelkind wird respektiert, schließt auch Freundschaften unter dem Austausch versteckter Zärtlichkeiten. Doch findet er im Schulbetrieb nur wenige Momente der Entspannung. Mutter und Sohn hätten wissen müssen, dass der zartbesaitete Knabe in einem gemeinsamen Schlafsaal unter fünfzig friedlich schnarchenden Mitschülern kein Auge zumachen kann. Dennoch hält Rilke durch und findet die Anerkennung aller Lehrer. Auf dem ersten Zeugnis wird ihm bescheinigt: »Gemütsbeschaffenheit: still, zaghaft, gutmütig. Benehmen: sehr artig und bescheiden.«[17]

1888 sitzt er mit 53 Schülern in einem Klassenraum. Der Unterricht läuft sehr geordnet ab. Disziplinprobleme gibt es nicht. Dennoch bildet allein die Zahl der Mitschüler eine Belastung. Im Klassenverband hat jeder Schüler vom Primus bis zum »Oberbremser« und »Schlusslicht« seinen festen Ort. Anhand der Durchschnittsnoten wird eine Hierarchie ermittelt. Unter den 53 Schülern nimmt Rilke Rang sieben ein. Er ist ein Mensch mit unbändigem Freiheitsdrang, aber er weiß, dass ihm das Leben in einer festen Alltagsstruktur förderlich ist. Man lebt in St. Pölten in einer klaren Rangordnung, mit der Rilke nicht hadert. Er trägt mit Freude die Schuluniform mit der Doppelborte, die ihn als sehr guten Schüler ausweist. Seine Freizeitbeschäftigung, eine »Geschichte des Dreißigjährigen Krieges« (1890/91) zu verfassen, wird gerne gesehen. Mit Freude nimmt er an den Exerzierübungen teil und erreicht im Fach »Zimmergewehr-Scheibenschießen« sogar die Note »sehr gut«. Rilke will geliebt werden, und schon deshalb passt er sich den Verhältnissen in St. Pölten an. Der Anstaltsgeistliche und Religionslehrer erinnert sich Rilkes als »eines stillen, ernsten und hoch befähigten Jungen, der sich gerne abseits hielt, den Zwang des Internatslebens geduldig ertrug«[18].

Im Alter von fünfzehn Jahren erfolgt der Wechsel auf die Militäroberrealschule in Mährisch Weißkirchen. Wegen dauernder Krankheit wird Rilke nach einem halben Jahr, das er weitgehend im Krankenhaus und einem Sanatorium verbringt, aus dem Schuldienst entlassen. Der Vater hatte dazu seine Einwilligung gegeben. Wie wenig diese Entlassung aus gesundheitlichen Gründen zu einem inneren Bruch mit der Anstalt führte, zeigt die Tatsache, dass der Schüler Rilke auf seinen Spaziergängen in Prag auch weiterhin seine Uniform trägt. Rilkes Spannungszustände waren auch in der neuen Schule allgemein bekannt. Da er freundlich, angepasst und zurückhaltend war, dazu hervorragende schulische Leistungen brachte, sah man in den Überspanntheiten einen Ausdruck seines Dichtertums. Rilke ist wie seine Mutter ein Hypochonder, aber dass er wirklich litt, entging dem fürsorglichen Blick eines Schulfreundes nicht. Der Brief seines Freundes Oskar klärt den Vater auf:

»*Voll der innigsten Teilnahme für René erlaube ich mir ein gutes Wort für den armen Jungen einzulegen. Seinen Zustand, den ich anfangs auch für einen eingebildeten hielt, habe ich durch vierzehntägige unausgesetzte Beobachtung leider für einen wirklich vorhandenen erkannt. Ich lag jetzt fast vierzehn Tage mit ihm im Spitale, und als er heute früh auf einen Sprung heraufkam, sah er schlecht aus, klagte über furchtbaren Kopfschmerz und zitterte am ganzen Körper. Kurz, man sah es ihm an, dass es ihm schwer ankomme, sich auf den Füßen zu halten.*«[19]

Die Ursache für Rilkes Nervenzusammenbruch lag aber nicht in den schulischen Verhältnissen, sondern im Fortgang seiner Mutter aus Prag. Nur ein einziges Mal war er drangsaliert worden. Es war der Tag vor seinem Geburtstag. Auf dem Schulhof kam es zu einer Rauferei, wie sie unter Pubertierenden üblich ist. Die Mitschüler wussten, dass der junge Rilke allen Konflikten aus dem Weg ging. Dass der Mensch wie Christus das Leiden still ertragen müsse, hatte ihn die Mutter gelehrt. Voll religiösem Pathos rechtfertigte er seinen Pazifismus: Jesus habe in der Bergpredigt gesagt, dass man Böses mit Gutem vergelten solle, und wenn man auf die linke Wange geschlagen werde, dann solle man auch noch die rechte hinhalten. Bibelzitate auf dem Schulhof können provozieren. Ein Mitschüler versetzt Rilke einen Schlag ins Gesicht. Rilke zittern die Knie. Er erwidert dem Angreifer: »Ich leide es, weil Christus es gelitten hat, still und ohne Klage, und während Du mich schlugst, betete ich zu meinem guten Gott, dass er Dir vergebe.«[20] Der Provokateur ist zuerst sprachlos, dann bricht unter den Kameraden schallendes Gelächter aus. Rilke aber verharrt in der Pose des Märtyrers. Erst im Schlafsaal werden Tränen fließen. Todesgedanken holen ihn ein. Doch zugleich bestärkt dieser Moment seinen Entschluss, Dichter zu werden, die damit verbundene Außenseiterrolle anzunehmen.

Die Provokation des durchaus geschätzten Mitschülers Rilke hatte einen Grund. Er wurde der »Knabenliebe« bezichtigt. Sexuelle Handlungen unter pubertierenden Jungen waren in Internaten zu allen Zeiten üblich. Von Psychologen und Ärzten wurden sie zwar als Adoleszenzrituale verstanden, aber dennoch streng geahndet. Rilke jedoch liebte wirklich. Sein Freund und er »schlossen mit Kuss und Handschlag einen Bund – fürs Leben«[21]. Eifersüchtig wacht ein Freund über den anderen. Beide fühlen sich wie zwei Saiten, die auf ein Instrument gespannt worden sind. Der Freund bewundert Rilkes dichterische Gabe, und dieser wiederum hält ihn zu eigenem schriftstellerischen Arbeiten an. Dann stirbt die Großmutter des Freundes. Nach zwei Tagen kehrt er von der Beerdigung zurück. Unterdessen hatten Kameraden die Freunde bei der Schulleitung angeschwärzt.

Während seiner Schulzeit denkt Rilke immer wieder an die kleine Amélie aus Italien, der er zum Abschied einen Ring schenkte. Auch im Krankenzimmer sucht er Trost in der Erinnerung an jenen Sommer der zärtlichen Zuneigung. Da hat er plötzlich ein okkultes Erlebnis[22]. Amélie tritt an sein Lager. Deutlich erkennt er ihr Gesicht. Dann beugt sie sich vor und übergibt dem Kranken einen Ring. Es ist jener Ring, den er ihr in Italien geschenkt hatte. Zu dieser Zeit tritt die junge Frau in ein Kloster ein. Die Faszination für das Okkulte verbindet Rilke mit seiner Mutter, die an spiritistischen Sitzungen teilnimmt und ein Faible für alles Paranormale besitzt. Ihre katholische Frömmigkeit hat eine dunkle, übersteigerte Seite, die in den Anbetungshysterien und der Todesverliebtheit ihres Sohnes wiederkehren wird.

Wer sich Rilkes geistiger Welt nähert, kommt nicht nur mit traditionellen katholischen Vorstellungen in Berührung, sondern zugleich mit jenem Spiritismus und Okkultismus, der Ende des 19. Jahrhunderts gerade in den gebildeten Schichten der Bevölkerung sehr beliebt ist. So berichtet der Entdecker der Archetypen, Carl Gustav Jung, in seiner Autobiografie »Erinnerungen, Träume, Gedanken« (1962) von okkulten Erlebnissen, die sein Weltbild geprägt haben. Thomas Mann wird in seinem Roman »Der Zauberberg« (1924) eine spiritistische Sitzung unter der Leitung des Arztes Dr. Krokowski schildern. Für Rilke steht die Existenz einer unsichtbaren Welt der Geister außer Frage. Die beiden Reiche der Lebenden und der Toten berühren und durchdringen einander. Denn die Toten sind nicht tot. Auch deshalb zündet man an Allerseelen ein Licht als Zeichen des Gedenkens an.

Sophia Rilke hatte sich entschieden, Prag endgültig zu verlassen. Damit verliert der Fünfzehnjährige sein Zuhause. Das ist der wirkliche Grund für Rilkes Nervenzusammenbruch, und in dieser Enttäuschung liegt die Ursache für das überzogen negative Bild, das Rilke gelegentlich selbst von seiner Kindheit und Schulzeit zeichnet. Adressat seiner Klagen sind immer Frauen, um deren Liebe er wirbt, damit die große Wunde des Verlassenseins durch die Mutter nicht mehr schmerzt. Indem er von seinen Verletzungen spricht, wird er seine Geliebten in die Pflicht nehmen. Sie sollen ihm geben, was ihm die Mutter bei aller Liebe nicht geben konnte.

Die Mutter zieht nach Wien zu ihrem »geistreichen Freund« Dr. Engel und führt in den kommenden Jahren ein unstetes Wanderleben zwischen den großen Städten Europas und stillen Sanatorien. Ihr Lieblingsaufenthaltsort ist das Städtchen Arco unweit des Gardasees. Hier in der Provinz Trient besitzt der österreichische Kaiserhof seinen Wintersitz. Nach dem Vorbild verwitweter Erzherzoginnen des Hauses Habsburg kleidet sich Sophia Rilke in elegante schwarze Kleider mit reichlich Spitzenbesatz.

Ihr Sohn verlässt die Anstalt und wird von seinem Vater nach Linz auf die Handelsakademie geschickt. Hier kommt er bei einem Bekannten von Josef Rilke unter. Nach der Trennung lebt jeder sein eigenes selbstbestimmtes Leben.

Warum soll er als Einziger seinen Verpflichtungen nachkommen? Mit einer Erzieherin flieht Rilke nach Wien. Hier wohnt er bei seiner Mutter. Der vermögende Onkel Jaroslav will diesen Ausnahmezustand nicht tatenlos hinnehmen. Er veranlasst Rilkes Rückkehr und schickt ihn im Sommer 1892 nach Schönfeld/Nordböhmen in die Obhut eines Professors, der ihn auf das Abitur, die Matura, vorbereiten soll. Als der Onkel im Dezember 1892 stirbt, kehrt Rilke nach Prag zu seinen Verwandten zurück. Jetzt wohnt er bei seiner Tante Gabriele Kutschera von Woborsky, geborene Rilke. Auch sie hat sich von ihrem Mann getrennt. Von den Verwandten der Mutter, der Familie Entz, leben in Prag die Großmutter Caroline Entz, die hochbetagt ihr Enkelkind überleben wird, und Sophias Schwester Charlotte Mähler von Mählersheim sowie deren Tochter Gisela.

Rilke besucht regelmäßig seine Tante Charlotte. Denn sein Hofzimmer in der Wohnung von Tante Gabriele ist eng und stickig. Der Blick aus dem Fenster fällt direkt auf die gegenüberliegende Wand des Nachbarhauses. Kein Sonnenstrahl dringt in das Zimmer, dafür schweben Staubwolken empor von den Teppichen, die unten im Hof geklopft werden. Rilke verträgt das Essen der Hausfrau nicht und leidet unter schweren Magenverstimmungen, »sein Gesicht war von Finnen und Eiterpusteln maßlos entstellt, zumal seine Züge von abstoßender Hässlichkeit waren, und sein Atem unerträglich war«[23]. Sein einziger Gefährte in jenen Tagen ist ein zärtlich geliebtes Kaninchen, das ihn stets begleitet, auch auf einer Reise mit dem Vater zum Besuch der Alten Pinakothek in München. Rilke liebt Tiere, besonders Hunde (»Der Hund«, 1907). Das Familienwappen, das er später auf seinen Grabstein meißeln lässt, zeigt zwei aufgerichtete Hunde. Den Tieren wird er die achte seiner »Duineser Elegien« widmen und in seinen späten, auf Französisch geschriebenen »Les Quatrains Valaisans« (»Walliser Gedichte«, 1926) die Schwarzhalsziegen auf dem Hochplateau des Aletsch und die Nymphen in den Gebirgsbächen besingen. Rilke verehrt die Tiere, weil sie näher am Ursprung sind, frei von allen Spaltungen und der Last, Ich und Welt zu versöhnen.

Mit seiner Tante Gabriele verbringt Rilke den Sommer in Lautschin/Böhmen. Selbstverständlich begleitet ihn das Kaninchen. Wie in der Schule, so sucht Rilke in diesem beliebten Kurort Anerkennung bei den Autoritäten. Den Eigentümer des Schlosses Lautschin, in dem Rilke später häufig zu Gast sein wird, den Fürsten Alexander von Thurn und Taxis, nennen die Einheimischen »Vorsehung des Landes«. Der junge Rilke lässt sich bei ihm anmelden und wird vorgelassen. Er trägt ihm einige Gedichte vor und empfiehlt sich. Man solle ihm nur Bescheid geben, dann komme er jederzeit gerne wieder zu einer Rezitation. Während Rilke sehnsüchtig auf einen Ruf wartet, der nie kommen wird, stirbt das Kaninchen an Diphtherie. Damit sind die Ferien zu Ende.

Valerie von David-Rhonfeld
»Dein Dich unendlich liebender Kater René«

Die Familie der Mutter besitzt mehrere Häuser in Prag. Eines ist an die befreundete Johanna von David-Rhonfeld vermietet. Johanna und ihre Tochter Valerie besuchen regelmäßig am Donnerstag, Samstag und Sonntag ihre Freundinnen Charlotte und Gisela Mähler von Mählersheim. Da Rilke hier Zuflucht vor der Enge seines Zimmers findet, kommt es unweigerlich zu einer Begegnung mit der ein Jahr älteren Valerie. Die junge Dame lebt im Wartestand auf eine »gute Partie«. Wie viele junge Frauen aus gut situierten Häusern führt sie ein Leben im kreativen Müßiggang. Sie malt, töpfert und schreibt. Rilke sieht in ihr, was er gerne werden will: ein freier Künstler. Valerie verfügt über Zeit in Fülle. Rilke ist durch ein strenges Lernprogramm gebunden. So sehen es Tante Charlotte und ihre Freundin nicht ungern, wenn Valerie Seite an Seite mit Rilke über den Büchern hockt und ihre Bildung erweitert. Denn Mädchen besuchten damals kein Gymnasium. Rilkes äußere Gestalt ist in dieser Zeit der Pubertät offenbar so abstoßend, dass niemand intime Verwicklungen befürchtet. Vor jedem Fotografen soll er sogleich geflohen sein.

»Er wusste gar wohl, dass sein Gesicht, die platte durch fortwährenden Schnupfen geschwollene breite Nase, sein unnatürlich großer Mund mit aufgeworfenen wulstigen Negerlippen, sein langes, schmales Gesicht, sich auf der Fotografie als Fratze ausnehmen würden.«[24]

Keiner der Beteiligten rechnet damit, dass Rilke die junge Dame schon bald mit einer Flut von Liebesbriefen, zuweilen vier glühende Beteuerungen pro Tag, und schwülstigen Liebesgedichten überschütten wird. Ein Sturzbach der Empfindungen ergießt sich über die Angebetete: Liebe, Trennungsängste, Verzweiflung, Wut auf die Schule, Hassgefühle gegenüber der Mutter – Rilke spricht offen aus, was ihn im Rückblick auf sein junges Leben bedrückt. So werden diese Briefe zu einer Art Schreibtherapie. Valerie ist die Projektionsfläche für das Aussprechen aller Unerlöstheiten. Durch die Briefe wird Rilke zum ersten Mal die Macht des Wortes erfahren und Valerie die verwandelnde Kraft der Erotik des Geistes:

»Nun ich gewöhnte mich an sein Äußeres und sein Geist fesselte, blendete mich und schließlich liebte ich dieses arme unglückliche Geschöpf, welches jeder mied wie einen räudigen Hund.«[25]

Valerie ist das Licht in der Dunkelheit seiner Seele. Rilke schwelgt in Worten, beschwört die Liebe und überhöht die

Angebetete ins Göttliche. Für Überhöhungen und Verklärungen von Frauen gibt es Vorbilder in der Literatur und im Leben: Goethes Werther glaubte in Lotte einen Engel zu erkennen. Der Dichter Novalis verliebte sich in die vierzehnjährige Sophie von Kühn, ließ sich einen Ring mit ihrem Porträt anfertigen und dem Stoßgebet: »Sophia sei mein Schutzgeist«. Rilke sucht Beistand in den Ritualen seiner Kirche. Hier wird im Tabernakel die geweihte Hostie als Leib Christi aufbewahrt. Neben diesem Allerheiligsten brennt eine Laterne, das ewige Licht. Zur Unterhaltung des Lichtes in einer Prager Kirche spendet Rilke einen Ölvorrat für mehr als ein Jahr.

Ewiges Licht für eine ewige Liebe in Valeries Künstlerparadies. Doch bald beginnen die Leiden des jungen Rilke. Die Liebe bleibt nicht lange verborgen. Rilkes Vater hat Einwände, die Tanten zetern, Valeries Vater kommt ins Haus von Tante Charlotte und macht dem jungen Dichter eine Szene. Selbst Sophia Rilke meldet sich aus dem fernen Wien und wettert gegen die Verbindung. Rilke tritt aus der Defensive. In seinen Briefen an Valerie verschafft er sich Luft und tobt vor Empörung über die fehlende Solidarität seiner Mutter. Ein zweites Mal fühlt er sich von ihr verlassen:

> »*Wenn nur diese niederträchtigen Hunde mal zu bellen aufhören wollten! Wenn auch ihr niederes Gekläff – nicht einmal bis zu meinen Ohren reicht, so wäre es doch am besten sie schwiegen, weil's Mäuler überall genug gibt, die bereit sind nachzukläffen. Sollten sie meine Ex=Mutter, doch* endlich *mal in eine Idioten Anstalt schaffen, oder in ein Irrenhaus, wo sie ihre tollhäuslerischen Ansichten gemach an den Mann bringen kann. – Und gar an Dich, meine Gottheit, werden sich die Bestien heranwagen. Das werden sie, bei Gott nie! Du mein süßes göttliches hoch*

erhabenes himmlisches Lieb, Du meine reizende, Geliebte und Braut, mein Leben, mein Alles, – Du gehörst mir, und nie nie nie lass ich von Dir! Ich bin Dein in unbeschreiblicher ewiger unendlicher Liebe Dein Dein Hidigeigi René«[26]

Hidigeigi – so hieß der Kater in Joseph Victor von Scheffels Erfolgsbuch »Der Trompeter von Säckingen« (1854). Rilke unterschreibt seine Briefe an Valerie mit seinem Kosenamen: »Dein Dich unendlich liebender Kater René«, »Dein armer kleiner Hidigeigi«, »immer in unbegrenzter Liebe Dein ganz ganz kleiner Hidigeigi« – so klein, dass ihn die Freundin bequem auf den Schoß nehmen könnte. Geküsst hatten sich die Liebenden zum ersten Mal auf einem Friedhof am Grab von Valeries Großmutter. Zwischen den Gräbern fühlen sie sich geborgen. Die Verstorbene wird zum Schutzgeist des Paares. Rilke, der zeitlebens an Geister glaubte und an Séancen teilnahm, führt mit Valeries Großmutter okkulte Gespräche. Der jugendliche Orpheus rühmt seine Liebe unter den Toten:

»Zwischen Gräbern keimte uns're Liebe, -
Zwischen Gräbern keimte unser Glück.
Zwischen Gräbern wurde ich vom hehrsten
Innigsten Gefühle übermannt,
Zwischen Gräbern war's, wo ich den ersten
Unvergesslich süßen Kuss empfand.«[27]

Das Gedicht endet in wonnevollem Ausblick auf den gemeinsamen Tod. Wie Heilige werden die Liebenden in einem Schrein beigesetzt:

»Reißen kann der Tod Dich nicht von mir, –
Wenn sie einmal, einmal uns begraben
Beide – nur in einem einz'gen Schrein,

Werden wir uns ungestöret haben, –
Und ich wett' – wir werden glücklich sein!«[28]

Die Verwandtschaft weiß nichts von den okkulten Treffen am Grab der Großmutter, doch für weitere Interventionen findet Valeries Vater genügend Gründe. Der junge Gymnasiast und Dichter könne seiner Tochter keine Zukunft bieten. Ihr gemeinsames Künstlerparadies sei ein Wolkenkuckucksheim ohne ökonomische Grundlage. Was könne der Habenichts seiner Tochter schon bieten! Valeries künstlerische Ambitionen und ästhetische Neigungen toleriert er durchaus, doch ein Leben als freie Künstlerin ist undenkbar. Wovon will sie leben? Die Offizierstochter Valerie ist eine »gute Partie«. Zum Leidwesen des Vaters hat sie schon einige ernsthafte Bewerber abblitzen lassen. Schuld daran ist Rilke. Der aber droht mit Selbstmord und überschwemmt Valerie mit noch mehr Liebesbriefen. Wie kann ein Mensch nur ein so großes Mitteilungsbedürfnis haben, fragt sich die Angebetete.

Je stärker die Bedrohung von außen wird, desto mehr appelliert Rilke an Valeries Mitleid, klagt über seine einsame Kindheit, die grausame Schulzeit, den Egoismus der Mutter. Man darf nicht alles wörtlich nehmen, was Rilke seiner Freundin mitteilt. Er lebt in einer Grenzsituation, fühlt sich jetzt von beiden Elternteilen verstoßen, zudem bedrängt durch Valeries Vater – da ist die Optik des Pubertierenden verzerrt. Die Vergangenheit liegt nun in schwarze Nebel verhüllt vor ihm, und einzelne Äußerungen von Verwandten und Kameraden bekommen eine überzogene Bedeutung. Der Vater reagiert durchaus mit Verständnis auf die Liebe seiner Tochter. In einem ruhigen Gespräch versucht er ihr aber zu verdeutlichen, dass diese Liebe keine Zukunft habe. Darauf antwortet Rilke mit einer Todesphantasie:

»Meine süße schöne theuere unendlich geliebte meine Vally! Mein einziges Leben.

Vor drei Jahren hat mir einmal ein Klassenkamerad gesagt: Ich glaube, Rilke, für Dich wäre es das Beste zu sterben. Du wirst kein Glück haben auf der Welt! Damals suchte ich diesen kindischen Ausspruch, der mich freilich ein wenig erschreckte, zu vergessen. Jetzt glaube ich selbst an ihn. Wie oft – ich war kaum 12 Jahre alt – wünschte ich schon zu sterben. Der Tod hat keinen Schrecken mehr für mich, und ich warte nur, ob er willig kommt oder ich ihn gewaltsam rufen muss.«[29]

Dann plant Rilke das gemeinsame Leben und arbeitet am Bild der Zukunft, das vor allen Dingen Ersatz für die verlorene Kindheit sein soll. Zum ersten Mal wird er von der Idee einer Familiengründung ergriffen. Er kauft Bücher und Ausstellungskataloge für den gemeinsamen Hausstand, sieht sich und Valerie in einem Park promenierend, an der Hand ihr gemeinsames Kind, ein Mädchen natürlich, für das er bereits den französischen Namen weiß: Aimée – die »Geliebte«. Rilke liebt in Valerie seine Sehnsucht nach Rettung der eigenen Kindheit. Weihnachtsrituale spielen daher eine zentrale Rolle. Zwei Weihnachten feiern die Familien gemeinsam. Jedes Mal bewahrt Rilke einen Zweig des Baumes wie eine Reliquie auf. Die heilige Sechsuhrstunde, in der sich Mutter und Sohn am Heiligen Abend im gegenseitigen Gedenken vereinen, und die Tradition der Weihnachtsbriefe an die Mutter haben ihren Ursprung in jenen Weihnachtsfesten, die Rilke mit Valerie in Prag feiert. Hier schreibt er zum ersten Mal in seinem Leben einen Weihnachtsbrief und legt der Freundin ein Gedicht bei, mit dem er das Fest der Liebe als Feier ihres zukünftigen Lebens besingt:

»Wie schön wird's sein, wenn dann zum ersten Male
In unserm *Zimmer hell der Christbaum brennt,*
Wenn jene Wonne, die kein Wort je nennt,
Durch unsere Seelen zieht beim Kerzenstrahle …
Ich zittere vor Freude, wenn ich's denke!
Wenn hell bestrahlt vom frohen Festesschein –
Ein lieblich Wesen ungelenk und klein
Vor uns dann liegt, als schönstes der Geschenke.
(…)
Lass uns're Liebe dann bei Tannenduft
Die Weihe für die Ewigkeit – empfangen!«[30]

Im Gedicht ereignet sich, was im gelebten Leben unmöglich geworden ist: Vater, Mutter und Kind stehen wieder vereint vor dem Weihnachtsbaum. Rilke imaginiert ein Familienidyll, das er nie mehr erleben wird. Seine eigene Tochter wird er unmittelbar nach der Geburt der Pflege seiner Schwiegereltern überlassen und auch seiner Frau den Rücken kehren. Er wird mit diesem Verhalten den Fortgang seiner Mutter wiederholen.

Die einzige Kontinuität in beider Leben ist ihre Verwurzelung im Glauben. Rilke wird in verschiedenen Lebensphasen radikale Krisen durchleben. Dann polemisiert er gegen Christus, die Kirche und den katholischen Glauben seiner Mutter. Bereits die Weihnachtsfeiern mit Valerie haben keine christliche Mitte mehr. Das unterscheidet sie von der Stunde der Anbetung im Elternhaus. Sie sind sentimentale Überhöhungen jugendlicher Phantasien. Wie jeder Mensch, der erwachsen wird, durchlebt Rilke eine Phase des Abschieds vom Gottesbild seiner Kindheit. Zu ihr gehören die Entzauberung der religiösen Rituale, die Kritik an den christlichen Idealen und der zeitweilige Glaubensverlust. In diesen intensiven Phasen der spirituellen Einsamkeit tauchen in Rilkes Bewusstsein religiöse Urszenen aus seiner Kindheit auf.

So schmerzhaft der Prozess der Wandlung ist, er trägt wesentlich zur Gesundung und Entwicklung eines neuen und reifen Gottesbildes bei. Noch aber fühlt Rilke sich von den schwarzen Schatten der Erinnerung bedrängt. Wie Goethes »Prometheus« nimmt er Abschied von der Vorstellung, dass Gott seine Gebete erhöre. Gott sei ein »Phantom«. Nietzsche hatte den Tod Gottes verkündet. Freud wird von Gott als einer Illusion sprechen. Der junge Rilke redet weder als Philosoph noch als Psychologe. Er spricht aus dem Herzen. Ihm geht es nicht um Theorie, sondern um die Bewältigung eigener Erfahrungen. Während seiner Zeit im Internat habe er vor der Skulptur eines Jesuskindes inmitten von Schafen gestanden und im Gebet Zuflucht gesucht. Der gute Hirte aber nahm sich dieses Schafes nicht an. So glaubte sich Rilke von Gott verlassen. Er stand nachts auf, trat an eines der geöffneten Fenster im Flur und setzte seine entblößte Brust dem eiskalten Winterwind aus:

»Die Kälte zog mir durch Mark und Bein, zitternd suchte ich, wenn ich in der Nähe die Schritte der Wache vernahm, mein Bett wieder auf und den nächsten Tag schrieb ich an eine Person, die ich damals Mutter nannte: ›Ich bin sehr zufrieden und glücklich in der Anstalt.‹ Endlich schien es doch gewirkt zu haben. Ich bekam heftiges Fieber, meine Nerven waren im Zustand der höchsten Überreizung und ein heftiger Bronchialcatarrh drohte mir den Athem zu rauben. Aber Tag um Tag wurde es besser und an jenem Tag, an dem ich ausgerechnet hatte, dass die Blumen auf meinem Grabe schon welken müssten, an jenem Tage war ich wieder genesen. Und wie viel hat seither in meinem Inneren getobt. Wie viel Zwiespalt, Hass, und Verzweiflung. Wie oft habe ich seither dem eingebildeten Traumbild jenseits der Wolken geflucht und den Tod erfleht. Wie oft, wenn ich bei Dir und recht glücklich war, überkam mich

der Gedanke und stimmte mich glücklich und traurig zugleich. Du hättest mir ein paar Blumen aufs Grab gelegt, und ich wär' in Gedanken an Dich eingeschlafen.«[31]

Wenn sich Rilke der Vergangenheit erinnert, dann dichtet er zugleich. Wirkliches Erleben und literarische Überhöhung sind kaum zu trennen. Im Schreiben werden Erinnerungen in ein Buch der Bilder verwandelt. Valerie glaubt an Rilkes Berufung zum Dichter. Sie entwirft nicht nur den Umschlag für sein Buch »Leben und Lieder« (1894), sondern übernimmt die Finanzierung, indem sie kostbare Spitzen aus dem Familienbesitz verkauft. So wird Valerie zu Rilkes erster Gönnerin. Vermögende Damen werden Rilkes weiteres Leben begleiten. Am meisten liebt Rilke verheiratete Frauen, die ihm schenken, was er gerade braucht: Unterhaltskosten für Kind und Ehefrau, einen Sanatoriumsaufenthalt, eine Ägyptenreise, Urlaub in einem venezianischen Palazzo, ein mittelalterliches Schlösschen im Wallis.

Als Rilke am 9. Juli 1895 die Matura-Prüfung am Prager Stephans-Gymnasium mit Auszeichnung besteht, findet die Liebe zu Valerie ihr Ende. Ohne die deutsche Schule jemals besucht zu haben, hatte sich Rilke als externer Schüler auf die Prüfung vorbereitet und den Stoff von acht Jahren Unterricht nachgeholt. Nach der Matura fährt er mit seinem Vater ins zum Deutschen Reich gehörende westpommersche Ostseebad Misdroy. Hier reift der Entschluss, Prag und die Freundin zu verlassen, um frei und niemandem verpflichtet als Dichter zu leben und berühmt zu werden. Vergessen sind alle Schwüre von ewiger Liebe, vergessen der kleine Kater Hidigeigi.

Annäherung an die Mutter
»Ich bin völlig einsam, nicht anders als Du …«

Als er die Leiden des jungen Rilke in seinen Briefen niedergeschrieben hatte, verließ er Valerie. Er hatte über seine Verletzungen gesprochen: das Scheitern der Ehe seiner Eltern und den Fortgang der Mutter. Nun nähert er sich ihr wieder. Das Bild der Mutter wandelt sich. Sie ist nicht nur Täter, sondern zugleich Opfer. Sie trägt nicht allein die Schuld, sondern ist auch Gefangene ihrer selbst. Sophia Rilke ist eine hochbegabte Frau. Das attestiert ihr sogar Valerie, die sie in den Briefen an Rilke als vergnügungssüchtig charakterisiert. So wurden Frauen bezeichnet, die aus heutiger Sicht lediglich ein Leben in Freiheit und Selbstbestimmung führen wollten. Was Mutter und Sohn wieder zusammenführt, ist die gemeinsame Arbeit an Sophia Rilkes Buch »Ephemeriden«. Rilke überarbeitet den Text und führt die Verhandlungen mit dem Verleger. So vollzieht sich ein Rollenwechsel. Der Sohn nimmt seine Mutter an die Hand. Dennoch bleibt Sophia einsam. Den Grund ahnt sie. In ihr Notizbuch schreibt sie:

> *»Der Seele tiefster Schmerz ist jener, der nicht sprechen darf.«*[32]

> *»Es gibt auch Herzen, die sich mehr als einmal brechen lassen.«*[33]

> *»Es gibt Wunden, die nie geheilt werden können, weil wir sie nicht bloßlegen dürfen.«*[34]

Nach dem Fortgang aus Prag werden sich Mutter und Sohn nur noch selten sehen, doch bleiben sie in brieflichen Gesprächen miteinander verbunden. Wenn eine Woche lang kein Brief des Sohnes erscheint, ist Sophia Rilke besorgt. Rilke fühlt sich dann bedrängt und unter Druck gesetzt. Er kann die leibliche Gegenwart der Mutter nicht ertragen. Sie sind einander zu ähnlich. Auf den ersten Blick erkennt sie, was ihn bewegt. Dazu bedarf es keiner Worte. Beide sind nie wirklich entspannt. Immer liegt eine Beunruhigung vor. Das Wetter ist zu kalt oder zu warm, der Föhn drückt, die frische Meeresbrise reizt die Atemwege übermäßig. Die Gäste im Hotel sind zu laut oder haben kein Niveau. Die Mutter spürt ein Kratzen im Hals, der Sohn einen leichten Druck auf der Lunge. Rilke nimmt regelmäßig Luftbäder und schläft stets bei offenem Fenster, was er auch der Mutter empfiehlt. Luftzüge aber soll sie meiden. Beide achten konsequent auf ihre Ernährung. Die Mutter isst wie ein Spatz, der Sohn ernährt sich weitgehend von Brei, Gemüse und Milchreis. Sein mädchenhafter Körper wiegt um die fünfzig Kilo. Trotz streng vegetarischer Nahrung und Verzicht auf Alkohol leiden beide immer wieder unter lang andauernden Problemen mit der Verdauung. Mal schmerzen die Zähne, mal drückt der Kopf, dann liegen beide mit einer echten Erkältung oder einer »nervösen Influenza«[35] zu Bett. Die Fürsorge des Sohnes gilt vor allen Dingen den Leiden der Mutter.

In ihrem Buch hat Sophia Rilke allgemein von Erschütterungen und bleibenden Verletzungen der Seele gesprochen, doch an das Problem ihrer eigenen Seele will sie nicht gerührt wissen. Sophia Rilke bewegt sich zwischen Sanatorien und Ärzten. In Dr. Engel hat sie einen sehr anhänglichen Freund gefunden. Hier erfährt sie die Nähe, die sie in der Ehe vermisst hat. Nach seinem Tod wird Dr. Max Kuntze ihr Freund und Arzt, nicht jedoch ihr Therapeut. Rainer Maria Rilke hat in Zeiten der seelischen Krise hingegen über eine Psychotherapie nachgedacht. Wenn er sich dennoch nicht therapieren ließ, so hatte dies einen Grund: Die seelischen

Leiden waren für ihn eine Quelle der Kreativität. Ein therapierter Rilke hätte keine Liebesgedichte mehr geschrieben. In späteren Jahren wäre er allenfalls Turmwächter auf Muzot geworden, hätte hier aber niemals die »Duineser Elegien« vollendet. Die Einsamkeit wurde ihm zur Voraussetzung seiner Dichtung.

> *»Ich bin völlig einsam, nicht anders als Du; aber wenn es so ist, so ist das nicht im Ton einer Klage, daß ich es zugebe. Es dürfte auch gar nicht anders sein, denn eben für meine Arbeit und Konzentration ist diese Einsamkeit die entscheidendste Vorbedingung und selbst, wenn es liebe Hände gäbe, die mir wohlzutun wünschten, müsste und muss ich sie abweisen –. Du darfst nicht glauben, daß da etwas ist, was nicht in Ordnung wäre. Freilich ist auch diese Einsamkeit schwer zu ertragen und zu bewältigen: aber dieses Schwere gehört eben zu meinem Leben und Beruf und man darf es nicht vermeiden oder verleugnen wollen.«*[36]

Sophia Rilke fehlen jene Momente des Gelingens, die den einsamen Stunden Sinn geben. Ihr Buch hat nur eine Auflage erreicht und kaum Beachtung gefunden. Gelegentlich schreibt sie noch Artikel mit religiösen Betrachtungen. Diese finden aber außerhalb provinzieller Blätter keine Resonanz. So werden die Arbeit ihres Sohnes, das Reisen und die Selbstbeobachtung zu ihrem Lebensinhalt.

Rilke führte eine gewaltige Korrespondenz mit vielen Frauen. 300 bis 400 Briefe sind es zuweilen in einem Monat. Sophia aber lässt die Hinweise ihres Sohnes auf Arbeitsüberlastung durch zu umfangreichen Briefverkehr mit anderen Frauen nicht gelten. Schließlich sei sie die Mutter des Künstlers und habe ein Vorrecht auf Beachtung und Zuwendung. Der Sohn beugt das Haupt und gesteht: »Du hast recht –, ach ich habe zeitlebens wenig Talent gehabt, Sohn,

Enkel und dergleichen zu sein.«[37] Dann aber findet er doch Mut zur Offenheit: »Liebe Mama, es geht nicht, daß Du Dich von Deinen Nerven hinreißen lässt, mir immer wieder dieselben Vorwürfe zu machen. Das bringt uns nicht besser zueinander.«[38]

Rilke und seine Mutter leben eine Liebe auf Distanz. Gelegentlich verabreden sie sich, im Frühjahr 1904 zum Beispiel in Rom, und jedes Mal sind beide bemüht, eine Katastrophe abzuwenden. Sophia Rilke trifft sechs Tage früher als angekündigt in der Stadt am Tiber ein und nimmt Quartier im Gästetrakt des Klosters Santa Croce. Statt sie persönlich zu begrüßen, sendet der Sohn ihr einen Willkommensbrief. Sophia Rilke ist empört und spricht gegenüber der Mutter Oberin und anderen Pilgern von »furchtbaren Verhältnissen«[39]. Rilke fühlt sich durch die Anwesenheit der Mutter in seiner Arbeitsruhe gestört. Er bewohnt das Studio al Ponte im Park der Villa Strohl. Am 8. Februar hat er hier mit der Arbeit an seinem Roman »Die Aufzeichnungen des Malte Laurids Brigge« (1910) begonnen. Das Buch wird Rilkes geheime Autobiografie. Niemand kann dies besser beurteilen als Sophia Rilke, denn sie hat ihren Sohn mit Material aus gemeinsamen Kindheitstagen versorgt: frühe Fotografien und ein dickes Konvolut mit seinen Kinderbriefen. Parallel zu seiner Arbeit am Roman sollte die Mutter ihre Erinnerungen an die Kindheit des Sohnes notieren.

Ihre Anwesenheit in Rom empfindet Rilke plötzlich als empfindliche Störung. Um sie beschäftigt zu wissen, entwirft er ein achttägiges Besuchsprogramm der Kirchen Roms, notiert Gottesdienstzeiten und Beichtmöglichkeiten. Dass ihm die Mutter zürnt, findet er ganz unerträglich. Wie soll er sie versöhnen? Er könne unmöglich seine Arbeit unterbrechen und der Mutter einen Besuch abstatten, aber er sei bereit, sie für einige Nachmittagsstunden in seiner kleinen Wohnung zu empfangen. In »herzlicher Ungeduld« erwarte er ihr Kommen, aber er gesteht zugleich seine Ängste vor der Begegnung. Er weiß, dass die Mutter unter einem leichten Infekt der Atemwege leidet, dass sie eine angemessene Kleidung für die Teestunde erwartet: »Verzeih deshalb auch, wenn ich heute Nachmittag im Arbeitsanzug bin und wenig spreche. Ich werde Dir nicht einmal Tee oder dergl. anbieten können, weil ich nichts im Hause habe. Und ich werde, um Deines Katarrhs willen vorsichtig sein müssen, denn ich neige so sehr zu Ansteckungen hin und bekäme ich jetzt einen Schnupfen, so wäre das eine arge neue Störung. Das alles sei vorausgeschickt.«[40]

Die Begegnung verläuft ohne nennenswerte Spannungen, doch vier Tage später berichtet Rilke seiner Mutter von einem lästigen Schnupfen, der ihn befallen habe. Zugleich versichert er ihr, dass sie an der Infektion keine Schuld trage, sondern der Wetterwechsel. Die Mutter reist ab, das schwüle Wetter in Rom hält an. Mitte April glaubt Rilke wegen der Witterung ersticken zu müssen. Auch die Mutter meldet Schmerzen und Unwohlsein. Dann hält es den Sohn nicht mehr in Rom, und er folgt einer Einladung nach Schweden, um die Schriftstellerin Ellen Key zu besuchen.

Welt der Sanatorien
»... bei vollkommen gesunden Organen doch stark geschwächt«

Zu den von Rainer Maria Rilke bevorzugten Orten gehört ein Sanatorium im Vorort Weißer Hirsch bei Dresden, einer noblen Villenanlage für die Schönen und Reichen der Jahrhundertwende. Heinrich Lahmann leitet diese Kurstätte von europäischem Rang, die deutsche Industrielle, russische Landbarone und Adelige aus ganz Europa besuchen. Lahmann hat sich auf Patienten spezialisiert, denen durch Mittel der Schulmedizin nicht zu helfen ist. Weil sie nur eingebildete Kranke sind, sagen die Spötter. Dr. Lahmann, Oberarzt Georg Noack und ihr Team behandeln chronische psychosomatische Beschwerden mit Naturheilverfahren wie Luftbaden und Lichtbaden. Zu den alternativen Behandlungsmethoden gehöre auch die von Rilke geschätzte innere Nasenmassage. Neben diversen Kosmetika vertreibt Dr. Lahmann Bettwäsche und Unterwäsche aus naturbelassener Baumwolle, die er aus Tadschikistan importiert.

Rilke trägt nur maßgeschneiderte Unterwäsche von Lahmann. Bei seinem ersten Besuch wird sie genau auf seine Körpermaße zugeschnitten, sodass er jederzeit neue Unterhosen nachbestellen kann. Ausführlich berichtet der Fünfundzwanzigjährige seiner Mutter von der ersten Untersuchung im »Weißen Hirsch«. Dr. Glass führt die Anamnese durch und stellt fest, »dass ich bei vollkommen gesunden Organen doch stark geschwächt und angegriffen und von geringer Widerstandskraft bin. Es muss eine ernste Kur vorgenommen werden.«[41]

Diese beginnt noch vor sieben Uhr mit einem kalten Rücken-Wechselguss auf nüchternen Magen, anschließend Frühstück, bestehend aus Obst, einem Butterbrot und »Dr. Lahmanns Nährsalz Kakao«, dann einer Unterleibsmassage und Gymnastik, gefolgt von einem zweiten Frühstück mit zwei Scheiben »Dr. Lahmanns Schrotbrot« und einer Orange. Vor dem Mittagessen kann der Gast zwischen einem heißen Vollbad, einem Sonnenbad oder einem heißen Fuß- und Handbad wählen. Nicht mehr fakultativ ist das zehnminütige Luftbad unmittelbar vor der Mahlzeit aus drei Gängen. Den Nachmittag verbringt Rilke in Decken gehüllt im Freien, gestärkt durch Kakao mit Nährsalzbiscuits. Brei, seine Lieblingsspeise, eröffnet das Abendessen, gefolgt von Gemüse, Datteln und Salat, dazu ein Glas saure Milch. Um acht Uhr ist Bettruhe bei offenem Fenster.

Während der Luft- und Wechselbäder denkt Rilke an seine Mutter. Ihr täte ein Aufenthalt im »Weißen Hirsch« gewiss auch gut. Rilke sieht den Sanatoriumsbetrieb mit ihren Augen: Unvorstellbar, dass Sophia Rilke das Abendessen im großen Saal mit seinen 500 Kurgästen einnähme! Dies würde ihre Nerven ebenso strapazieren wie die gemeinsame Mahlzeit in einem anderen der vier Säle. Es wird einige Zeit dauern, bis sich die Mutter dem Gedanken einer Kur in Dr. Lahmanns Anstalt öffnet. In einem zwölfseitigen Brief an Dr. Noack erläutert Rilke die Leiden seiner Mutter. Sonderwünsche, wie die Einnahme der Mahlzeiten im eigenen Zimmer, werden ebenfalls durch ihn geklärt.

Kaum aber hat sich Sophia Rilke entschieden, wird sie von Fragen und Zweifeln heimgeholt: Was ist, wenn sie die kalte Nachtluft nicht verträgt? Muss sie dennoch bei offenem Fenster schlafen? Der Sohn kann sie beruhigen: Niemand werde zu einer bestimmten Maßnahme gezwungen. Nun hatte er von Dr. Lahmanns Unterwäsche geschwärmt. Sophia Rilke fühlt sich unter Druck gesetzt und glaubt, im Sanatorium herrsche Wäschezwang. Auch hier kann ihr der Sohn unnötige Sorgen nehmen: »Nein, es ist natürlich durchaus kein Zwang da, ›Lahmann‹-Wäsche zu kaufen. Sogar die Mehrzahl der Kurgäste trägt natürlich keine, da, wer nicht besondere Gründe zu diesem Regime hat, naturgemäß bei seinen Gewohnheiten bleibt. Nichts, wie ich schon gesagt habe, ist muss: man hat da in allem ganze persönliche Freiheit und Wahl und kann lassen, was einem nicht passt und sich darüber mit dem Arzt unterhalten, der einem auch nichts zumuthet, ohne einem verständlich zu machen, aus welchem Grund er das oder jenes für rathsam hielte.«[42]

Zum Schluss bleibt allein ein religiöses Problem. Es ist ein alter katholischer Brauch, Kerzen, Rosenkränze und Bilder an Wallfahrtsorten aufzustellen, um damit für empfangene

Unterstützung oder Heilung zu danken oder um Hilfe zu bitten. In der freien Natur aufgestellte Ex-Voto-Tafeln bezeugen die Rettung aus einer Not. Gegen Ende ihres Aufenthaltes wird Sophia Rilke von Dankbarkeit ergriffen. Sie hatte ihr Kind der Maria geweiht. Was lag also näher, als ihr zu danken? Zumal in den Dresdner Kunstsammlungen eine der schönsten Darstellungen von Mutter und Kind hängt, Raffaels »Sixtinische Madonna«. Daher empfiehlt der Sohn: »Ich schlage vor, daß Du zum Schluss in Dresden ein einfaches schönes Marienbild kaufst und es in den Wald stiftest. Sicher bekommt man die Erlaubnis, es an irgend einem Baum anzubringen.«[43]

Seelsorge an der Mutter
»Gott kommt zu seiner Zeit.«

Auf seinen zahllosen Reisen besucht Rilke jedes Marienheiligtum, das auf dem Weg liegt. Wenn er hier eine Kerze für seine Mutter anzündet und vor dem Bild der Muttergottes niederkniet, dann öffnet sich eine unsichtbare Tür. Er tritt ein und befindet sich wieder in jenem inneren Raum der Anbetung, der ihm seit früher Kindheit vertraut ist. Rilke und seine Mutter glauben an die Kraft des Gebetes und der positiven Gedanken. Eine Kerze in Avignons Kirche Vierge de la Délivrance oder vor der Madonna auf dem Mont Saint Michel oder am Sophientag vor dem Bild der Madonna in Santa Maria Fomosa in Venedig angezündet, konnte ein Wunder bewirken. Die Kerze leuchtet daher nicht nur an dem Ort, wo sie entflammt wird, ihr Licht dringt durch unsichtbare innere Räume zur Mutter. In diesen Ritualen sind Raum und Zeit aufgehoben. Der Sohn kniet dann wieder neben der Mutter und die Mutter neben dem Sohn. Jeder erfährt in seinem Alleinsein die Nähe und

Geborgenheit im anderen. In seiner Kriegsdichtung »Die Weise von Liebe und Tod des Cornets Christoph Rilke« (»Der Cornet«, 1899) wird Rilke die Mutter zur Gottesmutter erhöhen, eine Sakralisierung des Weiblichen, die auch in allen späteren Beziehungen zu Frauen mitschwingt.

Alleinsein ist Einssein. Als Sophia Rilke ihr Siebenmonatskind am Tag der unbefleckten Empfängnis der Muttergottes weihte, stellte sie es unter deren Schutz. Rilke hat diesen Akt der Weihe ernst genommen. Er besorgt seiner Mutter das Lourdes-Jahrbuch und pilgert ins Rhônedelta nach Les Saintes Maries de la Mer. Hier werden die drei Marien verehrt: Maria Magdala, die Jüngerin Jesu, und die Apostelmütter Maria Kleophae und Maria Salome. Ihre ebenfalls verehrte, aus Ägypten stammende Magd heißt Sara. Die dunkelhäutige Sara ist die Schutzpatronin der Gitanes, der spanischen Zigeuner.

Zu Maria Himmelfahrt besucht Rilke in Gent die berühmte Prozession (»Die Marien-Prozession«) und steht hier, ebenso wie in Russland, bewegt vor den knienden Gläubigen. Für ihr Gebet bevorzugt Sophia Rilke die weich gezeichneten Bilder von Maria mit dem Jesuskind. In der Ikone entdeckt Rilke einen strengeren Typus der Darstellung, der ihn auf Anhieb in den Bann zieht. In Kiew besucht er die Höhlenklöster, anschließend die Sophienkathedrale. Sie wurde nach dem Vorbild der Hagia Sophia in Konstantinopel errichtet und der heiligen Weisheit geweiht. An diesem Heiligtum der Schutzpatronin seiner Mutter erfüllt Rilke ein Versprechen. Sophia Rilke hatte sich ein kleines russisches Heiligenbild gewünscht. Ihr Sohn erwirbt eine Madonna aus Silber. Sie zeigt Maria mit zum Gebet ausgebreiteten Händen. Auf ihrem Schoß, vor der Mitte ihres Herzens, sitzt das göttliche Kind. Dieser Bildtypus wird Znamenskaja genannt, und durch ihn hat sich Rilke zu einem Mariengedicht (»Der Madonnenmaler«, 1899) anregen lassen.

Rilke und seine Mutter müssen immer neu die Balance zwischen Nähe und Distanz finden. In Phasen der Abgrenzung von der Mutter findet er kritische Worte über sie und seine Kindheit. Das Bild von der Einheit zwischen Mutter und Sohn gibt er jedoch niemals auf, auch wenn an vielen Stellen seines Werkes deutlich wird, wie bedroht er sich durch die innere Verwandtschaft mit ihr sieht, die ihn ihre Nähe oft nicht ertragen lässt. Ihre Präsenz verwandelt ihn immer wieder zurück in das übergeliebte, dressierte Kind, zerstört den Eigenraum, den er mühsam gegen die Welt aufgerichtet hat. Nach ihrer letzten Begegnung im Oktober 1915 in München, fast zwölf Jahre vor seinem Tod, schreibt er ein Gedicht, das diese lebenslange Befangenheit auf beklemmende Weise zum Ausdruck bringt:

»Ach, wehe, meine Mutter reißt mich ein.
Das hab ich Stein um Stein zu mir gelegt
und stand schon wie ein kleines Haus,
um das sich groß der Tag bewegt,
sogar allein – da kommt die Mutter,
kommt und reißt mich ein.

Sie reißt mich ein, indem sie kommt und schaut,
sie sieht es nicht, daß einer baut –
sie geht mir mitten durch die Wand von Stein.
Ach wehe, meine Mutter reißt mich ein.«[44]

So konsequent Rilke im Leben Abstand zu seiner Mutter hält, so fürsorglich gibt er sich in seinen Briefen. Dort ist oft von Gott die Rede, auch verbunden mit der Ermunterung, den seelischen Krisen entschiedener und mutiger aus der Kraft des Glaubens zu widerstehen. Viele dieser Briefe sind Predigten, Gebete und Lebenshilfe. Noch stärker als Außenstehende erlebt Rilkes Mutter selbst den inneren

Widerspruch: Tief verwurzelt im Glauben, findet sie dennoch nicht die Kraft zu einem souveränen Umgang mit ihrer Natur. Sie bleibt gefangen in sich selbst. Wie ein Seelsorger spürt der Sohn dem Geheimnis der Seele nach und findet neue tröstende Worte für die Mutter. Von der Liebe und von Gott solle man großzügig denken; nicht etwas von Gott erwarten, sondern alles. »Und vielleicht ist der der Glücklichste, der so große Wünsche hat, dass er gar nicht auf Erfüllung wartet, der über dem Wünschen das Wünschen meinen und lieben lernt. Dies ist ja auch der Zustand des größten Gebets, nicht um etwas zu bitten, sondern ganz groß in der unendlichen Verfassung des Bittens zu sein. Wer etwas von Gott erwartet, tut ihm unrecht, denn Gott ist der, von dem wir unaufhörlich alles erwarten und unser wahres Dasein Gott gegenüber ist das des Wartenden, da wir doch nie imstande sind, Alles zu empfangen.«[45]

Gottes Kommen beschreibt Rilke mit einem Bild aus der Kunst. In eine Form wird Wachs, Porzellan, Bronze oder Gold gegossen. Die Seele des Menschen gleicht dieser Form. »Gott kommt zu seiner Zeit und gießt sich in alle diese Vertiefungen unseres Daseins und gießt sie alle mit sich aus und wird in uns das Werk, das er in der Natur nicht werden kann. So, meine liebe Mama, fühle ihn und sieh das ganze Leben und jeden Eindruck, den es zufügt und zurücklässt in diesem Sinn, als eine Stelle von Gottes Oberfläche, die wir bilden; wer je in eine leere Form hineingesehen hat, der weiß, wie unkenntlich, wie unverständlich die Höhlung aussehen kann, die später an dem ausgegossenen Ding die herrlichste und vollkommenste Rundung ergibt, die sich denken lässt!«[46]

Lou Andreas-Salomé – Geliebte, Lehrerin, Übermutter

Füreinander bestimmt

»… daß Du aus Einsamkeiten dem großen Glück entgegenschreiten und meine Hände finden wirst.«

Rilke sehnte sich lebenslang nach der innigen Liebe, die er als Kind gegenüber seiner Mutter empfunden hatte. Die Entfremdung von ihr hinterließ deutliche Spuren. Angst- und Einsamkeitsgefühle begleiteten seinen Weg ins selbstbestimmte Leben. Der junge Dichter suchte eine Ersatzmutter, die nicht einreißt, sondern aufbauen hilft; der er nicht Lebensmut zusprechen muss, sondern zu der er aufschauen darf, um zu lernen und zu wachsen. Und dann tritt diese Mutter-Geliebte tatsächlich in sein Leben: Sie heißt Lou Andreas-Salomé und ist 15 Jahre älter als er.

Im September 1896 ist Rilke von seiner Heimatstadt Prag nach München gewechselt, weil er sich als aufstrebender Autor dort Kontakte zur Künstlerszene und besonders zur Bühne verspricht. Denn der Zwanzigjährige sieht seine Zukunft als Theaterautor und hat bereits eine Reihe von Stücken geschrieben. Er studiert Philosophie an der Münchner Universität und schreibt Rezensionen für Münchner Blätter. Bald gehört auch er zur Schwabinger Künstlerszene und macht, nachdem im Dezember 1896 sein dritter Gedichtband »Traumgekrönt« erschienen ist, sogar den populären bayerischen Dichter Ludwig Ganghofer auf sich aufmerksam. Etwas widerwillig, aber entschlossen, seine Kontakte zu nutzen, besucht er die entsprechenden Münchner Salons und Künstlerkreise. Unter anderem freundet er sich mit dem Lyriker Wilhelm von Scholz und der schillernden Bohemiènne und Schriftstellerin Franziska Gräfin zu Reventlow an, die wegen ihres als skandalös empfundenen Lebensstils eine Szeneberühmtheit ist.

Am Teetisch des jungen Schriftstellers Jakob Wassermann begegnet er am 12. Mai 1897 erstmals der 36-jährigen Russin Lou, die er längst kennt, denn er hat ihre Schriften gelesen und sofort Gemeinsames entdeckt. Für René ist es nicht nur eine intellektuelle Begegnung, sondern eine Amour fou, ein Gefühlssturm, der ihn, den versierten Liebesbriefschreiber, zu so gewagt-vertraulichen Formulierungen hinreißt, dass die eher nüchterne Lou sogleich beeindruckt ist.

»*Gnädigste Frau,*
es war nicht die erste Dämmerstunde gestern, die ich mit Ihnen verbringen durfte. Da gibt's in meiner Erinnerung eine, die mich arg verlangen machte, Ihnen ins Auge zu sehen. Es war im Winter und mein ganzes Sinnen und Streben, das der Frühlingswind in tausend Weiten weht, war in die enge Stube und die stille Arbeit gezwängt. Da kam mir, von Dr. Conrad gesandt, das Aprilheft 96 der ›Neuen Deutschen Rundschau‹. *Ein Brief Conrads verwies mich auf einen drin befindlichen Essay.* ›Jesus der Jude‹. *Warum? Dr. Conrad hatte damals ein paar Theile meiner* ›Christus-Visionen‹ … *gelesen und muthmaßte, daß mich jene geistvolle Abhandlung interessiren dürfte … Ihr Essay verhielt sich zu meinen Gedichten wie Traum zu Wirklichkeit wie ein Wunsch zur Erfüllung.*«[1]

Natürlich hätte er ihr das alles schon beim Tee mitteilen können, doch das »Geheimnis« dieser dankbaren Vertrautheit könne er nicht teilen, schließt der Briefschreiber, sondern müsse es ihr persönlich darlegen. Am besten gleich am nächsten Freitag im Theater am Gärtnerplatz. Und bald will er Lou auch seine Gedichte vortragen. Was die so zielstrebig Umworbene darauf geantwortet hat, ist nicht überliefert. Im Tagebuch notiert sie wenig Schmeichelhaftes, was das Äußere des jungen Mannes betrifft. Zwar habe er »seelenvolle Augen«[2], aber einen dünnen Hals, schmale Schultern und keinen Hinterkopf.

Lou Andreas-Salomé ist es gewohnt, bewundert und umschmeichelt zu werden. Sie ist keine Schönheit, aber eine sinnlich wirkende, blondgelockte Frau und erfolgreiche Publizistin, befreundet mit Nietzsche, Strindberg, Hauptmann und Ibsen. Verheiratet ist sie mit dem Göttinger Orientalisten Friedrich Carl Andreas, mit dem sie das Haus, aber nicht das Bett teilt. Das ist eine Abmachung, die sie eisern einhält, auch gegenüber Begehrlichkeiten, die von Nietzsche und dessen Freund Paul Rée ausgehen. Diese temperamentvolle Frau bleibt kühl bis ins Herz, wenn es um ihre Unabhängigkeit geht, die sie sich früh erkämpft hat. Als Tochter eines deutschbaltischen, von Hugenotten abstammenden Offiziers in russischen Diensten, der in St. Petersburg unweit des Winterpalais mit seiner Familie eine herrschaftliche Dienstwohnung bewohnte, ist sie es gewohnt, mit den Spitzen der Gesellschaft zu verkehren. Ihr Vater Gustav von Salomé, der im Alter von sechs Jahren mit seinen Eltern nach St. Petersburg gekommen war, brachte es in der russischen Armee zum General und wurde 1831 von Zar Nikolaus I. geadelt. Mutter Louise ist die Tochter des wohlhabenden, aus Hamburg stammenden Zuckerfabrikanten Siegfried Wilm. Als einziges Mädchen unter sechs Geschwistern lernte Lou früh sich zu behaupten, auch gegenüber ihrem Erzieher, dem niederländischen Pfarrer Hendrik Adolph Gillot, der sich bald in das kluge Mädchen verliebte, das seine erotischen Reize wirkungsvoll einzusetzen wusste.

Er lehrte sie Philosophie und vergleichende Religionswissenschaft. Zusammen lasen sie Kant und Kierkegaard, Spinoza und Leibniz. Als er ihr einen Heiratsantrag machte, wies Ljolja, wie sie von ihrem Vater zärtlich genannt wurde, ihn empört zurück. Gillot war bereit, Frau und Kinder zu verlassen, um die Achtzehnjährige zu heiraten. Lou verteidigte entschieden ihr ausgeprägtes Freiheitsbedürfnis.

Als der junge Rilke in Lous Leben tritt, geradezu in es hineinstürmt, hat sie sich längst einen Namen gemacht – ein viel beachtetes Buch über Nietzsche (1894) und den autobiografischen Roman »Ruth« (1895) geschrieben. Sie gilt als begabte Erzählerin, Philosophin und Kulturwissenschaftlerin. Ihrer Berufung zur Schriftstellerin ordnet sie alles andere unter. Auch ihre Beziehungen zu Männern standen von Anfang an im Zeichen dieses Schaffensegoismus. Die Freundin Frieda von Bülow schrieb in ihrer Schlüsselerzählung »Zwei Menschen« (1898) von der »Vampirnatur, die anderen das Herzblut gierig aussaugt«[3]. Neben ihrer Freundschaft zu Nietzsche und Paul Rée unterhält Lou geistig anregende Beziehungen mit dem sozialdemokratischen Redakteur Georg Ledebour in Berlin, dem Dichter Richard Beer-Hofmann in Wien und dem Schauspieler und Dramatiker Frank Wedekind in Paris. Mit dem bekannten Wiener Arzt und Freud-Schüler Friedrich Pineles hat sie ein Verhältnis, weigert sich aber, ihren Mann zu verlassen, um ihn zu heiraten.

Das alles weiß Rilke nicht, als er beginnt, Lou zu umschwärmen. Sie verkörpert fast alles, was auch ihn umtreibt: die Suche nach einem zeitgemäßen Gottesbild, das Bedürfnis nach geistiger Unabhängigkeit auf dem Fundament einer umfassenden Bildung, die Kraft zur Emanzipation wie auch die Fähigkeit zur Bindung, ein Alltagsethos ohne moralistische Verknöcherung. Und über allem bewundert er die in ihr verkörperte Symbiose aus Weiblichkeit und Intellekt.

Wie Lou ist Rilke von Nietzsches Gott-ist-tot-Metaphysik beeinflusst, sucht auch er nach einer Religiosität, die Glauben und Erkenntnis verbindet. Den traditionellen Kirchenglauben seiner Mutter empfindet er als Herausforderung. Er wünscht sich, die Gottesbegegnung nicht nur in Ritual und Gebet, sondern unmittelbar zu erfahren und sie vor allem mit der Vorstellung des Schönen zu verbinden, wie sie der junge Dichter zu entwickeln beginnt.

Lou Andreas-Salomé, die ihren heiß geliebten Vater früh verlor und dies als Erschütterung ihres Glaubens empfand, ist dem suchenden René weit voraus. An sich selbst hat sie erlebt, dass Gott sterben kann; dass das Gottesbild beeinflusst wird von der jeweiligen existenziellen Befindlichkeit und auch viel Projektion hineinfließt. Dass es sich bei der Religion also nicht nur um ein theologisches, sondern auch um ein psychologisches Phänomen handelt. Ihre jahrelangen kindlichen Zwiegespräche mit Gott waren plötzlich unmöglich geworden, jäh war sie aus ihrem Gottvertrauen herausgefallen. Es schien ihr sogar, als sei Gott nun auch der Welt verloren. Sie musste sich ihren Glauben neu erkämpfen. So trägt ihr erstes Buch bezeichnenderweise den Titel »Im Kampf um Gott«.

Als es 1885 erschien, war sie 24 Jahre alt. Es geht darin um den Glaubensverlust, den der Held des Buches erleidet. Im Pfarrersohn Kuno konnten die Leser unschwer das *alter ego* von Nietzsche erkennen. In einem quälenden Selbstfindungsprozess befreit er sich von seinen religiösen Prägungen und den moralischen Ansprüchen der Gesellschaft. Hätte Rilke das Buch gekannt, hätte auf ihn sicher weniger der selbstherrliche Kuno als dessen Jugendfreundin Jane Eindruck gemacht. Sie entspricht seiner – und Nietzsches – Vorstellung von der Frau als Verkörperung radikaler Hingebung, die sich den Angebeteten als »eine Art Gott glücklich zurecht construiert hat«[4]. Damit schuf Lou bewusst ihr

Gegenbild, ohne es zu denunzieren. Dass Glaube, Religion und Moral zutiefst weibliche Eigenschaften seien, wie Lou Andreas-Salomé in späteren Essays ausführen wird, trifft genau Rilkes Lebensgefühl, für den Liebe und Religion von Anfang an zusammengehören.

Vorerst aber entzündet sich seine Bewunderung an Lous Schrift »Jesus der Jude« (1895). Dieser Jesus geht an der Welt zugrunde, weil sie ihn zum Gott erhöht. Als Jude glaubte er an den Bund mit Gott im Diesseits, als Christus wird er ans Kreuz geschlagen. Die Autorin erinnert damit an die Tatsache, dass die christliche Religion mit ihrem Versprechen auf das Jenseits zu einem Zeitpunkt entstand, als das vorexilische Judentum an sich und seiner Auserwähltheit zu zweifeln begann. Aus Sicht des jungen Dichters hat Lou Andreas-Salomé das, was er poetisch auszudrücken versucht, in einen religionspsychologischen Zusammenhang gestellt. Rilkes Jesus irrt durch eine Welt, die nach Erlösung verlangt, aber im Zeichen des Kreuzes vor dem Leid kapituliert. In seinen das Blasphemische streifenden »Christus-Visionen« begibt sich der sich von Gott genarrt fühlende Jesus auf den Judenfriedhof und bricht am Grab des Rabbi Löw von Prag in eine zornige Klage über das Schweigen Gottes aus:

»*Und dann von tausend Erdensorgen schwer*
stieg meine Seele in den hohen Himmel,
und meine Seele fror; denn er war leer.
So warst du niemals – oder warst nicht mehr,
als ich Unsel'ger auf die Erde kam.«[5]

Jesu Empörung über einen Gott, der ihn und damit auch die Menschheit alleinlässt, ist nicht Rilkes letztes Wort über Gott und die Welt. Seine Jesus-Gedichte sind nur die Negativform, in der sein Glaube an die verborgene Präsenz Gottes Gestalt anzunehmen beginnt. Geburtshelferin dieser

Religion der Weltimmanenz wird Lou werden, die gewaltig aufbrechende Liebe zu ihr ist gewissermaßen der Vorschein einer allumfassenden kosmischen Liebe, mit der die Welt gerechtfertigt ist. Mensch, Gott und Natur sind in einem mystischen Sinne eins.

Nach zwei eher harmlosen Theaterabenden und einer Lesung seiner Gedichte bei ihr zu Hause geht Rilke aufs Ganze und sendet Lou am 31. Mai 1897 den ersten einer langen Reihe von leidenschaftlichen Liebesbriefen und Gedichten, die alle von der Gewissheit eines schicksalhaften füreinander Bestimmtseins durchdrungen sind.

»Sehnsucht singt:
Ich bin Dir wie ein Vorbereiten
Und lächle leise, wenn Du irrst;
Ich weiß, daß Du aus Einsamkeiten
Dem großen Glück entgegenschreiten
Und meine Hände finden wirst.«[6]

Lou kennt diese blau versiegelten Briefe mit ihrer etwas preziösen, nicht leicht lesbaren Handschrift. Rilke hat ihr bereits eine Reihe von Gedichten anonym zugesandt. Jetzt lässt er sie wissen, dass er einen Tag lang vergeblich durch München und den Englischen Garten gewandert sei, um ihr – »zitternd vor lauter Willen« – Rosen, die Blumen der Liebe, zu schenken:

»Fand auf fernentlegnen
Wegen Rosen. Mit dem Reis,
Das ich kaum zu halten weiß,
Möcht' ich Dir begegnen.

Wie mit heimatlosen
Blassen Kindern such' ich Dich, –

Und Du wärest mütterlich
Meinen armen Rosen ...«[7]

Die Botschaft lautet: Da ist ein verwaistes Kind, das mütterliche Zuwendung sucht – aber hinter dieser Demutshaltung verbirgt sich auch der Wille, mehr als nur Mütterlichkeit zu empfangen, als Liebender ernst genommen zu werden. Liebe schenken und mütterliche Wärme bekommen, das sind die Erwartungen, mit denen der junge René sich der so viel Älteren nähert. Die Konstellation ist günstig, denn Lou Andreas-Salomé ist begierig auf Menschen, eine geborene Psychologin, eine analytisch begabte Menschenversteherin. Bislang hat sie selbstbewusste Persönlichkeiten angezogen, originelle Denker und arrivierte Autoren, allesamt sehr männliche Männer – und nun ist da dieser scheue, zur Hingabe bereite, feminin wirkende junge Mann mit dem ungesunden Teint und den suggestiven Augen, der ihr auf eine raffiniert schmeichelnde, aber auch neugierig machende Weise fordernde Briefe schreibt. Und der von Anfang an ihre Überlegenheit anerkennt.

Geschickt setzt Rilke die Umworbene unter Druck: Er sei in Gefahr, zum Militär eingezogen zu werden, und müsse sie unbedingt vorher noch sehen! Die Musterung finde am 4. Juni in der Nähe von Prag statt. Den Brief unterzeichnet er mit *René Maria*, eine Geste kalkulierter Vertraulichkeit. Obwohl sie seine Poesie für zu pathetisch und sentimental hält, findet Lou Gefallen an dem Jungdichter, der seine Gedichte auf Knien vorträgt und ihr bald einen ganzen Band davon widmen wird. Vielleicht spürt sie, dass dieser unfertige, aber hochbegabte junge Mann eine spannende Herausforderung ist, dass sie ihn wie ein besonders kostbares Menschenexemplar erforschen und schließlich auch formen kann. Sie beschließt, ihn aufs Land, nach Wolfratshausen im Isartal, mitzunehmen, um sich näher kennenzulernen.

Was dort in der Nacht zum 1. Juni 1897 geschieht, bleibt im Dunkeln. Der jubilierende Ton und das »Du« in Rilkes auf diesen Ausflug folgenden Briefen lässt vermuten, dass die beiden in Wolfratshausen ein Paar geworden sind und der im ersten Brief erhoffte Traum Wirklichkeit geworden ist:

»Denn ich hab' der Sehnsucht neben mir in die Augen geschaut, und sie führte mich an sicherer Hand. Ich kann leiser werden in jedem Wort.«[8]

Er habe nun eine Heimat, schreibt er Lou drei Tage später. Alles, was er jetzt zu Papier bringt, ist durchtränkt von Glückseligkeit. Seine Liebe reißt Rilke über sich selbst hinaus, sie ist Geschenk und soll auch den geliebten Menschen wachsen lassen. Lou wird ihm dankbar sein! Eine Flut von Liebesgedichten fließt aus seiner Feder, die er ein Jahr später unter dem Titel »Dir zur Feier« zu einem Band zusammenfassen wird. Im Rückblick auf diese prägenden Jahre lässt auch Lou erkennen, dass tatsächlich etwas geschehen ist, was auch ihr Leben verändert, obwohl sie die ganze Dimension dieser intimen Beziehung erst im Lauf der Jahre erkennen konnte:

»War ich jahrelang Deine Frau, so deshalb, weil Du mir das erstmalig Wirkliche gewesen bist, Leib und Mensch ununterscheidbar eins, unbezweifelbarer Tatbestand des Lebens selbst. Wortwörtlich hätte ich Dir bekennen können, was Du gesagt hast als Dein Liebesbekenntnis: ›Du allein bist wirklich‹. Darin wurden wir Gatten, noch ehe wir Freunde geworden, und befreundet wurden wir kaum aus Wahl, sondern aus ebenso untergründig vollzogenen Vermählungen. Nicht zwei Hälften suchten sich in uns: die überraschte Ganzheit erkannte sich erschauernd an unfaß-

licher Ganzheit. So waren wir denn Geschwister – doch wie aus Vorzeiten, bevor Inzest zum Sakrileg geworden.«[9]

Was im Rückblick als Symbiose dargestellt ist, erscheint erst einmal als herausfordernder Gegensatz. Denn die gemeinsame Nacht der verheirateten Frau mit dem blutjungen, in Liebesdingen völlig unerfahrenen Dichter hat etwas Gewagtes. Nüchtern notiert Lou ins Tagebuch, sie habe mit René um halb vier Uhr in der Nacht gefrühstückt. Danach trinkt sie Kaffee mit der mitgereisten Frieda von Bülow. Man kann sich unschwer vorstellen, über was die beiden Freundinnen sich da früh am Morgen ausgetauscht haben. Ihrem René rät Lou, wohl in Rücksicht auf ihren Mann, in seinen Briefen erst einmal die Anrede »Sie« zu wählen. Aber bald verändert sich Rilkes Tonlage, bekommt eine zunehmend sakrale Färbung, auch die Bilder werden feierlicher:

»Und meine Wünsche, die früher wie wilde Rosen um den leeren Thron wucherten, wachsen jetzt als weiße Säulen um den Raum, von dessen Tempelfrieden Sie in meine Seele herablächeln und meine Sehnsucht segnen.«[10]

Die unbestimmte Sehnsucht hat jetzt ein konkretes Objekt und stellt es auf einen Altar, um es anbeten zu können. Eine »heilige Zeit« ist für Rilke angebrochen, ein Frühling der Liebe, in dem alles neu ist, der Himmel heller strahlt, die Quellen tiefer sprudeln. Alles Bilder religiöser Verzückung, wie man sie von Kirchenliedern und Psalmen her kennt, ein Evangelium der Liebe. In den Briefen an Lou klingen mystische Verschmelzungswünsche an:

»Ich will leise Träume träumen und mit ihrem Glanz wie mit Ranken meine Stube schmücken zum Empfang. Ich will den Segen Deiner Hände auf meinen Händen und meinem

Haar in meine Nacht mitnehmen. Ich will nicht zu den Menschen reden, damit ich den Nachklang Deiner Worte, der wie ein Schmelz über den meinen zittert und ihren Klang reich macht, nicht verschwende, und ich will nach der Abendsonne in kein Licht mehr sehen um am Feuer Deiner Augen tausend leise Opfer zu entzünden ... Ich will aufgehen in Dir, wie das Kindergebet im lauten, jauchzenden Morgen, wie die Rakete bei den einsamen Sternen ... Jetzt will ich Du sein. Und mein Herz brennt vor Deiner Gnade, wie die ewige Lampe vor dem Marienbild.«[11]

Lou sind diese Übersteigerungen zuerst peinlich, dann lästig. Noch kann sie das produktive Potenzial dieser Gefühlsseligkeit, die weit über das geliebte Du hinauszielt, nicht erkennen. Aus anfänglicher Rührung und Verständnis wird Verärgerung. Sie beschließt ein erzieherisches Ausnüchterungsprogramm, das mit einer Umtaufung beginnt: Aus René wird der prosaische Rainer. Fortan wird er seine Bücher unter Rainer Maria Rilke erscheinen lassen. Lou fordert, dass Rilke das Sentimentale in seiner poetischen Produktion zurückdrängt zugunsten von mehr Gedankentiefe und Formbewusstsein. Auch eine neue, elegantere Handschrift zwingt sie ihm ab. Mit dem Abschreiben von Texten muss er sie üben. Rainer nimmt alles hin, um nur bei ihr sein zu dürfen, von der erfahrenen Autorin lernen zu können.

Doch erst einmal muss er seine Geliebte teilen. Immer, wenn ihr ein Mann allzu nahekommt, entwickelt Lou Mechanismen der Abwehr. Ins »Lutzhäuschen« unweit des Starnberger Sees, wo die beiden zusammen mit Lous Freundin Frieda von Bülow den Sommer verbringen, holt sie den russischen Schriftsteller und Kritiker Akim Lwowitsch Wolynski, der mit seinem scharfen Intellekt den Gegentypus zum schüchternen, introvertierten Rilke abgibt, der sich auch sofort zurückzieht. Nicht ganz freiwillig, denn Lou macht ihm klar, dass sie für die Arbeit an ihren Erzählungen und Essays die Hilfe Wolynskis braucht und er dabei stört. Rilke, der ein Zimmer im Nachbardorf bezieht, darf Lous Texte dann abschreiben.

Schließlich stößt auch noch Friedrich Carl Andreas mit Hund zu der Wolfratshausener Gruppe. Man wandert barfuß und von Glühwürmchen umschwebt durch nächtliche Wälder und isst vegetarische Kost. Die Männer tragen Strohhüte, Lou eine weitärmlige russische Bauernbluse, das Haar hinten geknotet, mit blonden Strähnen im gebräunten Gesicht. Im zweiten Domizil, einem an den Hang gebauten Bauernhaus – die Freunde wohnen direkt über dem Kuhstall – weht auf dem Dach eine Flagge mit der Aufschrift »Loufried« – eine Anspielung auf die Villa »Wahnfried« von Richard Wagner in Bayreuth. Gemalt und angebracht hat sie der ebenfalls angereiste und mit Lou befreundete Architekt August Endell. Aber das Idyll ist fragil, der immer ein wenig in sich gekehrte, mürrisch dreinblickende Rilke wachsenden inneren Spannungen ausgesetzt. In der vertrauten Gemeinschaft fühlt er sich als Außenseiter. Als Lou Anfang September zu ihrem früheren Geliebten, dem Arzt Dr. Pineles nach Bad Hallein bei Salzburg fährt, ist Rilke verzweifelt. Einsam wandert er über die Wege, die er mit Lou gegangen ist.

Dennoch – oder vielleicht gerade deswegen – entsteht am Ende dieser aufregenden Wochen des Lernens, Liebens und des zeitweiligen Ausgeschlossenseins eines von Rilkes eindringlichsten Liebesgedichten. Man kann es als Anrufung der Geliebten, aber auch Gottes lesen. Lou findet das Blatt in ihrem Zimmer in der Villa »Loufried«:

»Lösch mir die Augen aus: ich kann Dich sehn
Wirf mir die Ohren zu: ich kann Dich hören

Und ohne Fuß noch kann ich zu Dir gehn
Und ohne Mund noch kann ich Dich beschwören.
Brich mir die Arme ab: ich fasse Dich
Mit meinem Herzen wie mit einer Hand
Reiß mir das Herz aus und mein Hirn wird schlagen
Und wirfst Du mir auch in mein Hirn den Brand
So will ich Dich auf meinem Blute tragen«[12]

So leicht lässt sich dieser Dichter nicht abschütteln, signalisieren die expressiven Strophen. Rilke lernt schnell mit den zeitweiligen Verbannungen zu leben und wird sich künftig an dieses Wechselspiel von Nähe und Distanz, Vertrautheit und Vertreibung gewöhnen – ja, er wird diese Methode später zu seiner eigenen machen, auch wenn er jetzt darunter leidet. Trotz der prekären Dreiecksbeziehung will er unbedingt bei Lou bleiben und beschließt, zu ihr nach Berlin zu ziehen, wo sie mit ihrem Mann zuerst ein Haus im Stadtteil Wilmersdorf, dann in Schmargendorf bewohnt. Ganz in ihrer Nähe findet er eine Unterkunft. Regelmäßig kommt er zu Besuch und ist sich nicht zu schade, Holz zu hacken oder Geschirr abzuspülen. Das alles wird vom Hausherrn, den alle nur »Loumann« nennen, toleriert. Friedrich Carl Andreas kann sich nicht vorstellen, dass dieser blasse Bursche mit seiner Frau eine intime Beziehung unterhält. Er betrachtet ihn als klugen Schüler, als Dichternovizen, der um Anerkennung kämpft und in seiner Frau eine Türöffnerin zum kulturellen Leben der Metropole gefunden hat. Andreas ist viel zu sehr mit eigenen Studien zur persischen Kulturgeschichte beschäftigt, um Gedanken an den jungen Gefährten seiner Frau zu verschwenden.

Aber die Heimlichtuerei macht Rilke krank, sie führt wie schon in Wolfratshausen zu Reizbarkeiten und cholerischen Wutausbrüchen, die Lou viel Geduld und Fingerspitzengefühl abverlangen. Wie eine Mutter kümmert sie sich um ihn, besänftigt, lobt, ermuntert. Die Vertrautheit ist schon so groß, dass man auch offen über Rilkes schwache körperliche Konstitution spricht, über Hämorrhoiden, Ekzeme und Erektionsstörungen. Lous Vertrauter Dr. Pineles sieht darin Symptome einer Rückenmarkserkrankung, die sich zu einer Geisteskrankheit auswachsen könnte. Immer wieder zieht sich Rainer trotzig zurück, um dann nach Nähe bettelnde Briefe zu schreiben. In Erzählungen versucht er seine als Demütigung erfahrene Außenseitersituation zu verarbeiten, in Gedichten verherrlicht er seine Geliebte.

Unablässig ist er mit ihr in der Stadt unterwegs, um endlich dazuzugehören, Anschluss zu finden. Als er bei einer Lesung Stefan George begegnet, schreibt er ihm einen ehrerbietigen Brief und bittet um Aufnahme in seinen Kreis, was dieser ablehnt. Eine Kränkung, die Rilke lange beschäftigen wird. Auch die Beziehung zu Ludwig Ganghofer ist durch den überstürzten Weggang von München abgebrochen, doch lernt er durch Lous Vermittlung den Lyriker Richard Dehmel kennen. Ein weiterer Gedichtband erscheint. Den Titel »Advent« (1897) versteht Rilke, obwohl die Gedichte alle vor der Begegnung mit Lou entstanden sind, als programmatisch. Schon im Juni 1897 hatte er Lou begeistert geschrieben, er befinde sich »im ersten Dämmer einer neuen Epoche«[13]. Nun soll sie endlich beginnen. Sechs Jahre später wird er auf die schwierige Zeit in Berlin mit Dankbarkeit zurückblicken:

»Du warst alles Zweifels Gegentheil und ein Zeugnis warst Du mir dessen, daß alles i s t was Du berührst, erreichst und schaust. Die Welt verlor das Wolkige für mich, dieses fließende Sich-Formen und Sich-Aufgeben, das meiner ersten Verse Art und Armuth war.«[14]

Um Lou noch besser kennenzulernen, ihre geistige Welt, beschäftigt sich Rilke mit russischer Sprache und Kultur. Doch bevor Lou mit Rilke zu einer Reise nach Russland, in ihre Heimat, aufbricht, schickt sie ihn erst einmal nach Italien, um Abstand zu gewinnen. Sie hat ihm als strenge Lehrerin auch ein Pensum aufgegeben: Er soll dort ein Tagebuch führen, um seine Bildungsfortschritte zu dokumentieren. Vorher muss er noch Italienisch lernen. Rilke ist fasziniert von der Renaissance, mit der er sich länger schon beschäftigt hat. In dieser Epoche erkennt er den Wurzelgrund der Introversion, die auch sein eigenes Selbstverständnis als Dichter kennzeichnet. In der Renaissance wendet der Künstler sich erstmals seiner eigenen Seele zu, wird zum Darsteller inneren Lebens.

Deshalb reist Rilke Mitte April 1898 nach Florenz, um Kunst und Baudenkmäler zu studieren. Nachdem er sich in den Galerien und auf den Plätzen von Florenz sattgesehen hat, fährt er drei Wochen später weiter ins mondäne Seebad Viareggio, um sich von der Stadt zu erholen. Hier versucht er das Gesehene zu verarbeiten. Das Ergebnis sind sentenzenhaft formulierte, an Nietzsches elitäre Kunstauffassung angelehnte Reflexionen zum Problem des Künstlertums. Kunst sei nicht dazu da, die Menge zu unterhalten. Der Künstler schaffe nur für sich selbst, einem inneren Gesetz folgend:

> »*Wisset denn, daß die Kunst ist: das Mittel Einzelner, Einsamer, sich selbst zu erfüllen. Was Napoleon nach außen war, das ist jeder Künstler nach innen. Es geht über Siege wie über Stufen aufwärts. Aber hat Napoleon jemals dem Publikum zuliebe gesiegt?*«[15]

Was Rilke im Mai 1898 in Viareggio in sein Tagebuch notiert, ist die große Unabhängigkeitserklärung des Künstlers gegenüber der Gesellschaft, die sich als »Tempelschänder(in)«[16] anmaßt, über die Kunst zu richten. Ein flammendes Plädoyer für die Einsamkeit, denn nur in der Loslösung von den gesellschaftlichen Erwartungen kann der Künstler sich selbst realisieren. Dichten heißt für Rilke, sich selbst erschaffen, erst der schöpferische Mensch ist der wahre Mensch. Im Alltag, im Verkehr mit den anderen verdunkelt sich sein Wesen, in der Kunst wird es licht.

Ähnliches hatte seine Lehrerin Lou in ihrem Aufsatz »Grundformen der Kunst« (1898) ausgeführt: Der Künstler hole sich den Stoff seiner Anschauung nicht aus der äußeren Welt, sondern gehorche einer inneren Vision. In diesem Sinne postuliert nun auch Rilke, alle Kunst sei Selbst-Zweck, Dichten sei Welt-Erschaffung. Damit klingt schon an, was die Gedichte des »Stunden-Buchs« (1905) zum Ereignis machen wird: die Vision vom Dichter als Schöpfer einer neuen Gottheit, einer neuen Religion des Schöpferischen: »Solange dieser Gott lebt, sind wir alle Kinder und unmündig. Er muß einmal sterben dürfen. Denn wir wollen selbst Väter werden.«[17]

Dieser Gedanke ist wie eine Befreiung, plötzlich beginnen die Dinge zu sprechen, die Welt baut sich für Rilke neu und strahlender auf. Es wiederholt sich, was die Liebe zu Lou ausgelöst hatte. »Es ist dann, als wären wir alle der gleichen Wesenheit und hielten uns bei den Händen.«[18] Die mystische Vermählung von Ich und Welt geschieht im Weltinnenraum, den sich der Dichter schafft.

Mit Jelena Woronina am Meer

»Sie Undankbare, das ist das Leben!«

Eine verlockende Vereinigung zeichnet sich ab, als Rilke in Viareggio eine fünf Jahre ältere Russin kennenlernt, die 27-jährige Jelena Woronina aus St. Petersburg. Helene, wie er sie nennt, ist seine Tischnachbarin im Hotel und bald auch seine Begleiterin auf Spaziergängen am Meer. Im Gegensatz zu Rilke ist sie, die mit ihrem Vater und ihrer Schwester zur Kur angereist ist, depressiv gestimmt. Aber es gelingt ihm rasch, die junge Frau aufzuheitern. Im Tagebuch ist eine entsprechende Episode festgehalten:

> »›*Ich schäme mich, es zu sagen, aber ich bin wie tot; meine Freude ist so matt geworden, und ich will nichts mehr.*‹ *Ich tat, als vernähme ich nichts, und zeigte plötzlich in schneller Freudigkeit:* ›*Ein Glühkäferchen, sehen Sie?*‹ *Sie nickte:* ›*Da auch.*‹ *–* ›*Und da – und da*‹, *ergänzte ich und riß sie damit hin.* ›*Vier, fünf, sechs*‹ *– zählte sie weiter, ganz erregt; da lachte ich:* ›*Sie Undankbare, das ist das Leben: sechs Glühkäfer und immer mehr. Und Sie wollen es verleugnen?!*‹«[19]

Er verspüre jetzt sogar »Ehrfurcht« vor sich und seiner Beredsamkeit, schreibt Rilke in sein Tagebuch; er entwickle zunehmend den Drang, »alle Zögernden und Zweifelnden« aufzurichten, sie von der Angst zu befreien. Rilke rät seiner andächtig lauschenden russischen Freundin, alles Vertraute hinter sich zu lassen und in die Fremde aufzubrechen, um »irgendetwas aus sich herauszustellen«, etwas Bleibendes zu schaffen. Sind das nicht Lous Worte, die er sich nun zu eigen macht, ihr kühl kalkuliertes Programm der Verbannung auf Zeit, um in Einsamkeit an sich selbst zu wachsen? Ein erstes Zeichen der Emanzipation von seiner mütterlichen Geliebten im fernen Deutschland? Die Notizen im Tagebuch sind ja für Lou bestimmt. Aus den auftrumpfenden Zeilen spricht nicht mehr der selbstquälerische René, sondern der selbstbewusste Rainer: Sieh, ich kann jetzt Trost spenden aus meiner neuen Daseinsfreude heraus – und ich kann Glühkäfer-Nächte auch mit anderen Frauen erleben!

Die erotisch-euphorische Stimmung schlägt sich in einer kleinen Geschichte nieder, die ebenfalls im Tagebuch festgehalten ist und die von der Begegnung mit Helene inspiriert erscheint. Von seinem Hotelbalkon über dem Meer, notiert Rilke, habe er eines Morgens einen Mönch mit schwarzer Kutte und Gesichtsmaske erblickt, eine venezianische Erscheinung. Die düstere Gestalt stand zwischen blühenden Rosen im hellen Garten. Hat das junge Mädchen, das er unten im Schatten des Eingangs stehen zu sehen meint, den Tod herbeigerufen, um ihm sein Herz zu überlassen? »Lieben kann ich nicht mehr, nimm es. Aber laß mich noch schauen.« Ein Sinnbild für die Endlichkeit der Liebe. Rilke will von nun an Leben und Tod als Einheit zusammenschauen, die Wandelbarkeit aller Dinge akzeptieren, um sich nicht mehr von Todesfurcht überwältigen zu lassen, wie früher, als ihn regelmäßig Verlustängste heimsuchten.

Als Rilke Ende des Jahres das Theaterstück »Die weiße Fürstin« verfasst, knüpft er an die Geschichte mit dem schwarzen Mönch an. Die Fürstin ist mit einem Mann verheiratet, der sie nicht begehrt. Sie ist Jungfrau geblieben. Als sich während seiner Abwesenheit ein Schiff mit einem aus der Ferne verehrten Mann an Bord ihrem Schloss nähert und die Fürstin auf sexuelle Erfüllung zu hoffen beginnt, wird sie benachrichtigt, dass eine Pest ausgebrochen sei. Statt einer Liebesbotschaft kommt eine Todeswarnung. Das Schiff mit dem Geliebten fährt vorbei. Beistand findet die Fürstin durch ihre Schwester Minna Lara, die ihr jene Liebe geben möchte, auf die die Fürstin ein Leben lang gewartet hat. Man darf vermuten, dass Rilke in dieser ebenfalls unerfüllten jüngeren Schwester Jelena verkörperte, die ihm die sich immer neu entziehende Lou hätte ersetzen können. Im Stück küssen sich die beiden Schwestern, als seien sie ein Liebespaar. Vor ihrer Vereinigung erscheint mahnend der venezianische Mönch.

Dass es tatsächlich so gewesen sein könnte, Jelena für Rilke eine Versuchung war, sich für die Sprödigkeit Lous zu entschädigen, legen einige Eintragungen im »Florenzer Tagebuch« (1898) nahe. Noch hat Rilke nicht verstanden, dass die Einsamkeit, die er im Tagebuch so sehr feiert und zur Bedingung wahrer Kunst macht, auch durchgestanden sein will. Wohl wissend, dass ihr junger Dichter diese notwendigen Trennungen nicht akzeptiert, hatte Lou ihm abverlangt, nur aus Italien zurückzukehren, wenn sie ihn ruft. Wieder macht er sich klein und hofft auf baldige Rückkehr zu seiner Übermutter Lou. Anders als seine eigene Mutter mit ihren Nervenschwächen ist sie stark, die Beziehung zu ihr aber auch schmerzhaft:

> *»Ich bin wie ein Kind, welches am Abgrund hing. Es ist getrost, wenn die Mutter es in lieber, leiser Stärke faßt, ist auch Tiefe noch unter ihm und spreizen sich Dornen zwischen seiner Wange und ihrer Brust.«*[20]

Hochgestimmt fährt Rilke Anfang Juni 1898 von Viareggio über Genua, Wien und Prag nach Berlin, um Lou zu treffen. Selbstbewusst schreibt er: »Daß ich Dir so klar wiederkehre, Liebling, das ist das Beste, was ich Dir bringe.«[21] Zusammen reisen sie weiter nach Zoppot bei Danzig. Das Wiedersehen ist kühl, viel zu kühl für Rilke, der sofort in die frühere Depression zurückfällt. Auch sein Tagebuch findet nicht die Anerkennung, die er sich erhofft hat. Rilkes Ausführungen über Kunst und Künstler erscheinen Lou wenig originell, die darin enthaltenen Überlegungen zur Mutterschaft und zum künstlerischen Schaffen der Frauen, deren eigentliches Schicksal sich im Gebären erfülle, verärgern sie. In ihrem einige Jahre später erscheinenden Buch »Die Erotik« wird sie zwar die Mutterschaft verherrlichen, aber sie stellt dieses »Urschöpferische« nicht in Gegensatz zum Kunstschaffen, das nach allgemeiner Übereinkunft dem kreativeren Mann vorbehalten bleibt. Im Gegenteil: Eros, Kunst und sogar die Religion sind für Lou weiblichen Ursprungs.

Am 6. Juli 1898 schließt Rilke in Zoppot, »am Rande eines kühleren Meeres«[22], sein Italien-Tagebuch ab. Er fühle sich Lou gegenüber als »Bettler«, nichts, gar nichts habe er ihr zu geben, heißt es dort. Die letzte Eintragung verdeutlicht, wie wenig Ich-Stärke Rilke aus seinem Exil in Italien mitgebracht hat. Noch immer bezieht er alle Kraft aus seiner Liebe zu Lou. *Sie* muss er imaginieren, um schreiben zu können. Dichten kann er nur, wenn er liebt. Doch Lou ist nicht nur *die* Frau, sie ist alle Frauen:

> *»Du bist nicht ein Ziel für mich, Du bist tausend Ziele. Du bist alles, und ich weiß Dich in allem; und ich bin alles und führe Dir alles zu bei meinem Dir-entgegen-Gehen.«*[23]

Unverkennbar hat sich Rilkes Vorstellung von der Liebe geweitet, sie ist nun auch Synonym für die göttliche, welterschaffende Kraft – wie die Kunst. Liebe und Kunst sind eins: Welt, Gott und die Dichtung auch. Aus dem *Du* wird ein machtvolles *Er.* Rilke katapultiert seine Kunst-Vision auf die Gedanken-Flughöhe von Nietzsches »Zarathustra«: Der All-mächtige Künstler wird die gesamte Welt aus sich erschaffen, ein Übermensch, ein Titan der Imagination:

> *»Und der letzte, welcher nach lange kommt, wird alles in sich tragen, was um uns wirksam und wesenhaft ist; denn er wird der größte Raum sein, erfüllt mit aller Kraft. Das wird nur einer erreichen; aber alle Schaffenden sind die Ahnen dieses Einsamen. Es wird nichts sein außer ihm; denn Bäume und Berge, Wolken und Wellen sind nur Symbole gewesen jener Wirklichkeiten, die* er *in sich findet. Alles ist in ihm zusammengeflossen, und alle Mächte, die sonst zer-*

streut einander bekämpften, zittern unter seinem Willen. Sogar der Boden unter seinen Füßen ist zuviel. Wie einen Gebetsteppich rollt er ihn zusammen. Er betet nicht mehr. Er ist. Und wenn er eine Geste tut, wird er erschaffen, hineinschleudern in die Unendlichkeit viele Millionen Welten.«[24]

Vereint mit Lou will Rilke noch einmal neu beginnen. Gott, den er auf dem Weg zu seinem Artistenevangelium aus den Augen verloren hat, soll nun *in* der Dichtung auferstehen. Aber bevor sich diese Auferstehung im Schreiben vollzieht, könnte sich der Blick auf ein Land lohnen, in dem Gott noch selbstverständlich wohnt: Russland. Lou soll ihn dorthin führen, wo das Mysterium lebt.

Mit Lou nach Russland
»Mir war ein einziges Mal Ostern …«

Rilke hat sich auf die Reise, die er – ein Wermutstropfen – nicht allein mit Lou, sondern zusammen mit ihrem Mann unternehmen wird, gründlich vorbereitet. Er hat Russisch gelernt und sich intensiv mit russischer Literatur und Kunst beschäftigt. Auch einige Empfehlungsschreiben hat Rilke sich beschafft. Dies berichtet er seiner Mutter drei Tage vor Beginn der Reise, am 22. April 1899, und ermahnt sie, nur kurze Briefe nach Russland zu senden, da sie sonst konfisziert würden. Falls Briefe von ihm selbst ausblieben, solle sie sich keine Sorgen machen, das habe mit der Postzensur zu tun. Rilke ist über die rückständigen Zustände in Russland mit seinem strengen zaristischen Regime gut informiert. Aber gerade dieser Mangel an Modernität und Fortschrittlichkeit fasziniert ihn. Im ersten aus Moskau abgesendeten Schreiben an die Mutter klingt bereits der Mythos vom heiligen Russland an. Rilke schwärmt von einem »wundersame(n) Land« der goldenen Kuppeln und tiefgläubigen Menschen.

»Der Klang des Orients, gespielt auf den Orgeln dehmütiger Gedanken: das ist Moskau, das ist Russland; denn Moskau ist Russland. Alles ist mir ungemein sympathisch und kommt mir hinter dem ersten Staunen wie altbekannt entgegen! Wie enthüllte Herzen sind die Kirchen. Eine seltsame tiefe geheime Gottesfurcht. Wagen mit Heiligenbildern fahren durch Straßen und Offiziere und vornehme Damen knieen im Gedränge davor, neben dem Bauer, der für Ostern in die Hauptstadt zum ›Mütterchen Moskau‹ kam.«[25]

Mit seiner Neigung, »die russischen Dinge« zu mythisieren, ist Rilke nicht allein. Auch die aufgeklärte Lou neigt dazu, den ursprünglichen, seelenvollen Osten, ihre Heimat, gegen den entzauberten, profanen Westen auszuspielen. Rilke kennt ihren Aufsatz »Russische Dichtung und Kultur«, den sie 1897 in der Zeitschrift »Cosmopolis« veröffentlicht hat. Als die beiden zusammen mit Lous Mann kurz vor Ostern am 27. April 1899 in Moskau eintreffen, ergreift sie sofort der Zauber der Stadt. Obwohl für Rilke eigentlich Dostojewski der Dichter war, der ihm die russische Seele erschloss, soll ihnen nun die persönliche Begegnung mit Tolstoi, wie Lou Andreas-Salomé in ihren Erinnerungen schreibt, »das Eingangstor zu Russland«[26] öffnen.

Durch Vermittlung des Malers Leonid Pasternak, Vater des späteren Schriftstellers Boris Pasternak, werden sie am Karfreitag von dem 71-jährigen Dichter in seinem Moskauer Winterhaus zum Tee empfangen. Für Graf Tolstoi ist nicht der ihm völlig unbekannte Lyriker Rilke, sondern Lous Ehemann von Interesse. Mit ihm unterhält er sich auf Deutsch über die persische Bahai-Religion, der Andreas eine Studie gewidmet hat. Rilke hört schweigend zu. Tolstoi warnt seine Gäste vor der russischen Volksfrömmigkeit, die er für Aberglauben hält. Das einfache Volk sei primitiv, und die Religion, deren wichtigste Wirkung die Moral sei, könne sie nicht wirklich erreichen. Er rät davon ab, Ostern inmitten der Pilgermassen am Kreml zu feiern. Doch weder Lou noch Rilke lassen sich von dem weißbärtigen alten Mann abschrecken. Für Rilke wird Ostern in Moskau zu einer Art Erweckungserlebnis, zum Wiederanschluss an die Kirchenfrömmigkeit, die er glaubte überwunden zu haben. Hier fühlt er eine Brüderlichkeit, ein tiefes Gefühl erlösender Gemeinschaftlichkeit, das sich ihm für immer mit dem Erlebnis Russland verbinden wird:

> *»Mir war ein einziges Mal Ostern; das war damals in jener langen, ungewöhnlichen, ungemeinen, erregten Nacht, da alles Volk sich drängte, und als der Iwán Welikij (der Glockenturm im Kreml) mich schlug in der Dunkelheit, Schlag für Schlag. Das war mein Ostern, und ich glaube es reicht für ein ganzes Leben aus; die Botschaft ist mir in jener Moskauer Nacht seltsam groß gegeben worden und ins Herz. Ich weiß jetzt: Christóss wosskréss! (Christ ist auferstanden!).«*[27]

Nachdem man in Moskau, wie überall auf der Reise, vor allem Kirchen und Klöster besucht hat, geht die Reise weiter nach St. Petersburg, in die Heimatstadt Lous. Abgeholt werden sie am Bahnhof von Lous 76-jähriger Mutter Louise. Nun muss Rilke wieder die Rolle des unverfänglichen jungen Begleiters spielen, der mit dem Ehepaar mitreisen darf. Die beiden wohnen bei Lous Mutter, Rilke nimmt sich ein Zimmer in einer benachbarten Pension. In dieser unangenehmen Situation erinnert er sich an seine Freundin Jelena Woronina, mit der er seit Florenz Briefe wechselt. Sie zeigt

Rilke die Stadt und verbringt viel Zeit mit ihm, was bald auch Lou auffällt. Erstmals lässt sie Anzeichen von Eifersucht erkennen und sorgt dafür, dass Rilke regelmäßig an ihren abendlichen Runden teilnimmt. Rilke hält die verliebte Jelena hin und entschädigt sie mit täglichen Briefen. Er spricht von einer mysteriösen »Gefährtin«, der er verpflichtet sei, und zieht sich langsam zurück. Wenn er Verabredungen nicht einhält, schreibt er: »Meine Gedanken haben die Segel eingezogen in dieser Windstille, meine Gefühle schlafen ...«[28] Und als Trost schenkt er ihr das Gedicht »Lied für Helene« (1899). Währenddessen öffnet Lou ihm die Türen zur Petersburger Künstler- und Intellektuellenszene, knüpft Kontakte zu russischen Verlagen und Zeitschriften. Rilke weiß, dass nicht die sanfte Jelena, sondern die gut vernetzte Lou ihm nützlich ist.

Von St. Petersburg ist Rilke enttäuscht, die Stadt ist ihm zu verwestlicht, »viel internationaler und unrussischer«, wie er am 3. Mai seiner Mutter berichtet.[29] Auf der nächsten Reise will er wieder nach Moskau und vor allem hinaus aufs Land fahren, in die Weiten Russlands, um sich mit den »russischen Dingen« auseinandersetzen zu können, dem unverfälschten Russland. Nach einem Besuch bei dem Volksmaler Ilja Repin beschäftigt er sich intensiv mit der russischen Kunst des Mittelalters. In der Petersburger Bibliothek betrachtet er Heiligenbilder und studiert Christus-Darstellungen, Madonnenbilder und Ikonen. Er fühlt sich berührt durch eine Bildsprache, die das Menschliche und Göttliche im »heiligen Geviert« aneinanderrückt. Erstmals in seinem Leben, schreibt Rilke rückblickend, habe er »ein unausdrückbares Gefühl, etwas wie ›Heimgefühl‹ – ich fühlte mit großer Kraft die Zugehörigkeit zu etwas ... in dieser Welt«[30].

Zurück in Berlin, nimmt Rilke die Korrespondenz mit Jelena wieder auf, um ihr von Russland vorzuschwärmen, dem Land aus »Demut und Stolz«. Zudem hat er das Bedürfnis, in sein Leben, nachdem die Beziehung zu Lou sich weiter abgekühlt hat, neue Spannung zu bringen. Jelena, eine junge, moderne Frau, antwortet mit freundlicher Ironie, hat sie doch inzwischen erkannt, wie sehr dieser deutsche Dichter das Eigene ins Fremde zu projizieren, alles und jedes zum Stoff der Dichtung zu machen versteht: »O Sie lieber, törichter Dichter, kann man nun für etwas so schwärmen wie Sie für Rußland? Es verging mir der Atem, bis ich zum Ende Ihres Briefes ankam, und ich bin noch jetzt betäubt.«[31]

Auch die Zeit nach der Rückkehr aus St. Petersburg gehört Russland. Lou und Rainer verbringen den Sommer zusammen im Gartenhaus der Prinzessin Marie von Sachsen-Meiningen, das eigentlich ein Schlösschen ist, wie Rilke seiner Mutter begeistert berichtet. Mit ihnen weilt Frieda von Bülow dort, der als Vertrauter der Prinzessin jenes Refugium überlassen wurde. Alle Spannungen fallen auf dem Bibersberg von Rilke ab, nun darf er seine Gefühle für Lou wieder offen zeigen und ausleben! Bei ihren russischen Studien kommen sie sich auch geistig so nahe wie selten zuvor. Enttäuscht über den Rückzug der beiden, die kaum noch Zeit für ihre Gastgeberin finden, klagt Frieda gegenüber einer Freundin, es erscheine ihr, als wolle das Paar sich bei ihrer täglichen Beschäftigung mit russischer Sprache, Literatur, Kunstgeschichte und Kulturgeschichte »für ein fürchterliches Examen vorbereiten«. Komme man zum Essen zusammen, wirkten die beiden so müde und erschöpft, dass es nicht einmal mehr für eine anregende Unterhaltung reiche.[32] Das Gedicht »Der Madonnenmaler«, das in diesen Wochen der Euphorie entsteht, zeigt, wie stark das Russland-Erlebnis nun das dichterische Selbstverständnis Rilkes zu bestimmen beginnt. Wie ein Ikonenmaler schafft er Sprachbilder von großer plastischer Kraft, in denen das Sichtbare und das Unsichtbare ineinanderfließen.

»So als führte ich ein blondes Kind,
will ich meine goldne Linie führen
um dein Antlitz, wie um Flügeltüren,
hinter welchen hundert Ampeln sind.«[33]

Am 14. September reisen Lou und Rilke überstürzt ab, als sie von Andreas die Nachricht erhalten, dass Lous geliebter Pudel »Lottchen« erkrankt sei. Als sie in Schmargendorf ankommen, ist es zu spät. Das Hündchen stirbt und wird im Garten feierlich beigesetzt.

In seiner Wohnung unterm Dach der »Villa Waldfrieden« richtet Rilke sich eine Andachtsecke mit einem russischen Kreuz und dem Gemälde »Drei Ritter« ein. In einer benachbarten Kammer stellt er Heiligenbilder und Ikonen auf, um sich, ausgestreckt auf einer Bank und bekleidet mit einem russischen Kittel, von der Kraft der Devotionalien inspirieren zu lassen. Die Zeit der Ernte ist gekommen. Wie in einem Rausch schreibt Rilke zwischen dem 20. September und dem 14. Oktober 1899 die »Gebete« nieder, einen Gedichtzyklus, der als »Buch vom mönchischen Leben« den ersten Teil des 1905 erscheinenden »Stunden-Buchs« bilden wird. Er widmet sie der Frau, ohne die diese Gedichte nicht hätten entstehen können: »Gelegt in die Hände von Lou«.

Schon das erste Gedicht schlägt den Ton an, der den gesamten Zyklus tragen wird: Der Dichter schafft mit am Bau der Welt, er lebt den Tag und vollendet ihn am Abend im Gedicht. Der Mönch, von dem die Gedichte erzählen, weiß, dass der stumme Gott, der in der Mönchszelle neben ihm wohnt, seiner Gebete bedarf. Der Betende holt Gott in die Welt zurück. Nicht zufällig erinnert die Szene an die Zwiegespräche der kleinen Ljolja, bevor ihr Gott starb.

»Du, Nachbar Gott, wenn ich Dich manchesmal
In langer Nacht mit hartem Klopfen störe, –
so ists, weil ich Dich selten atmen höre
und weiß, Du bist allein im Saal.
Und wenn Du etwas brauchst, ist Keiner da,
um Deinem Tasten einen Trank zu reichen:
Ich horche immer. Gieb ein kleines Zeichen:
ich bin ganz nah.

Nur eine schmale Wand ist zwischen uns,
durch Zufall; denn es könnte sein:
ein Rufen Deines oder meines Munds –
und sie bricht ein,
ganz ohne Lärm und Laut.

Aus Deinen Bildern ist sie aufgebaut.

Und Deine Bilder stehn vor Dir, wie Namen.
Und wenn einmal das Licht in mir entbrennt
mit welchem meine Tiefe Dich erkennt
vergeudet sichs, als Glanz, auf ihren Rahmen.

Und meine Sinne, welche schnell erlahmen,
sind ohne Heimat und von Dir getrennt.«[34]

Rilkes Gott ist allgegenwärtig und nirgends. Er baut sich in Bildern auf und wirkt auf den zurück, der sie schaut. Er ist das Licht, das auf die Dinge fällt, aber er erlischt auch mit ihnen. Gott ist Schönheit, aber er ist auch Tod und Verwandlung. Er schöpft wie der Künstler aus dem Nichts, um im Geschaffenen erkannt zu werden. Wenn Gott beharrlich schweigt, muss der Mensch reden. Das Schweigen Gottes ist sein Auftrag. Die Welt darf neu und herrlich aufgebaut werden vom Dichter:

»Ich will nicht wissen, wo Du bist,
sprich mir aus überall;
Dein williger Evangelist
verzeichnet alles und vergißt,
zu schauen nach dem Schall.

Ich geh doch immer auf Dich zu
mit meinem ganzen Gehn,
denn wer bin ich und wer bist du,
wenn wir uns nicht verstehn?«[35]

Der Dichter will den Schöpfer heimholen in seine Schöpfung. Auch Gott bedarf der Gnade, denn Gott will erkannt sein. Für Rilke ist das nicht blasphemisch, sondern Ausdruck einer kindlichen Gläubigkeit, die ernst machen will mit Gott.

»Ich glaube an Alles noch nie Gesagte.
Ich will meine frömmsten Gefühle befrein;
was noch Keiner zu wollen wagte,
wird mir einmal unwillkürlich sein.

Ist das vermessen, mein Gott, vergieb.
Aber ich will Dir damit nur sagen:
Meine beste Kraft soll sein wie ein Trieb,
so ohne Zürnen und ohne Zagen: –
so haben Dich ja die Kinder lieb.

Mit diesem Hinfluten,
mit diesem Münden
in breiten Armen ins offene Meer,
mit dieser wachsenden Wiederkehr
will ich Dich bekennen, will ich Dich verkünden
wie keiner vorher.

Und ist das Hoffahrt, so laß mich hoffärtig sein
für mein Gebet,
das so ernst und allein,
vor Deiner wolkigen Stirne steht.«[36]

Mensch und Gott bleiben aufeinander angewiesen, wie der Geist auf den Körper, das Licht auf die Augen, die es erblicken. Der betende Mönch fragt:

»*Was wirst Du tun, Gott, wenn ich sterbe?*
Ich bin Dein Krug, – wenn ich zerscherbe?
Ich bin Dein Trank, – wenn ich verderbe?
Bin Dein Gewand und Dein Gewerbe,
mit mir verlierst Du Deinen Sinn.«[37]

Rilke siedelt sein Gottesbild »am Rande des *Christentums*«[38] an, wohl wissend, wie gewagt er sich an den Dogmen der Orthodoxie entlangbewegt. Aber er fühlt sich beglaubigt durch eigenes Erleben in Russland und die Kenntnis der russischen Geschichte und Kultur. Gott wohne in der Achselhöhle des Menschen, hatte er bei einem russischen Dichter gelesen. Ist diese innige Verschmelzung von Mensch und Gott nicht ein schönes Sinnbild für die biblische Vorstellung von der Gottesebenbildlichkeit? An den Kunsthistoriker Alfred Lichtwark schreibt er im Januar 1900, im russischen Volk »könnte sich vielleicht erfüllen, was ich nur erst in ungewissen Worten anzudeuten wage: daß sein Gott (der noch nicht vollendet ist) und seine Kunst (die noch nicht vollendet ist) gleichmäßig nebeneinander, in steten Wechselwirkungen sich entwickeln …«[39]

Auch die »Geschichten vom lieben Gott«, die Rilke im November 1899 »in sieben aufeinanderfolgenden Nächten«[40] niederschreibt, kreisen um das Wirken Gottes in der Welt und führen fort, was Rilke bereits in den »Gebeten«

lyrisch auszudrücken versucht hatte. Im »Märchen von den Händen Gottes« wird dem Erzähler von einer Nachbarin berichtet, wie schwierig es sei, die Kinderfragen ihrer Tochter nach dem lieben Gott zu beantworten. Was es denn mit den Händen des Schöpfers auf sich habe? Der Erzähler erklärt sich bereit, die Geschichte von der Erschaffung der Welt so zu erzählen, dass die Nachbarin sie ihrer Tochter weitererzählen kann: Als Gott die Welt erschuf, verlor er für einen Augenblick das von ihm Geschaffene aus den Augen – und schon begann die Schöpfung sich von Gott zu entfernen. Während seine Hände den Menschen zurechtkneteten, die rechte Hand die Nase formte, fiel das halb fertige Wesen ihm aus der Linken. Schon bei seiner Erschaffung reißt der Mensch sich aus den Händen Gottes los, um sein Schicksal selbst in die Hand zu nehmen. Dass es vor allem die Kinder sind, die das Getrennte wieder zusammenfügen, erzählt auch das Märchen »Wie der Fingerhut dazu kam, der liebe Gott zu sein«: Eine Gruppe von Kindern beschließt, Gott künftig immer bei sich zu tragen, denn ein »jedes Ding kann der liebe Gott sein«[41]. In einer anderen Geschichte ist es der Künstler, der Gott erlöst. »Der ganze Himmel war nur ein Stein, und er war mitten drin eingeschlossen und hoffte auf die Hände Michelangelos, die ihn befreien würden, und er hörte sie kommen, aber noch weit.«[42] Der Mensch bedarf Gottes, aber auch Gott bedarf des Menschen, wie Rilke dieses Paradox im anrührendsten Gedicht des »Stunden-Buchs« ausdrückt. Der Gläubige hält Gott in der Hand wie einen zitternden jungen Vogel:

»und Du – Du bist aus dem Nest gefallen –
bist ein junger Vogel mit gelben Krallen
und großen Augen und tust mir leid –
(meine Hand ist Dir viel zu breit),
und ich heb mit dem Finger vom Quell einen Tropfen

und lausche, ob Du ihn lechzend langst, –
und ich fühle Dein Herz und meines klopfen –
und beide aus Angst.«[43]

Die zweite russische Reise
»Splitter im Fingernagel und in den Nerven«

Mit dem Studium russischer Volksbräuche und zeitgenössischer russischer Kunst an der Berliner Universität bereitet Rilke sich auf seine zweite Russland-Reise vor – nur mit Lou als Reisegefährtin. Friedrich Andreas hatte zugestimmt, dass die beiden ohne ihn reisen. Am 7. Mai 1900 fahren sie mit dem Zug von Berlin-Charlottenburg über Warschau nach Moskau. Von dort soll es weiter in den Süden des Landes gehen. Die befreundete Schriftstellerin Sofia Nikolajewna Schill verspricht, ein Treffen mit dem Bauerndichter Spiridon Droschin zu arrangieren. Rilke hat einige Gedichte von ihm übersetzt und im »Prager Tagblatt« veröffentlicht. Am 9. Mai treffen die beiden in Moskau ein und besuchen am nächsten Tag sofort die Freundin Sofia. Rilke ist von der »Güte dieser Menschen«[44] überwältigt, wie er seiner Mutter am 11. Mai schreibt, ihm und Lou öffneten sich alle Salons der Stadt. Sofia Schill beschreibt das »auffällige Pärchen« rückblickend in ihren Erinnerungen:

»Die stattliche, etwas füllige Luisa Gustawowna [Lou Andreas-Salomé] im selbstgenähten Reformkleid von eigenartiger Farbe – und daneben der schlanke, mittelgroße Dichter in einer Jacke mit unzähligen Taschen und einem originellen Filzhut. Rainer Ossipowitsch [Rainer Maria Rilke] hatte einen weißen, mädchenhaften Teint; das Oval seines Gesichtes und die Nase waren länglich; die großen, leuchtenden Augen blickten klar wie die eines Kindes auf das

fremde Leben. Das hellblonde Spitzbärtchen stand ihm vorzüglich. Die beiden bummelten durch Moskau, über den Arbat, durch Gassen und Gäßchen und hielten sich wie Kinder an der Hand.«[45]

Lou und Rainer wohnen zuerst im »Großen Moskauer Hof«, dann im Hotel »Amerika« und machen wie ein Jahr zuvor ausgedehnte Spaziergänge durch die Stadt, besuchen Kirchen und Ausstellungen, nehmen an Gottesdiensten teil. Lou führt ein Tagebuch mit dem Titel »Russland mit Rainer«. Im Mittelpunkt ihres Interesses steht das spirituelle Leben der Stadt. Ausführlich beschreibt sie die wundertätige Ikone der »Iberischen Mutter«, ein Madonnenbild, das täglich aus seiner Kapelle geholt, in einem sechsspännigen Pferdewagen durch die Straßen gefahren und von den Moskauern inbrünstig verehrt wird. Für Sofia Schill, die mit dem verklärten Russland-Bild ihrer deutschen Besucher nichts anfangen kann, ist die kleine Kapelle der Mutter Gottes am Kreml eine kitschige »Bonbonniere«[46]. Lou und Rainer dagegen stehen andächtig in dem blau-gold schimmernden Gewölbe; für sie ist es ein Ort, an dem das Heilige Gestalt angenommen hat.

Rilke will unbedingt noch einmal den verehrten Tolstoi sehen. Am 31. Mai reisen die beiden mit dem Zug nach Tula und fahren mit einem Pferdegespann hinaus zu Tolstois Landsitz in Jásnaja Póljana. Das weiße Gutshaus liegt in einem etwas heruntergekommenen Park. Da sie nicht angemeldet sind, müssen sie lange warten, bis sich der Graf kurz am Fenster zeigt. Sein ältester Sohn öffnet die Tür und lässt die Besucher herein, aber hinter Lou schlägt die schwere Tür zu und Rainer ins Gesicht. Wieder übersieht der greise Dichter den jungen Mann, an dessen Namen er sich nicht mehr erinnern kann, obwohl ihm Rilke ein Paket mit Büchern zugesandt hat. Etwas ungnädig zieht sich Tolstoi wieder zurück in sein Arbeitszimmer und lässt die beiden zwei Stunden lang mit seinem Sohn in der Bibliothek warten. Die Gräfin weist die Besucher darauf hin, dass ihr Mann unpässlich sei und sie nicht empfangen könne. Nach einem Rundgang durch das Anwesen werden sie Ohrenzeugen eines Ehestreits. Schließlich erscheint Tolstoi doch und stellt Rilke die Frage: »Womit befassen Sie sich?« Auf dessen Antwort »mit Lyrik« bricht er in eine Tirade gegen alles Lyrische aus, nimmt seine unangemeldeten Gäste dann aber auf einen Rundgang durch sein Gut mit.[47] Auch jetzt gibt sich Tolstoi keineswegs so, wie man es von diesem großen Dichter erwartet hätte. Als ein Bauer ein paar ehrfürchtige Worte an ihn richtet, geht der Gutsherr gleichgültig an ihm vorüber. Trotz dieser widersprüchlichen Eindrücke verklärt Rilke das Wiedersehen mit Tolstoi in seiner Erinnerung zu einem fast mystischen Erlebnis tiefer Übereinstimmung:

> *»Das Gespräch geht über viele Dinge. Aber alle Worte gehen nicht v o r n an ihnen vorüber, an den Äußerlichkeiten, sie drängen sich hinter den Dingen im Dunkel durch. Und der tiefe Wert von jedem ist nicht seine Farbe im Licht, sondern das Gefühl, daß es aus den Dunkelheiten und Geheimnissen kommt, aus denen wir alle leben. Und jedesmal, wenn in dem Klange des Gesprächs das Nichtgemeinsame bemerkbar wurde, ging irgendwo ein Ausblick auf helle Hintergründe tiefer Einigkeit.«*[48]

In ihrem Tagebuch geht Lou Andreas-Salomé mit Tolstoi dagegen hart ins Gericht. Sie kritisiert, dass er das Volk nur von der Warte des Intellektuellen aus sehen könne. Sie hingegen romantisiert, wie Rilke, die kleinen Leute, ihre Kraft des Leidenkönnens und ihren Sinn für das Ewige. In Russlands Menschen sei »das Seltene alltäglich und das Alltägliche selten«[49], notiert sie in ihr Tagebuch. Aber anders als Rilke verliert sie nie ganz ihre Skepsis, ihr analytisches Vermögen, allen Erscheinungen auf den Grund zu gehen. Bereitwillig diskutiert sie mit der Sozialwissenschaftlerin Sofia Schill über deren Erfahrung mit russischen Arbeitern. So entgehen ihr auch die Übertreibungen ihres Gefährten nicht, der jedem Bäuerlein »erwartungsvoll entgegensah wie einer möglichen Vereinigung von Simplizität und Tiefsinn«[50], wie sie in ihrem »Rückblick« schreibt. Rilke ist mit einem festen, allzu festen Bild nach Russland gekommen und neigt zur Überhöhung aller Erscheinungen. Lou dagegen reist in ein Land, das für sie Heimat ist, das sie liebt, aber nicht blind verehrt.

Rilkes hoher Anspruch an sich selbst, sein Leiden, nicht alles Erlebte sofort zum Gedicht machen zu können, bringt neue Spannung in das Verhältnis der beiden, die durch das tägliche Zusammensein bedrohlich wächst. Die Fahrt geht über Tula nach Kiew, wo Rilke, wie er seiner Mutter schreibt, die Katakomben des berühmten Höhlenklosters stundenlang mit einer brennenden Kerze in der Hand durchwandert. Obwohl Kiew als das spirituelle Zentrum Russlands gilt, macht es auf ihn mit seinen elektrischen Straßenbahnen, breiten Geschäftsstraßen und großen Hotels einen »International(en)« Eindruck. Um von all dem möglichst wenig zu bemerken, besucht er nur die alten Kirchen. Für seine Mutter, die sich ein Heiligenbild gewünscht hat, kauft er eine kleine Madonna aus Silber. Von Lou Andreas-Salomé, die ihn auf all diesen Gängen begleitet, ist in den Briefen an die Mutter nichts zu lesen. Lou notiert in ihr Tagebuch, sie könne den »physischen Ekel« verstehen, der die Gebildeten beim Anblick der Pilgerscharen erfasse: »... dies ganze geistliche Wesen ist nicht nur ein überlebendes Symbol, das dem Volk symbolisch den Sinn für Hohes wach erhält am Alltag, sondern es ist vor allem eine lebendige

Institution, eine von Menschen geleitete, zu menschlichen, politischen und Macht-Zwecken geleitete und erhaltene Einrichtung, die eine Menge finanzieller und seelischer Kraft ablenkt von wahrhaftigen Nährquellen«[51].

Sophia Rilke, die sich in Karlsbad zur Kur befindet, darf nichts von der großen Krise erfahren, die ihrem Sohn in Kiew widerfährt. In den Briefen an seine übersensible Mutter unterdrückt Rilke alles, was sie aufregen könnte. Bei einem Spaziergang mit Lou durch einen Akazienwald überfällt ihn eine so heftige Angst, dass er keinen Schritt weitergehen kann. Es ist ein bestimmter Baum, an dem er nicht vorbeikommt, der sich ihm »vergespenstert«[52]. Die Zwangsvorstellung, alles Gesehene sofort literarisch gestalten, einen Ausdruck »für alles noch nie Gesagte«[53] finden zu müssen, macht ihm die Natur, das Ungeformte, zur Bedrohung. Lou befürchtet, dass sich diese Persönlichkeitsstörung rasch zu einer Neurose auswachsen könnte. Sie zwingt ihn, an der Akazie am nächsten Tag doch vorbeizugehen.

Das Erlebnis belastet die vierwöchige Reise auf der Wolga, die von Saratow über Samara und Nishni Nowgorod stromaufwärts bis nach Jaroslawl führt. Die Angst vor der Angst reist mit, und sie wächst angesichts der ungeheuren, menschenleeren Landschaft, die an ihnen vorbeizieht. Für Rilke ist es, als schaue er »der Schöpfung zu«, die Dinge haben die »Maße Gottvaters«[54], unter denen er sich klein und hilflos fühlt. Wo ist er hin, sein Gott, der unter der Achselhöhle wohnt? Wenn es ernst wird, entschwindet das neue Seinsvertrauen, das er sich in seinen »Gebeten« so großartig aufgebaut hat. Noch kann er den Zusammenhang des Schönen mit dem Furchtbaren, des Erhabenen mit dem Schrecklichen nicht erfassen. Erst mit den »Elegien« und dann noch einmal 1921, fünf Jahre vor seinem Tod, wird er die dafür gültigen Worte finden:

»Der Dichter einzig hat die Welt geeinigt,
die weit in jedem auseinanderfällt.
Das Schöne hat er unerhört bescheinigt,
doch da er selbst noch feiert, was ihn peinigt,
hat er unendlich den Ruin gereinigt:

und auch noch das Vernichtende wird Welt.«[55]

Doch jetzt, auf dieser Reise, gelingt es ihm nicht, sich als Dichter zu fühlen. Vergebens hofft er auf Inspiration, das, was er später »innere Diktate« nennen wird. Sein Schmerz hat nichts Welthaltiges, im Gegenteil. Lou ist überfordert von Rilkes Stimmungsumschwüngen. Glücksmomente wechseln mit Weinkrämpfen, Wutanfälle mit Phasen der Verschlossenheit. Als sie bei Jaroslawl in einer einfachen Bauernhütte übernachten, lässt Lou einen zweiten Strohsack herbeischaffen, damit sie nicht zusammen mit ihm schlafen muss. Erstmals sprechen die beiden über eine Trennung. Rilke soll von Schmargendorf nach Worpswede ziehen. Der Freund Heinrich Vogeler könnte ihm ein Domizil in dem Künstlerdorf besorgen. Nach einer auch wegen der vielen Stechmücken quälenden Nacht schreibt Lou in ihr Tagebuch: »Splitter im Fingernagel und in den Nerven.«[56]

Noch einmal lebt die alte Gemeinsamkeit auf, als sie am Ende ihrer Russland-Reise den Bauerndichter Spiridon Droschin in seinem Dorf Nisowka besuchen. Erstmals auf dieser Reise fühlt sich Rilke als Hauptperson. Drei Tage lang genießen sie die Gastfreundschaft dieses etwas eitlen Mannes, sitzen teetrinkend um den Samowar und schauen den Hühnern zu, die neugierig um die Gäste herumpicken »als kämen sie, ihre Eier persönlich zum Tee anzubieten«, wie Lou Andreas-Salomé notiert.[57] Droschin wohnt mit seiner vielköpfigen Familie in einem kleinen Bauernhaus. Frühmorgens stehen Lou und Rainer auf, trinken einen Becher kuhwarmer Milch und laufen durch taufrisches Gras zur Wolga hinunter. Man geht gemeinsam zum Pilzesammeln und wandert mit Droschin durch die Felder. Am dritten Tag macht ihr Gastgeber sie mit dem Grafen Nikolai Tolstoi bekannt, der das Nachbargut bewohnt. Er ist ein entfernter Verwandter von Leo Tolstoi, schreibt Gedichte und malt. Die Mutter des Grafen erzählt den Besuchern ausführlich von ihren Vorfahren, die durch Gebete Wunder bewirkt hätten, was Rilke sofort seiner in diesen Dingen sehr empfänglichen Mutter berichtet. Und an Sofia Schill schreibt er enthusiastisch, »mit diesen Tagen tun wir einen großen Schritt auf das Herz Rußlands zu, nach dessen Schlägen wir schon so lange hinhorchen im Gefühl, daß dort die richtigen Taktmaße sind auch für unser Leben«[58]. Es ist eine glückliche Zeit, aber für Rilke nur ein kurzer Aufschub. Das Ende seiner drei Jahre währenden Beziehung zu Lou Andreas-Salomé steht bevor. Auch nach Russland wird Rilke nie mehr zurückkehren. Nur in seiner Dichtung wird er immer wieder auf russische Motive zurückgreifen.

Am 24. Juli reist das Paar nach St. Petersburg zurück. Das Ende der Reise, die sie 3000 Kilometer durch Russland geführt hatte, ist da. Am 28. fährt Lou, einem schnellen Entschluss folgend, zu ihrer Familie nach Finnland, die dort einen Sommersitz besitzt. Wie betäubt bleibt Rilke auf dem Bahnsteig zurück. Weil er sich von Lou verlassen fühlt, flüchtet er sich in vielfältige Aktivitäten. Vier Wochen lang geht er jeden Tag in die Kaiserliche Bibliothek, um sich durch kunsthistorische Studien auf eigene Arbeiten vorzubereiten. Er trifft Kunsthistoriker und Journalisten, um sich als Vermittler russischer Kunst in Deutschland zu empfehlen. Dann schreibt er Lou einen verzweifelten Brief und fleht um ihre rasche Rückkehr. Lou antwortet ausweichend, kündigt aber ihre baldige Rückkehr nach St. Petersburg an. Rilke ist selig. In einem zweiten Brief deutet er an, dass auch er die

Notwendigkeit sehe, die Ketten abzuwerfen, die ihn an Lou binden. Er habe bereits Nachricht von Heinrich Vogeler, dass man ihn in Worpswede erwarte. Der Brief endet mit der Aufforderung: »Komm bald!«[59]

Lou kommt, aber diese erbettelte Rückkehr wird eine letzte Geste sein. Sie fühlt sich in ihrer Freiheit bedroht. Innerlich hat sie diese Liebe längst aufgegeben. Sie ist es gewohnt, Art und Intensität einer Beziehung selbst zu bestimmen. Alles, was ihr begegnet, soll ihrer Selbstfindung dienen: »Ich verbrauche es für mich.«[60] Hier aber hat sie das Empfinden, mehr und mehr zum Spielball eines narzisstischen Charakters zu werden, der noch stärker um sich selbst kreist, als sie dies tut. Was sie an seelischer Kraft von der gewaltigen Wolga-Landschaft erhofft hatte, wird jetzt von Rainer absorbiert. Am 29. Juli fährt man gemeinsam zurück nach Berlin, aber von dort muss Rilke allein weiter nach Worpswede. Sechs Wochen lang zieht er sich in die Welt der Künstlerkolonie zurück, logiert im Haus »Barkenhoff« seines Freundes Heinrich Vogeler. Abends, bei Kerzenschein, rezitiert er Gedichte und darf sich als Mittelpunkt der Zusammenkünfte fühlen. Dabei lernt Rilke die Malerin Paula Becker und die Bildhauerin Clara Westhoff, seine spätere Frau, kennen.

Lou ist währenddessen in Berlin mit der Nachbereitung der Russland-Reise beschäftigt. Neben ihrem Tagebuch hat sie auch Gedichte mit nach Hause gebracht. Wie ein Nachruf auf die gemeinsame Zeit in Russland liest sich ihr »Wolga-Gedicht«, das nicht zufällig in Form und Inhalt an Rilkes Verse aus dem »Stunden-Buch« erinnert, die mit den Worten beginnen: »Lösch mir die Augen aus: ich kann dich sehn …« Ist bei Rilke der Adressat nicht allein die Geliebte, sondern auch Gott, so bei Lou nicht nur der mächtige russische Fluss, sondern ebenso der Mensch, mit dem sie auf ihm reiste und den sie dabei verlor:

»Bist Du auch fern: ich schaue Dich doch an,
Bist Du auch fern: mir bleibst Du doch gegeben –
Wie eine Gegenwart, die nicht verblassen kann.
Wie meine Landschaft liegst Du um mein Leben.

Hätt ich an Deinen Ufern nie geruht:
Mir ist, als wüßt ich doch um Deine Weiten,
Als landete mich jede Traumesflut
An Deinen ungeheuren Einsamkeiten.«[61]

Lou ahnt, dass sie sich mit dieser Trennung von Rilke nicht für immer lösen wird. Dazu ist ihre geistige Verbindung zu stark. Sie stößt ihn ins Freie, damit er seinen Weg allein gehen kann, als Künstler und Mann. »Werdet hart!«, Nietzsches Weckruf im »Zarathustra«, ist ihr heimliches Lebensmotto. Und jetzt soll es auch das von Rilke werden. Die Strecke, die sie seit Sommer 1897 gemeinsam gegangen sind, ist nicht auszulöschen, Rilkes Selbstwerdung als Dichter unauflösbar mit seiner ersten und vielleicht auch einzigen großen Liebe verbunden. Und die Verbindung wird tatsächlich weiterbestehen, über ein Vierteljahrhundert lang bis zu Rilkes Tod am 29. Dezember 1926 in Val-Mont. Lou Andreas-Salomé bleibt seine Seelenfreundin, Lebensberaterin und Übermutter, der er nichts verschweigen muss und alles beichten darf.

Lou verstößt Rainer
»Damit R. fortginge, ganz *fort, wär ich einer Brutalität fähig.«*

Angesichts dieser starken Bindung überrascht die Härte, mit der Lou die Loslösung betreibt. Erst einmal schreibt sie die Abhandlung »Das Liebesproblem«, die im Dezember

1900 in der Zeitschrift »Neue deutsche Rundschau« erscheint. Für Lou Andreas-Salomé ist der erotische Affekt, der den Kern jeder zwischengeschlechtlichen Liebe ausmacht, nur von kurzer Dauer: Wenn das Unvertraute vertraut wird, erlischt der Liebesrausch. Aus hundert Entzückungen werden hundert Reizbarkeiten. Eine nicht gerade neue Erkenntnis, aber deutliche Kritik an ihrem jungen Liebhaber – und an sich selbst. Die Liebesleidenschaft sei gar nicht in der Lage zu einer wirklich objektiven Wahrnehmung des Anderen, »zu einem Eingehen in ihn«, sie sei vielmehr »unser tiefstes Eingehen in uns selbst«. Der Liebende, schreibt die Autorin mit entwaffnender Offenheit, meine mit seiner Liebe letztlich nur sich selbst. In ihrer ein Jahrzehnt später erscheinenden Schrift »Die Erotik« wird Lou Andreas-Salomé das Phänomen des Liebesrausches freundlicher fassen, als magische, die Wirklichkeit verzaubernde Kraft. »In den schönsten Liebesliedern lebt etwas von dieser mächtigen Empfindung, als sei das Geliebte gar nicht nur es selbst, sondern auch das Blatt noch, das am Baume zittert, der Strahl noch, der auf dem Wasser erglänzt – verwandelt in alle Dinge und Verwandlerin der Dinge: ein Bild, zersprengt in die Unendlichkeit des Alls, damit, wo wir auch wandeln mögen, es in unsrer Heimat geschehe.«[62] Sie hat damit einen gultigen Ausdruck für Rilkes kosmische Liebesvorstellung gefunden – allerdings aus der Distanz der Nicht-mehr-Liebenden und in Kenntnis dessen, was Rilke inzwischen als Dichter geleistet hat.

Den eigentlichen Schlusspunkt unter ihre Liebesbeziehung zu Rainer setzt Lou mit einem Brief, den sie »Letzter Zuruf«[63] nennt. Inzwischen ist Rilke längst aus Worpswede nach Berlin zurückgekehrt, weil er in der Künstlerszene nicht zum Arbeiten kommt und es ihn wieder in die Nähe seiner Geliebten zieht – auch um seine desolate finanzielle Situation unter Kontrolle zu bringen. Lou scheint noch einmal einzulenken, Rilke darf zum Mittagessen ins Haus kommen, man unternimmt wie früher Waldspaziergänge und verbringt Heiligabend zu dritt. Doch rasch beginnt Rainer ihr wieder zur Last zu fallen. Sie arbeitet an ihrem Erinnerungsbuch »Rodinka« und will nicht gestört werden. »Was ich will vom kommenden Jahr«, notiert sie an Silvester, »was ich brauche, ist fast nur Stille, – mehr Alleinsein, so wie es vor vier Jahren war. Das wird, das muß wiederkommen!«[64] Rilke fühlt sich gedemütigt und klagt über »Atemnöte der Seele«[65]. Die Missstimmung Lous entlädt sich nicht nur gegen ihn, sondern trifft auch Friedrich Andreas. Sie sei zu ihrem Mann, schreibt sie im Tagebuch, »manchmal abscheulich gewesen«, das tue ihr aufrichtig leid. Sarkastisch fügt sie hinzu, schlecht sei sie auch gegen Rainer, »aber dies tut mir nie weh«[66]. Lou fürchtet um ihre Kreativität und macht in einer Eintragung vom 20. Januar Rilke dafür verantwortlich: »Damit R. fortginge, *ganz* fort, wär ich einer Brutalität fähig. *(Er muß fort!).*« Als Rilke am nächsten Tag zu ihr kommt, lässt sie sich verleugnen.

Der eigentliche Grund für die brutale Abnabelung ist die überraschende Verlobung Rilkes mit Clara Westhoff. Lou fühlt sich nicht nur als – wesentlich ältere – Geliebte, sondern auch als »Erzieherin« getroffen. Im Brief erinnert sie Rilke an die mütterliche Rolle, die sie von Anfang an in dieser ungleichen Beziehung übernommen hatte. So dürfe, ja müsse sie ihm auch jetzt Ratschläge geben:

»Jetzt wo alles um mich in lauter Sonne und Stille steht und die Lebensfrucht sich reif und süß gerundet hat, kommt mir eine letzte Pflicht aus der uns gewiß Beiden noch theuren Erinnerung, daß ich in Wolfratshausen wie eine Mutter zu Dir trat. Laß mich darum als eine Mutter die Pflicht aussprechen, die ich vor mehreren Jahren infolge einer langen Unterredung Zemek (d. i. Friedrich Pineles) gegenüber ein-

ging. Schweifst Du frei in's Ungewisse, so verantwortest Du nur für Dich selbst; indessen für den Fall, daß Du Dich bindest, mußt Du erfahren, w a r u m ich Dich auf einen so ganz bestimmten Weg zur Gesundheit unermüdlich hinwies: es war Zemeks Befürchtung eines Schicksals etwa gleich dem von Garschin. Das was Du und ich den ›Andern‹ in Dir nannten, – diesen bald deprimierten, bald excitierten, einst Allzufurchtsamen, dann allzu Hingerissenen, – das war ein ihm wohlbekannter und unheimlicher Gesell, der das Seelisch krankhafte fortführen kann zu Rückenmarkserkrankung oder in's Geisteskranke.«[67]

Es ist ein schweres Geschütz, das hier aufgefahren wird: Entweder lasse Rilke von seinen Heiratsplänen ab, oder er werde das Schicksal des Schriftstellers Wsewolod Michailowitsch Garschin erleiden, der sich 1888 infolge seiner Depressionen umgebracht hatte! Rilke müsse unbedingt seinem künstlerischen Auftrag treu bleiben. Nur dafür habe sie das Opfer auf sich genommen, trotz aller Probleme an seiner Seite zu bleiben. »Ich fühlte: Du w ü r d e s t genesen, wenn Du nur standhieltest!« Lou erinnert ihn an die Zeit, als er die »Mönchslieder« niederschrieb. Da sei er noch »heil« gewesen, nun falle er wieder in das alte Krankheitsbild zurück. Rilke müsse »seinem dunklen Gott entgegen« gehen, zur »Sonne und zur Reife« seines Dichtertums.[68]

Lou Andreas-Salomé weiß, dass Rilke für die Ehe nicht geschaffen ist. Er ist ein Mensch, der vollkommene Unabhängigkeit braucht, um eine freie, schöpferische Dichterexistenz zu leben. Sein ständiges Ringen um inneres Gleichgewicht würde jede Beziehung unerträglich belasten. Den Kompromiss, den sie mit Friedrich Andreas lebt, traut sie Rilke nicht zu. Für alle Fälle versichert sie ihm ihre Hilfe, was immer geschieht. Auf die Rückseite einer Milchrechnung, die Rilke in seiner Wohnung findet, schreibt sie: »Wenn einmal viel später Dir schlecht ist zu Mute, dann ist bei uns ein Heim für die schlechteste Stunde.«[69] Dieses Versprechen wird sie bis zum Schluss erfüllen, wenn auch oft mit Widerwillen. Nach einem allerletzten Abschiedsgespräch im März 1901, in einer Zeit, als er bereits Liebesgedichte für seine künftige Frau Clara zu schreiben beginnt, formuliert Rilke einen lyrischen Nachruf auf seine Beziehung zu Lou. Trotz der Aussicht auf eine neue Liebe dominiert die Enttäuschung über das Verlorene, das Gefühl, verstoßen zu sein.

I

»Ich steh im Finstern und wie erblindet,
weil sich zu Dir mein Blick nicht mehr findet.
Der Tage irres Gedränge ist
ein Vorhang mir nur, dahinter Du bist.
Ich starre drauf hin, ob er sich nicht hebt,
der Vorhang, dahinter mein Leben lebt,
meines Lebens Gehalt, meines Lebens Gebot –
und doch mein Tod.

II

Du schmiegst Dich an mich, doch nicht zum Hohn,
nur so, wie die formende Hand sich schmiegt an den Ton.
Die Hand mit des Schöpfers Gewalt.
Ihr träumte eine Gestalt –
da wurde sie müde, da ließ sie nach,
da ließ sie mich fallen, und ich zerbrach.

III

Warst mir die mütterlichste der Frauen,
ein Freund warst Du wie Männer sind,

ein Weib so warst du anzuschauen,
und öfter noch warst Du ein Kind.
Du warst das Zarteste, das mir begegnet,
das Härteste warst Du, damit ich rang,
Du warst das Hohe, das mich gesegnet –
und wurdest der Abgrund, der mich verschlang.«[70]

Der Körper siegt über den Geist
»Aus der Ferne des Geschlechts kommen alte Forderungen …«

Auch Lou Andreas-Salomé schaut in den Abgrund. Zuerst muss sie mit dem Tod des alten Freundes Paul Rée fertig werden, der beim Klettern in den Alpen abgestürzt ist, vielleicht sogar Selbstmord begangen hat. Und sie wird, vierzigjährig, schwanger von Friedrich Pineles, verliert das Kind. Ihr Mann löst sein Eheproblem auf andere Art: Mit seiner Haushälterin zeugt er eine uneheliche Tochter, Maria, die dann von Lou großgezogen und später sogar adoptiert wird. Auch Rilke gegenüber fühlt Lou sich in der Pflicht. Er bleibt bis zuletzt ihr geistiges Adoptivkind. Die Korrespondenz der beiden wird nie abreißen. In seinen Briefen fordert Rilke Lous mütterliche Zuwendung auf anrührende Weise immer wieder ein:

»Habe Nachsicht, Lou, mit mir. Es muß Dir sein, als wäre ich viel zu alt um suchend jung sein zu dürfen; aber ich bin ja auch ein Kind vor Dir und verberge es nicht, und rede zu Dir wie Kinder reden in der Nacht: das Gesicht an Dir verborgen, und mit geschlossenen Augen, Deine Nähe fühlend, Deinen Schutz, Deine Gegenwart.«[71]

Zwei Jahre nach des Dichters Tod wird Lou Andreas-Salomé ein persönliches Erinnerungsbändchen mit dem schlichten Titel »Rainer Maria Rilke« veröffentlichen. Es handelt sich um eine durch Kommentare und Werkdeutungen angereicherte Auswahl von Briefzitaten aus drei Jahrzehnten. Sie zeichnen nach, welchen Ängsten Rilke lebenslang ausgeliefert war, wie sehr ihm alles Physische zu schaffen machte und wie abhängig er als Dichter von der Zuwendung seiner älteren Freundin war. Deutlich wird in dieser Zusammenstellung, mit der Lou Andreas-Salomé ihren »seelsorgerischen« Anteil am Werden des großen Dichters vor aller Welt dokumentiert, dass Rilke zeit seines Lebens ein Doppelleben führte: gefangen in seinen Versagensängsten, nach außen den in sich ruhenden Dichter gebend und doch unablässig heimgesucht von eingebildeten und echten Krankheitszuständen.

Für Rilkes Not findet Lou Andreas-Salomé eine erlösende Formel, die sie ihm in einem Brief zweieinhalb Jahre vor seinem Tod, am 16. März 1924, mitteilt: »Neurosen sind Wertzeichen.«[72] Wer wie Rilke das »Äußerste« anstrebe, der werde seelisch auch aufs Äußerste gefordert, schreibt sie. Nur die Unschöpferischen, die »Gesundgebliebenen«, seien sich in nichts problematisch. Rilke dürfte die Rechtfertigung seiner Angststörungen dankbar vernommen haben – heilen kann und will ihn seine Therapeutin, die sich intensiv mit Freuds psychoanalytischer Theorie beschäftigt, jedoch nicht. Rilkes Neurosen lösen aus ihrer Sicht den schöpferischen Prozess erst aus – bis dieser zuverlässig von einer neuen Welle der Verzweiflung abgelöst wird.

So folgt dem Jubelbrief, den Rilke nach der Vollendung seiner »Duineser Elegien« am 11. Februar 1922 an Lou schreibt, bald die Ernüchterung, der erneute Absturz in den Selbstzweifel mit all den damit verbundenen körperlichen Folgen. Am 22. April 1924 berichtet er ihr von einem so schweren »Rückschlag«, dass er sich in das Sanatorium von Val-Mont habe aufnehmen lassen.

> *»Körperlich ist der Querdarm die angegriffene Stelle geworden … eben vor meinem Fortgehen entdeckte der aufmerksame und wohlwillige, aber nicht sehr erleuchtete Arzt obendrein einen linksseitigen Kropf, von dem er zwar versicherte, daß er 10 Jahre ›alt‹, und ›kompensiert‹ sei, der mir aber dann doch, einmal entdeckt, ins Bewußtsein wirkte, umso mehr als auch vom Querdarm aus durch Luftaufdrang Schluck- und Athembeschwerden ausgingen …«*[73]

Rilke hat Lou in seinen Briefen nichts erspart. Er breitete nicht nur minutiös seine seelischen Zerrüttungen vor ihr aus, sondern mutete ihr auch alle Details seiner Krankheiten zu, die sie stets mit der Objektivität eines Arztes zur Kenntnis nahm und analysierte. So auch – ein Jahr vor seinem Tod – die Beichte, sich regelmäßig selbst zu befriedigen:

> *»Du, ja, ich lebe seit zwei Jahren mehr und mehr in der Mitte eines Schreckens, dessen greifbarste Ursache (eine an mir selbst ausgeübte Reizung), ich mit teuflischer Besessenheit immer dann am meisten steigere, wenn ich eben meine, die Versuchung dazu überwunden zu haben. Es ist ein entsetzlicher Circel, ein Kreis böser Magie, der mich einschließt wie in ein Breughel'sches Höllenbild.«*[74]

Rilke berichtet Lou von »Knötchen« an den Lippen und einer schmerzhaften Schwellung der Mundschleimhäute. Er befürchtet Krebs und bringt die Krankheit mit seiner obsessiven Onanie in Verbindung. Lous Antwort ist, wie immer, beschwichtigend. Sie deutet als Freud-Schülerin an, dass es sich bei den Schuldgefühlen um Einwirkungen des Über-Ichs handeln könnte, um die Folge einer fehlgeleiteten Erziehung in der Kindheit. Allerdings bestärkt sie Rilke in der Annahme, es gebe einen Zusammenhang zwischen den körperlichen Symptomen und seinen wiederkehrenden Dichter-Blockaden:

> *»Wenn Du Deine jetzigen Dinge anschaust, die in den Mund, an Zunge und Schlund geratene Bereitwilligkeit, dem Schuldgefühl zu sekundieren – woran mahnt Dich das wohl? Nicht vielleicht an jene Jahre, wo Du ebenfalls mit Knötchen zu tun hattest und mit Sensationen an einem anderen Schlund, operiert worden warst und befürchtetest, es könnten böse Tumoren entstehen? So sprachst Du im Wolfratshausener Loufried; aber anstatt mit den Jahren gerade erst zu kommen, wie Hämorrhoiden pflegen, ließen die nach, waren vermutlich deshalb bereits neurotisch überbedingt, konnten auf der ›Rutschbahn hinauf‹ gelangen, von vornherein seelischen Verklemmungen gehorsam.«*[75]

Reizungen der Mundschleimhäute und Hämorrhoiden sind für Lou Symptome von Rilkes Versagensängsten, die nur dann zurückzudrängen sind, wenn er dichtet, wenn ihm etwas gelingt. Erst die »schöpferische Abfuhr ins Werk« verspricht – zeitweilige – Heilung. Gerade weil das Schöpferische so stark mit dem Erotischen verflochten sei, könne das eine aus dem anderen hervorgehen. Masturbation sei also nichts der Kunst Entgegengesetztes, sondern ein sie begleitendes Überschießen schöpferischer Kraft. Dass Rilke sein »Laster« freudianischer deutete als die Freud-Kennerin Lou, zeigt ein Gedicht, das er am 27. Oktober 1925 an die Lyrikerin Erika Mitterer sandte:

»Aus der Ferne des
Geschlechts kommen alte Forderungen:
wie vieles hab ich wider sie errungen,
mit ihrer Kraft …
Das Ich versagt am Es.«[76]

Das »Es« ist nach Freud eine psychische Instanz, welche die Erfüllung der Lustbedürfnisse einfordert. Um Geistiges hervorzubringen, muss die sexuelle Energie jedoch zurückgedrängt, umgelenkt, »sublimiert« werden. Da Rilke diese notwendige Sublimierung allzu lange auf Kosten seiner sexuellen Bedürfnisse vollzogen hatte, wie die Gedichtzeilen nahelegen, forderte das Es nun sein Recht. Rilke hat die Frauen verehrt, bisweilen geliebt, aber selten begehrt. Zu körperlicher Liebe war er in den letzten Jahren seines Lebens kaum mehr in der Lage. Sein Körper, durch all die Seelenqualen geschwächt, war längst von einer besonders schmerzhaften Form der Leukämie befallen, die erst kurz vor seinem Tod diagnostiziert wurde. Nun drohte der lebenslange Kampf mit der physischen Welt doch noch verloren zu gehen, der Körper den Sieg über den Geist davonzutragen. Im letzten Brief an Lou Andreas-Salomé, sechs Tage vor seinem Tod, bekennt Rilke sich zu dieser Niederlage:

»Meine Liebe,
d a s siehst Du also wars, worauf ich seit drei Jahren durch meine wachsame Natur vorbereitet und vorgewarnt war … Und jetzt Lou, ich weiß nicht wie viel Höllen, du weißt wie ich den Schmerz, den physischen, den wirklich großen in meine Ordnungen untergebracht habe, es sei denn als Ausnahme und schon wieder Rückweg ins Freie. Und nun. Er deckt mich zu. Er löst mich ab. Tag und Nacht«!
Woher den Mut nehmen?«[77]

Mutlos, von den rettenden Engeln verlassen, allein mit dem Schmerz, verflüchtigt sich die Kraft der Schönheit. Nur das Schreckliche bleibt zurück. Auch die mütterliche Freundin weiß jetzt keinen Rat mehr. Und verstummt. Sie hält die Briefe, die sie an ihn, den Todkranken, gerichtet hat, zurück. An Rilkes Vertraute der letzten Jahre, Nanny Wunderly-Volkart, schreibt sie: »Und nun gibt es nur noch ein Zurücktreten vor ihm und man soll nicht mehr wagen, die eigene lebensgebundene Stimme zu erheben.«[78] Auch in ihrem Erinnerungsbuch tritt sie, die Mutter-Geliebte, von einem letzten Deutungsanspruch zurück und räumt ein, dass auch ihre Hände am Ende nicht mehr tragen konnten, was nur von einem viel Größeren, Umfassenderen aufzufangen ist:

»Sturz aus alledem hinaus, wie Sturz ins Höllische, ja – und damit Sturz doch auch, endlich in den ewig erwarteten Mutterschoß; er selbst nicht mehr der Gebärende, er selbst nur noch das, was allein zu leisten er begehrt hat – ewig gewährleistete Kindheit.«[79]

Lou Andreas-Salomé überlebte Rilke um elf Jahre. Sie starb am 5. Februar 1937 in Göttingen, wo sie bis zuletzt als Psychoanalytikerin wirkte. Sie litt unter Herzschwäche und starb an Brustkrebs. Vor ihr starb ihr Mann, 1930, ebenfalls an einem Krebsleiden. Anders als Rilke gelang es ihr, Leiden und Schmerz nicht nur in der Dichtung, sondern auch im Leben anzunehmen. Sie bereitete sich auf den Tod vor, ordnete ihre Briefe, ihren Nachlass. »Der Tod ist ein Vorurteil«[80], hatte sie einmal keck geschrieben. Als sie starb, sagte sie erwartungsvoll: »Das Beste ist doch der Tod.«[81] Die Schriftstellerin Gertrud Bäumer besuchte sie im Frühjahr 1936 in »Loufried« und zeichnete ein trotz Krankheit und Alter lebendiges Bild ihrer Jugendlichkeit: »… wie unzerstörbar ist ihre Jugend! Sie war schon sehr herzleidend, sollte eigentlich liegen. Aber dann saß sie immer wieder auf dem Rand ihres Bettes, in einer wunderschönen, straffen Haltung, die schlanken Arme nach beiden Seiten hin auf den Kopf gestützt; und der Kopf mit dem noch rötlich-blond schimmernden Haar, das aus der kräftigen Stirn – einer knabenhaften Stirn – zurückgestrichen halblang ihr Gesicht umrahmte, machte die Jahre vergessen. Ein unangreifbares ewiges Stück Natur scheint in ihr zu sein. Immer erinnert der Umriß ihres Kopfes, die schöne stolze Linie des Halses an das Bild eines jungen Mädchens.«[82]

Clara Westhoff – Ehefrau, Schülerin, Vertraute

Zwischen Clara Westhoff und Paula Becker
»… die ihr wie Schwestern meiner Seele seid.«

Die endgültige Entscheidung Rilkes für ein Leben im Künstlerdorf Worpswede ist die Flucht in eine Gegenwelt. Nach Studienjahren in Metropolen wie München und Berlin, nach Aufenthalten in Moskau und St. Petersburg soll das ländliche Leben an der Seite der jungen Bildhauerin Clara Westhoff einen radikalen Neuanfang setzen. Nur so glaubt Rilke die Trennung von Lou Andreas-Salomé überwinden zu können. Zu den folgenreichsten Selbsttäuschungen jener Zeit gehört Rilkes Begeisterung für die Künstlerehe, die zwei Außenseiter aneinander bindet in der Hoffnung, gemeinsam noch tiefer in die Geheimnisse des schöpferischen Lebens einzudringen, sich gegenseitig zu fördern. Als Kurzschluss wird sich auch der Rückzug aufs Land, in die Begrenztheit einer kleinen Künstlergemeinschaft und der Familie erweisen. Lou, die Menschenkennerin, hatte Rilke eindringlich davor gewarnt: Seine seelische Labilität würde solch eine enge Beziehung unmöglich machen! Schon am Ende seines ersten Worpswede-Aufenthaltes im Jahr vor seiner überstürzten Heirat hatte sie ihn energisch nach Berlin und an seinen Dichter-Schreibtisch zurückgerufen.

Als Rilke Ende Mai 1901 mit der drei Jahre jüngeren Clara in eine Bauernkate in Westerwede bei Worpswede zieht, ist er noch geschwächt von einer Scharlacherkrankung. Der plötzliche Entschluss, als weitgehend mittelloser Dichter eine Familie zu gründen, hatte ihn niedergeworfen. Die Heirat dürfte nicht ganz freiwillig erfolgt sein, denn man kennt sich erst ein halbes Jahr. Clara ist zum Zeitpunkt der Eheschließung, die am 28. April 1901 im Elternhaus Clara Westhoffs in Bremen stattfindet, bereits schwanger. Die Flitterwochen verbringt das Paar im Sanatorium »Weißer Hirsch« bei Dresden, wo Rilke seine Krankheit mit Bädertherapien und vegetarischer Kost behandeln lässt. Die Kur ist ein Geschenk von Claras Großmutter. So bekommt Rilke gleich zu Beginn seiner Ehe die finanzielle Abhängigkeit zu spüren, die ihn dauerhaft an die Familie seiner Ehefrau fesseln wird.

Bis zuletzt waren sich beide ihrer Liebe nicht sicher. Eine andere stand zwischen ihnen. Lange hatte Rilke geschwankt, welchem der beiden »Mädchen in Weiß« er sich mit ganzer Hingabe zuwenden sollte, der »blonden Malerin« Paula Becker oder doch eher der schweigsamen Clara Westhoff, der »dunklen Bildhauerin«. Von Lou hatte er gelernt, virtuos auf der Klaviatur der Möglichkeiten zu spielen, um sich als Dichter in Spannung zu halten. Am 6. November 1900 sandte er Paula ein Gedicht, in dem die Worpsweder Freundinnen nach Rilke'scher Art zu einer Gestalt verschmelzen, zur weiblichen Muse, die ihm die eigene Seele öffnet:

»Ich bin bei euch. Bin dankbar bei euch beiden,
die ihr wie Schwestern meiner Seele seid;
denn meine Seele hat ein Mädchenkleid,
und auch ihr Haar ist seiden anzufühlen.
Ich sehe selten ihre kühlen Hände;
Denn hinter Wänden wohnt sie weit,
wohnt wie im Turm, noch nicht von mir befreit,
kaum wissend, daß ich einmal kommen werde.«[1]

Und in sein Tagebuch schrieb Rilke begeistert: »Wieviel lerne ich im Schauen dieser beiden Mädchen, besonders der blonden Malerin, die so braune schauende Augen hat! Wieviel näher fühl ich mich jetzt wieder allem Unbewussten und Wunderbaren ...«[2] Auch die jungen Frauen spürten sofort, dass dieser scheue, aus der Großstadt angereiste Dichter anders ist als die hemdsärmeligen Maler, dass er Geheimnisse bewahrt, die sie neugierig machen. Rilke tanzt nicht, trinkt nicht, diskutiert nicht, allenfalls führt er ernste Gespräche oder rezitiert. Sein Vorbild ist Stefan George, der die Zirkel, die er zu sich ruft, als Magier des Wortes führt und beherrscht. Wenn bei den Künstlerfesten spät am Abend Bier getrunken und zum Tanz aufgespielt wird, stöhnt Rilke innerlich auf: »Ulk, Ulk, Ulk ... schauerliches Ende deutscher Geselligkeit ...«[3] Dann öffnet er das Fenster und starrt in die mondhelle Nacht, bis seine beiden Mädchen mit »lachheißen Wangen« zu ihm treten und das Getöse hinter ihnen verklingt. »Schritte und Stimmen störten nicht mehr; nicht berührt von uns, stand die silberne Welt, von anderen Wesen bewohnt, unter den kühlen Himmeln, und wir waren nicht wirklich, solange dieses Mondmärchen, mit seinen Sternen und Gestalten, dauerte.«[4] Der stille Dichter verzauberte, aber er säte auch Unruhe und Sehnsüchte, die er nicht erfüllen wird.

Obwohl Rilke sich bemühte, als Briefschreiber Paula und Clara gleichrangig zu behandeln, erschien der Ton der lebhaften Malerin gegenüber forcierter, waren die Gedichte, die er ihr sandte, eine Nuance intimer als jene, die er Clara widmete. Und im Tagebuch wird die Beschreibung ihrer Gestalt zur Huldigung: »Ihr Haar war von florentinischem Golde. Ihre Stimme hatte Falten wie Seide. Ich sah sie nie so zart und schlank in ihrer weißen Mädchenhaftigkeit.«[5] Wenn der Dichter Paula in ihrem »Lilienatelier« besuchte, veränderte sich für ihn die Welt, die Farben wurden leuchtender, was, wie er im Tagebuch notierte, vom magischen Heidelicht herrühren könnte, aber vor allem auch, und das ist die Botschaft eines Liebesgedichts, von der Künstlerin selbst:

»Die roten Rosen waren nie so rot
als an dem Abend, der umregnet war.
Ich dachte lange an Dein sanftes Haar …
Die Rosen waren nie so rot.

Es dunkelten die Büsche nie so grün
als an dem Abend in der Regenzeit.
Ich dachte lange an dein weiches Kleid …
Es dunkelten die Büsche nie so grün.

Die Birkenstämme standen nie so weiß
als an dem Abend, der mit Regen sank;
und deine Hände sah ich schön und schlank …
Die Birkenstämme standen nie so weiß.

Die Wasser spiegelten ein schwarzes Land
an jenem Abend, den ich regnen fand;
so hab ich mich in deinem Aug erkannt …
Die Wasser spiegelten ein schwarzes Land.«[6]

Das Gedicht ist ein Hymnus auf die farbige Heidelandschaft, auf das aus fahlem Himmel diffundierende Licht, das sich im Moorgewässer spiegelt, wie es in den Bildern der Worpsweder Künstler so expressiv festgehalten ist – und eine zärtliche Hommage an Paula Becker, die Rilke neu die Welt der Farben aufschließt. Als in Dresden geborene Tochter eines Eisenbahnbaurats, der ihren künstlerischen Ambitionen von Anfang an mit Argwohn, ja Ablehnung begegnete, hatte sie gelernt, sich durchzusetzen, nach einem Lehrerinnen-Studium in London und Berlin das Zeichnen gelernt und sich schließlich für die Künstlerkolonie Worpswede entschieden, um in einer archaischen Landschaft ihre Ausdrucksfähigkeit zu erproben. Sie malte von Anfang an vor allem Frauen und Kinder, versuchte sich mit der ihr eigenen Sensibilität, die auch eine selbstkritische, ja depressive Dimension einschließt, in ihre Figuren hineinzufühlen, was ihren Porträts etwas Düsteres, Überzeichnetes gibt. Was sie an den Worpsweder Künstlern, an Fritz Mackensen, Otto Modersohn, Fritz Overbeck und Heinrich Vogeler anzog, war der unakademische Gestus, die konsequente Abwendung von der pompösen Historien- und Genremalerei, die die Kunstszene der Zeit beherrschte. Ganz im Sinne des aufkommenden Jugendstils suchte auch sie die Einheit von Kunst und Leben, eine neue Ursprünglichkeit.

In dieser Vorliebe für das Unverfälschte trifft sich Paula mit Clara Westhoff, deren Anliegen ebenfalls »inniges Nachbilden der Natur« ist, wie Paula in ihrem Tagebuch schreibt: »Da ging mir heute ein Licht auf bei Fräulein Westhoff. Die hat jetzt eine alte Frau modelliert, innig, intim. Ich bewundere das Mädel, wie sie neben ihrer Büste stand und sie antönte. Die möchte ich zur Freundin haben. Groß und prachtvoll anzusehen ist sie, und so ist sie als Mensch und so ist sie als Künstler.«[7] Die beiden äußerlich so gegensätzlichen Frauen – Paula ist eher zierlich und lebhaft, Clara großgewachsen und verschlossen – wurden rasch zu Freundinnen. Ein halbes Jahr wohnten sie in einem gemeinsamen Quartier in Paris, um Kunst zu studieren. Paula entdeckte Paul Cézanne für sich, Clara fand durch Vermittlung ihres Lehrers Max Klinger Zugang zu Auguste Rodin. Davon wird später auch Rilke profitieren.

Die erste Begegnung Rilkes mit Clara Westhoff fand im Sommer 1900 im Haus des Malers Heinrich Vogeler, im »Barkenhoff«, statt, wo der Dichter auf Wunsch des Hausherrn einen Gesellschaftsabend ausrichtete. Seine Erinnerung daran hat etwas ehrfurchtsvoll Distanziertes, als beschriebe er ein Hofzeremoniell: »Als wir eben in der dunklen Diele standen und uns aneinander gewöhnten, kam Clara Westhoff. Sie trug ein Kleid aus weißem Batist ohne Mieder im Empire-Stil. Mit kurzer leicht unterbundener Brust und langen glatten Falten. Um das schöne dunkle Gesicht wehten die schwarzen, leichten, hängenden Locken, die sie, im Sinn ihres Kostüms, lose läßt zu beiden Wangen. – Das ganze Haus schmeichelte ihr, alles wurde stilvoller, schien sich ihr anzupassen, und als sie oben bei der Musik in meinem riesigen Lederstuhl lehnte, war sie Herrin unter uns.«[8] Auch das ist Jugendstil, und Rilke wird bald den Entschluss fassen, diesem kostbaren Menschenwesen eine Fassung zu geben: Haus, Familie und Atelier, um in diesem Gruppenbild mit Dame selbst zur Ruhe zu kommen.

Als Tochter eines wohlhabenden Bremer Kaufmanns fallen Clara Westhoff solche Auftritte nicht schwer. Ihre erste künstlerische Ausbildung erhielt sie an der angesehenen Privatschule Fehr/Schmid-Reutte in München, das sich damals unter Prinzregent Luitpold zur Kunstmetropole Deutschlands entwickelte. Sie lernte Zeichnen bei Friedrich Fehr, dem Leiter der Schule, der sich als Landschaftsmaler und Porträtist einen Namen gemacht hatte. Auch Clara Westhoff entdeckte ihre Liebe zum Porträt, was sie rasch zur Bildhauerei führte. Hartnäckig, aber ohne Erfolg kämpfte sie darum, zu den Anatomiekursen zugelassen zu werden, was allein den Männern vorbehalten war. Dafür begann sie im November 1896 mit dem Aktzeichnen. Mit Unterstützung von Heinrich Vogeler, den sie in seinem Münchner Atelier besucht hatte, gelangte Clara Westhoff Ostern 1898 nach Worpswede. Der Ort bei Bremen zählte damals zu den bekanntesten Künstlergemeinschaften in Deutschland, war Teil der Reformbewegung der Jahrhundertwende, die alle Lebensbereiche erfasste. Gegen die Dynamisierung und

Industrialisierung, gegen Fortschritt, Technik und Vermassung setzte man alternative Lebensformen. In Worpswede wurde Clara Schülerin des Malers Fritz Mackensen. Der »nordische« Zauber des Moordorfes beeindruckte sie genauso wie ihre Freundin Paula Becker, die bekannte, hier draußen, im Land der Bauern und Torfstecher, bekomme man eine »lutherische Sprache«[9]. Auch Rilke schätzte von Anfang an den eigentümlichen Reiz dieser kargen Landschaft und fühlte sich an die Weiten seines geliebten Russlands erinnert. Im grünen Russenkittel und mit Tatarenstiefeln stapfte er durchs Dorf – wie die hochgeschlossene Clara eine eher ungewohnte Erscheinung für die einfachen Bewohner am Rande des Teufelsmoors.

Rilke, der sich in Worpswede endgültig von Lou abzunabeln versuchte, geriet in eine noch kompliziertere Ménage à trois. Seine Auftritte – er ist der einzige Dichter in einer verschworenen Künstlergemeinschaft – wurden zwar durchweg positiv aufgenommen, erwiesen sich aber bald als bedrohlich für die gewachsenen Freundschaften. Die Beziehung zwischen Paula und Clara war eng, mehr als eine Künstlerfreundschaft, eher eine Seelenverwandtschaft. Beide Frauen hatten sich in einer feindseligen Kunstszene behauptet, und wenn man sie in der Presse als »Malweiber« bezeichnete, empfanden sie das nicht als Herabsetzung, sondern als Ehrentitel. Auch Max Klinger, der Clara Westhoff abgeraten hatte, nach Worpswede zu gehen, und ihr stattdessen empfahl, in Paris zu studieren, mochte eigentlich keine Bildhauerinnen.

Mit Paula kann Rilke reden und lachen, mit Clara auch schweigen. Paula ist die talentiertere Künstlerin, unbeirrt und oft ungeduldig, ja störrisch geht sie ihren eigenen Weg, Clara dagegen sucht nach Vorbildern, ist lenkbar und geduldig. Ihr gegenüber kann Rilke sich als Lehrer fühlen, bei Paula weiß er sich in seinem Künstlerernst verstanden, spürt aber auch irritierende Gemeinsamkeiten, teilt mit ihr seine Ängste und Depressionen. Beide Frauen achten eifersüchtig darauf, dass »ihr« Dichter seine Aufmerksamkeit gerecht verteilt, bald die eine, bald die andere im Atelier besucht oder mit ihnen lange Spaziergänge unternimmt. Doch als Rilke bei seinem ersten Aufenthalt in Worpswede am 26. September 1900 zusammen mit Paula und den Malerfreunden in einer Kutsche nach Bremen fährt, um von dort aus mit der Bahn weiter zur Premiere von Carl Hauptmanns Stück »Ephraims Breite« nach Hamburg zu reisen, wird das Gefährt plötzlich von Clara überholt. Der Kutscher hält, und Clara reicht Rilke vom Fahrrad aus einen Heidekranz in den Wagen. »Den sollten sie eigentlich haben für gestern …«, murmelt sie und fährt davon, ihre Freundin Paula keines Blickes würdigend. Damit hat sie, die Zurückhaltende, ein überraschendes Zeichen gesetzt, ihr Interesse an Rilke in aller Öffentlichkeit angemeldet und Paula düpiert, die sich Gedanken machen muss, was am Vortag zwischen den beiden wohl geschehen sein mag.

Werbung um Clara Westhoff
»Lassen Sie die Ferne nicht mächtig werden über uns.«

Zwar ist Rilke beeindruckt, hält aber weiter an seiner Strategie fest, sich beide Frauen zu verpflichten, und sendet ihnen unbeirrt Verse zu. Eine Eintragung im Tagebuch vom 29. September zeigt jedoch, dass er Clara jetzt viel deutlicher wahrzunehmen beginnt. Bei einem Spaziergang mit Fritz Mackensen entdeckt er ihre Silhouette auf einem Hügel und ist hingerissen: »Sehr dunkel und stumpf stand die Heide da, sanft wie japanische Seide das schüttere Gras, metallisch rot das gemähte Buchweizenfeld, dunkel und schwer das umgeackerte Land. Breit war der Wind … und einmal stand Clara Westhoffs licht schilfgrüne Schlankheit vor Landschaft und umgeben von grau dämmernder Luft, so unsagbar rein und groß, daß wir alle vereinsamten und jeder ganz ergriffen war und hingegeben an reines Schauen. Ich konnte mich kaum mehr zu den anderen zurückfinden, so sehr hatte mich dieser Eindruck aus allen Zusammenhängen gehoben, hatte mich von den Menschen fort unter die Dinge gestellt, die einander stumm erduldeten.«[10]

Noch ein anderes Ereignis bringt die beiden einander näher. Auch Clara ist zur Premiere nach Hamburg gereist, und vor der Aufführung spaziert man an der abendlichen Alster entlang. Plötzlich taucht aus dem Dunkel ein Schwan auf, der auf das Paar zugleitet. Als er die Kaimauer fast erreicht hat, hebt er den Kopf, »als ob er etwas sagen wollte«, wie Clara bemerkt. Auch Rilke meint, dass dieses unentwegte Schauen des schönen Tieres etwas zu bedeuten habe. Einige Wochen später, am 5. November, sendet Rilke ein Gedicht an Clara, in dessen Anfangsversen er eine künftige Gemeinsamkeit andeutet:

»Erinnern Sie sich jenes schönen Schwanes?
Aufeinmal wurde Nacht und Alster weit:
Und verhieß uns viel Nochnichtgetanes,
sein zu uns steigendes Gefühl (wir sahn es)
ermunterte uns zur Gemeinsamkeit.

Und diese Stunde, da wir unbewegt
und tief und still und Vieles wissend waren,
hat leisen Keimes Kraft in uns gelegt.
Und wenn es blühen wird, vielleicht nach Jahren,
komm ich zu dem gemeinsam schönen Tag,
zu dieser Stunde köstlichem Ertrag
mit allem was ich habe hingefahren –
an welchen Wassern ich auch wohnen mag.«[11]

Virtuos hält Rilke die Balance zwischen Liebesversprechen und Unverbindlichkeit, beschwört Gemeinsames, ohne zu benennen, wie es aussehen könnte. Alles wird in die Zukunft gelegt, alles bleibt offen, aber eine unbestimmte Verheißung schwingt mit, um Claras Frauenherz zu betören. Als das Gedicht geschrieben wurde, war Rilke längst nach Berlin zurückgekehrt und hatte die beiden Freundinnen ratlos zurückgelassen. Paula hinterließ er ein poetisches Skizzenbuch, das sie aufbewahren sollte, bis er zurückgekehrt wäre. Clara tröstete er mit einem Brief, in dem er klagte, dass er noch nicht reif für Worpswede sei, obwohl all seine Sehnsucht dorthin weise. Er müsse jetzt aber unbedingt in die Arbeit am Schreibtisch zurückfinden. Und vielleicht noch einmal nach Russland reisen.

Die Abschiedsbriefe bekunden Anteilnahme, und sie kaschieren, dass es Lous energischer Rückruf ist, der Rilke so überstürzt abreisen lässt. Aber auch Paula laviert und drückt ihre Enttäuschung erst einmal so aus: »Wir warten auf Sie in der Dämmerstunde, mein kleines Zimmer und ich und auf dem roten Tische stehen herbstliche Reseden und die Uhr tickt auch nicht mehr. Aber Sie kommen nicht. Wir sind traurig. Und dann sind wir wieder dankbar und froh, daß Sie überhaupt sind. Dieses Bewußtsein ist schön. Clara Westhoff und ich, wir sprachen neulich darüber, daß Sie eine lebendig gewordene Idee von uns seien, ein erfüllter Wunsch.«[12] Drei Wochen später, am 12. November, überrascht Paula Rilke mit dem Eingeständnis, Otto Modersohn zu lieben. Sie unterstellt, Rilke habe das ja längst geahnt und es sei wohl kaum eine Überraschung für ihn. In Wirklichkeit hat die ehrgeizige Künstlerin den für sie vorteilhafteren Weg gewählt und dem Drängen des etablierten Malers nachgegeben, der eben Witwer geworden ist. Sie hat damit auch auf Rilkes Unverbindlichkeit reagiert, auf sein Spiel mit ihren Gefühlen, sodass er nun mit leeren Händen dasteht, was der routinierte Dichter in einem lyrischen »Brautsegen« sogleich einräumt:

»Denn sehn Sie, meine Hände sind viel mehr
als ich, in dieser Stunde, da ich segne.
Da ich sie aufhob, waren beide leer,
und da ich mich mit einer Angst, die lähmte,
für meine leichten, leeren Hände schämte,
da, hart vor Ihnen, legt irgendwer
so schöne Dinge in die armen Schalen,
daß sie mir fast zu schwer
geworden sind und fast zu sehr,
mit großem Glanz überladen, strahlen …«

Die Poesie erlaubt es, das Missglückte erträglich, aus der Niederlage doch noch einen Sieg zu machen:

»So nehmen Sie, was mir ein Überreicher
im letzten Augenblick verhüllt verlieh, –
er kleidete mich, daß ich wie ein Gleicher
bei Bäumen bin: die Winde werden weicher
und rauschen in mir, und ich segne Sie.« [13]

In Worpswede vollziehen sich die Schicksale auch ohne Rilkes Segen: Heinrich Vogeler heiratet die junge Martha Schröder, Otto Modersohn verlobt sich mit Paula. Und in Berlin hofft Rilke immer noch, die Beziehung zu Lou Andreas-Salomé erneuern zu können. Er fährt fort, im »Worpsweder Tagebuch« seine Gedanken für Lou als künftige Leserin niederzuschreiben, und er schenkt ihr sieben in russischer Sprache verfasste Gedichte. Gleichzeitig sendet er Briefe an Clara, in denen er seine Kochkünste rühmt und ihr Kochtipps gibt, als wolle er sie schon auf die Rolle als Hausfrau vorbereiten. Beschwörend schreibt er ihr im Dezember: »Lassen Sie die Ferne nicht mächtig werden über uns.«[14] Den Heiligabend verbringt er mit Lou und Friedrich Andreas in deren Haus in Schmargendorf.

Als Paula am 13. Januar in Berlin eintrifft, um einen Kochkurs zu absolvieren, zu dem sie ihre Mutter als Vorbereitung auf die bevorstehende Ehe gedrängt hat, tut Rilke so, als sei nichts geschehen. Die beiden verbringen einen langen Abend in seiner Wohnung bei Kerzenschein, und er rezitiert die ihr gewidmeten Verse »Du blondes Kind«. Nachdem Paula Rilke verlassen hat, rührt er nichts in seinem Zimmer an, um nicht »den feinen Schmelz Ihres Dagewesenseins abzustreifen«[15], wie er ihr noch am selben Abend schreibt. Er drückt eine Frucht, die sie in Händen gehalten hat, an seine Stirn und erweckt den Eindruck, als habe er noch immer die Hoffnung, sie für sich gewinnen zu können. In den kommenden Wochen besuchen sie gemeinsam Ausstellungen und Konzerte. Während Paula innige Stunden mit ihrem Dichter erlebt, schreibt sie ihrem Verlobten am 8. Februar 1901, an ihrem Geburtstag, nach Worpswede: »Dein Bräutlein ist jetzt fünfundzwanzig Jahre alt, Du Lieber, Du Meiner, Du Inbrünstig-Guter Du.«[16]

Am 3. Februar erscheint plötzlich auch Clara in Berlin. Die Dreierkonstellation von Worpswede lebt an neuem Ort wieder auf – bis Rainer und Clara Mitte Februar überraschend ihre Verlobung bekanntgeben, ein Schritt, der Paula zutiefst trifft, obwohl sie sich doch längst an Otto Modersohn gebunden hat. Sie ahnt, dass sie mit Rilke nun auch noch die beste Freundin verliert, die wegen ihres »dienenden« Temperaments in dieser Beziehung vollkommen aufgehen wird. Am nächsten Tag schreibt sie an Rilke: »Als ich gestern bei Ihnen beiden im Zimmer stand, war ich weit, weit entfernt von Ihnen Beiden. Und es überfiel mich eine große Traurigkeit, die auch heute über mir lag, und mein Lebensmütlein dämpfte.«[17]

Auch der Lebensmut von Rilke ist gedämpft. Im Grunde befindet sich der 25-jährige Dichter in einer ernsten finanziellen Krise: Von der Familie, die ihn lange unterstützt hat, kann er nichts mehr erwarten: Seine Eltern sind geschieden, und die Zuwendungen vonseiten der Erben seines wohlhabenden Onkels Jaroslav laufen aus. In den Monaten vor seiner Ehe bemüht Rilke sich krampfhaft, durch journalistische Schreibarbeiten sein schmales Dichterhonorar aufzubessern, ohne großen Erfolg. Schon für die Reise zu seinen Schwiegereltern nach Bremen, um die bevorstehende Hochzeit zu besprechen, muss er sich von dem Berliner Buchhändler Axel Juncker fünfzig Mark leihen, und nun soll ein Haus gemietet und eingerichtet werden.

Zum Glück unterstützen die Worpsweder Freunde, allen voran Heinrich Vogeler, das junge Paar. Auch Sophia Rilke schickt auf Bitte ihres Sohnes Geschirr und Besteck, Tischtücher und Servietten. Zur Hochzeit schenkt sie ihrer Schwiegertochter einen Goldreif. Während Rilke in den Kurort Arco am Gardasee reist, um seine Mutter zu sehen und mit ihr die Trauung zu besprechen, richtet Clara das kleine, mit Efeu bewachsene und strohgedeckte Bauernhaus in Westerwede her, mit einem kleinen Arbeitszimmer für Rainer unter dem Dach und einem geräumigen Atelier für sich selbst im Nebengebäude. Heinrich Vogeler zimmert für das junge Paar eigens die Möbel. Aus Arco kommen verliebte Briefe des künftigen Ehemannes mit Gedichten »An Clara Westhoff«. Clara ist selig und deutet gegenüber Paula an, dass ihr Glück schon im letzten Jahr, kurz vor Rilkes Abreise, begonnen hatte: »Woran denken Mädchen am Morgen nach ihrer Hochzeit? – Woran dachte ich wohl an jenem Herbstmorgen, als die Sonne schien und ich immer lächeln mußte? – Vielleicht ist es das, daß etwas gewesen war, welches nun für alle Ewigkeit wunderbar blieb.«[18]

Über die Heirat im Haus der Westhoffs in Bremen berichtet Rilke seiner Mutter in einem Brief vom 9. Mai 1901, vier Tage nach deren fünfzigstem Geburtstag. Dass er bereits am 11. März aus der Kirche ausgetreten ist, um sich evangelisch trauen lassen zu können, wird die streng katholische Sophia Rilke nie erfahren. In der Vermählungsanzeige, die Rilke seinem Brief beilegt, heißt es: »Rainer Maria Rilke und Clara Rilke-Westhoff haben ihr Heim gegründet in Westerwede bei Bremen. Bremen, im April 1901.« Den Ablauf schildert Rilke so:

»*Unsere Trauung war ganz still. Nur Claras Stiefschwester Paula mit ihrem Mann und die beiden Brüder Claras waren außer den Eltern anwesend. In einem dunkelpanelierten Speisezimmer unter einem schönen alten Ahnenbild stand ein kleiner Tisch mit einem weißen Tuche bedeckt, mit 2 Kerzen und einer großen Familienbibel. Davor lagen 2 schwarzsamtene Kniepolster und aufblühende Rhododendron, welche später in unseren Garten in Westerwede eingesetzt werden sollen zu beiden Seiten. Die Familie versammelte sich im Kreise, der hiesige Domprediger Primarius Pastor Schenkel trat hinter den kleinen Tisch, vor dem wir standen, hielt eine kurze Ansprache, erfragte unser Ja-Wort, gab uns unsere Ringe und schloss mit einem schönen Gebet und dem Vaterunser. Hernach blieben wir noch beisammen, tranken Thee und waren dabei die eingetroffenen Telegramme (obwohl nur wenige den Tag wissen konnten, waren es 17 Stück) zu verlesen. Dass wir auch Deiner herzlich gedacht haben, besagt Dir ein Telegramm von unseren Eltern!*«

Im Postskriptum bedankt sich Clara bei ihrer Schwiegermutter, die sie noch nie gesehen hat:

»Meine liebe gute Mama! Nun komme ich heute schon als Deine Tochter zu Dir, um Dir zu Deinem Geburtstag die allerherzlichsten Glückwünsche zu senden. Leider kann ich nicht festlicher zu Dir kommen als mit einigen armseligen Zeilen, da ich durch die bevorstehende Abreise in Anspruch genommen bin und viele noch auf unsere neue Wohnung bezügliche Besorgungen. Auch ist mir in diesen Tagen nicht ganz wohl, was wir auf die langen Tage im Krankenzimmer schieben. Aber wir hoffen auf baldige frohe Tage auf dem ›Weißen Hirsch‹ und von da aus werde ich auch mit einem längeren Brief wiederkommen. Heute möchte ich Dir nur die allerherzlichsten und besten Wünsche für die Zukunft sagen und Dir tausendmal danken für Dein schönes, reiches Hochzeitsgeschenk. Das Armband liebe ich sehr und möchte es am liebsten niemals ablegen, da es in seiner Einfachheit sehr gut für mich passt. Von unserer Hochzeit erzählte Dir Rainer schon und dass wir viel und herzlich Deiner gedachten. Mit tausend Grüßen und guten Wünschen Deine Tochter Clara.«[19]

Ende Juni besucht das frisch getraute Paar Rilkes Vater in Prag. Im Juli kommt er zum Gegenbesuch nach Westerwede, im September reist schließlich auch die überempfindliche Sophia Rilke an, »umsorgt und sorgfältig vor Zugluft geschützt«[20]. Beide finden in der einsam am Moor gelegenen Kate einen geschmackvoll eingerichteten Hausstand vor, in der hellen Diele stehen zwischen bunt bemalten Bauerntellern Claras Büsten und Statuen, ein echtes Künstlerdomizil mit vielen Büchern und Bildern. Die edlen Vorhänge, Lüster und Leuchter vermitteln in der rustikalen Umgebung den Eindruck von bescheidener Eleganz.

Trotz ihrer Schwangerschaft entwickelt Clara eine beachtliche Produktivität. Für Rilke, den Kunstliebhaber, ist es von großem Reiz, seine junge Frau in ihrem künstlerischen

Wachstum beobachten und sich intensiv mit ihr austauschen zu können. Die Bildhauerei ist Neuland, sie konfrontiert ihn mit der Welt des Haptischen und Dinglichen, erschließt ihm die Kunst der Dreidimensionalität: »Plastische Werke sind, da das, worin sie stehen, ihre Fremde ist, mit dem Raum und der Heimat, in der sie eigentlich wohnen, vollgesogen und strahlen ihre eigentliche Umgebung aus als eine Seite ihrer einsamen steinernen Wesenheit.«[21] Besonders liebt Rilke die Skulptur »Sitzender Knabe«, »ein vollendetes in sich geschlossenes Ganze, in plastischem Stoffe gedacht und von einer Marmorseele belebt«[22]. Nicht zufällig wird er seine 1902 erscheinende Gedichtsammlung »Das Buch der Bilder« nennen, was den wachsenden Einfluss Claras verrät. Schon lange vor ihrer Heirat hatte er ihr dankbar geschrieben:

> *»Ich schäm mich nicht dafür, dass es wieder, wie schon einmal, I h r e Bilder sind, Ihre Worte beinahe, mit denen ich mich auszudrücken versuche, als ob ich wünschte, Sie mit Ihrem eigenen Besitz zu beschenken. Aber es ist so, Clara Westhoff, wir empfangen viele von unseren Reichtümern erst, wenn sie uns, getragen von einer anderen Stimme, entgegenkommen; und wenn dieser Winter geworden wäre, wie ich ihn geträumt habe, so wäre das meine tägliche Pflicht gewesen: meine Reden zu beladen mit Ihrem Besitz und meine Sätze, wie schwere, schwankende Karawanen, Ihnen zuzusenden, um alle Räume Ihrer Seele zu füllen mit den Schönheiten und Schätzen Ihrer unerschlossenen Bergwerke und Schatzkammern.«*[23]

Allein zu zweit
»… vielmehr ist die gute Ehe die, in welcher jeder den anderen zum Wächter seiner Einsamkeit bestellt.«

Da Rilke beim Schreiben immer ein Gegenüber imaginiert, als Dichter auf Resonanz angewiesen ist, sind die ersten Monate nach der Hochzeit eine produktive Zeit. Rilke veröffentlicht die Novellen »Der Liebende« (1901) und »Der Drachentöter« (1902), schreibt den Gedichtzyklus »Das Buch von der Pilgerschaft« (1901) – den zweiten Teil des »Stunden-Buchs« – und vollendet das Drama »Das tägliche Leben« (1901). Auch Clara schafft in dieser Zeit zwei ihrer schönsten Büsten, ein Porträt ihres Mannes und eines von Heinrich Vogeler. Der Einfluss Rodins, ihres Pariser Lehrers, seine Manier der bewegten Oberflächenbehandlung mit ihrem Spiel aus Licht und Schatten ist an diesen Arbeiten unverkennbar. Als Rilke später eine Monografie über die Worpsweder Künstlergemeinschaft schreibt, wird er ausführlich die fünf Maler – Fritz Mackensen, Otto Modersohn, Fritz Overbeck, Hans Am Ende und Heinrich Vogeler – würdigen, aber weder Clara noch Paula erwähnen.

Bald nach der Heirat deuten sich bei Rilke – in einem Brief an den Dichter Emmanuel von Bodman – erste Zweifel über den grundsätzlichen Sinn der Ehe an. Weder sei diese eine Versorgungseinrichtung zur »Vereinfachung der Lebensumstände«, noch müsse sie zwanghaft glücklich machen, schreibt er am 7. August 1901 dem von Liebeskummer gequälten Freund: Glück sei nicht der eigentliche Lebenssinn. Vielmehr gelte es, das jeweilige Anderssein auch in der engsten Bindung zu bewahren:

> *»Es handelt sich in der Ehe für mein Gefühl nicht darum, durch Niederreißung und Umstürzung aller Grenzen eine rasche Gemeinsamkeit zu schaffen, vielmehr ist die gute Ehe*

die, in welcher jeder den anderen zum Wächter seiner Einsamkeit bestellt und ihm dieses größte Vertrauen beweist, das er zu verleihen hat. Ein Miteinander zweier Menschen ist eine Unmöglichkeit und, wo es doch vorhanden scheint, eine Beschränkung, eine gegenseitige Übereinkunft, welche einen Teil oder beide Teile ihrer vollsten Freiheit beraubt. Aber, das Bewusstsein vorausgesetzt, dass auch zwischen den nächsten Menschen unendliche Fernen bestehen bleiben, kann ihnen ein wundervolles Nebeneinanderwohnen erwachsen, wenn es ihnen gelingt, die Weite zwischen sich zu lieben, die ihnen die Möglichkeit gibt, einander immer in ganzer Gestalt und vor einem großen Himmel zu sehen!«[24]

Schon im zweiten Teil des »Stunden-Buchs«, in seinem »Buch von der Pilgerschaft«, hatte Rilke allen ehelichen Besitzansprüchen eine Absage erteilt:

»*Sie sagen* mein *und nennen das Besitz,*
wenn jedes Ding sich schließt, dem sie sich nahn,
so wie ein abgeschmackter Charlatan
vielleicht die Sonne sein nennt und den Blitz.
So sagen sie: mein Leben, meine Frau,
mein Hund, mein Kind, und wissen doch genau,
daß alles: Leben, Frau und Hund und Kind
fremde Gebilde sind, daran sie blind
mit ihren ausgestreckten Händen stoßen.
Gewißheit freilich ist das nur den Großen,
die sich nach Augen sehnen. Denn die Andern
wollens *nicht hören, daß ihr armes Wandern*
mit keinem Dinge rings zusammenhängt,
daß sie, von ihrer Habe fortgedrängt,
nicht anerkannt von ihrem Eigentume
das Weib so wenig haben *wie die Blume,*
die eines fremden Lebens ist für alle.«[25]

Damit hat Rilke für sich selbst geklärt, wie das Zusammensein mit Clara beschaffen sein soll: als Alleinsein zu zweit, als streng kontrollierte Nähe im Dienst von Kunst und Dichtung. Nicht immer aber respektiert er als Ehemann die im Brief an Emmanuel von Bodman beschworenen »unendlichen Fernen«. Rilke fühlt sich seiner drei Jahre jüngeren Frau gegenüber als der Überlegene, Erfahrenere, der die Schweigsame noch unnahbarer zu machen versteht, sie zielstrebig in seinen eigenen Kosmos einzuspinnen beginnt, ihr Leben »zur ewigen Weihestunde« macht, wie Heinrich Vogeler im Rückblick spottet. Und Otto Modersohn vertraut seinem Tagebuch an: »Wie hat sie ganz ihre Individualität eingebüßt. Wo sie vor einem Jahr tobte, in ihrem einfachen bäuerlichen Kram saß, zwanglos und ungeschlacht – da sitzt sie nun, ein Vogel, dem man die Flügel geschnitten, still in ihrem Sessel, in einem kühl, äußerst pedantisch, übermäßig ordentlichen Zimmer ...«[26]

Da ist bald auch kein Platz mehr für die Freundin Paula, die das rasch zu spüren bekommt. Anfänglich hatten die Freunde noch über das ungleiche Paar gespottet. Als die beiden nach der Verlobung in Worpswede erschienen waren, um ihr künftiges Haus zu besichtigen, hatte Otto Modersohn seiner Braut geschrieben: »Und am Freitagnachmittag – wer kam da? Du ahnst es schon: Clara W. mit ihrem Rilkchen unterm Arm.«[27] Doch rasch bemerkt man in Worpswede, wer der Dominierende in dieser Ehe ist. Paula schreibt werbende Briefe, will an die alte Frauenfreundschaft anknüpfen, dringt aber nicht durch den Kokon, den Rilke um seine Frau gesponnen hat. Resignierend schreibt sie am November 1901 in ihr Tagebuch: »Clara Westhoff hat nun einen Mann. Ich scheine zu ihrem Leben nicht mehr zu gehören. Daran muß ich mich erst gewöhnen. Ich sehne mich eigentlich danach, daß sie noch zu meinem gehöre, denn es war schön mit ihr.«[28]

Clara begründet ihren Rückzug mit familiären Verpflichtungen, die sie an das Haus bänden, Paula dagegen wirft ihr vor, sie habe zu viel von ihrem »alten Selbst abgelegt und als Mantel gebreitet, auf daß Ihr König darüber schreite«. Es sei ihr Recht, »mit tausend Zungen der Liebe« gegen Rilke zu »hetzen«, schreibt sie in einem leidenschaftlichen Brief.[29] Sie durchschaut Rilkes Methode, Menschen, die ihm wichtig sind, an sich zu ketten und sie zugleich von anderen zu isolieren, um sie ganz für sich zu haben. Rilke antwortet in ungewohnter Schärfe, Paula solle die Veränderungen im Leben ihrer Freundin akzeptieren, um irgendwann von ihrer Entwicklung zu profitieren. Der Hinweis auf die künstlerischen und menschlichen Fortschritte seiner Frau unter seinem, Rilkes, Einfluss, ist als durchaus hochmütig zu verstehende Aufforderung gedacht, Paula möge sich an Clara ein Beispiel nehmen.

Die Geburt der Tochter Ruth am 12. Dezember 1901 bildet einen tiefen Einschnitt in Rilkes Leben. Jetzt ist er mit einer Verantwortung konfrontiert, die er heimlich immer gefürchtet hat. Zwar schreibt er an Otto Modersohn, Clara und er seien sehr glücklich und zeichnet gegenüber Franziska zu Reventlow ein zärtliches Bild seiner Tochter: »Sie hat dunkles Haar, ganz dunkelblaue Augen, eine ernste Stirne und ganz wunderschöne Hände. Aber: Sie wissen ja, wie das ist, wenn man von einem lieben, eigenen Kinde spricht, die Worte sind zu groß und zu eng zugleich, zu grob, zu ungelenk, um das auszudrücken, was man meint. Jedenfalls ist das Leben ganz neu mit einem Schlag: um eine neue Zukunft, um ein ganzes Leben reicher!«[30] Der Mutter berichtet Rilke, Ruth sei ein ungewöhnlich großes, »stämmiges Kind« und wiege 4 ½ Kilo.[31] Sie solle sich keine Sorgen machen: »Uns Dreien geht es gut.«

Carl Mönckeberg, dem Redakteur bei der Hamburger Kulturzeitschrift »Der Lotse«, schildert Rilke seine neue

Lebenssituation nur wenige Wochen später viel dramatischer: »... denken Sie sich einen einsamen Menschen, der, heimatlos, endlich ein Haus im großen Moor hat, eine liebe und ernste Frau und (seit Mitte Dezember) eine kleine Tochter, Ruth, – der also alles hat, was vor der Welt schützt ... Aber gerade in dem Augenblick, wo die größere Wirklichkeit um mich her mich beruhigt und mein Leben geräumiger macht, zu Sammlung und zu vertiefter Arbeit tüchtiger, gerade da stellt es sich förmlich höhnisch heraus, daß ich alles Gewonnene und Liebe nur gewann, um es zu verlassen, daß ich, weil ich von meinen Arbeiten doch nicht leben kann (selbst nicht bei den billigen Bedingungen des entlegenen und bei aller äußeren Anspruchslosigkeit unseres Lebens), irgendwohin gehen muß, verdienen, ein Rad drehen, eine Achse schmieren ...«[32] Rilke beschwört Mönckeberg, ihm eine Anstellung in einer Redaktion, einem Verlag oder am Theater zu verschaffen – vergeblich.

Ausgelöst wurde diese Panik durch die Nachricht von Rilkes Cousinen Paula und Irene, die ihm mitteilten, dass er vom Erbe seines Onkels nichts mehr zu erwarten habe; sein Stipendium sei mit der Familiengründung ausgelaufen, denn er sei ja nun kein Student mehr. Doch die Kosten von monatlich 250 Mark für Haus und Unterhalt der Familie sind kaum aufzutreiben. Ohne die spärlichen Honorare von Clara und die Unterstützung der Westhoffs wäre die Familie längst am Ende. So folgen dem Brief an Carl Mönckeberg zahlreiche weitere Hilfsgesuche an Freunde und Bekannte, in immer flehentlicherem Ton.

Rilkes Bücher laufen so schlecht, dass es schwierig ist, neue Titel bei Verlagen unterzubringen. Auch die Rezensionen bringen kaum etwas ein. Sein jüngstes Theaterstück »Das tägliche Leben« fällt bei seiner Uraufführung in Berlin durch; die für Hamburg geplante Inszenierung wird abgesagt. Ein österreichisches Stipendium ist zu bescheiden, um die Lage grundsätzlich zu entspannen. Allein die Zusammenarbeit mit der Kunsthalle in Bremen, zu deren Einweihung Rilke das Maeterlinck-Drama »Schwester Beatrix« inszeniert, sorgt für ein klein wenig Erleichterung. Dem Bremer Professor Pol de Mont schreibt Rilke am 10. Januar 1902 resignierend, man lasse ihn »in dem Gefängnis meiner Angst am vergitterten Fenster stehen und warten«[33]. Die Familiengründung entwickelt sich zum Fiasko.

Obwohl Rilke ums nackte Überleben kämpft, gibt er bei dem Dresdner Maler Oskar Zwintscher ein Ölporträt seiner Frau in Auftrag, denn Kinder sollten »unter den schönen Jugendporträts ihrer Mütter«[34] aufwachsen. Das ist, bedenkt man die finanzielle Lage des Auftraggebers, purer Luxus und allein von Eitelkeit diktiert, von Rilkes aristokratischem Selbstverständnis, das er von seiner – nie belegten – adligen Herkunft ableitet: »... ich stamme aus einer alten Kärntner Uradelsfamilie, die einmal vermöglich und viel begütert war, und wenn auch mit dem Verlust unserer Besitzungen keines der vielen Bildnisse der Vormütter auf mich gekommen ist, – so fühl ich doch, daß man seine Frau einem großen und nachdenklichen Maler zeigen muß, in ihrer ersten Schönheit, damit die Kinder und Enkel eine Erbschaft und einen untrüglichen Beweis jener Schönheit und Güte haben, die, mögen sie wie immer geartet sein, mit ihnen verwandt und verwoben ist.«[35] Rilke lädt Zwintscher nach Worpswede ein, wo ihm Clara lange Stunden Modell sitzt, doch das Ergebnis ist für beide enttäuschend.

Neuanfang in Paris
»… alles, alles an die Kunst zu geben, nicht an das Leben, das uns immer traurig und trübe macht.«

Geldnot und Kindergeschrei erweisen sich bald als unerträglich für den Dichter Rilke. Die Abgeschiedenheit schlägt aufs Gemüt, der Reiz des Neuen verfliegt. Rilke flüchtet auf das Schloss des Lyrikers Emil Prinz von Schönaich-Carolath in Haseldorf bei Pinneberg, wo er bereits im Vorjahr, damals zusammen mit Clara, ein paar Tage gewohnt hatte. Clara schickt er mit Töchterchen Ruth zu Freunden nach Holland. Von Haseldorf aus schreibt er ihr am 5. Juni 1902 einen enthusiastischen Brief. Das kultivierte Ambiente eines solchen Schlosses mit Kavaliershaus, Park und Dienerschaft empfindet Rilke als ein für sich angemessenes Refugium. Das hat Folgen: Sein künftiges Dichterleben wird eine Reise von Schloss zu Schloss sein, eingeladen und ausgehalten von adligen Gönnern und Gönnerinnen, die sich mit dem berühmten Dichter schmücken wollen. In die Familiengemeinschaft wird er dauerhaft nie mehr zurückfinden.

Während Rilke im Schlossarchiv in alten Büchern und Dokumenten zur Familiengeschichte stöbert, hat er längst einen Vertrag in der Tasche: Er soll für die Monografien-Reihe »Die Kunst« eine Studie über Auguste Rodin schreiben – mit der reizvollen Aussicht, den Meister in seinem Atelier in Paris aufsuchen zu können. Auch Clara will wieder in der Nähe Rodins arbeiten. Sie weiß, dass sie Bekanntheit als Künstlerin nur in einer der großen Metropolen erringen kann – und ohne an ein Kleinkind gebunden zu sein. So ist der Entschluss, zusammen in Paris »als eingeschränkte Junggeselle(n) (…) der Arbeit zu leben«[36], wie Rilke der Münchner Freundin Julie Weinmann schreibt, auch eine Entscheidung gegen das eigene Kind. Ruth soll nach der Haushaltsauflösung in Worpswede bei den Großeltern in Oberneuland bei Bremen aufwachsen. Fast verzweifelt hatte Rilke im September die schwedische Frauenrechtlerin und Reformpädagogin Ellen Key, deren Buch »Das Jahrhundert des Kindes« er zustimmend besprochen hatte, beschworen, ihm eine Erzieherin zu vermitteln, die das zweijährige Mädchen in Paris möglichst kostenfrei betreuen sollte. Daraus wurde jedoch nichts. Rilke mutet seiner Tochter zu, was er bei seiner eigenen Mutter immer kritisiert hatte: Abschiebung und mangelnde Fürsorge. Sinn seiner Ehe sei allein die Förderung seiner Frau, beteuert Rilke gegenüber Julie Weinmann, die er bittet, seinen Paris-Aufenthalt zu finanzieren.

Tatsächlich setzt sich Rilke unablässig für Clara ein, bei Museen und Galerien, bei Alfred Lichtwark und Gerhart Hauptmann, die er ersucht, sie bei der Bewerbung für ein Stipendium zu unterstützen. Auch in seinen Briefen an Rodin wirbt er darum, Clara als Schülerin anzunehmen. In Paris bezieht das Paar eine gemeinsame Wohnung, Clara richtet unweit davon ein Atelier ein. Rilke ist seit Ende August dort, Clara kommt, nachdem sie den Haushalt aufgelöst und das Mobiliar verkauft hat, Mitte Oktober. Rilke hatte sie, die der Abschied von Kind und Heim quälte, beschworen, nicht mehr »schwach und weich zu sein«, man müsse jetzt von vorn beginnen, um »alles, alles an die Kunst zu geben, nicht an das Leben, das uns immer traurig und trübe macht«[37]. Auch seiner Mutter schreibt er, nur die Arbeit könne den Schmerz über die Trennung von Ruth betäuben: »Gott helfe uns! Es ist schwer diese Trennung, diese neue Heimatlosigkeit in der großen, uns beiden sehr verhassten Stadt: es ist s e h r schwer. Aber es gab keinen anderen Ausweg für uns ... Nirgends.«[38]

Von Lou Andreas-Salomé bestärkt, die als heimliche Macht immer noch aus dem Hintergrund wirkt, ist Rilke entschlossen, sein Leben in Paris ganz seinem dichterischen

Auftrag zu unterwerfen. Zum absoluten Vorbild wird ihm Rodin, der das Motto »Qui, il faut travailler, rien que travailler« (Ja, man muss arbeiten, nur arbeiten) zum Gesetz seines Lebens gemacht hat. Nicht mehr Gefühl, Inspiration und Imagination, sondern der Sinn für das Sachliche, für das genaue Hinsehen und das vom Objekt her Gut-Gemachte bestimmt nun Rilkes Arbeitsethos. Dazu muss er als Dichter allein sein, um die nötige Konzentration zu finden. Am 18. Oktober 1902 berichtet er dem Maler Oskar Zwintscher vom Neuanfang in Paris:

> *»… wir wohnen in einem Haus, aber wenn unsere Arbeit erst recht im Gange ist, werden wir uns in der Woche fast nicht sehen und nur am Sonntag uns zusammen erholen und vorbereiten für die neue Woche. Unser Plan ist, zu arbeiten, wie wir noch nie gearbeitet haben.«*[39]

Rilke geht täglich in die Nationalbibliothek, um sich mit antiker und mittelalterlicher Plastik zu beschäftigen, liest aber auch viel französische Literatur, vor allem die Symbolisten Baudelaire, Mallarmé und Verlaine, die ihn mit ihrem Gespür für das Konkrete und Sinnliche beeindrucken. So entsteht in diesen ersten Pariser Monaten neben der Rodin-Monografie auch lyrisch ganz Neues, die ersten sogenannten »Ding-Gedichte«, darunter »Der Löwenkäfig« und »Der Panther«. Rodin hatte ihm den Rat gegeben, in den Pariser Zoo zu gehen, um richtig sehen zu lernen. »Der Panther« gibt ein erschreckend präzises Bild der gefangenen Kreatur, die »hinter tausend Stäben keine Welt« mehr sieht. Rilke hat in diesen beklemmenden Versen, ganz unfreiwillig, auch die eigene Existenz als Mensch und Künstler erfasst, das Kreisen um sich selbst, den Welt-Verlust im Kunst-Gewinn.

Mit dem Ende des Worpsweder Experiments ist Rilke vieles, was er als Dichter bisher geschaffen hat, fragwürdig geworden. Künstlerehe und Familie waren Versuche der Heimatgewinnung. Nun holt ihn die frühere Weltfremdheit wieder ein, alte Ängste und Selbstzweifel werden erneut lebendig. Hier in Paris scheint die Welt zu groß und zu abweisend, um sie durch Kunst zu bewältigen. Den Stoff durch die Form zu vernichten, wie Schiller forderte, ist Rilke nicht möglich, weil er über kein vergleichbares ideelles Fundament verfügt. Unablässig muss er Welt aus sich selbst erschaffen, Stoff *und* Form zugleich, das Fremde, Gestaltlose überfordert, ja bedrückt ihn. So war es ihm schon in der Grenzenlosigkeit Russlands ergangen, und nun ist es der Moloch Paris, der seine Ausdrucksfähigkeit lähmt. Gleich zu Beginn seines Aufenthalts hatte er die Stadt als Ort bedrückender Armut und des allgegenwärtigen Todes beschrieben: »Man fühlt auf einmal, daß es in dieser weiten Stadt Heere von Kranken gibt, Armeen von Sterbenden, Völker von Toten. Ich habe das noch in keiner Stadt gefühlt, und es ist seltsam, daß ich es gerade in Paris fühle, wo … der Lebenstrieb stärker ist als anderswo … Davon ist Paris so voll und darum so nahe am Tod. Es ist eine fremde, fremde Stadt.«[40]

Die Menschenmassen erschrecken ihn, Rilke fühlt sich geradezu eingekreist, fürchtet, früher oder später als ebenso arm und bedürftig erkannt zu werden. Aus den Briefen, die er in dieser Zeit an Lou schreibt, spricht die Angst vor dauerhafter sozialer Deklassierung.

»Und was für Menschen bin ich seither begegnet … Man fing sie höchstens als Eindruck auf und betrachtete sie mit ruhiger sachlicher Neugier wie eine neue Art Thier, dem die Noth besondere Organe ausgebildet hat, Hunger- und Sterbeorgane. Und sie trugen das trostlose, mißfarbene Mimicry der übergroßen Städte und hielten aus unter dem

Fuß jedes Tages der sie trat wie zähe Käfer, dauerten, als ob sie noch auf etwas warten müßten, zuckten wie Stücke eines zerhauenen großen Fisches, der schon fault aber immer noch lebt … Ich mußte mir oft laut sagen, daß ich nicht einer von ihnen bin, daß ich wieder fortgehen würde aus dieser schrecklichen Stadt, in der sie sterben werden; ich sagte es mir und fühlte, daß es kein Betrug war. Und doch wenn ich merkte, wie meine Kleider von Woche zu Woche schlechter und schwerer wurden und sah, wie sie zerschlissen waren an vielen Stellen, erschrak ich und fühlte, daß ich rettungslos zu den Verlorenen gehören würde, wenn nur irgend ein Vorübergehender mich sah und mich halb unbewußt zu ihnen zählte …«[41]

Dass ihn die französische Metropole zu einem Werk inspirieren wird, mit dem er den endgültigen Durchbruch als Autor schafft, ahnt Rilke nicht, als er die ersten Monate in Paris verlebt. Seine Briefe enthalten bereits die Grundstimmung des autobiografisch gefärbten Romans »Die Aufzeichnungen des Malte Laurids Brigge«, der 1910 herauskommen und mit dem Rilke der Entfremdungserfahrung der Moderne gültigen Ausdruck verleihen wird. Irritiert, aber auch fasziniert von seiner Baudelaire-Lektüre, durch die Poesie eines Dichters, den das Hinfällige und Verdorbene zu »Blumen des Bösen« inspirierte, sucht Rilke Halt in einer Kunst, die das ursprüngliche Sein der Dinge entdeckt, um die Wirklichkeit aus ihren in Unordnung geratenen Elementen neu aufzubauen – und findet sie in Rodins Welt:

»Und dieses Werk konnte nur von einem Arbeiter ausgehen, und der es gebaut hat, kann ruhig die Inspiration leugnen; sie kommt nicht über ihn, weil sie in ihm ist, Tag und Nacht, verursacht von jedem Schauen, eine von jeder Bewegung seiner Hand erzeugte Wärme. Und je mehr die

Dinge um ihn wuchsen, desto seltener waren die Störungen, die ihn erreichten; denn an den Wirklichkeiten, die um ihn standen, brachen alle Geräusche ab. Sein Werk selbst hat ihn beschützt; er hat darin gewohnt wie in einem Wald.«[42]

Durch seine Begegnung mit dem französischen Bildhauer, dessen Werke im »Pavillon Rodin« eben auf der Pariser Weltausstellung enthusiastisch gefeiert worden sind, erlebt Rilke den schroffen Gegensatz von Land und Stadt, von Kunstrefugium und urbaner Geschäftigkeit: Hier Rodins stille Ateliers im grünen Pariser Vorort Meudon, dort die lärmende Großstadt, wo elektrische Bahnen »läutend durch die Stuben« rasen, wie es gleich zu Beginn des Malte-Romans heißt. In Rodins plastischer Welt ist alles Menschliche in eine fassbare ästhetische Ordnung gebracht, erscheinen auch Leiden und Schmerz (»Laokoon«, »Die Bürger von Calais«) auf sublime Weise gebändigt. Dass Kunstbesessenheit jedoch eine ganz andere Art von Entfremdung, nämlich menschliche Ignoranz bewirken kann, bemerkt Rilke bei einer Szene in Rodins Garten:

Als ein kleines Mädchen dem großen Mann schüchtern eine Blume hinhält, die sie für ihn gepflückt hat, schaut Rodin achtlos darüber hinweg. Die liebevolle Geste nimmt er nicht wahr. Erst als die Kleine ihm ein Schneckenhaus reicht, nimmt er es sofort in die Hand und hält einen langen Vortrag über die Tektonik des Gehäuses, vergleicht es mit griechischen und gotischen Formen, erklärt seinem Besucher ausführlich die Bedeutung der Oberfläche für den Bildhauer. Rilke ist ein wenig irritiert, weil ihn Rodins Überzeugung, alles müsse der Kunst geopfert werden, an die eigene Entscheidung erinnert, Ruth wegzugeben. Rilke will leben wie Tolstoi oder Rodin, wie er Clara über die ihn tief berührende Episode schreibt: »Die großen Menschen alle haben ihr Leben zuwachsen lassen wie einen alten Weg und haben alles in ihre Kunst getragen. Ihr Leben ist verkümmert wie ein Organ, das sie nicht mehr brauchen.«[43]

Rilkes Rodin-Buch kommt im März 1903 heraus, der Autor widmet es seiner Frau, bezeichnenderweise ohne ihren Namen zu nennen: »Einer jungen Bildhauerin«. Auch Lou Andreas-Salomé lobt die Arbeit überschwänglich und versichert ihrem früheren Geliebten, »daß ich uns Verbündete glaube in den schweren Geheimnissen von Leben und Sterben, eins im Ewigen was die Menschen bindet«[44]. Sie bleibt ihm auch in der Ferne die Nächste – viel näher als seine Ehefrau, die Rilke in Paris auf Distanz hält.

Aber auch Clara genießt ihre neue Unabhängigkeit und findet bald Anerkennung bei Rodin. Der Meister bescheinigt ihr, dass sie durch ihre Arbeit »ernste Hoffnungen erfüllt« habe.[45] Trotz Rilkes Fürsprache wird er es (bei ihrem zweiten gemeinsamen Paris-Aufenthalt 1908/09) jedoch ablehnen, sich von Clara porträtieren zu lassen – was ihren Ruf als Künstlerin entscheidend befördert hätte. Und schließlich wird er aus einer Augenblickslaune heraus auch mit Rilke brechen, obwohl dieser Rodins Person und Werk so glänzend wie wohl niemand zuvor beschrieben und gedeutet hatte.

Requiem auf Paula

»Ich möchte meine Stimme wie ein Tuch hinwerfen über deines Todes Scherben …«

Inzwischen ist auch Paula nach Paris gekommen. Sie hat Otto Modersohn geheiratet und kümmert sich rührend um seine dreijährige Tochter Elsbeth aus erster Ehe. Doch die Beziehung steht unter einem ungünstigen Stern. Obwohl Modersohn die herausragende Begabung seiner jungen

Frau anerkennt, leidet er unter ihrem Unabhängigkeitsdrang, dem sie alles, auch die Ehe, unterordnet. Auch mit ihrer an Cézanne, Gauguin und van Gogh geschulten reduktionistischen Malweise, mit der sie sich vom Worpsweder Naturalismus zu lösen beginnt, ist er nicht einverstanden: »Die Farbe ist famos – aber die Form! Der Ausdruck! Hände wie Löffel, Nasen wie Kolben, Münder wie Wunden. Ausdruck wie Cretins.«[46] So ist Paulas Reise zu ihrer Freundin nach Paris auch ein Ausbruchsversuch aus der zunehmend schwierigen Ehe.

Doch die beiden Frauen finden nicht mehr zueinander. Bald nach ihrer Ankunft in Paris, enttäuscht durch die Arbeitswut Claras, die kaum Zeit für sie findet, schreibt Paula ihrem Mann nach Worpswede: »Da Rodin zu Rilkes gesagt hat: ›Travailler, toujours travailler‹, nehmen sie das wörtlich, wollen sonntags nicht mehr aufs Land gehen, sich scheinbar nicht mehr ihres Lebens überhaupt freuen.«[47] Clara bleibe vom frühen Morgen bis spät in die Nacht in ihrem Atelier, und am Wochenende vergrabe sie sich in ihren Schmerz über die Abwesenheit ihrer Tochter. Auch Rilke habe sich völlig verändert: »Ich schätze ihn nicht mehr hoch ein. Er hält es mit jedem.« Sie spielt damit auf Rilkes Verehrung für Rodin und seine ausgiebigen Korrespondenzen mit berühmten Zeitgenossen an. In dem harten Urteil schwingt aber auch noch ein Rest an enttäuschter Liebe mit, das Gefühl, von Rilke missachtet, ja betrogen worden zu sein.

Drei Jahre später – Rilke ist jetzt Sekretär von Rodin, Paula längst zurück in Worpswede – nimmt sie noch einmal Kontakt zu ihm auf und bittet ihn, eine Wohnung für sie in Paris zu suchen. Sie hat beschlossen, sich endgültig von ihrem Mann zu trennen. Aber die alte Nähe und Herzlichkeit stellen sich nicht mehr ein. Als Otto Modersohn nach Paris eilt, um seine Frau zurückzugewinnen, willigt Paula ein und kehrt mit ihm nach Worpswede zurück. Vorher porträtiert sie noch »ihren« Dichter. Das düstere Ölbild zeigt eine starre, abweisende Physiognomie mit kalten Augen und einem halb geöffneten Mund. Dieser Mensch, das ist die Botschaft der Malerin, bleibt in sich gefangen, auch wenn er spricht. Bald darauf ist Paula schwanger und bringt am 2. November 1907 ein Mädchen, Mathilde, zur Welt. Nur zwei Wochen später stirbt sie, 31-jährig, an einer Embolie.

Rilke, der Paula den letzten Liebesdienst, die Auflösung ihrer Pariser Wohnung, verweigert hatte, schafft es erst ein Jahr später, sich mit ihrem unerwarteten Tod auseinanderzusetzen. Bei einem Besuch des Louvre erinnert ihn eine ägyptische Büste an ihre Gestalt – ganz ähnlich, wie sie auch Clara vor Jahren geformt hatte. Plötzlich steht der Geist der Freundin in aller Deutlichkeit vor ihm. In drei Tagen, zwischen dem 31. Oktober und dem 2. November 1908, schreibt Rilke ein sehr persönliches Gedicht, das »Requiem für eine Freundin«, eine poetische Anrufung der Toten, die als Wiedergängerin beschrieben – und gebannt wird. Gerade für einen Dichter, der alles Gesehene und Erlebte ins »Ewige« hinaufheben möchte und eine Anfälligkeit für okkulte Phänomene hat, wirkt das Erscheinen der Gestorbenen wie eine Mahnung. Warum kehrt sie, die Künstlerin, zu ihm zurück? Hatte sie nicht Materie zu Form, das Natürliche ins Geistige verwandelt und damit ihre Aufgabe erfüllt – oder etwa doch nicht ganz? Deutet ihr abrupter Tod auf ein Versäumnis, auf etwas Unvollendetes, das sie nun als Untote zurückkehren lässt?

Rilke deutet das Erscheinen Paulas als Auftrag, Rechenschaft abzulegen über den Umgang mit einer hochbegabten Frau, die Künstlerin sein wollte und an der Männerwelt scheiterte. Dabei gerät sein Gedicht zur kaum verschleierten Anklage gegen Otto Modersohn. Hatte der seine junge Frau nicht in die Ehe zurückgezwungen, als sie sich in Paris bereits aus ihr befreit hatte? Rilkes Klage zielt jedoch weit über die Schuld eines Einzelnen hinaus:

»Ich möchte meine Stimme wie ein Tuch
hinwerfen über deines Todes Scherben
und zerrn an ihr, bis sie in Fetzen geht,
und alles, was ich sage, müßte so
zerlumpt in dieser Stimme gehn und frieren;
blieb es beim Klagen. Doch jetzt klag ich an:
den Einen nicht, der dich aus dir zurückzog,
(ich find ihn nicht heraus, er ist wie alle)
Doch alle klag ich in ihm an: den Mann.«[48]

Wer einen Menschen an sich zu fesseln versucht, bringt ihn um sein Eigenes: Rilke wiederholt, was er bereits im »Buch von der Pilgerschaft« angeprangert hatte, den falschen Besitzanspruch gegenüber einem geliebten Menschen.

»Denn das *ist Schuld: wenn irgendeines Schuld ist:*
Die Freiheit eines Lieben nicht vermehren
Um alle Freiheit, die man in sich aufbringt.
Wir haben, wo wir lieben, ja nur dies:
einander lassen; denn daß wir uns halten,
das fällt uns leicht und ist nicht erst zu lernen.

Paula wird aus dem Jenseits zur Kronzeugin für Rilkes Überzeugung aufgerufen, dass Liebe in Kunst zu verwandeln sei. Der Geist der Toten soll ihm Kraft geben, an seinem inneren Auftrag festzuhalten.

»Bist du noch da? In welcher Ecke bist du? –
du hast so viel gewußt von alledem
Und hast so viel gekonnt, da du so hingingst
Für alles offen, wie ein Tag, der anbricht.

Die Frauen leiden: lieben heißt allein sein,
und Künstler ahnen manchmal in der Arbeit,
daß sie verwandeln müssen, wo sie lieben.«

Flucht vor der Verantwortung
»... daß ich oft fast feindselig bin gegen die Nahen, die mich stören und ein Recht haben auf mich.«

Konsequent leben Rainer und Clara ihr Ideal des absoluten Künstlertums. Sie hüten einander tatsächlich ihre Einsamkeit, sind, wenn die Umstände es erfordern, auf Zeit zusammen und führen ansonsten eine intensive Korrespondenz. Wenn sich eine gewisse Routine einzuschleichen beginnt, ist es immer Rilke, der ausbricht. So erstmals mit seiner Reise nach Italien im Frühjahr 1903, um Abstand von Paris zu gewinnen. Rund hundert Reisen werden es allein in den Jahren 1903 bis 1913 sein. Als Weglaufsüchtiger ist Rilke unablässig unterwegs, von Salon zu Salon, von Schloss zu Schloss, von Stadt zu Stadt, von Land zu Land, um vor immer dankbarem Publikum den Dichter zu geben. Wenn er aus finanzieller Not gezwungen ist, zwischendurch bei seinen Schwiegereltern zu wohnen, lässt man ihn regelmäßig spüren, dass er seine Familie noch immer nicht ernähren kann. Vor allem sein schroffer Schwiegervater setzt ihn unter Druck. Die Vorschüsse und Honorare, die er für seine Bücher bekommt, reichen nicht für beides: den aufwendigen Lebenswandel und die Versorgung der Familie. Deshalb muss regelmäßig Heinrich Westhoff einspringen. Das belaste ihn, schreibt Rilke seiner Vertrauten Lou Andreas-Salomé am 25. Juli 1903 aus Oberneuland:

»Und da ist mir oft, als wäre es in jedem Sinne so, als könnte ich den beiden Menschen, die mit mir zusammenhängen

(dem kleinen und dem großen –) nichts geben und sie vor nichts beschützen, so wie ich bin. Denn ich weiß so wenig und habe schlecht sorgen gelernt und fast gar nicht helfen. Und mit mir selber hab ich soviel Arbeit Tag und Nacht, daß ich oft fast feindselig bin gegen die Nahen, die mich stören und ein Recht haben auf mich.«[49]

Doch nur zwei Wochen später, nach einem Brief von Lou, in dem sie ihm, beeindruckt von der Lektüre seines Rodin-Buches, eine große Zukunft als Autor voraussagt, fühlt Rilke sich wieder bestätigt in seiner Dichter-Mission:

»O Lou, in einem Gedicht, das mir gelingt, ist viel mehr Wirklichkeit als in jeder Beziehung oder Zuneigung, die ich fühle; wo ich schaffe bin ich wahr und ich möchte die Kraft finden, mein Leben ganz auf diese Wahrheit zu gründen, auf diese unendliche Einfachheit und Freude, die mir manchmal gegeben ist.«[50]

Die Familie bleibt, neben der schwachen körperlichen Konstitution, *der* Störfaktor in Rilkes Leben. Die Flucht vor der Verantwortung hat einen Namen: Ruth. Als das zweijährige Mädchen ihre Eltern nach deren Rückkehr aus Paris im Juli 1903 wiedergesehen hatte, hatte es lange gedauert, bis sie das Wort »Mutter« aussprach, während sie ihren Vater erst nur »Mann« nannte, schließlich »guter Mann«. Eine viel zu kurze Zeit, um wirklich miteinander vertraut zu werden. Denn bald reisten die beiden wieder ab, um in Rom mithilfe eines Stipendiums zu überwintern. Ruth blieb während ihrer ganzen Kindheit in der Obhut der Westhoffs; dann und wann kam Clara zu Besuch oder nahm ihre Tochter mit auf eine Reise. Als Lou Andreas-Salomé Rilke im Dezember 1906 eindringlich mahnte, sich nicht um seine familiären Pflichten zu drücken, ja sogar »polizeiliche«

Maßnahmen ins Spiel brachte, war Rilke empört. Er verteidigte seine Berufung zum Künstler und setzte dem Heim für die Familie das symbolische Haus seiner Dichtung entgegen, wozu ihn ja gerade Lou immer ermuntert habe. Um für die Familie Schönes und Bleibendes zu schaffen, hätte er sich notwendigerweise über das Gegenwärtige erheben müssen. Clara, die Lous Moralismus nicht teilte, setzte sich wie ihr Mann über alle familiären Rücksichten hinweg und reiste für vier Monate nach Ägypten. Die kleine Ruth blieb – wie stets – bei den Großeltern in Oberneuland.

Erst 1912 wird Clara ihre inzwischen elfjährige Tochter zu sich nach München holen, wo sie seit 1911 lebt. Sie will ihr Leben neu ordnen und hat die Scheidung eingereicht. Wegen bürokratischer Schwierigkeiten und der hohen Kosten sieht man schließlich davon ab und einigt sich auf eine regelmäßige Unterstützung für Ruth. Rilke sorgt dafür, dass seine Tochter von der befreundeten Pädagogin Eva Cassirer ein Stipendium über 10 000 Mark erhält. Damit kann sie in München eine Reformschule besuchen. Nach Jahren der Wanderschaft und der finanziellen Unsicherheit können Clara und Ruth jetzt ein bürgerliches Leben führen:

> »*Wir haben sogar ein gemietetes Klavier und ein Telefon und finden es nun ganz natürlich, daß wir ein wirkliches Heim haben, wo wir zu Hause sind. Das habe ich nun so viele Jahre nicht gehabt und bin immer so unstet und eigentlich ruhelos herumgezogen. Früher in Paris war das ja schön und hatte seinen Sinn – aber den hat es nun lange nicht mehr.*«[51]

Wahl-Mutter und Gönnerin: Ellen Key
»In Dankbarkeit Ihr Sohn Rainer Maria«

Rilkes Entscheidung gegen die Familie wird auch von jener Frau nicht infrage gestellt, die wie keine andere die Autorität dazu hätte: von Ellen Key, der schwedischen Reformpädagogin und Frauenrechtlerin. Mit ihr verbindet Rilke seit Sommer 1902 eine herzliche Freundschaft. Die Autorin des in ganz Europa gefeierten Erziehungsbuches »Das Jahrhundert des Kindes« (1900) ist Rilkes Türöffnerin in die schwedische Kulturszene. Über seine Bücher hält sie Vorträge und regt Übersetzungen an. Als Familienratgeberin taugt die schwärmerische Idealistin, die selbst keine Kinder hat, aber nicht. So hatte die warmherzige Frau keineswegs protestiert, als Rilke sie gleich in seinem ersten Brief gebeten hatte, ihm eine Betreuerin für seine Tochter zu vermitteln, weil er und Clara sich nicht um das Kleinkind kümmern könnten. Am 6. September 1902 hatte er Ellen Key geschrieben: »Und ihr wie mir ist die Ausübung und Entfaltung unserer Kunst das Leben selbst.«[52] Eigentlich hätte die studierte Psychologin sofort bemerken müssen, wie wenig der von ihr bewunderte deutsche Dichter daran interessiert war, sein Töchterchen mit nach Paris zu nehmen. Vorsorglich hatte Rilke ihr erklärt, wie gut es doch für Ruth sei, nicht in der hektischen Großstadt, sondern behütet von den Großeltern auf dem Land aufzuwachsen.

Seit er ihr sein Buch »Vom lieben Gott und Anderes« (1900) zugesandt hat, dreht sich ihre Korrespondenz aber fast nur noch um Rilkes Aktivitäten als Schriftsteller und das von Ellen Key befürwortete Ideal einer Gemeinschaftsschule (»Samskola«) ohne Lehrerautorität und Leistungszwang. Ellen Key plädiert für eine evolutionäre, nicht revolutionäre gesellschaftliche Entwicklung zu mehr Individualität und Selbstbestimmung. Das ist für sie nur durch eine liberale Pädagogik und den aufopfernden Einsatz der Mütter zu erreichen. Als Kämpferin für Frauenrechte ist die schwedische Schriftstellerin umstritten. In ihrer Streitschrift »Missbrauchte Frauenkraft« (1896) vertritt sie die Ansicht, die Frau gehöre ins Haus und ihre wahre Berufung sei die Mutterschaft. Das trägt ihr die Ablehnung der Feministinnen ein. Eigentlich kann Rilke diesem Konzept, was die Rolle der Frau betrifft, nicht zustimmen, dennoch lobt er die Autorin als »Apostel des Kindes«. »Freie Kinder zu schaffen«, heißt es in seiner Besprechung ihres Buches, »wird die vornehmste Aufgabe dieses Jahrhunderts sein«, denn noch sei ihr »Sklaventum … schwer und schrecklich; es beginnt noch ehe sie geboren sind, und endet damit, daß sie schließlich Erwachsene und Eltern, das heißt wieder Unterdrücker von neuen Kindern werden«.[53]

Schreibt so ein Vater, der eben versucht hat, sein Kind wegzugeben? Der es von einem Großvater erziehen lässt, den er bei seinen Aufenthalten in Oberneuland häufig als jähzornig und autoritär erlebt? Einen weiteren Versuch der Abschiebung von Ruth dokumentiert ein Brief, den Rilke am 17. Dezember 1911 an Ellen Key richtet. Darin schreibt er kühl: »Ruth war am 12. Dez. zehn Jahre, ein großes Mädchen, ich habe sie nun schon wieder mehr als ein Jahr nicht gesehn, höre aber Gutes von ihr, nur dass sie immer noch nicht in den rechten Verhältnissen ist. Ich denke immer noch, sie müsste zu Euch guten klaren Menschen nach Schweden, gleichviel ob Samskola oder nicht –, wenn ich einmal komme, bring ich sie mit und lasse sie Euch oder den Wildgänsen, wenn Ihr sie nicht nehmt. Die Wildgänse nehmen sie sicher.«[54]

Die verwandelnde Kraft der Liebe, in seinen Werken oft beschworen, verhilft Rilke zur Selbststeigerung als Dichter. Elternliebe aber ist selbstlos. Über seine Fürsorgepflicht als Vater tauscht Rilke sich mit Ellen Key nicht aus. Für ihn ist die einflussreiche und wohlhabende Publizistin vor allem eine potenzielle Gönnerin. In einem sehr emotionalen Brief schildert er ihr seine eigene Schulmisere und die Lieblosigkeit seiner Mutter. Er wolle mütterliche Gefühle bei ihr wecken, bekennt Rilke offen. Schon zu Beginn ihrer Verbindung hatte er sich als »heimatlos«[55] bezeichnet. Die 55-jährige Schwedin antwortet wie von Rilke erhofft: Sein Brief habe ihr »so weh getan«[56], seine Dichtung sei ganz dem Schmerz entsprungen. Bald wird Rilke seine Briefe mit »Ihr Sohn« unterzeichnen, Ellen Key ihn mit »Mein liebes Kind« ansprechen. Was er seiner Tochter Ruth verweigert, fordert Rilke nun von seiner Wahl-Mutter: Verständnis, Zuwendung, Geborgenheit.

Nachdem auch Clara Ellen Key einen Bittbrief geschrieben hat, sorgt diese dafür, dass Rilke bei dem Maler und Schriftsteller Ernst Norlind auf dem Gut Borgeby-gard in Südschweden für einige Monate unterkommt. Norlind hat in München Kunst studiert und schätzt Rilkes Rodin-Schrift. Borgeby, zwischen Malmö und Lund in der Provinz Skane gelegen, besteht aus einem Schloss mit weitem Park, Feldern, Wiesen und Weideland, die Rilke zusammen mit dem Schlosshund durchstreift. Nun endlich lebt er seinen Traum vom »hohen Norden«. In Borgeby begegnet Rilke erstmals auch seiner schwedischen Gönnerin, die extra aus Göteborg angereist ist, einer kleinen, korpulenten Frau mit lebhaftem Temperament, unauffällig gekleidet, was Rilke, der eine hochgewachsene, elegante »nordische« Dame erwartet hatte, enttäuscht.

Als unbefriedigend für Rilke erweist sich auch Ellen Keys Versuch, ihn als Dichter in Schweden bekannt zu machen. Für einen geplanten Essay sendet sie ihm einen Fragebogen zu, den Rilke mit für ihn erstaunlicher Offenheit ausfüllt. Darin nimmt er unter anderem auch Stellung zu den Themen Gott und Unsterblichkeit – nicht ohne Zugeständnisse an Ellen Keys Selbstverständnis als bekennende Monistin (Lehre von der Göttlichkeit aller Dinge), was diese nutzen wird, um Rilkes Werk ganz in ihrem Sinn zu deuten. Als die deutsche Übersetzung ihres »Essay(s) über Rainer Maria Rilke« 1904 im Leipziger Insel-Verlag erscheint, lobt Rilke die Autorin in einem Brief zunächst (»Es ist ja alles darin wahr«), um schließlich – nur ein halbes Jahr später – zu einem ganz anderen, negativen Urteil zu kommen:

> *»Du hattest aus meinen persönlichen Daten, aus meinen Briefstellen, aus meinen Büchern, ganz kurz und rasch,* Das *herausgeschlagen, was Dir sympathisch war, um es (das seiner Natur nach immens unanwendbar war) schnell handgreiflich und sozusagen im seelischen Sinne praktisch zu machen.«*[57]

Rilke behauptet, dass er von Anfang gegen die Publikation des Essays gewesen sei, »weil ich ihn nie für richtig fand«. Im Übrigen verwechsle sie ihn jetzt offenbar auch noch mit seiner Romanfigur Malte Laurids Brigge, die sie für »pathologisch« hält. Damit ist ein Bruch der Beziehung eingetreten. Die Mutter-Sohn-Beziehung verflüchtigt sich genau in dem Moment, als Rilke mit dem »Stunden-Buch« und dem »Malte«-Roman den Gipfel seines Ruhms erreicht hat und auf Ellen Keys Zuwendung nicht mehr angewiesen ist. Nun ist sie für ihn nur noch eine geizige, geistig limitierte »Allerweltstante«, die »keinem den Hunger stillen kann«[58], wie er Clara aus Paris schreibt. Rilkes Briefe an Ellen Key enden jetzt auch einmal mit der ironischen Formel »Dein von Herzen ungezogenes Kind: Rainer«.

Erst nach dem Ersten Weltkrieg, im Oktober 1921, als Rilke ihr von Muzot aus die Verlobung seiner Tochter mitteilt, flackert das gegenseitige Interesse nach Jahren des Schweigens wieder kurz auf, man tauscht Erfahrungen über die Kriegszeit aus und ist sich einig, dass es die Entente-Mächte nicht gut mit dem besiegten Deutschland meinen. Der letzte Brief Rilkes an die Zweiundsiebzigjährige schließt mit dem versöhnlichen Satz »Und um (...) Deinen (Namen), meine liebe Ellen, ist immer der alte Glanz in meinem Herzen«.[59]

Im Schatten des Weltberühmten
»... sie ist nicht mit mir und kommt doch über mir zu nichts anderem ...«

Während die Verbindung zu Clara zu allen Zeiten bestehen bleibt, wächst die Distanz zu Ruth von Jahr zu Jahr. Rilke lädt sie weder zu sich nach Muzot ein, wo er seit 1921 lebt, noch kommt er zu ihrer Hochzeit. Das letzte Mal sieht er seine Tochter am 15. März 1919, sieben Jahre vor seinem Tod. Rilke hat die Fremdheit zwischen sich und Ruth nicht geleugnet. Sie erinnere ihn mit ihrer »eigenthümliche(n) Schwere im Untergesicht«[60] an seine Mutter, gesteht er seiner Vertrauten Nanny Wunderly-Volkart. Und Ellen Key gegenüber deutet er an, dass ihn auch geistig wenig mit ihr verbinde: »Ja, Ruth heirathet früh, ich hab wohl immer erwartet, daß sie das thun würde – und sie wird eine Gutsfrau sein und das ist wohl, bei ihrer einfachen Begabung zum greifbaren Leben, das Beste und Passendste.«[61]

Rilke ist enttäuscht von seiner Tochter. Mehrfach hatte sie sich verlobt. »Diesmal heißt er Carl und scheint geräumiger zu sein als Otto«[62], kommentiert der zukünftige Schwiegervater. Die Aussteuer für Ruth bezahlen Anton und Katharina Kippenberg, Inhaber des Insel-Verlags. Die Weigerung, die Hochzeit der eigenen Tochter mitzufeiern, hat einen egoistischen Grund: Rilke vermisst bei seinem Schwiegersohn die angemessene Rücksichtnahme auf seine dichterische Arbeit. »Er kommt mir nun sehr von außen und nimmt eigentlich wenig Rücksicht auf die Umstände meines Mit-ihm-Niederkommens. Auch fehlt da etwas, – was? – Vielleicht eben nur die Nüance (die eben doch alles ist für uns!).«[63] Das junge Paar lässt ein Foto von sich und dem Hund machen. Rilke mag Carl Sieber, seinen Schwiegersohn, nicht. Das spricht er deutlich aus: »Carl. Ich muß mich doch sehr, ach, anstrengen zu ihm, offengestanden sogar den Hund nähme ich ihm gerne fort. (Er ist der Ruth in Fischerhude einmal zugelaufen.) Geheimnisse der Sympathieen!«[64]

Die Entfremdung ist das Ergebnis von Rilkes Entscheidung gegen sein Kind. Dies zuzugeben war er jedoch niemals bereit. Seinem Schwiegersohn Carl Sieber erklärte Rilke, Ruth habe das Fehlen ihres Vaters als Kind gar nicht als Lieblosigkeit empfunden, sondern von Anfang an akzeptiert, dass er seiner inneren Berufung folgen müsse. Ob Ruth unter der fehlenden Zuwendung ihres Vaters gelitten hat, wissen wir nicht. Die Tatsache, dass sie sich als, eigentlich fachfremde, Nachlassverwalterin intensiv mit seinem Leben beschäftigte, zeigt ein starkes Interesse an der eigenen Herkunft. Ihr Selbstmord 1972 zusammen mit ihrem zweiten Mann Willy Fritzsche deutet auf ein Lebensunglück, das irgendwann nicht mehr zu bewältigen war.

Auch der Name Clara Westhoff ist heute fast nur im Zusammenhang mit Rainer Maria Rilke von Interesse: Man kennt die Künstlerin als Ehefrau eines Weltberühmten. Rilke blieb bis zuletzt Claras Schicksal, auch als sie sich längst von ihm emotional und räumlich gelöst hatte. So erwarb Hitlers Reichskanzlei im November 1937 Clara Westhoffs Rilke-Büste, denn man wollte den aus Prag stammenden und im Ausland bekannten Rilke als deutschen Dichter vereinnahmen. Er galt als repräsentativer Vertreter des deutschen Volkstums in der Tschechoslowakei. Der künstlerische Rang der Bildhauerin spielte bei diesem Kalkül keine Rolle. Auch bei ihrer ersten Einzelausstellung nach dem Krieg, die 1948 im Graphischen Kabinett in Bremen anlässlich ihres siebzigsten Geburtstages stattfand, wurde Clara Westhoff, wie schon bei ihrem Sechzigsten, als regionale Künstlerin, vor allem aber als Gattin des berühmten Dichters gefeiert. Daran änderte auch ihr Tod nichts: Als sie am 9. März 1954 im Alter von sechsundsiebzig Jahren in ihrem Wohnort Fischerhude starb, wo sie seit 1919 gelebt hatte, wurde sie in der Presse »als die Frau, die einmal die Gattin und Gefährtin Rainer Maria Rilkes war«, gewürdigt.[65] Unter der Überschrift »Ein dienendes Leben« lobte man ihre Bescheidenheit und »menschliche Güte«. Ausführlich wurde ihr Leben mit Rilke in Worpswede und ihre anschließende Heirat geschildert. Die Würdigung ihres künstlerischen Oeuvres blieb dabei im Hintergrund.

Dass dies alles nicht ganz falsch war, zeigt die Tatsache, dass der Name des norddeutschen Künstlerdorfes für Clara Westhoff bis zuletzt für Freiheit, Unabhängigkeit und Freundschaft stand, wie sie immer wieder betont hatte. Anders als Rilke hatte sie Freude daran, sich von anderen inspirieren zu lassen, genoss die Nähe zu den wesentlich älteren Künstlern, von denen sie lernen konnte. Die Neigung, sich an Vorbildern zu orientieren, hat Rilke im Rückblick als Claras entscheidende Schwäche beschrieben, die ihre Entwicklung zu einer originären Künstlerin verhindert habe. Gegenüber Lou Andreas-Salomé räumte er ein, Clara eigentlich immer im Weg gestanden zu haben:

»Es ist nichts Böses zwischen uns, aber sie geht doch, gewissermaßen, als meine Frau mit falscher Aufschrift herum, ist nicht mit mir und kommt doch über mir zu nichts anderem … Sucht man dahinter nach i h r, nach dem, was sie seit der Mädchenzeit geworden ist, so findet sich, (von der

Mütterlichkeit und der Beziehung zu Ruth abgesehen) nichts Greifbares, nichts als diese abwechselnde Funktion des Mich-einnehmens und Mich-ausscheidens, und wenn es, wie ich hoffe, der Analyse gelingt, mich (offenbar doch Schädling ihrer Natur) völlig auszutreiben, so wird sie vermutlich dort fortzusetzen haben, wo ich kam und sie unterbrach … Allmählich, (unter dem Druck ihrer Entscheidung und meiner Noth um einen hülfreichen, beistehenden, schutzgebenden Menschen) begriff ich warum nichts Wirkliches aus uns nebeneinander werden konnte: weil sie entweder Ich war mit allen Kräften und dann zuviel für mich, oder mein Contre-Ich und dann natürlich ein Advocatus diaboli, ein blasser Umkehrer und Opponent ohne Ende, ohne persönlichen Hintergrund … Wie oft habe ich michs mit Sorge gefragt: w e r ist sie, in was drückt sie sich aus, an welchen Freuden, Wünschen, Hoffnungen erkennt sie sich? Denn nicht einmal ihre Arbeit ist ihr ein Ausdruck für sich; dies war, da ich es entdeckte, ganz im Anfang schon, so unmittelbar komisch für mich, daß jemand künstlerische Arbeit that ohne durch die eigene innere Expansion dazu gekommen zu sein; ich neckte sie oft mit dieser rätselhaften Abstammung ihrer Bildhauerei, die da war, ohne daß man wußte, woher sie gekommen war …«[66]

Man weiß heute recht gut – und auch Rilke waren die künstlerischen Abhängigkeiten seiner Frau bekannt – wo die Vorbilder von Clara Westhoffs Werk zu finden sind. Es waren anfänglich Mackensen, Klinger und vor allem Rodin; in ihrer malerischen Phase der Zwanzigerjahre dann der Berliner Künstler Arthur Segal, an dessen Malschule sie Unterricht nahm. Unter dem Einfluss des aus Wiesbaden stammenden Corinth-Schülers Hans Buch, der sich 1930 in Fischerhude niederließ, löste sie sich dann wieder von Segals

Impressionismus. Nach 1945 fand sie zur Bildhauerei zurück und orientierte sich in der Oberflächenbehandlung erneut an Rodin und in der strengen Figurengestaltung an Maillol, den sie in ihrer Pariser Zeit persönlich kennengelernt hatte. Es ist bezeichnend, dass gerade ihre Porträts von Rainer Maria Rilke heute zum Besten gezählt werden, das Clara Westhoff geschaffen hat. Hier, in der Abbildung des geliebten Mannes, suchte und fand sie den eigenen Ausdruck. Dennoch hat der Todkranke sie nicht empfangen wollen, als sie im November 1926 ankündigte, nach Muzot zu kommen, um ihn zu sehen. Er hatte mit ihr, die inzwischen der »Christian Science«, einer in Amerika gegründeten religiösen Gemeinschaft, beigetreten war, innerlich längst abgeschlossen. Zu seiner Vertrauten der letzten Jahre war die wohlhabende Schweizer Mäzenin Nanny Wunderly-Volkart geworden.

Marie von Thurn und Taxis – Bewunderin, Gönnerin, Mahnerin

Dottor Serafico:
»Sie sind verliebt und immer verliebt …«

Niemand durfte gegenüber dem Dichter ein so lockeres Mundwerk haben wie Marie von Thurn und Taxis. Die geborene Prinzessin zu Hohenlohe-Waldenburg-Schillingsfürst hatte 1875 in eines der reichsten Adelshäuser Europas geheiratet. Rilke war sie freundschaftlich verbunden. Dottor Serafico, Doctor Seraficus oder Dottor Serafico carissimo nannte sie ihren Dichter. Der bürgerliche Name Rainer Maria Rilke erschien der zwanzig Jahre älteren Gönnerin viel zu profan. Dottor Serafico war der engelgleiche Mensch, der Dichter als Kind einer anderen Welt, jenseits irdischer Maßstäbe.

»Schauen Sie – ich bin eine Frau – und eine Frau in meinem Alter sollte jedes Mal, wenn sie sich im Spiegel anschaut, sich jedes einzelne Haar ausreißen und dann sich sofort am nächsten Strick aufhängen«, scherzt die lebenskluge, erfahrene Dame und fährt fort: »Und doch ein blühender Obstbaum, ein goldener Sonnenstrahl make me wild with delight!«[1] Ergötzen solle sie der engelhafte Doktor. Marie von Thurn und Taxis steht voll jugendlichem Schwung im 58. Lebensjahr. Sie sammelt Prominente aus ganz Europa, parliert mit ihnen in sechs Sprachen, lädt sie in ihren Pariser Salon oder auf ihr Schloss Lautschin zum Vorlesen oder Vorspielen ein, holt Wilhelm von Bode, den Schöpfer der

Berliner Museumsinsel, auf ihr Schloss Duino an der Adria, damit er ein Urteil über ihre Jahrhunderte alten Kunstsammlungen abgebe, und hält sich mit Rudolf Kassner einen eigenen Hausphilosophen. Ein Dichter wie Rilke fehlt in ihrem Kreis.

Beraten durch Rudolf Kassner hat sich ihr Blick geschärft. Sie sucht die Begegnung mit wirklich großen Menschen, deren Namen noch unter den kommenden Generationen Hochachtung finden werden. Die italienische Schauspielerin Eleonora Duse und der russische Balletttänzer Vaslav Nijinsky gehören dazu. Kassner nennt die »Fürstin unerschöpflich in der Aufnahme von Dingen der Kunst und Dichtung« und spricht von einem »Nicht-genug-haben-Können«[2]. So gelangt auch Rilke in ihren Kreis.

Bei der Fürstin Marie von Thurn und Taxis fühlt sich der junge Dichter aufgehoben und beginnt sofort zu lamentieren. Er habe sich ausgeschrieben, klagt er, und mit der Vollendung des »Malte« alles mitgeteilt. Nichts bleibe ihm mehr zu sagen, gar nichts mehr. Wie viele Frauen, die Rilke zum ersten Mal begegnen, ist auch die Fürstin von seiner äußeren Erscheinung enttäuscht. Sie hatte ihn sich ganz anders vorgestellt. Rilke ist jung, sieht fast wie ein Kind aus; hässlich, aber sympathisch wegen seiner Schüchternheit, seiner geschliffenen Umgangsform und seiner Vornehmheit. Diese erste Begegnung wird zu einem Schlüsselerlebnis in beider Leben.

Die Fürstin erkennt Rilkes Größe und stellt ihm alles zur Verfügung, was sein Leben bequem macht: eine Wohnung, ein Schloss, ihr eigenes Automobil mit Fahrer, ihren Hausdiener auf Duino, eine vegetarische Köchin und hundert weitere Annehmlichkeiten. Dafür schenkt er ihr anregende gemeinsame Abendstunden. Er sitzt mit ihr Seite an Seite und übersetzt alte Texte; rezitiert eigene Gedichte auf der Terrasse über dem Meer, in ihrem Boudoir oder im stillen

Forst; schreibt Briefe und Gelegenheitsgedichte. Das Herz der Fürstin kann man nicht durch hingebungsvolle Liebeslyrik gewinnen. Ihre Familie denkt ökonomisch. Das ist auch eine notwendige Voraussetzung für die großzügige Unterstützung der Kunst und der Künstler. Man investiert kein Geld ohne Gewinnabsichten. Auch die Pferde, die der Fürst ins Wettrennen schickt, sollen Preisgelder gewinnen. Die Fürstin will ihrem Dottor Serafico das große Werk abgewinnen. Deshalb lädt sie ihn auf ihr Schloss Duino ein.

Hier werden die ersten der zehn »Duineser Elegien« entstehen. Sie bilden den Höhepunkt von Rilkes Sendung als Dichter und gehören unbestritten zur bedeutendsten Lyrik in deutscher Sprache. Rilke wird diese Gesänge seiner Gönnerin zueignen. Seine Widmung lautet: »Aus dem Besitz der Fürstin Marie von Thurn und Taxis-Hohenlohe«. Die Fürstin erwartet Höchstes und bekommt es. Durch eine gemeinsame Reise nach Weimar setzt sie den Maßstab: Rilke kennt und liebt Friedrich Schiller, dessen nervöser Charakter ihm viel näher ist als Goethes abweisende Größe. Goethe ist ein Stabilitätsnarr, der schroff alles zurückweist, was das Gleichgewicht seines Lebens stören könnte. Am Kunstwerk seines Lebens scheiterten viele Dichter wie Heinrich von Kleist, Hölderlin, Lenz oder Heine.

Die Fürstin führt ihren Dichter an die Goethe-Gedenkstätten in Weimar. Man wohnt im »Elephanten«, jenem berühmten Hotel, in dem Goethes Gäste und Thomas Manns »Lotte in Weimar« logierten. Rilke gibt vor, sich in Weimar auszukennen und will die Fürstin nach dem Besuch des Wohnhauses am Frauenplan durch den nahegelegenen Park zu Goethes Gartenhaus leiten. Regen setzt ein, und Rilke führt seine Gönnerin in die Irre. Auch bei gemeinsamen Spaziergängen in Venedig werden ihre Wege immer in der Sackgasse enden, wenn Rilke meint, über Ortskenntnisse zu verfügen. Weimar ist der Fürstin eine Lehre: Einen

Dottor Serafico muss man an die Hand nehmen. Rainer Maria Rilke lässt sich von Frauen führen, besonders von der mütterlich liebevollen wie strengen Fürstin. Sein Freund Rudolf Kassner, dem er die achte Elegie widmen wird, urteilt zu Recht: »Rilke war den Frauen ergeben wie vielleicht niemals ein Mann vor ihm.«[3]

Von Eifersucht ist die Fürstin vollkommen frei. Mochte sein Herz für andere Frauen entflammen – das war nur gut für jene verdichteten Momente des Lebens, aus denen herrliche Gedichte hervorgehen würden! Nur solle er sein Herz nicht an diese dummen Gänse hängen! »Sie sind ein großer Dichter und wissen es ganz genau. Sie sind verliebt (nicht räsonieren, Sie sind verliebt und immer verliebt, wer, wie und was, ist gleichgültig)«, schreibt sie ihrem Schützling. Frisch verliebt befinde er sich in einem emotionalen Ausnahmezustand, aber »andererseits, wenn Sie nicht so desperat wären, würden Sie wahrscheinlich nicht so wunderbar schreiben. Also seien Sie desperat! Seien Sie sehr desperat, seien Sie noch desperater!«[4]

Rilke liest nach dem Besuch in Weimar Goethes Werke. Eine von der Fürstin erworbene Antiquität aus Goethes Besitz soll ihn zu neuer Dichtung inspirieren. Auch der prächtige Umschlag für das zukünftige Werk wird in Weimar gekauft. Der alte Goethe hatte sich während einer Kur in ein siebzehn Jahre junges Mädchen verliebt und ihr im Beisein der Mutter durch seinen Freund, den Fürsten von Sachsen-Weimar, einen Heiratsantrag machen lassen. Ohne Erfolg. Aus der Katastrophe aber ging ein berühmtes Gedicht hervor, die »Marienbader Elegie«. Sie ist der nahezu unerreichbare Maßstab, den die Fürstin setzt.

Persönlich kennengelernt haben sich beide am Montag, dem 13. Dezember des Jahres 1909, um 17 Uhr im Pariser »Hôtel Liverpool«. Hier führt die Fürstin einen Salon wie Anna von Helmholtz, Johanna Schopenhauer oder Madame de Staël. Man darf sich den Salon der Fürstin nicht als schöngeistigen Verein und erst recht nicht als Kaffeekränzchen vorstellen. Eingeladen werden nur Künstler, Politiker und Mäzene, von denen man sich eine Bereicherung verspricht. Der Salon ist eine Kontaktbörse, wo die Schönen, Reichen, Gebildeten und Einflussreichen in ungezwungener Atmosphäre Prominenten und jungen Genies begegnen können. Auf beiden Seiten ist Substanz gefragt. Rilke steht nicht gern im Mittelpunkt des Interesses einer großen Gruppe. Dafür ist er viel zu empfindsam. Er braucht die richtige Atmosphäre, die rechte Stimmung, den angemessenen Zeitpunkt und Ort, um seine Gedichte vorzutragen. Vor allen Dingen darf nicht der Eindruck entstehen, man wolle ihn vorführen. Weil er jedoch ein wenig bekannter Dichter ist, muss er Salons besuchen. Denn hier kann er jenen klugen und vermögenden Damen begegnen, bei denen seine Schüchternheit sofort den Mutterinstinkt berührt.

Anna Comtesse Mathieu de Noailles
»Es gibt keine Zeit außer der Zeit der Liebe.«

Zu den Gästen der Fürstin gehört eine berühmte Dichterin. Anna Comtesse Mathieu de Noailles, ein Jahr jünger als Rilke, ist eine Schönheit. »Es gibt keine Zeit außer der Zeit der Liebe«[5], lautet ihre Maxime. Helene von Nostitz, selbst eine aktive Salonière, kennt die Comtesse aus persönlichem Umgang. In ihren Erinnerungen »Aus dem alten Europa« (1924) schildert sie die europäische Adelswelt vor 1914 und schreibt über die Dame mit den feurigen Augen: »Es gibt Menschen, die gleichgültige Stunden nicht ertragen können. Sie wollen nur Flamme sein, die immer höher steigt und sich selbst verzehrt. Wenn sie aufhört zu glühn, ist der

Sinn ihrer Erscheinung vorüber. Solch ein Feuer war die Comtesse de Noailles.«[6]

Das dichterische Werk der Tochter eines rumänischen Fürsten und einer Griechin ist bereits mit einem Preis der Académie Française ausgezeichnet worden. Zu einer ersten flüchtigen Begegnung mit Rilke kommt es bei einem zufälligen Treffen in Rodins Atelier. Rilke ist auf Anhieb ergriffen von der Aura der schönen Comtesse und schickt ihr sein »Buch der Bilder« (1902), in edles Pergament gebunden. Dann setzt die übliche Briefflut ein. Erst Jahre später, als Rilkes Name in einem Gespräch fällt, kommt es zu einer weiteren persönlichen Begegnung. »Sagen Sie doch: Wer ist Rainer Maria Rilke?«, hatte Comtesse de Noailles gefragt. Die Antwort der Fürstin lautet: »Rainer Maria Rilke, aber das ist doch einer der bedeutendsten Dichter Deutschlands!«[7] Lächelnd erzählt daraufhin die Comtesse von den Briefen Rilkes. Sie hätten einen ganz ungewöhnlichen Ton, eine Seelenschwingung von hoher Vertrautheit. »Ich möchte ihn eigentlich gerne kennenlernen. Sie kennen ihn, nicht wahr? Können Sie das bewerkstelligen?« Die selbstbewusste Fürstin antwortet: »Ich kenne ihn, ohne mit ihm bekannt zu sein. Aber es wird wohl gehen. Kommen Sie zu mir zum Tee, und Sie werden Ihren Dichter finden.«

Gegenüber Marie von Thurn und Taxis signalisiert Rilke, was er braucht: eine mütterliche Frau, der er sein Herz ausschütten kann und die ihn wieder aufbaut. Die souveräne Fürstin nimmt ihren Dichter an die Hand. Ganz anders verläuft die Begegnung mit Comtesse de Noailles. Rilke erscheint pünktlich zum vereinbarten Termin. Die Comtesse mit jener Verspätung, die ihre Bedeutsamkeit signalisiert. Mit einem riesigen federgeschmückten Hut und einem langen, sehr engen Kleid, das ihre Weiblichkeit entschieden betont, steht sie plötzlich vor Rilke, schaut ihn mit ihren großen, gebieterischen Augen an und fragt unumwunden:

»Herr Rilke, was halten Sie von der Liebe, was denken Sie über den Tod?« Rilke trägt eine bis an den Hals geschlossene Satinweste. Er fühlt sich überrumpelt und ist fassungslos. Aus der Distanz des Autors und Briefschreibers kann er vortrefflich in die innersten Regionen der Gefühle vordringen; die Nähe der sinnlichen Frau aber verschlägt ihm die Sprache. Er bekommt Angst. In Momenten wie diesem zeigt sich die Kompetenz der Dame des Salons. Die Fürstin dämpft die erotische Spannung durch einen Scherz. Dann bittet sie die beiden Dichter am Kamin Platz zu nehmen. Die Comtesse de Noailles hat ihren Auftritt gehabt. Nun spricht man über das poetische Handwerk. Zuweilen falle ihr die formale Bewältigung eines Verses schwer, gesteht die Comtesse. Rilke schaut daraufhin mit seinen blauen direkt in ihre schwarzen Augen und entgegnet, dergleichen Probleme kenne er nicht. Nun hat er seine Rolle wiedergefunden, gibt sich selbstbewusst und merkt nicht, wie ihm die Comtesse schmeichelt und ihn damit zugleich verführt. »Wie, Sie finden nicht, dass es zuweilen schrecklich schwer ist?«, entgegnet sie mehrfach. Rilke bemerkt den unterschwelligen Ton nicht und wiederholt: »Aber, nein, durchaus nicht!«

Dann entschwindet die Comtesse, wie sie gekommen ist. Rilke und die Fürstin sitzen noch lange zusammen. Sie spricht von dem gehetzten Leben in Paris und der unvergleichlichen Ruhe, die Rilke auf einem ihrer Schlösser finden würde. Es ist ihr nicht entgangen, dass Rilke zeitweilig in Angst vor der schönen Dichterin erstarrt war. »Sie verstehen«, so erklärt er sich, »wenn ich sie öfters sehen würde, so wäre dies das Ende meines Ichs, ich würde ihr Sklave werden und könnte nur noch ihr Leben leben.« In seine Wohnung zurückgekehrt, schreibt er der Gastgeberin einen hingebungsvollen Brief und schickt ihr einen Rosenstrauß: »Ich bitte darum, Durchlaucht, Ihnen meine Verehrung zu Füßen legen zu dürfen.«[8]

Das Schloss über dem Meer
»unendliches Wohlwollen eines großen alten Hundes«

Die Fürstin ist in Venedig zur Welt gekommen. Schloss Duino ist der Stammsitz ihrer Mutter, Therese Gräfin von Thurn-Hofer und Valsassina. Gräfin Therese verfügte über eine gründliche Bildung. Sie schrieb Gedichte und nahm den Unterricht ihrer Tochter Marie selbst in die Hand. Maries Vater starb früh, sodass das Kind mit neun Jahren Halbwaise wurde. Die Mutter hatte mit ihr bereits früh die italienischen Klassiker Dante, Boccaccio und Petrarca gelesen. Nun übernahm ein katholischer Priester die weitere Ausbildung. Der Abbé wohnte auf Duino, das dramatisch auf einem Felsen über dem Golf von Triest aufragt. Abends promenierte er gern in den Gärten oder auf der Terrasse hoch über dem Meer. Dabei rezitierte er aus dem Gedächtnis die »Ilias« von Homer im Original. Die kleine Marie war begeistert und genoss den Klang der fremden griechischen Sprache. So entdeckte der fromme Gelehrte ihr Talent für Fremdsprachen und förderte es. Gemeinsam lasen sie Dantes »Göttliche Komödie«. Dante hatte zu den Gästen des Schlosses gezählt. An seinen Aufenthalt erinnert der Dantefelsen (»il sasso di Dante«) am Fuß des Berges. Wenn Rilke auf dem Schloss weilt, werden diese vergangenen Stunden glücklichen Lernens wieder gegenwärtig. Denn auch Rilke rezitiert in seinem Zimmer oder auf der Terrasse stundenlang eigene Gedichte. Dabei läuft er ständig hin und her.

Die Fürstin hatte 1876 geheiratet. Mit Alexander von Thurn und Taxis bekam sie drei Kinder: Erich, Eugen und Alexander. Rilke entwickelt ein besonderes Verhältnis zum Jüngsten, der Pascha genannt wurde. Pascha ist unglücklich verheiratet. Aus dieser Ehe gingen die Kinder Raymond, Ludwig (Louis) und Margarete hervor. Am 20. April 1910 besucht Rilke zum ersten Mal das Schloss am Meer. Um ihn nicht zu überfordern, hat die Fürstin nur drei weitere Gäste eingeladen: Rudolf Kassner und Geheimrat Bode mit seiner Tochter. Damit dem Dichter genügend Zeit zum Einleben bleibt, unternimmt die kleine Gesellschaft einen Ausflug nach Cividale. Rilke wird von der Wirtschafterin Miss Greenham empfangen und durch den Diener Carlo in ein Eckzimmer mit wunderbarem Blick geleitet. Eine große Stille umgibt ihn hier. Sein Zimmer liegt zwischen der Schlosskapelle und dem großen Speisesaal.

Der erste Aufenthalt dauert nur eine knappe Woche und bringt so wenig Erholung wie der folgende Sommer 1910 auf Schloss Lautschin. Hier hatte er einst dem Fürsten Gedichte vorgetragen und hier war auch sein geliebtes Kaninchen gestorben. Der Aufenthalt verläuft unglücklich. Bei einem Spaziergang durch den Wald bleibt Rilke plötzlich stehen und erklärte der Fürstin, er wolle das Dichten aufgeben und Medizin studieren. Sie protestiert entschieden, sodass Rilke rasch das Thema wechselt. Aber zum ersten Mal spürt sie »etwas von jenen schrecklichen Anfällen tiefster Melancholie und Mutlosigkeit, die bei ihm manchmal ganz ungewöhnliche Formen annahmen«[9]. Geschwächt von einer langen Ägyptenreise, die er gegen alle Warnungen der Fürstin im Winter unternommen hat, klagt Rilke über fehlende Inspiration und mangelnde Arbeitskraft:

> *»Ist es nicht eigentlich schlimm in meinem Alter, immer noch nicht die wörtliche und unaufhörliche Berufung zu haben? Es gibt doch Menschen, über die das so kommt (und über den Künstler muss es doch kommen, so gut wie über Mohammed mindestens) die Aufgabe, die immer da ist und immer genau und immer verlangend. Dies und dies und dies. – Diese Pausen. Und dieses schmähliche Verhältnis zum Ungetanen.«*[10]

Die Fürstin entscheidet: Der kommende Sommer muss eine Veränderung bringen! Rilke verbringt viele Wochen in Lautschin. Das prächtige Wetter hält sich. Man sitzt nach englischer Art auf dem Rasen und trinkt Tee aus chinesischem oder Delfter Porzellan. Dann erhebt sich Rilke und rezitiert im Park seine Gedichte. Dies tut er immer stehend mit entschiedener Betonung des Rhythmus. Manchmal hebt er die Stimme, dann senkt er sie, macht große Pausen und beugt dabei das Haupt mit niedergeschlagenen Augenlidern.

Rilke sieht okkulte Zusammenhänge, die anderen verborgen bleiben oder als Hirngespinst abgewehrt werden. Das verbindet ihn mit Maries Sohn Pascha und dessen Kind Raymond. Auch die Fürstin hat einen Blick für die »vierte Dimension« der Geister. Sie ist langjähriges Mitglied der Society of Psychical Research zur Erforschung parapsychologischer Phänomene. Diese durchaus seriöse Gesellschaft wurde 1882 in London gegründet. Der berühmte Religionswissenschaftler Andrew Lang stand ihr im Jahr 1911, der französische Philosoph und spätere Nobelpreisträger Henri Bergson im Jahr 1913 als Präsident vor. Geisterbeschwörungen hat es zu allen Zeiten gegeben, auch im alten Israel. Dort suchte König Saul Hilfe bei der Hexe von Endor und bittet sie, den Geist des verstorbenen Propheten Samuel zu befragen. Saul war von seinem Gott zuerst erwählt, dann aber verworfen worden.

Im Schicksal dieses Königs spiegelt Rilke die Erfahrung des Dichters, der eine Inspiration nicht erzwingen kann. Die dramatische Erscheinung des Geistes beschreibt er in seinem Gedicht »Samuels Erscheinung vor Saul« (1907):

»Da schrie die Frau zu Endor auf: Ich sehe –
Der König packte sie am Arme: Wen?
Und da die Starrende beschrieb, noch ehe,
da war ihm schon, er hätte selbst gesehen:

Den, dessen Stimme ihn noch einmal traf:
Was störst du mich? Ich habe Schlaf.
Willst du, weil dir die Himmel fluchen
und weil der Herr sich vor dir schloß und schwieg,
in meinem Mund nach einem Siege suchen?

(...)

Und er, der in der Zeit, die ihm gelang,
das Volk wie ein Feldzeichen überragte,
fiel hin, bevor er noch zu klagen wagte:
so sicher war sein Untergang.«[11]

Dass naturwissenschaftlich ausgerichtete Gelehrte der Neuzeit zugleich eine Verbindung zu der von ihnen behaupteten Welt der Geister suchten, zeigen die »Arcana coelestina« (»Himmlische Geheimnisse«) von Emanuel Swedenborg oder die »Theorie der Geisterkunde« des Augenarztes und Wirtschaftswissenschaftlers Johann Heinrich Jung-Stilling. In der zweiten Hälfte des 19. Jahrhunderts erlebte der Spiritismus hohe Aktualität als Ergänzung einer rein materialistischen und atheistischen Strömung des Zeitgeistes. Berühmt ist der Fall »Sisi«: Die österreichische Kaiserin Elisabeth verstand sich als Medium des Dichters Heinrich Heine. Sie glaubte seine Stimme aus dem Jenseits zu vernehmen, die ihr Gedichte diktierte. Außerdem »arbeitete« sie als Sprachrohr für den antiken Helden Achill und den im Starnberger See ertrunkenen Ludwig II. von Bayern.

Fürstin Marie von Thurn und Taxis glaubt zwar auch an die unsichtbare Welt der Geister, ihr humorvoller Charakter aber schützt sie vor dem Abgleiten ins Sektiererische. Im engen Familienkreis hält man Séancen ab und zeichnet mit der Methode des automatischen Schreibens Botschaften aus dem Jenseits auf. Hilfsmittel dazu ist die Planchette, eine

Vorrichtung zum Schreiben. Trotz ihrer Mitgliedschaft in der Gesellschaft verfügt die Fürstin zu Rilkes Erstaunen über keine mediale Begabung. Ihr Sohn Pascha dagegen gilt als ausgezeichnetes Medium. Er führt bei den Sitzungen den Bleistift und notiert, was ihm die Geister diktieren. Der kleine Raymond hat die Begabung des Vaters geerbt. Er sucht Rilkes Nähe, und Rilke, der keine Kinder mag, lässt Raymonds Gegenwart zu. Vielleicht, um der Gastgeberin zu gefallen, vielleicht, weil er sich in dem Kind wiedererkennt. Dann ist plötzlich das Idyll des Sommers vorbei. Wie vor Jahren, als sein Kaninchen starb, wird auch der Knabe unerwartet krank. Der Arzt diagnostiziert Scharlach. Rilke muss abreisen.

Nach der Genesung ihres Enkelkindes nimmt die Fürstin das Schicksal des Dichters wieder in die Hand. Sie beschließt, dass er auf Schloss Duino festen Wohnsitz nehmen solle. Duino steht den Winter über leer. Hier würde Rilke jene Ruhe finden, aus der neue Inspirationen entstehen. Geplant ist eine gemeinsame Fahrt von Paris über die Provence und Norditalien nach Duino. Verpflichtungen in Wien halten die Fürstin von der Reise ab, doch stellt sie ihren Wagen mit Chauffeur Piero zur Verfügung – allfällige Spesen für die Übernachtungen in Grandhotels inbegriffen. Rilke liebt Autofahrten im Schneckentempo und genießt den Ausblick auf die wechselnden Landschaftsbilder. Irgendwann im Herbst 1911 trifft er in Duino ein, um zu bleiben. Einige Damen sind ebenfalls zu Gast sowie der Freund Kassner und Horatio Brown, der große Historiker Venedigs.

Aus Triest lässt die Fürstin das »Quartetto Triestino« auf das Schloss kommen. So erklingen Beethoven und Mozart auf der großen Terrasse über dem Meer. Beim Mondschein lauscht man dem Gesang der Nachtigallen. Rilke kommt zur Ruhe und fasst Pläne für ein neues Leben. Mit der Fürstin trifft er sich jeden Abend im kleinen Boudoir, um bei Kerzenschein – elektrisches Licht gibt es nicht – Dantes »Vita nuova« zu übersetzen. Marie von Thurn und Taxis verfasst eine direkte Übertragung ins Deutsche, der Rilke dann die rechte Form gibt. Der Dichter liebt das stille Damenzimmer, dessen Wände mit Genueser Stoffen überzogen sind. Alte Kunstwerke schmücken den Raum: Madonnen, Engel und Nymphen. Der Duft der Duineser Rosen erfüllt das Boudoir.

Rilke sitzt in einem uralten Ledersessel. Seine blauen Augen leuchten. Hier ist er wieder Kind. Er lauscht den Erzählungen der Fürstin, hört die Geschichte längst verstorbener Bewohner des Schlosses und spürt ihre unsichtbare Anwesenheit. Er kramt in Schubläden und Kisten des Boudoirs, lässt die Spitzen, Schleier und Schärpen, Hemdchen, Höschen und Hüftgürtel durch seine Hände gleiten und verbringt viel Zeit mit der Anfertigung von Inventarlisten für die Damenwäsche und Dessous. Ein stilles, erfülltes Leben im Müßiggang mit weiblichem Zierrat. Rilke liebt diese Geheimnisse der eleganten Damenwelt wie einst die Wäsche seiner Mutter. Dann kommt der Herbst und die Abreise der Fürstin steht bevor. Gemeinsam sucht man in den vielen Zimmern des Schlosses nach dem Ort mit der besten Aura für die kommende Zeit des Alleinseins. In einem dichten Steineichenwald befindet sich ein Pavillon. Von ihm aus kann man zwischen den Bäumen das Meer sehen. Zwei verschleierte Frauengestalten stehen auf hohen Sockeln dem Häuschen gegenüber. Rilke erblickt den Pavillon und will ihn sogleich beziehen.

Die Fürstin ist entsetzt, doch er denkt an Amélie, die kleine Freundin, und ihre Treffen in einem verwunschenen Pavillon. Das Häuschen ist unmöbliert, hat keinen Wasseranschluss und kann nicht geheizt werden. Rilke lässt trotzdem keine Ruhe. Aus dem Schloss werden Möbel zusammengetragen. Doch dann siegt die Vernunft, und er bezieht ein großes freundliches Eckzimmer mit überragendem

Meerblick auf Triest und Istrien zur Linken und freier Sicht bis nach Aquileia und zu den Lagunen von Grado zur Rechten. Über seinem Schreibtisch hängt das Bild eines vierjährigen Mädchens: ein Porträt der jungen Fürstin. Dann kommt der Abschied.

Rilke, kaum allein, leidet unter Konzentrationsstörungen. Er fühlt sich wie König Saul. Stundenlang läuft er in seinem Zimmer auf und ab und zitiert eigene Verse. Der alte Diener Carlo hat schon viele Gäste auf Duino betreut, dergleichen aber noch nicht erlebt. Er bedient den einzigen Gast im großen Speisesaal direkt neben dem Schlafzimmer, »er gönnt mir's mit dem unendlichen Wohlwollen eines großen alten Hundes, der irgend einen kleinen aus seiner Schüssel fressen lässt«[12].

Um Rilke herum breitet sich die große Stille aus, doch in ihm herrscht ein Stimmengewirr, das ihn nicht zur Arbeit finden lässt. Er fühlt sich wie der heilige Antonius, der in die Einsamkeit der ägyptischen Wüste ging und dort von den Dämonen versucht wurde, oder wie Johannes, der als Eremit auf der Insel Patmos lebte und von grandiosen Visionen durchflutet wurde. Rilke versucht alles, um seiner Unruhe Herr zu werden. Er überlegt, den Arbeitsrhythmus umzustellen und nachts tätig zu sein. Die Haushälterin hat sich auf vegetarische Kost eingestellt. Vielleicht sind die von ihr gewählten Zutaten nicht biologisch einwandfrei? Rilke erkundigt sich bei der Fürstin nach den Lieferanten und löst damit einige Unruhe aus. Auf die Bauern sei Verlass, versichert man ihm. Vielleicht muss er auf eine Mahlzeit verzichten? Er, der ohnehin asketisch lebt, überlegt ernsthaft, auf seinen heiß geliebten Abendbrei zu verzichten. Entspannend wirkt allein der Gang vom Schloss über die vielen Stufen zum Meer. Hier promeniert er gern und rezitiert Verse gegen den Wind. Peter, der Hund der Fürstin, begleitet ihn dabei gelegentlich.

Die ersten »Duineser Elegien«
»Denn das Schöne ist nichts als des Schrecklichen Anfang …«

Heiligabend auf Duino fällt seine Stimmung auf den Nullpunkt. Freunde haben ihm aus Berlin eine Zwergtanne mit Zapfen und fünf Lichtern geschickt. Rilke schneidet einen Zweig von der Tanne und hält ihn über eine brennende Kerze. Da ist er wieder, der Weihnachtsduft aus frühen Kindheitstagen. Vor dem Glanz der Kerzen verfinstert sich die Gegenwart. Rilke blickt schonungslos in den Abgrund seiner Seele. Er sei ein »Monstrum, das im Grunde nie um irgend ein Wesen so tief und quälend und unablässig besorgt gewesen ist wie um sich selbst; darf so ein Scheusal überhaupt über das, was zwischen den Menschen spielt und sich spannt zu Worte kommen?«[13] Das ist keine stille und keine heilige Nacht, wie er sie mit der Mutter erlebt hat.

Während Rilke einen Weihnachtsbrief an die Fürstin schreibt, sieht er immer wieder auf ihr Porträt aus der lange zurückliegenden Kinderzeit. Dann schweifen seine Gedanken an den Anfang des Jahrhunderts. Er denkt an seine Frau, seine Tochter, an all das Verlorene, und an seinen großen schwarzen Hund. Ein Bauer aus Worpswede hatte ihn Rilke geschenkt. Der Rüde trug den Namen einer alten Göttin. Juno, hatte ihn der Bauer in Unkenntnis der antiken Mythologie getauft, allein geleitet vom Klang des Namens. Vielleicht hatte er auch an die Zigarettenmarke »Juno« (»Aus gutem Grund ist Juno rund«) gedacht. Hund, Kind und Frau hatte Rilke verlassen. Das wird ihm an diesem Weihnachtsabend schmerzlich bewusst. Seine radikale Selbstkritik hält auch in der ersten Woche des Januars an. König Saul nahm sich aus Verzweiflung das Leben. Rilke aber überlebt. Denn plötzlich setzt ein produktiver Schub ein, aus dem Rilkes bedeutendste Dichtung hervorgeht.

Wie jeden Tag, so wandelt er auch am Dienstag, dem 12. Januar 1912, die vielen Stufen vom Schloss zum Wasser hinab. Vielleicht begleitet ihn auch dieses Mal der treue Hund Peter. Wechselnde Winde umwehen Duino, mal eine kühle Bora, mal ein heißer Scirocco. Der wetterfühlige Dichter verträgt beide nicht. Heute bläst eine heftige Bora. Sie tut ihm überraschend gut. Wieder zitiert er Verse, alte, längst bekannte, doch plötzlich spricht nicht mehr er. Es spricht in ihm, durch ihn, als wäre er jetzt das Medium. Er vernimmt folgende Worte und notiert in sein Notizbuch:

»Wer, wenn ich schriee, hörte mich denn aus der Engel
Ordnungen? und gesetzt selbst, es nähme
einer mich plötzlich ans Herz; ich verginge von seinem
stärkeren Dasein. Denn das Schöne ist nichts
als des Schrecklichen Anfang, den wir noch grade ertragen,
und wir bewundern es so, weil es gelassen verschmäht,
uns zu zerstören. Ein jeder Engel ist schrecklich.
Und so verhalt ich mich denn und verschlucke den Lockruf
dunkelen Schluchzens. Ach, wen vermögen
wir denn zu brauchen? Engel nicht, Menschen nicht,
und die findigen Tiere merken es schon,
dass wir nicht sehr verlässlich zu Haus sind
in der gedeuteten Welt.«[14]
(I. Elegie)

In dieser berühmten Eröffnung der »Duineser Elegien« ist Rilkes grenzenlose Einsamkeit verdichtet, selbst der Schlosshund hat seinen Platz gefunden. In der zweiten Elegie wird Rilke von dem apokryphen Schutzengelbuch »Tobit« sprechen. Es erzählt die Geschichte eines Aufbruchs. Der junge Tobias wird von seinem Schutzengel und seinem Hund auf der Lebensreise begleitet. Wo aber sind Rilkes Engel der Kindheit geblieben, der Duft von Weihnachten, seine Frau, sein Kind, seine Mutter? Wohin haben sich Glaube, Zutrauen und Zuversicht verflüchtigt? Wo sind die Schutzengel in diesen Tagen der Einsamkeit? Das ganze Elend seines Lebens fasst Rilke in einer Frage zusammen: »Wohin sind die Tage Tobiae«? (II. Elegie)[15]

Auf seinem Zimmer mit dem grandiosen Meerblick schreibt Rilke »wie ein Verrückter«[16] die ersten beiden der zehn Elegien nieder. Er ist in Hochstimmung. Plötzlich empfängt er weitere Verse. Ein eigener Kreis von Gesängen um das Thema der göttlichen Geburt entsteht und wird rasch abgeschlossen. Das Kind, das Sophia Rilke der Muttergottes geweiht hat, fühlt sich jetzt wie Maria: beschenkt aus reiner Gnade, erschüttert von der Begegnung mit dem Heiligen, das herrlich und schrecklich zugleich ist, weil es so viel größer als alles Menschliche erscheint. Nach der Vollendung von »Das Marien-Leben« entstehen in den folgenden Tagen Bruchstücke weiterer Klagelieder. Die gesamte Komposition steht Rilke deutlich vor Augen. Aus der Tiefe der Einsamkeit soll der Weg zurück zu den Engeln führen. Wie in der Kindheit, als er mit der Mutter kniend in den Gesang der Engel einstimmte, möge am Ende des Weges der Einklang zwischen Mensch und Engel stehen. Rilke wünscht sich, dass er »Jubel und Ruhm aufsinge zustimmenden Engeln«. (X. Elegie)[17]

Wie der Wanderer das hohe Ziel des Gipfels vor Augen hat, so blickt Rilke empor zu der wiedererlangten Einheit von Engel und Mensch. Hier sind alle Widersprüche des Lebens aufgehoben. Es gibt keinen Unterschied mehr zwischen den Lebenden und den Toten. Alles ist reine Gegenwart, alles ist Ewigkeit:

»Aber Lebendige machen
alle den Fehler, dass sie zu stark unterscheiden.
Engel (sagt man) wüssten oft nicht, ob sie unter

Lebenden gehen oder Toten. Die ewige Strömung
reißt durch beide Bereiche alle Alter
immer mit sich und übertönt sie in beiden.«[18]
(I. Elegie)

Rilke beschreibt nicht die äußere Gestalt seiner Engel, aber er deutet ihre Gesichtszüge an. Sie seien vage wie »die Gesichter schwangerer Frauen«. (II. Elegie)[19] Wo aber ist der Weg zu dieser Höhe, auf der die Gegensätze des Lebens und die inneren Widersprüche aufgehoben sind? Erneut droht die Rückkehr der schöpferischen Krise. Zudem ereignet sich ein Unglück auf dem Schloss: Miss Greenham stürzt eine steile Treppe hinunter und erleidet eine Platzwunde am Kopf. Rilke fürchtet um die Zubereitung seiner Mahlzeiten. Von der Fürstin erbittet er die Zusendung von Äpfeln aus Böhmen. »Ich habe, zu verschiedenen Zeiten, die Erfahrung gemacht, dass sich Äpfel, mehr als sonst etwas, kaum verzehrt, oft noch während des Essens, in Geist umsetzen.«[20] Voller Zuversicht schreibt er die ersten beiden Elegien für die Fürstin ab. Eine Kiste mit Äpfeln aus Böhmen trifft ein. Das alte Wundermittel aber wirkt nicht. Rilke verliert die Konzentration und stürzt in ein Loch.

Marthe Hennebert und Eleonora Duse
»Sie wollen helfen – aber ist da überhaupt zu helfen?«

Wieder tauchen Erinnerungen auf, verbunden mit Schuldgefühlen. Rilke denkt zurück an ein Mädchen, das er im vergangenen Sommer in Paris kennengelernt hatte. Die in ärmlichen Verhältnissen lebende Marthe Hennebert hätte seine Tochter sein können. Rilke traf sie im Künstlermilieu um den russischen Bildhauer Stepan Erzia und fand in der deutschen Malerin Hedwig Jaenichen-Woermann eine Frau, bei der er Marthe unterbringen konnte. Hier sollte das Mädchen eine Ausbildung als Hauswirtschafterin erhalten. Wenn sich Rilke in einer Krise befindet, sieht er überall seinesgleichen. Ein streunender Hund auf der Landstraße wird dann zu seinem Spiegelbild. In Marthe erblickt er das gefährdete Bild seiner Tochter. Das Mädchen hat nichts gelernt. Es treibt sich als Modell unter den Künstlern herum. Rilke will Marthe retten. Vielleicht wird sie eines Tages als Haushälterin an seiner Seite stehen?

Am 16. Februar 1912 feiert Marthe Hennebert ihren 18. Geburtstag. Die Beschäftigung mit einem angemessenen Geburtstagsgeschenk wird Rilke zu einer willkommenen Ablenkung. Bei der Fürstin bestellt er ganz unbescheiden ein ovales Medaillon. Sie möge es in einem Antiquitätengeschäft erwerben und Marthes Geburtsdatum eingravieren lassen. Im Februar werde Marthe ihr Kochdiplom erwerben. Neben dem Kochen habe sie sich dem Zeichnen gewidmet und darin Fortschritte gemacht. Die Fürstin weiß, dass niemand den Fortgang der Elegien erzwingen kann. Sie ist zufrieden mit dem, was sie in den Händen hält und ausgewählten Gästen vorlesen kann. Auch wird sie sich mit Erfolg an einer Übersetzung der Elegien ins Italienische versuchen.

Das Jahr 1912 hat gerade erst begonnen, aber für Rilkes Dichtung ist es schon verloren. Rilke beginnt wieder zu klagen – über Bora und Scirocco, über Unruhezustände, Konzentrationsstörungen. Auch die Fürstin hat ihr Kreuz zu tragen. Sie fühle sich wie ein Dinosaurier, den man in einen Hühnerstall eingesperrt habe. Ihr Sohn Pascha sei unglücklich, ihr Bruder werde von seiner Frau ausgenutzt. Rilke plant mit Marthe in die Berge zu ziehen, die Fürstin sucht in Wien Ablenkung beim Derby und bei Automobilrennen. Im Sommer zieht Rilke nach Venedig und wohnt nobel im Palazzo Valmarana. Er trifft Eleonora Duse. Für die Schauspielerin hat er bereits vor Jahren »Die weiße Fürstin«

(1898/99) geschrieben und ihr das Gedicht »Bildnis« (1908) gewidmet.

Die Begegnung sei gewiss kein Zufall, meint Rilke. Marie von Thurn und Taxis ist da entschieden anderer Meinung. Die Duse hatte eine Weltkarriere gemacht, lebt aber seit 1910 in einer tiefen Krise, lässt sich gehen und vernachlässigt ihr Äußeres. Bis zur Unförmigkeit hat sie zugenommen. Rilke, so urteilte der Freund Rudolf Kassner, liebte kräftige Frauen wie jene »Sängerinnen aus der Mailänder Scala, die alten, mit dem Gewicht von Seekühen, Rücken breit wie Wäschekommoden und Stimmen aus gewaltigen Hälsen, die jedes Orchester übertrillerten. Die liebte er, die beruhigten ihn, da war dann jedes Misstrauen weg, und das war die Natur, die ihm selber ganz gefehlt hat.«[21]

Die Duse sei wie geschaffen, den zarten Dichter zu begeistern, kommentiert die Fürstin spöttisch. Sie setze viele Saiten in Schwingung. Aber wie schnell seien diese zerrissen! Die Duse stehe an einem Abgrund. Rilke wolle helfen, wie er der kleinen Marthe glaubt geholfen zu haben. Die Fürstin reagiert nun mit Entschiedenheit auf den hilflosen Helfer Rilke: »Sie wollen helfen – aber ist da überhaupt zu helfen? Mir ist es etwas unheimlich wegen Ihnen.«[22] Die Fürstin bewundert Eleonora Duse für ihre Lebensleistung. Jetzt aber sei sie eine kranke, alternde und tief unglückliche Frau, die in zerrütteten, trostlosen Verhältnissen lebe.

Die Fürstin – trotz Duses Abreise aus Venedig in Sorge um ihren sensiblen Dichter – sucht vergeblich Ablenkung in Bayreuth. Wagners »Parsifal« wird gespielt, doch vor welchem Publikum! In den vergangenen Jahren kamen die meisten Gäste aus England und Frankreich, nun werde nur noch deutsch gesprochen. Keine bekannten Gesichter, dafür »lauter garstige, schlecht angezogene, unsoignierte Menschen«[23]. Wahrnehmungen wie diese lassen sich im geschichtlichen Rückblick auf das alte Europa als Vorboten des Ersten Weltkrieges lesen. Von einem bevorstehenden Krieg ist seit diesem Sommer 1912 häufig die Rede in den Briefen der Fürstin.

Zu stark, zu selbstständig, zu eigenwillig
Sidonie Nádherny von Borutin

Wenn Rilkes Weg in einer Sackgasse geendet war, dann vollzog er einen Ortswechsel. So auch in jenem Sommer: Rilke hält es in Venedig nicht mehr aus. Er flüchtet, nicht zuletzt vor einer Begegnung mit Marthe. Die soeben noch reich beschenkte junge Frau hat ihr Dienstverhältnis gekündigt und Paris mit unbekanntem Ziel verlassen. Rilke vermutet, sie werde nach Venedig kommen. Deshalb weiht er Gräfin Luisa Cittadella, eine Mitbewohnerin des Palastes, in ihre Existenz ein. Er aber könne nicht in Venedig bleiben, denn die Wärme, die Marthe von ihm erwarte, vermag er ihr nicht zu geben. Was tun? Rilke reist nach München und fährt einer neuen Krise entgegen.

Der Dichter wohnt im Münchener »Hotel Marienbad«. Hier trifft er zuerst eine alte Bekannte wieder. Sidonie Nádherny von Borutin, genannt Sidi, ist eine junge böhmische Baronin. Mit ihrer Mutter führt sie auf Schloss Janovice einen Salon. Hier wird auch Rilke mehrfach zu Gast sein. Sidi ist eine Salonière, bildhübsch und voller Esprit, mit dem sie die Männer herausfordert. Ein Wort von ihren Lippen, ein Blick ihrer einladenden Augen entfacht das Feuer des Geistes. Sidi besitzt hervorragende gesellschaftliche Kontakte, die Rilke zu nutzen versteht. An Arbeitsruhe in ihrer Nähe ist dagegen nicht zu denken. Sidi weiß, dass man von ihr eine standesgemäße Eheschließung erwartet. Eine leidenschaftliche Affäre mit einem Mann von Format steht dem nicht im Wege.

Bei einer gemeinsamen Reise nach Paris führt Rilke Sidi und ihre Mutter durch die Rodin-Sammlungen. Hier kennt er sich aus. Anschließend beginnt ein lebhafter Briefwechsel. Sidi ist durchaus offen für eine erotische Vertiefung der Beziehung. Rilke aber weicht ihr aus. Sidi ist ihm zu stark, zu selbstständig, zu eigenwillig. So wird sie ein Jahr später in Wien eine leidenschaftliche Affäre mit Karl Kraus beginnen, einem brillanten Denker, schnell und scharf im Urteil, angriffslustig – und auch in eroticis völlig anders als Rilke. Karl Kraus, den viele für den größten Kritiker des 20. Jahrhunderts halten, wird Sidi Dutzende von Liebesgedichten schreiben und ihr zu Füßen legen.

Zurück in München findet Rilke Ablenkung durch Arztbesuche. Er hat nervöse Probleme mit den Zähnen und unterzieht sich einer Behandlung. Seine Mutter trifft in der Stadt ein, und er sieht nach langer Zeit Ruth wieder. Elf Jahre ist sie nun alt. Die Begegnung ist kurz. Der Vater ist von seiner Tochter begeistert. Aber er sieht nicht, wen er wirklich vor sich hat. Er verklärt Ruth zu einer großen Liebenden, ja einer Heiligen. Die Fürstin sorgt für Ernüchterung: »Dass Ihre kleine Tochter so herrlich ist, freut mich riesig – und auch darauf sie kennen zu lernen – Aber – ›eine große Liebende‹ soll sie werden – dieses Martyrium soll ihr beschieden sein??«[24]

Vielleicht erkannte Rilke in seiner Tochter die kleine Amélie wieder, das Mädchen, mit dem er einen herrlichen Sommer in Italien verbracht hatte und das später in einen Orden eingetreten war. Die jungfräulich Liebenden werden ihn in der kommenden Zeit intensiv beschäftigen, besonders die Liebesbriefe der Marianna Alcoforado. Sie wurden unter dem Titel »Briefe einer portugiesischen Nonne« herausgegeben. Rilke hielt sie für echt, was sie aber nicht waren. Auch die vermeintliche Nonne aus Portugal wurde für den seraphischen Dichter zu einer Projektionsfläche seiner

Suche nach einem gültigen Selbstbild. Heilige liebten absolut. Diese ständig neu entfachte Liebe lebt auch in ihm. Vielleicht läge im Leben eines Heiligen seine wahre Berufung? Lange hat er mit sich gehadert, ob er in München eine Psychotherapie beginnen soll. Wer war Rainer Maria Rilke in seinem innersten Kern? Ein Heiliger auf keinen Fall. Die Fürstin versucht Rilke zu erden, indem sie ihn an seine Berufung zum Dichter erinnert:

> *»Nein Dottor Serafico, Sie sind kein ›Heiliger‹ – und wenn Sie den ganzen Tag und die ganze Nacht auf Ihren Knien (auf Ihren geistigen Knien* bien entendu*) herumrutschen. Und es ist gut so. – Ein Heiliger hätte niemals die Elegien geschrieben.«*[25]

Die Geister empfehlen eine Spanienreise *»Spricht Raymondine?«*

Von Marthe gibt es inzwischen wieder eine Spur. Die Fürstin hat ihre aktuelle Anschrift ermitteln lassen. Doch Rilke will keinen brieflichen Kontakt aufnehmen. Er glaubt, viel Zeit in München verloren zu haben. Denn eigentlich soll sein Weg im Spätherbst des Jahres 1912 nach Spanien führen. Rilkes große Spanienreise hat ihren Ursprung in spiritistischen Sitzungen auf Schloss Duino. An vier Abenden war man zusammengekommen, um die Geister in einer Séance zu beschwören. Als Schreibmedium an der Planchette wirkte wieder Pascha, der Sohn der Fürstin. Rilke übernahm das Protokoll. Tatsächlich erscheint bald ein Geist. Rilke denkt, es sei eines der bekannten Hausgespenster: Raymondine oder die mit fünfzehn Jahren gestorbene Polyxène.

Deshalb fragt er: »Spricht Raymondine?«
Der Geist antwortet: »Nein, ich bin eine von den vielen, die nur liebten, eine Unbekannte für Dich.«
»Kannst Du etwas für Ruth tun oder für mich?«
»Euch schützen, euch lieben.« [26]

Das folgende Gespräch bewegt sich über Andeutungen kaum hinaus. Die Unbekannte will ihren Namen nicht preisgeben. Wenn Rilke aber nach Spanien fahre, dann werde er unter einer Brücke in Toledo die Lösung aller Probleme finden. Sie spricht von Ruth. Rilkes Tochter werde ihm die Antwort geben. In Toledo? Wird der Vater seiner Tochter in Toledo begegnen? Geister sprechen in Andeutungen. Vieles bleibt rätselhaft. Einige Teilnehmer an der Sitzung wollen eine andere Ortsangabe vernommen haben: In Bayonne lösten sich alle Probleme. Dort, »wo Stahl sich sanft an Engel schmiegt«, werde Rilke wieder die Arbeit an den Elegien aufnehmen können.

Die Fürstin bleibt auch auf den mitternächtlichen Sitzungen Herrin der Lage und spricht resolut ein Machtwort, wenn sie ihren Dichter durch unpassende Mitteilungen aus dem Jenseits beunruhigt weiß. Der Geist, offenbar ein früh verstorbenes Kind, vertreibt ihre Befürchtungen: »Mutter, fürchte dich nicht, denn ich will ihm wohl.« Dann spricht er wieder über den Treffpunkt: Unter der Brücke! Dort werden die Engel sprechen. Und noch mehr gibt der Geist preis. Das Gespräch geht über die Tiere. Er kenne und begleite Rilke seit jenem Sommer, da sein Kaninchen starb. Das Thema interessiert die Teilnehmenden, der Geist aber wird ungeduldig: »Genug von den Tieren« und wiederholt, worauf es ankommt. In Spanien werde Rilke wieder zur Arbeit an den Elegien finden.

Über die Finanzierung der Reise muss nicht gesprochen werden. Die wird die Fürstin in gewohnter Weise fürstlich regeln. In der letzten Sitzung meldet sich ein weiterer Geist in englischer Sprache. Die Fürstin übernimmt den Dialog:

»Who is here, please?«
»No friend.«

Seinen Namen will der Geist nicht preisgeben. Auch eine Botschaft ist ihm nicht zu entlocken. In der Nacht aber hat Pascha einen Traum von Toledo. Damit ist das Ziel klar.

Der Geist, der Rilke den Weg nach Spanien weist, wird in Zukunft noch öfters sprechen. Da er seinen Namen nicht offenbart, wird er im Briefverkehr zwischen Rilke und der Fürstin »die Unbekannte« genannt werden. Woher die Fürstin das Geschlecht kennt, bleibt unklar. Ob sie wirklich an die Existenz der Unbekannten glaubt, muss nicht geklärt werden. Das Register zu ihrem Briefwechsel mit Rilke weist 49 Nennungen der »Unbekannten« aus. 18 Mal wird Clara Rilke genannt, 20 Mal die Tochter Ruth. Wichtig ist der Fürstin, dass Rilke die begonnene Arbeit an den Elegien vollendet. Da sind Botschaften von oben auch ein wirkungsvolles Mittel, ihren Schützling zu steuern.

Rilke wird in Spanien (1. November 1912 – 24. Februar 1913) nicht glücklich werden. Die Reise geht über Toledo, Sevilla und Cordoba nach Ronda. Wie auf seiner Ägyptenreise, so hat Rilke auch in Spanien eine merkwürdige Begegnung mit einem Hund. In Kairo wurde er gebissen, in Cordoba sitzt er in einem Straßencafé, als eine kleine hässliche Hündin die Straße kreuzt und auf ihn zuläuft. Rilke sieht, dass sie trächtig ist. Die Hündin schaut zu ihm auf. Rilke hält ihrem Blick stand und erkennt sich selbst: Er ist dieses unrühmliche Tier. Rilke liebt Zucker und isst ihn in großen Mengen. Jetzt aber teilt er seinen kleinen Zuckerbestand. Vom Rande seiner Kaffeetasse nimmt er ein Stück Zucker und gibt es der Hündin.

Rainer (René) Maria Rilke 1886 in der Militärunterrealschule St. Pölten. Das Internat nahm den Zehnjährigen nach der Trennung der Eltern auf.

Stets in edle schwarze Kleider gehüllt: Rilkes Mutter Sophia. Rilke schrieb ihr 1134 Briefe.

Die Eltern Josef und Sophia Rilke. Der Eisenbahnangestellte heiratete die vermögende Pragerin 1873. Seit 1884 lebten sie getrennt, ohne sich scheiden zu lassen.

Rilkes erste große Liebe, die Prager Jugendfreundin Valerie von David-Rhonfeld, Tochter eines Artillerieoffiziers (Pastell). »Vally« finanzierte Rilkes Gedichtbändchen »Leben und Lieder« und wurde so zu seiner ersten Gönnerin.

Rilkes mütterliche Geliebte Lou Andreas-Salomé, 1897. Die Kulturwissenschaftlerin und Erzählerin war befreundet mit Nietzsche, Strindberg, Hauptmann und Ibsen.

Rilke und Lou auf ihrer zweiten Russland-Reise, zu Besuch bei dem Volksdichter Spiridon Droschin in Nisowka, Juli 1900.

Rilke mit Ehefrau Clara, geborene Westhoff, im Februar 1904 in Rom. 1901 war Rilke mit der Bildhauerin in die Nähe des Künstlerdorfs Worpswede gezogen. Ein Jahr später gaben sie das Haus in Westerwede auf und wohnten seitdem an wechselnden Orten.

Die Malerin Paula Modersohn-Becker vor ihrer Paris-Reise, 1905. Sie war die Künstlerfreundin von Clara Westhoff und bis zur Heirat mit dem Worpsweder Maler Otto Modersohn im Jahr 1901 auch Rivalin im Werben um Rilke.

Rilke in seinem Arbeitszimmer in Westerwede, 1902. Hier schrieb er u. a. eine Abhandlung über die in Worpswede wirkende Künstlergemeinschaft.

Clara und ihre Tochter Ruth, Bremen 1903. Ruth verlebte fast die ganze Kindheit bei den Großeltern in Oberneuland bei Bremen.

Magda von Hattingberg, Rilkes Muse »Benvenuta«. Rilke lernte die Pianistin im Februar 1914 in Berlin kennen.

Mit der Schriftstellerin Claire Goll wechselte Rilke zwischen 1918 und 1925 rund 60 Briefe, in denen sie sich über ihre Werke austauschten.

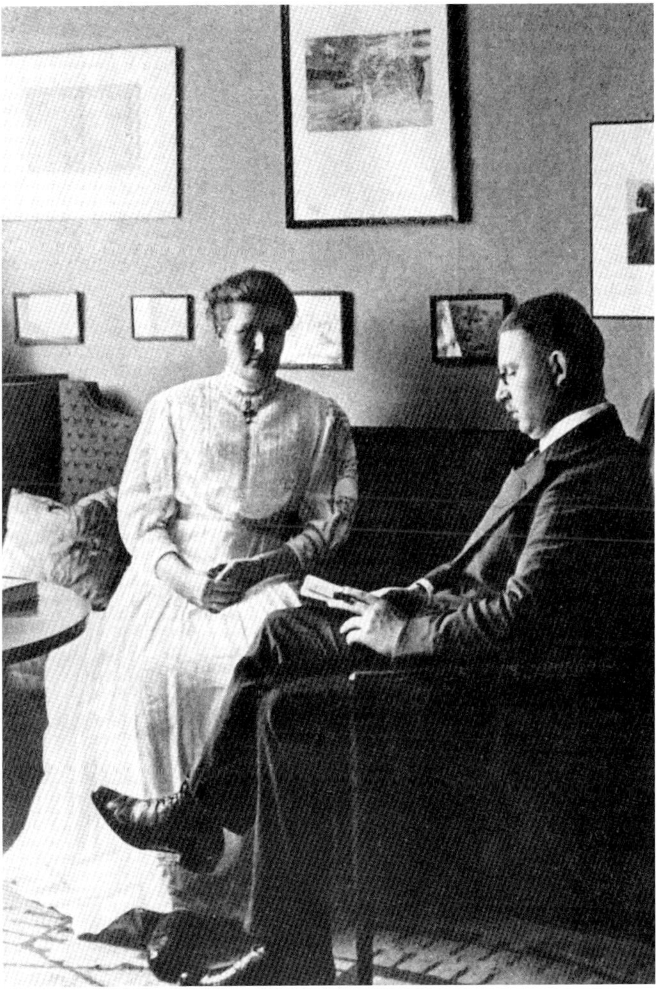

Das Verleger-Ehepaar Anton und Katharina Kippenberg in Leipzig, um 1906. Im Leipziger Insel Verlag veröffentlichte Rilke sein Gesamtwerk. Katharina Kippenberg, die »Insel-Herrin«, wie sie von Rilke genannt wurde, schrieb zwei Monografien über den von ihr bewunderten Dichter.

Die Dichterin Anna Comtesse Mathieu de Noailles: Rilke begegnete ihr am 13. Dezember 1909 im Salon der Fürstin Marie von Thurn und Taxis.

Die gefeierte Schauspielerin Eleonora Duse traf Rilke erstmals 1912 in Venedig. Ihr widmete er das Theaterstück »Die weiße Fürstin«.

Die schwedische Reformpädagogin Ellen Key, Autorin des Erfolgsbuches »Das Jahrhundert des Kindes«, mit Rilke seit 1902 befreundet.

Die mütterliche Freundin Fürstin Marie von Thurn und Taxis. Auf ihrem Schloss in Duino bei Triest schrieb Rilke den ersten Teil der Duineser Elegien.

Nanny Wunderly-Volkart, Rilkes Vertraute und Gönnerin der späten Jahre (Gemälde des ungarischen Malers Josef Arpád Koppay). Sie war bei ihm, als er am 29. Dezember 1926 in Val-Mont starb.

Hertha Koenig, eine wohlhabende Kunstsammlerin. Sie kaufte auf Hinweis von Rilke das Picasso-Gemälde »Die Gaukler« und ließ den Dichter in ihrer Münchner Wohnung logieren – als »Wächter am Picasso«.

Rilke mit der Malerin Elisabeth (»Mouky«) Klossowska, 1922. Der letzte Versuch des Dichters, eine Künstlerbeziehung zu realisieren.

Die russische Lyrikerin Marina Zwetajewa ist Rilke nie begegnet. Aber sie schrieb die leidenschaftlichsten Liebesbriefe, die der Dichter je erhielt.

Rilke in Sierre im Wallis, 1925, ein Jahr vor seinem Tod.
In seinem »Turm«, dem Château de Muzot, vollendete er die »Duineser Elegien« und schrieb die »Sonette an Orpheus«.

In Ronda entstehen die Eingangsverse der sechsten Elegie. Ihr Thema ist der Held. Rilke beschwört Bilder männlicher Fruchtbarkeit: »Wie der Fontäne Rohr treibt dein gebognes Gezweig/ abwärts den Saft hinan«[27]. Dann folgen einzelne Verse ohne rechten Zusammenhang. Der Quell der Inspiration versiegt. Rilke befindet sich wieder am Nullpunkt. Nichts vermag ihn mehr zu begeistern. In Stimmungen wie dieser neigt er zur schroffen Abgrenzung von allen Menschen, die einen festen Ort in der Welt gefunden haben. Herausgefordert fühlt sich der Heimatlose besonders durch das katholische Spanien. Eine beinahe rabiate Antichristlichkeit erfülle ihn, schreibt er der Fürstin und berichtet von seiner Lektüre des Korans.

Rilke verkündigt das Ende des Christentums. Diese Religion sei wie eine Frucht, deren Saft ausgesogen worden sei. Übrig geblieben seien nur noch die ausgespuckten Schalen, die von den Protestanten und amerikanischen Christen noch einmal aufgegossen würden. Mohammed stehe ihm viel näher, glaubt Rilke, denn im Islam fehle ein Mittler wie Christus. Mit dem Gott Mohammeds könne man unmittelbar sprechen, »ohne das Telephon ›Christus‹, in das fortwährend hineingerufen wird: *Holla, wer dort*?, und niemand antwortet«. Die Polemik ist weit unter seinem Niveau. Das weiß auch Rilke und fährt fort: »Ich sage Ihnen, Fürstin, (nein, nein Sie müssen mir's glauben) es muss mit mir anders werden, von Grund aus, von Grund aus, sonst sind alle Wunder der Welt umsonst. Seh ich doch gleich hier wieder, wie viel an mich verschwendet ist und rein weg, die Heilige Angela hat es ähnlich erfahren.«[28]

Wiederbegegnung mit Marthe
»Ich bin gar kein Liebender …«

Im Februar 1913 kehrt Rilke nach Paris zurück. Hier kommt es zu einer traurigen Wiederbegegnung mit Marthe. Die junge Frau und er verbringen eine Nacht miteinander – herumirrend in Pariser Kneipen und auf Straßen. Rilke hatte Marthe im Atelier des russischen Künstlers gefunden. Gekleidet in eine Tunika, ein goldenes Stirnband um die Schläfe und barfuß in den Sandalen stürzt sie freudig auf Rilke zu. Tanzen wolle sie gehen, tanzen! Die beiden fahren in die Innenstadt. Rilke ist unangemeldet gekommen. Marthe erzählt mit leuchtenden Augen, sie habe sich den ganzen Tag über gewaschen, gekämmt, angekleidet und wieder umgekleidet. Dabei habe sie gespürt, dass eine besondere Begegnung bevorstehe. Sie ist eine Liebende, zur Hingabe bereit. Zum Tanzen kommt es nicht. Rilke kann zwar wunderbare Gedichte über das Tanzen schreiben, selbst über den Flamenco (»Spanische Tänzerin«, 1906), aber er kann nicht loslassen und sich der Bewegung hingeben. Marthe ist enttäuscht. Dann verpasst man den letzten Vorortzug.

Rilkes Wohnung liegt zwar in der Nähe, aber er hat Angst, sie mit Marthe zu betreten. So treiben sie sich bis zum Morgen »in grausamer Umgebung« herum. Die Nacht der einsam Liebenden hat harte Konsequenzen für Marthe. Der russische Künstler setzt sie vor die Tür. Marthe findet Unterschlupf bei einer ihrer Schwestern und wird krank. Sie fühlt sich von Rilke verlassen. Dann fasst sie einen Entschluss. Früh morgens steht sie vom Krankenbett auf, besucht Rilkes Wohnung und klopft an die Tür. Rilke unterbricht seinen Brief an die Fürstin, in dem er soeben über die traurige Nacht mit Marthe geschrieben hat, öffnet die Tür und ist sprachlos.

Er reicht Marthe das Buch »L'annonce faite à Marie«

(»Maria Verkündigung«) des französischen Diplomaten und Schriftstellers Paul Claudel. Claudel gehört wie der Maler Louis Janmot und der von Rilke geschätzte Hagiograf Ernst Hello einer Erneuerungsbewegung im französischen Katholizismus (Renouveau catholique) an. Sein Drama preist Opferbereitschaft und Demut der Maria. Während sich Marthe über Claudels Buch beugt, nimmt Rilke seine Mitteilungen an die Fürstin wieder auf. Ihr schreibt er, was er sich Marthe gegenüber zu sagen nicht traut: Er kann nicht lieben, obwohl er so sehr geliebt wird! Wie immer, wenn Rilke über seine Grenzen und charakterlichen Schwächen nachdenkt, stehen stille Vorwürfe gegen die Mutter im Raum:

> *»Ich bin gar kein Liebender, mich ergreifts nur von außen, vielleicht, weil mich nie jemand ganz und gar erschüttert hat, vielleicht, weil ich meine Mutter nicht liebe. Recht arm steh ich da vor diesem reichen kleinen Geschöpf, an dem eine weniger vorsichtige und nicht gerade so gefährdete Natur (wie ich es seit einer Weile bin) sich hätte grenzenlos entzücken und bilden können. Alle Liebe ist Anstrengung für mich, Leistung, surmenage, nur Gott gegenüber hab ich einige Leichtigkeit, denn Gott lieben heißt eintreten, gehen, stehen, ausruhen und überall in der Liebe Gottes sein.«*[29]

Die ständigen Anfechtungen und Selbstzweifel machen den menschlichen Umgang mit Rilke schwer, ihn selbst aber halten sie offen in der Sehnsucht nach Erfüllung. Diese wird ihm am Ende seines Lebens mit der Vollendung der Elegien zuteilwerden. Aber bis dahin ist der Weg sehr weit. Rilke fährt erst einmal nach Bad Rippoldsau zur Kur in den Schwarzwald. Dann lädt ihn Helene von Nostitz zu einem weiteren Kuraufenthalt an der Ostsee ein. Die Nichte des späteren Reichspräsidenten Paul von Hindenburg und

Enkeltochter des Diplomaten Fürst Georg Herbert Münster von Derneburg kennt Rilke von einer Begegnung in einem Atelier von Rodin. Der Meister hatte die schöne Schriftstellerin und Salonière porträtiert. Helene von Nostitz verbringt den Sommer im »Grand Hotel« in Heiligendamm. Hier logiert auch der mecklenburgische Hof. Rilke fasziniert die Aussicht, einige Wochen in dem eleganten stillen Ort zwischen Meer und Buchenwäldern zu verbringen. Doch als er in Heiligendamm eintrifft, präsentiert sich die Lage anders: Überall herrscht Trubel. In den Salons wird getanzt. Champagnerkorken knallen. Vor dem Hotel wiehern rassige Pferde. Ein Wagen nach dem anderen trifft ein. Das große Pferderennen in Heiligendamm hat begonnen. Rilke ist entsetzt und will auf der Stelle umkehren. Helene von Nostitz versucht den verstörten Dichter zu beruhigen und führt ihn in den stillen Buchenwald: »Hier ist der Frieden, von dem ich Ihnen geschrieben habe, das andere Treiben dauert nur noch wenige Stunden, bitte bleiben Sie!«[30]

Rilke bleibt länger als ursprünglich geplant. Auf den täglichen Spaziergängen mit seiner Gönnerin zückt er gern sein Notizbuch oder liest an einen Baum gelehnt Verse von Franz Werfel vor. Nach einem Konzert, das Helene von Nostitz im Kursaal gegeben hat, kommt es zu einem Gespräch mit einem alten Rittmeister. Rilke steht abseits in einiger Entfernung. Auch in diesen Tagen ist viel von einem bevorstehenden Krieg die Rede. Der Rittmeister blickt zu dem schmächtigen Dichter hinüber und fragt die Pianistin: »Wird er standhalten mit seinen Versen, wenn uns Krieg und Tod bedroht?« Helene von Nostitz antwortet: »Ich glaube, er wird standhalten.«[31]

Die Abende verbringt Rilke allein auf seinem Zimmer. Er übersetzt die in Frankreich sehr geschätzten 24 Sonette der Louise Labé und schreibt Briefe. Die Fürstin bittet er um Übersendung einer Planchette. Er wolle erneut Kontakt zu der Unbekannten aufnehmen. Marie von Thurn und Taxis verbringt den Sommer auf Schloss Lautschin. Ihr Sohn Pascha befindet sich in einer trüben Stimmung und spielt im Nebenzimmer melancholische Weisen.

> »*Das sind so die Tage, wo dieser Panzer von heiterer Lebensbejahung, den ich für die meisten Menschen trage, auf einmal Risse kriegt* – Aber man flickt sie wieder!«[32]

Die Planchette zur Kontaktaufnahme mit der Geisterwelt werde sie ihm über England besorgen. Sie bedankt sich auch für die Zusendung der Sonette der Louise Labé. Zugleich aber ermahnt sie Rilke, sich nicht zu verzetteln. Wann endlich werde er weiter an den Elegien arbeiten? Sie beschwört ihn:

> »*Aber, oh Dottor Serafico, wann kommt die dritte Elegie? die muss kommen – die muss kommen! Die muss kommen!*«[33]

Rilke lässt sich auf das Thema nicht ein. Die Fürstin hat inzwischen andere Sorgen. Zahnschmerzen plagen sie. Von ihrem Zahnarzt in Wien ist sie enttäuscht. Rilke dagegen schwärmt von seinem Berliner Zahnarzt Dr. Charlie Bödecker in höchsten Tönen. Von Heiligendamm aus hat er sich an den Berliner Kurfürstendamm begeben und einer Behandlung unterzogen. Jetzt funkelt wieder das Gold in seinem Mund. Dr. Bödecker wird auch der Fürstin helfen können, sodass sie den Herbst auf Duino mit der Übersetzung der Elegien verbringen kann. Ihr zur Seite steht Pater Ghignoni, ein gebildeter Geistlicher, mit dem sie auch die Briefe des Paulus studiert. Er lehnt die Vulgata, die lateinische Übersetzung der Bibel, ab. Sie habe keine Qualität. So übersetzt er für das private Bibelseminar mit der Fürstin direkt aus dem griechischen Originaltext.

Rilkes Leben bleibt unruhig. Zur Einschulung seiner Tochter Ruth fährt er nach München. Hier trifft er auch Clara. Man spricht über eine Scheidung. Dann reist er weiter nach Paris, ohne recht zu wissen, was er hier soll. Rilke überlegt, ob er sich an der Pariser Universität für Ägyptologie oder Arabisch einschreiben soll. Keine gute Idee, meint die Fürstin. Dann stürzt sich Rilke in die Lektüre von Kleists Werken und ist begeistert. Er vergleicht den Dichter mit einem Maulwurf, der im Unsichtbaren seinen Weg sucht und nie weiß, wo er seine Nase wieder aus dem Erdreich strecken wird. Die Fürstin hat ihre alte Form gefunden. Sie spielt zum ersten Mal seit dreißig Jahren wieder Klavier, Sonaten von Beethoven. »Wenn wir uns einmal sehen, Sie göttlicher Maulwurf mit der staubigen Nase«[34], schreibt sie ihm und kündigt ihren Besuch in Paris an. Rilke wehrt ab. Die Fürstin solle auf keinen Fall kommen. Er befinde sich in einer desolaten Lage, fühle sich wie ein Vogel in der Mauser.

»Ich habe von Paris über und über genug, es ist ein Ort der Verdammnis, das hab ich immer gewusst, aber damals wurden mir die Peinen der Verdammten von einem Engel auseinandergesetzt«.[35]

Wo aber ist der Engel jetzt, der Engel, in dessen Gegenwart die großen Gegensätze des Lebens und Sterbens aufgehoben sind?

Magda von Hattingberg
»Musik, Musik: das wär es gewesen.«

Im Januar 1914 erreicht ihn der Brief einer Unbekannten. Ist es *die* Unbekannte aus den spiritistischen Sitzungen, auf die er vergeblich in Spanien gewartet hatte? Die Pianistin Magda von Hattingberg hat Rilkes »Geschichten vom lieben Gott« gelesen und will dem Dichter für die wunderbaren Worte danken. Da sie nichts über Rilkes Wohnort weiß, adressiert sie ihr Schreiben an den Insel Verlag, aber notiert keinen Absender. Denn mit einer Antwort rechnet sie nicht. Eine Woche später hält sie bereits einen umfangreichen Brief in den Händen. Rilke ist ergriffen, glaubt an eine höhere Fügung.

Musik! Ja, die Sprache der Musik könnte ihn wieder zu sich selbst befreien! Er hatte wiederholt über eine Psychotherapie nachgedacht, den letzten Schritt aber nicht gewagt. Heilende Kräfte liegen auch in der Musik! Hatte David mit seinem Lautenspiel nicht dem depressiven König Saul wenigstens zeitweilig helfen können? »David singt vor König Saul« (1905/1906) heißt das Gedicht, in dem Rilke die therapeutische Kraft der Musik besingt, die Sehnsucht nach einer Heilung von Sinn und Sinnlichkeit:

»Mädchen blühen, die du noch erkannt,
die jetzt Frauen sind und mich verführen;
den Geruch der Jungfraun kannst du spüren.«[36]

Er schreibt von Spanien, den einsamen Tagen in Ronda, und ist überzeugt: Wäre die junge Musikerin dort erschienen, er wäre erlöst worden. »Musik, Musik: das wär es gewesen.«[37] Magdas Brief löst in Rilke einen gewaltigen Mitteilungsdrang aus. Wieder sind es die alten Geschichten seines Lebens: Szenen aus der Kindheit, der Schulzeit, Erinnerungen an Russland, Paris, Klagen über die fromme Mutter, unterbrochen durch Zwischenrufe: »schönes Herz, wie strömt, wie strömt Ihnen mein Herz hinüber«[38]. Dann beschreibt er Paris, seinen Haushalt, das Postamt um die Ecke – für Rilke wichtiger als jedes Restaurant – und die

Hunde, die es nicht betreten dürfen und mit schräg geneigtem Kopf vor der Tür auf die Rückkehr ihres Herrn warten.

Benvenuta, die Willkommene, nennt Rilke seine neue Brieffreundin. Doch bald klagt er in gewohnter Weise über schlaflose Nächte, Schreibhemmungen, das Gefühl, sich ausgeschrieben zu haben. So spinnt er ein Netz von Abhängigkeiten und nimmt Benvenuta in die Pflicht. Sie sorgt sich um Rilkes Gesundheit, fühlt sich für ihn verantwortlich, hat Schuldgefühle. Rilke beschwört sie und überhöht ihre gerade begonnene Fernbeziehung in die höchsten Sphären. Von Ewigkeit her seien sie füreinander bestimmt! Himmelsboten umkreisten sie wie die Muttergottes: »O Benvenuta, Du hast Engel um Dich in deiner Musik, Du hast Engel um Dich in Deiner Freude, Du hast Engel um Dich in der Reinheit Deines Gemüts!«[39] Dann verabredet man sich zu einem ersten Treffen in Berlin.

Wie verläuft das Rendezvous zwischen einem Mann und einer Frau, die von Ewigkeit her füreinander bestimmt sind? Rilke hat erneut eine so hohe Tonlage angestimmt, dass die Empfindungen kaum von der Wirklichkeit eingeholt werden können. Er aber steigert noch die Erwartungshaltung der Freundin, schickt ihr frische Veilchen in einer silbernen Schale und schreibt einen Brief, in dem er die letzte Nacht vor der Begegnung imaginiert: Wie verbringt sie der Liebende in angemessener Weise? Andere mögen ruhen und im Schlaf Kräfte sammeln für die liebende Vereinigung am kommenden Tag. Nicht so Rilke. Er befindet sich in der Weihnachtsstimmung seiner Kindheit. »Eines möcht ich: die Nacht, eh ich Dich sehe, Benvenuta, wachen und beten, und auf den Knieen liegen und so nüchtern sein, als ob ich nie einer Nahrung bedürfte –, an allen Stellen erhalten durch meine Erwartung, durch dein Bevorstehen … Rainer.«[40] So voller Hingabe verbringen Novizen und Novizinnen die Nacht vor ihrer ewigen Profess.

Rilke logiert im Berliner »Hospiz des Westens«. Hier in der Marburger Straße 23 kommt es zu einer ersten Begegnung von Angesicht zu Angesicht. Magda klopft an die Tür Nummer 24 in der dritten Etage und betritt das Zimmer. Es liegt im gedämpften Licht einer kleinen, grün verhangenen Schreibtischlampe. »Benvenuta – endlich, endlich bist du da«[41], sagt Rilke. Dann nehmen beide Seite an Seite auf dem kleinen grünen Samtsofa Platz. Sie halten sich an den Händen, schauen sich in die Augen, lachen und weinen. Dann schweigen sie. Das Schweigen dauert lange. Rilke hat es nicht anders erwartet. Er überreicht Benvenuta ein neues Gedicht. Dann verabschiedet man sich.

Die kommenden Tage sind durch Wohnungssuche bestimmt. Rilke benötigt ein Arbeitszimmer in Berlin. In einer Allee am Bismarckplatz wird es gefunden und auf den Namen Andersenzimmer getauft. Rilke liebt die Märchen des dänischen Schriftstellers mit ihren unerlösten Helden. Er ist nach Berlin gekommen, um Magda spielen zu hören. Im Klavierhaus Ibach wird ein Flügel bestellt und auf das Zimmer geliefert. Magda spielt ein Thema von Händel. Rilke ist bewegt: »Ist es möglich, soll mir deine Musik die Innenwelt neu ordnen, wie ich mir's oft geträumt habe?«[42] In diesem Moment scheint es so, als werde sich sein Leben ändern. Magda spielt eine Arie von Bach, ein kleines Lied von Schubert, eine Pastorale von Scarlatti. Dann schweigt der Flügel. Magda schließt die Augen. Sie spürt, wie Rilke leise hinter sie getreten ist, fühlt seine Hände auf ihrem Haar, sein heißes, mit Tränen überströmtes Gesicht an ihrer Wange. Beide schweigen. Auch draußen im stillen Garten fließen Tränen, und noch immer, als Rilke sie vor ihrer Haustür verabschiedet, Magdas Gesicht zärtlich in seine beiden Hände nimmt und sie küsst – auf die Stirn.

Magda gefällt Rilkes Zurückhaltung. Intuitiv spürt sie: Diesen Mann darf man nicht bedrängen. Sie weiß, dass er verheiratet und Vater einer Tochter ist. Magda kann sich Rilke weder als Vater noch als Liebhaber vorstellen, ist er doch wie ein Wesen aus einer anderen Welt, eher Engel als Mann. Es kommen ruhige Tage, in denen Rilke jenen kindlichen Humor wiederfindet, den die Frauen so sehr an ihm lieben. Magda bittet ihn, sein Buch »Cornet« für sie zu signieren. Rilke willigt ein. Anschließend wolle er noch ein wenig mit ihr spazieren gehen. Aber es regne doch! Rilke schaut aus dem Fenster und lacht: »Nein, nein, es regnet nicht mehr, schau doch hinunter, ein Hund geht ohne Schirm!«[43] Es ist eine Zeit, wo Hunde noch selbstständig sein dürfen. Man lässt sie zum Gassigehen vor die Tür. Benvenuta blickt hinunter. Auf der noch feuchten Straße trabt ein kleiner grauer Mops, strebt würdevoll dem Vorgarten des gegenüberliegenden Hauses zu und hebt sein rechtes Hinterbein. Rilke notiert in den »Cornet«: »Ein Hund geht ohne Schirm.«[44] Benvenutas Herz bebt. Rilke ist in bester Stimmung, geradezu übermütig. So beschließen beide, eine gemeinsame Reise zu unternehmen.

Die Heiterkeit hält an – bis Innsbruck. Dort erfolgt ein Wetterumschwung. Der Föhn macht die Luft schwer, das Tageslicht ist überhell. Die beiden fliehen nach Hall. Auch hier herrscht eine schwüle Atmosphäre. Rilke verschlägt sie den Atem. Magda schaut ihn erschrocken an. So erschöpft, so elend und bleich hat sie ihn noch nie erlebt. Zurückgekehrt ins Hotelzimmer legt sich Rilke angekleidet auf den Diwan und schließt die Augen. Sein Gesicht ist aschfahl, die Stirne qualvoll verzerrt. Magda glaubt einen Sterbenden vor sich zu sehen. Rilke stöhnt: »Ah, Dieu, merci!«[45] Magda will einen Arzt holen. Rilke wehrt ab. Er kenne diese Zustände, was ihm fehle, sei ein kaltes Tuch auf der Stirn, Eis und Baldriantropfen. Magda hält seine Hand, stundenlang. Irgendwann schläft Rilke ein.

Er hatte sich zu viel vorgenommen, seine Nerven überspannt und einen Schwächeanfall erlitten. Eigentlich möchte er wieder in seine Einsamkeit zurückkehren, aber dies traut er sich Magda nicht zu sagen. In Innsbruck will er nicht bleiben, nach Berlin nicht zurückkehren. Wohin gehen? Rilke bietet Magda an, mit ihm nach Paris zu reisen. Dort mietet sie sich ein Zimmer. Er kehrt in seine Wohnung zurück. So glaubt er eine Liebe auf Distanz führen zu können.

Tatsächlich folgen beschwingte Tage. Hand in Hand schlendern sie durch Paris. Einmal ergreift Magda eine Vorahnung, dass Rilke etwas Besonderes plane. Sie schließt beim Spazierengehen die Augen und lässt sich führen, bis Rilke innehält. Sie sind angekommen. Rilke zeigt Benvenuta seine Pariser Wohnung: Rodins Schreibtisch, das Arbeitspult, die grünverhangene Lampe, das eingerahmte Wappen der Rilkes, das verblichene Jugendbildnis seines Vaters, das kleine russische Christusbild aus Silber. Dann legt Rilke den Arm um Benvenutas Schulter und führt sie zum Fenster. Ruhe ist wieder in seine Seele gekehrt. Er fühlt sich geborgen, wie einst an der Seite seiner Mutter. Er denkt an die Darstellung der Maria mit dem Jesuskind. Dann schlägt er jenen innigen Ton an, mit dem er in seinen Weihnachtsbriefen die Nähe zu seiner Mutter beschwört:

»Fühlst du, wie ich nun lebe, in dir lebe, ein neues Leben des Geistes lebe in deinem wunderbaren Gekommensein, schon geborgen in dir? Du wirst, du musst nicht anders können, Benvenuta, als diese reine Erhebung meines Gemütes zu dir, diese Andacht meiner Natur zu fühlen, wo du auch seist.«[46]

Die Tage fließen dahin in Heiterkeit und Entspannung. Man besucht den Jardin du Luxembourg, den Park von Versailles. Rilkes Augen leuchten. Vergessen ist alles Schwere. Magda hat einen Kosenamen für ihren Dichter gefunden: Fra Angelico, Bruder Engel. Rilke erzählt von Duino. Dorthin müssten sie einmal gemeinsam fahren! Die beiden kehren in Rilkes Wohnung zurück. Es wird Abend, Zeit, ein Restaurant zu besuchen. Rilke isst immer außer Haus. Doch dieses Mal wünscht er die Wohnung nicht mehr zu verlassen, um die romantische Stimmung zu halten. So steigt Benvenuta die Treppen hinab und besorgt alles Nötige. Rilke brüht sogar selbst Kräutertee auf. Nach dem Essen erhebt er sich und liest am Pult stehend seine Übersetzungen der Sonette Michelangelos. Zum Abschied schenkt er Benvenuta Goethes Briefwechsel mit Bettina von Arnim. So könnte es bleiben. Doch dann kommt es zu einer Begegnung mit Marthe in der Oper und einer Rückkehr der Schuldgefühle. Nach dem gemeinsamen Besuch eines orthodoxen Gottesdienstes bricht Rilke in Tränen aus. Magda erinnert das bleiche Gesicht an die Nacht von Innsbruck. Mit fieberglänzenden Augen und heißerer Stimme flüstert Rilke wie in Todesangst: »Benvenuta, lass mich nicht allein!«[47] Da ist die Mutter wieder unsichtbar anwesend, die Zeit im Internat und das Gefühl, für immer verlassen worden zu sein.

In Momenten wie diesem fragt sich Benvenuta, ob ihre Beziehung eine Zukunft haben werde. Rilke klagt erneut über seine schwindende Arbeitskraft und macht ihr im nächsten Moment einen Heiratsantrag. Er küsst ihre Hände. Er weint. Sie wird totenbleich. Er bittet sie, jetzt nicht zu sprechen, sondern nur in der Stille ihres Herzens zu bedenken, was sie von Ewigkeit her tun müsse. Sie solle auch wissen, dass er Gott täglich bitte, sie einmal so lieben zu dürfen, dass es ihr wohltäte. Später, als sich Rilkes überschwängliche Gefühle wieder beruhigt haben, fragt sich Benvenuta:

»Liebe ich ihn denn, wie eine Frau einen Mann liebt, den einen, dem sie ihr Leben lang angehören will – liebe ich ihn so, dass ich die Mutter seiner Kinder sein möchte? Und da

muss ich mir sagen, nein. Er ist für mich die Gottesstimme, die unsterbliche Seele, Fra Angelico, alles überirdisch Gute, Hohe und Heilige – aber kein Mensch!«[48]

Wer ist in Situationen wie dieser ganz ehrlich gegenüber sich selbst? Neben der Überhöhung Rilkes steht eine andere Wirklichkeit: Rilke ist verheiratet und hat ein Kind! Die Fürstin hat inzwischen eine Einladung für beide nach Duino ausgesprochen. Erst ist Rilke begeistert, dann verzweifelt. Er befürchtet, der Zusammenbruch von Innsbruck könne sich wiederholen, noch mehr aber, der Ort der Inspiration könne für ihn und die weitere Arbeit an den Elegien seine Aura verlieren. Da wird Benvenuta laut und zornig. Wie ein Kind, das sich in seine eigene Gefühlswelt verstrickt hat, so sei Rilke gefangen in sich selbst. Ein klares Wort hilft zuweilen. Benvenutas Aufschrei beruhigt Rilke. Dankbar sagt er unter Tränen:

»*Benvenuta, liebes, liebes Herz – bist du nicht in Wahrheit meine jungfräuliche Mutter, mein Kind, mein liebes, liebes Mädchen? Du, mit deinem goldenen Panzer, an dem alles Unechte und Verdorbene zerschellen muß! Siehst du denn nicht, dass der Sprung doch heilbar ist, sobald deine segensreiche Hand mich anrührt? Du Sinnbild alles hellen Lebens!*«[49]

Über Genf, Mailand und Venedig fahren sie mit dem Nachtexpress nach Monfalcone, wo sie der Wagen der Fürstin abholt und auf das Schloss bringt. Im weißen Saal steht der große Bösendorfer Flügel, an dem einst Franz Liszt gesessen hat. Hier spielt Magda die Sonate 109 von Beethoven. Anschließend tritt die Fürstin auf sie zu und umarmt sie. Magda küsst dankbar ihre Hand. Sie glaubt, sie sei angekommen und aufgenommen. Die Tage fließen in kreativem Müßiggang dahin. Rilke liest Hölderlin, Magda spielt Klavier. Die Fürstin lässt wieder das Triestiner Streichquartett auf das Schloss kommen, der Flügel wird auf die Terrasse gerollt und unter einem Dach blühender Rosen und Glyzinien aufgestellt. Begleitet vom Gesang der Vögel wird musiziert. Ein leichter Wind fährt durch die Zweige und streut Rosenblätter auf den Flügel. Rilke wird ruhig. Zu ruhig findet die Fürstin, denn er arbeitet nicht mehr. Dann kommt der Tag, an dem sie ein offenes Wort mit Magda spricht.

Gemeinsam waren sie von Duino nach Venedig gefahren und wohnten im Palazzo Valmarana. Zuerst fragt sie Magda nach ihren Zukunftsplänen. Die Pianistin erzählt von Konzerten in Hamburg, Leipzig, Königsberg, Riga und Warschau. Unwillig und ernst schaut die Fürstin sie an: Dieses Konzertleben mit Agenten und Managern sei nur Flucht vor der wahren Berufung. Magda stutzt. Ihre Bestimmung werde sich nur in der Liebe vollkommen entfalten, sagt die Fürstin. Sie brauche einen Mann, in dessen Liebe sie ruhen und wachsen könne, einen Menschen, der sie ins Licht und nicht in den Schmerz mit sich nehme. Nun weiß Magda, dass die Fürstin von Rilke spricht. Sie geht in die Knie und legt ihren Kopf in den Schoß der Fürstin. »Ich glaube es Ihnen, dass es entsetzlich schwer ist für Sie«, sagt die Fürstin, »aber er kann es nicht. Sie müssen das einsehen. Er will es können, mit sehnsuchtsvoll glühendem Herzen, das ist's ja, was ihn nur noch unglücklicher macht.«[50] Und wenn sie Rilke trotzdem liebe und bei ihm bliebe, fragt Magda. Da reagiert die Fürstin resolut und verbietet jeden weiteren Kontakt:

»Nein, Sie werden es nicht tun, Sie dürfen gar nicht, denn Sie würden Ihr eigenes Leben zerstören und ihm doch nicht helfen können. Seine Aufgabe ist es, allein zu sein, sein Opfer ist der Schmerz. Der reißt ihn hoch zu neuen großen schöpferischen Aufgaben, glauben Sie mir! Ihre Bestimmung aber ist das Licht, verstehen Sie mich?«[51]

Dann kommt der Moment des Abschieds von Rilke. Zum ersten und letzten Mal küssen sie sich. Rilke sagt: »Trotzdem ist alles gut, war ich doch zutiefst in deiner Seele, in deinem Herzen, wie das Kind in der Mutter.«[52] Am Ende ihrer Kräfte angekommen, fährt Magda zu ihrer Schwester nach Bozen und fällt in einen komaähnlichen Schlaf. Drei Nächte und zwei Tage. In München, Ende Oktober 1914, wird sie Rilke noch einmal sehen. Sie spazieren durch den Englischen Garten, sitzen auf einer Bank und schauen den Kindern und Hunden zu. Da verbeißt sich ein Rudel Hunde ineinander. Ein kleiner Foxterrier wird überrannt, fällt in ein Brunnenbassin und bleibt mit den Vorderbeinen im Abflussgitter hängen. Er jault. Rilke aber springt ins Wasser und rettet den Hund.

Einst hatte Rilke durch die Begegnung mit den Skulpturen Rodins eine neue Ausrichtung bekommen. Diese Auferstehung glaubte er durch Magdas Musik wiederholen zu können. Diese Hoffnung zerschlägt sich. Nun wendet er sich einer neuen Muse zu. Der Fürstin aber geht Magda von Hattingberg nicht aus dem Sinn. Sie sei daran schuld, dass der letzte Aufenthalt auf Duino so unglücklich für Rilke verlaufen sei. Rilke verteidigt Magda. Er habe die falschen Signale ausgesendet:

> *»Ich möchte helfen und erwarte, dass mir geholfen wird, das ist der unausschöpfliche Irrtum, daß die Menschen mich für einen Helfer halten, während ich sie doch geradezu in die Falle meiner Scheinhülfe hereinlocke, um dabei Abhülfe für mich herauszuschlagen.«*[53]

Nun erhebt die Fürstin die Stimme der Wahrheit und Wahrhaftigkeit. In dichten Zeilen bringt sie die Berufung und Aufgabe des Dichters auf den Punkt:

»Aber Dottor Serafico! Jeder Mensch ist einsam, und muß es bleiben und muß es aushalten und darf nicht nachgeben und muß die Hilfe nicht in andern Menschen suchen, sondern in dem geheimnisvollen Walten, das wir in uns fühlen, ohne es zu kennen oder zu verstehen. Und wer fühlt es so wie Sie, Sie Gottbegnadeter, Sie Undankbarer! Und was brauchen Sie immerfort dumme Gänse retten zu wollen, die sich selbst retten sollen (...). Es kommt mir vor, Dottor Serafico, daß der selige Don Juan ein Waisenknabe neben Ihnen war. – Und Sie tun sich immer solche Trauerweiden aussuchen, die aber gar nicht so traurig sind in Wirklichkeit, glauben Sie mir – Sie, Sie selbst spiegeln sich in allen diesen Augen.«[54]

Nach dieser Zurechtweisung richtet die Fürstin den Blick auf die Elegien. Der Dichter wollte auf Duino in den herrlichen Gesang der Himmelskinder einstimmen. »Jubel und Ruhm aufsingen zustimmenden Engeln.« Dies sei der Weg und das Gebot der Stunde. Alle Schatten würden vergehen, nur eines bleibe ewig bestehen – die Freude!

»Ja, Dottor Serafico, glauben Sie es einer Frau, die weiß Gott ein hartes Leben gehabt hat. Es gibt ein Gefühl des exstatischen Jubels, der über unsere Menschlichkeit schwebt und uns ruft. Hören Sie diese Stimme – lauter für Sie – trotz allem – als für alle anderen. Und nicht die klagenden Unken – welche dann ganz vergnügt in ihrem Tümpel herum schwimmen werden!«[55]

Rilke ist Argumenten der Vernunft durchaus zugänglich. Doch lebt er aus dem Mysterium der Begegnung und das ist zuweilen wider alle Vernunft. Eine neue Unbekannte ist bereit, in sein Leben zu treten.

Loulou Albert-Lasard, Regina Ullmann, Elya Maria Nevar – Abenteuer der Seele

Loulou Albert-Lasard: *»Dass du endlich gekommen bist!«*

Inzwischen hat sich die Weltlage grundlegend verändert. Der Krieg, von dem die Fürstin in den letzten zwei Jahren immer wieder gesprochen hatte, ist ausgebrochen. Damit ist für Rilke eine Rückkehr in seine Pariser Wohnung ausgeschlossen. Vor ihm liegt ein Jahrzehnt voller Krisen. In Rilkes Leben scheint nichts mehr zu stimmen. Seine Mutter hält er auf Distanz, mit der Beziehungslosigkeit zu Clara und Ruth kann er leben, nicht aber mit der Angst, er habe sich ausgeschrieben. Auf Schloss Duino hatte er eine großartige Inspiration erfahren. Die Vollendung der »Duineser Elegien« war ihm jedoch nicht gegeben worden. Vor ihm lag ein Torso von Versen, der sich durch reine Kraft des Willens nicht zu einem Ganzen fügen ließ. In seinem berühmten Gedicht »Archaïscher Torso Apollos« (1908) beschreibt Rilke die Wirkung eines Kunstwerkes, das nur noch als Bruchstück vor die Augen des Betrachters tritt. Das Fragment enthält eine eindringliche Mahnung: »Du musst dein Leben ändern.«[1] Genau das wird Rilke nicht tun. Deshalb wird sein Verharren im Warteraum der Zukunft für ihn und alle Frauen, die seine Lebensbahn kreuzen, zur Qual.

Rilke flüchtet sich in ausgedehnte Briefwechsel und neue Bekanntschaften. Viele jener Frauen, denen er begegnen wird, haben später über ihre Freundschaft zu Rilke berichtet. Wer diese Erinnerungen heute liest, wird mit unendlichen Wiederholungen konfrontiert. Sie werfen kein gutes Licht auf den Menschen Rilke. Es ist immer das gleiche Muster, in das sich Rilke und seine Frauen verstricken. Rilkes Liebesgedichte mag man großartig finden. Sein Lieben ist es nicht. Und dauerhafte und verbindliche Freundschaften geht Rilke nur zu mütterlichen Frauen ein, von denen er sich eine Förderung seines Werkes verspricht. Deshalb halten die Beziehungen zur Fürstin Marie von Thurn und Taxis, zu Katharina Kippenberg oder Nanny Wunderly-Volkart.

Nachdem die Fürstin ein Machtwort gesprochen hat, reist Rilke nach München und begibt sich in Behandlung bei Dr. med. Wilhelm Franz Schenk Freiherr von Stauffenberg . Der Psychiater kennt die Angst seines Patienten vor der Analyse. Oft genug hat ihm Rilke die bekannten Geschichten aus seiner Kindheit erzählt. Beide wissen, dass hier nicht der Kern seines Problems liegt. Rilke hat sich in einen Kokon der Erinnerungen eingesponnen, aus dem er nicht erlöst werden will. Der einfühlsame Dr. Stauffenberg respektiert diese Abwehr, sieht zugleich, dass sein Patient Abstand von allem braucht. Eine für Rilke akzeptable Diagnose ist schnell gefunden und verdrängt das eigentliche Problem.

Dr. Stauffenberg entdeckt einen kleinen Schatten auf der Lunge, völlig harmlos, wie er Rilke versichert. Aber jene Auffälligkeit liefert einen Grund, in die klare Höhenluft des Engadins zu reisen. Hier oben in Sils Maria hatte Friedrich Nietzsche den Übermenschen erfunden und Lou Andreas-Salomé einen Heiratsantrag gemacht. Für Rilke, so stellt sich bald heraus, ist eine Reise in die Schweiz wegen des Krieges nicht möglich. So fährt er am 24. August 1914 ins bayerische Irschenhausen. Drei Wochen wohnt er in der Pension »Landhaus Schönblick«. Dann lässt er seine Koffer packen und nimmt eine letzte Mahlzeit ein. Bei Tisch erzählt er von

Russland und Tolstoi, offenbar inspiriert durch eine Frau, die soeben in der Pension eingetroffen ist. Sie wiederum hält Rilke wegen seines kleinen Vortrags für einen Russen und wundert sich zugleich, wie dieser nach Deutschland einreisen durfte, da doch Krieg herrscht. Als sie ihre Hand hebt, um nach der Wasserkaraffe zu greifen, kommt Rilke ihr chevaleresk zuvor, nimmt das Gefäß, schaut der Dame gebannt in die Augen und gießt das Wasser neben ihr Glas auf den Teller.

»Gnädiges Fräulein, ich habe Sie doch in Paris gesehen.«
»Das kann sein – dann sind Sie – Rilke?«
»Woher wissen Sie das?«
»Ich weiß es nicht, sind Sie's?«
»Ach, wie konnten Sie es wissen?«
»Ich weiß nicht.« [2]

Die Mahlzeit ist beendet. Die Gäste erheben sich. Man verabschiedet Rilke. Er aber sagt:

»Nein, ich reise nicht. Man soll mein Gepäck wieder heraufbringen.« [3]

Loulou Albert-Lasard – verschiedentlich auch Lou oder Lulu genannt – zieht sich unterdessen auf die Terrasse des Hauses zurück. Sie hat eine aufregende Zeit hinter sich. Als Tochter des vermögenden jüdischen Bankiers Leopold Lasard wurde sie 1885 in Metz geboren. Bis 1919 gehörte diese Stadt zum Deutschen Reich. In München hatte sie Kunst studiert und 1909 den wesentlich älteren Unternehmer Eugene Albert geheiratet. Albert war der Sohn des berühmten Hoffotografen am bayerischen Königshaus, Joseph Albert. Vater und Sohn waren als Unternehmer und Erfinder tätig. Eugene Albert entwickelte reproduktionstechnische Verfahren in der Fotografie und verdiente damit ein Vermögen, das den gewohnt hohen Lebensstandard seiner jungen Frau sicherte. Gemeinsam haben sie eine dreijährige Tochter, die Loulou Albert-Lasard von Verwandten erziehen lässt.

Denn Loulou liebt die Unabhängigkeit. Bei Kriegsausbruch wohnt sie in einer der berühmten Künstlerkolonien der Bretagne, wo auch bereits Émile Bernard, Paul Sérusier und Paul Gauguin Inspiration fanden. Nun sucht sie Erholung in Irschenhausen. Wie viele Frauen ihrer Zeit kennt sie zentrale Gedichte von Rilke auswendig. Dass sie dem Dichter im Isartal begegnet, irritiert sie zunächst. Auch sie braucht Abstand zu ihrem alten Leben und hat kein Bedürfnis nach neuen Abenteuern, zumal ihr Ehemann signalisiert, dass die veränderte Weltlage und seine Kapitalreserven ihr altes Leben als freie Künstlerin und Porträtmalerin ohne nennenswerte Einkünfte nicht mehr zulassen. Nach dem Essen sucht Loulou die Stille auf der Terrasse. Dann kommt Rilke, und der Dialog wird fortgesetzt.

»Ich bin so glücklich, in diesem Augenblick jemanden aus Paris zu treffen. Darf ich mich zu Ihnen setzen, um mit Ihnen zu sprechen?«
»Nein, ich kann mit niemandem mehr reden.«
»Darf ich mich zu Ihnen setzen – ohne zu reden?«
»Ja.«[4]

Loulou Albert-Lasard weiß genau, warum sie Rilkes Gegenwart abwehrt. Seine Ausstrahlung beschreibt sie in ihrem Erinnerungsbuch »Wege mit Rilke« (1952) mit einer Metapher für den weiblichen Orgasmus: »Rilke, Rilke, Rilke – Welle über Welle.«[5] Rilke ist stark im Schweigen, und er kann warten. Überhaupt ist er im Umgang mit Frauen ein Meister der Verzögerung. Drei Tage hält er sich zurück. Dann erzählt er die bekannten Geschichten aus Kindheit und Jugendzeit, klagt über seine Einsamkeit, sein In-sich-Gefangensein. Niemand habe ihn jemals verstanden. Rilkes Erzählungen aus seinem Leben haben stets das gleiche Gefälle. Alles Vergangene laufe auf die Gegenwart zu. Hier und heute erfülle sich sein Schicksal. Alles Leiden in der Vergangenheit bekomme nun einen Sinn. Denn jetzt sei die Erlösung da:

> *»Dass du endlich gekommen bist! Welch geheimnisvolle Strategie habe ich angewandt. Und nun ist geschehen, was geschehen musste! Bin ich nicht von jeher auf dich zugegangen?«*[6]

Rilke widmet Loulou Albert-Lasard ein erstes Liebesgedicht. Weitere werden folgen. Lulu, wie Rilke sie nennt, öffnet die Türen ihres Herzens und schenkt Rilke Einblick in die Geschichte ihres Lebens. Einsame Kindheit und Jugendzeit; wenig Verständnis bei den Eltern; ein Ehemann, der ihr Vater sein könnte, der ihr bisher zwar Freiheit und Geld ohne Begrenzung schenkt, ihr Künstlertum aber als Spielerei ansicht; energische Versuche der Selbstbehauptung als Malerin; dann der Krieg und das niederschmetternde Urteil ihres Mannes:

> *»Mein armes Kind, die Zeit gehört nicht der Kunst, es ist kein Platz in der Welt für besondere Nummern wie dich.«*[7]

Die unverhoffte Begegnung in Irschenhausen schenkt beiden Künstlern neue Hoffnung auf einen kreativen Schub. Rilke und Loulou beschließen nach Schwabing zu ziehen. Hier hat die Malerin ein Atelier gemietet. In der »Pension Pfanner« beziehen sie eine ganze Etage mit genügend Zimmern, die Nähe und Distanz zugleich ermöglichen. Frei wie ein Vogel fühle er sich nun, glaubt Rilke:

»Wie die Vögel, welche an den großen
Glocken wohnen in den Glockenstühlen,
plötzlich von erdröhnenden Gefühlen
in die Morgenluft gestoßen
und verdrängt in ihre Flüge
Namenszüge
ihrer schönen
Schrecken um die Türme schreiben:
Können wir bei diesen Tönen
nicht in unsern Herzen bleiben --«[8]

Loulou kennt die Pension in der Finkenstraße 2 aus ihrer Brautzeit. Hier wohnte sie während ihres Studiums und hier hat sie die ersten Liebesnächte mit ihrem späteren Ehemann gefeiert. Rilke fährt nach München voraus und lässt den Einzug vorbereiten. Dann holt er Loulou vom Hauptbahnhof ab. Der Wagen ist mit Blumen geschmückt, die kleinen Zimmer sind voller Blumenarrangements. Loulou ist entflammt wie die Zyklamen im böhmischen Glas. Dann zitiert sie seine Gedichte aus dem Gedächtnis. Rilke ist entzückt. Überwältigt sagt er: »Wozu ist man denn gedruckt, wenn man so aufbewahrt ist!«[9]

Das Leben in der Schwabinger Pension ist für kurze Zeit frei von Erdenschwere. Rilke rezitiert seine Gedichte. Oft ist er vom Pathos und der Erotik seiner Worte so ergriffen, dass er auf die Knie fällt. Diese Geste ist mit der Mutter immer wieder eingeübt worden. Sie hat im religiösen Ritus ihren Ursprung. Beim Besuch der Kirche, während des Abendmahles und beim Abendgebet gehen Mutter und Sohn auf die Knie. Auch gegenüber hohen Geistlichen und Adeligen ist der Kniefall noch zu Anfang des 20. Jahrhunderts gebräuchlich. Rilke hat diese Gesten der Hingabe vollkommen verinnerlicht. Loulou empfindet es daher als glaubwürdig, wenn Rilke wie ein Liebhaber auf der Bühne vor ihr kniet:

»Nie sah ich einen Mann sich mit solcher Natürlichkeit auf die Knie werfen, ohne dabei lächerlich zu erscheinen; es war ein Bedürfnis seiner Natur.«[10]

Nach einigen glücklich miteinander verbrachten Wochen sucht Loulou die Aussprache mit ihrem Mann. Sie klärt ihn über den jungen Dichter an ihrer Seite auf. Eugene Albert gibt sich generös, lädt Rilke sogar zum vegetarischen Essen ein. Das Einzige, was seiner Meinung nach gegen den guten Geschmack verstoße und keinen Stil habe, sei die Wahl der Wohnung. Muss Loulou ausgerechnet an jenem Ort mit Rilke zusammenarbeiten, wo sie ihre ersten sexuellen Erfahrungen mit ihrem Ehemann gemacht hatte? Eugene Albert schätzt den Dichter auf seine Weise. Für ihn ist das Männchen mit der Schuhgröße 38 ein harmloser Verbalerotiker. Ein Blick auf den 20 Jahre jüngeren Rilke zeigt dem erfahrenen Geschäftsmann: Dies ist kein Liebhaber, sondern ein Knabe. Dann ist Eugene Albert aber doch sprachlos, als Rilke mit der Dreistigkeit eines verwöhnten Kindes ausgerechnet ihn um finanzielle Unterstützung bittet. Er brauche einen Mäzen, erklärt Rilke:

»In dieser äußerlich sich zerstörenden Zeit ist es für mich von ungeheurer Wichtigkeit, zusammen mit der Freundin in der Arbeit bleiben zu können, zu welcher wir einander helfen und uns gegenseitig bestärken. Ich weiß, dass meine Bitte ungewöhnlich ist, aber ich weiß auch von Loulou, dass sie sich an jemand Ungewöhnlichen wendet; wenn auch ihre Liebe zu Ihnen eine kindliche ist, so ist sie doch so beschaffen, als ob man Gott zum Vater nähme. Wir legen darum voller Vertrauen alle Entscheidungen in Ihre Hände.«[11]

Dem Empfänger des Briefes verschlägt es den Atem. Wird er von diesem jungen Mann auf den Arm genommen? Ist Rilke noch bei Sinnen? Eugene Albert kann das religiöse Pathos der Niederwerfung nur lächerlich finden. Er will weder Gott noch gütiger Vater für dieses Bürschchen sein. Jetzt spielt er nur noch unter Mühen den generösen, reifen Ehemann. Er kennt seine junge Frau. Auch sie spürt die Berufung zum Künstlertum, jene unmittelbare Stimme, der sie glaubt, Gehorsam schulden zu müssen. Eugene Albert will seine Frau nicht verlieren. Doch mit Gewalt ist hier nichts zu erreichen. Er setzt also auf die Zeit und auf Rilkes Unrast, die ihn schon bald seiner Wege ziehen lassen werde. Da täuscht er sich.

Loulou und Rilke führen ein Künstlerleben, das ernsthafter und verbindlicher wird, je besser sie einander kennenlernen. Loulou wird eine der bedeutendsten Freundinnen Rilkes, weil sie bei aller Nähe zugleich Distanz wahren kann. Auch lernt sie schnell, Rilkes Liebeswerben, selbst wenn es auf Knien vorgetragen wird, nicht allzu wörtlich und schon gar nicht persönlich zu nehmen. Rilke kann sehr schöne Worte machen und sie noch eindrucksvoller vortragen. Aber das Kleid seiner erotischen Sprache passt auf viele Frauenkörper. Darin beruht zum großen Teil der Erfolg seiner Dichtung. Ein Wort der Liebe, von Rilke gedichtet, findet ein warmes Nest in vielen Frauenherzen. Je objektiver Loulou Rilke sehen lernt, desto mehr wird sie ihm gerecht. Die Wirkung seiner Worte auf Frauen beschreibt sie treffend:

> *»Es bedurfte, um berauscht zu sein, nicht erst dieser leuchtenden und seltsamen Worte, dieser entzückten Namen, mit denen er einen überflutete, die er wie einen flimmernden Regen über einen sprühte. Man fühlte sich wie bekleidet von den wundersamen Worten seiner Begeisterung; es waren Gewänder, welche man mehr oder weniger gut trug. Ich fühlte mich nicht immer wohl darin. Waren sie wirklich für mich? Hatten ähnliche nicht schon gedient, waren sie*

nicht vielleicht noch voller Echo einer kürzlich verhallten Liebe? (...) Aber ich will, ich kann seine im Moment vollkommene Aufrichtigkeit nicht in Frage stellen, seine absolute Gegenwärtigkeit im Erlebnis. Wie oft sagte er doch: ›Fühlst du nicht, daß ein Wunder wie das unsere, eine Freude wie die unsere, nur einmal im Leben geschehen können, nur ein einziges Mal!‹«[12]

Don Juan sei im Vergleich zu Rainer Maria Rilke ein Waisenknabe gewesen, hatte die Fürstin einmal gescherzt. Rilkes Liebeswerben zielt nicht auf die körperliche Vereinigung. Er ist ein »Abenteurer der Seele«, erkennt Loulou Albert-Lasard. Auch sie erlebt sämtliche Phasen von Rilkes Werben bis zum Rückzug: »Immer von neuem musste er suchen, sich Bindungen zu entziehen, die er selbst mit so viel Feuer und Hingabe geknüpft hatte.«[13] Loulou Albert-Lasard kennt Rilkes literarische Beschäftigung mit dem Thema des Verführers. In der Sammlung »Neue Gedichte« finden sich zwei Texte aus dem Jahr 1907, »Don Juans Kindheit« und »Don Juans Auswahl«. In dem zweiten Gedicht heißt es über den Frauenverführer:

»Und der Engel trat ihn an: Bereite
dich mir ganz. Und da ist mein Gebot.
Denn daß einer jene überschreite,
die die Süßesten an ihrer Seite
bitter machen, tut mir not.
Zwar auch du kannst wenig besser lieben,
(unterbrich mich nicht: du irrst),
doch du glühest, und es steht geschrieben,
daß du viele führen wirst
zu der Einsamkeit, die diesen
tiefen Eingang hat. Lass ein
die, die ich dir zugewiesen,

daß sie wachsend Heloïsen
überstehn und überschrein.«[14]

Regina Ullmann
»Wollen wir nicht einiges miteinander lesen?«

Frauen, die Rilke finanziell unterstützen, sind mit betuchten Männern verheiratet. Nichts liegt also für Rilke näher, als sich mit ihnen gut zu stellen. Beim Ehemann der Fürstin von Thurn und Taxis und ihren erwachsenen Söhnen ist ihm dies hervorragend gelungen. Der Versuch dagegen, Loulous Ehemann als Mäzen zu gewinnen, musste scheitern, weil hier nicht nur die fürsorgliche Liebe, sondern der Eros mächtig waltete. Ein unerwarteter Geldsegen aus Wien erübrigt glücklicherweise die weitere Suche nach einem neuen Mäzen. Durch die Vermittlung von Ludwig von Ficker werden Rilke 20 000 österreichische Kronen aus einer Schenkung des Philosophen Ludwig Wittgenstein zugesprochen. So können Loulou und Rilke ohne finanzielle Sorgen am Schwabinger Leben teilnehmen. Gemeinsam besuchen sie Veranstaltungen, die mehr zur Zerstreuung als zur Sammlung und Inspiration beitragen. Besonders angesprochen fühlt sich Rilke von den esoterischen Vorträgen Alfred Schulers.

Schuler könnte die männliche Version der Unbekannten sein, eine Gestalt, wie sie auf den alten Schlössern der Fürstin spukt. Der Mann mit der stilisierten magischen Aura hält sich selbst für die Reinkarnation eines alten Römers. Durch den orgiastischen Ritualtanz der Korybanten hatte er versucht, den wahnsinnigen Friedrich Nietzsche zu heilen. Das war eine spektakuläre Inszenierung gewesen, die den Philosophen und Künder von Gottes Tod zwar nicht heilte, Schulers Namen jedoch bekannt machte.

In Loulous Atelier empfängt man weniger exaltierte Besucher. Zu ihnen gehört die von Rilke geschätzte Schriftstellerin Regina Ullmann. 1911 trat sie im bayerischen Wallfahrtsort Altötting zum Katholizismus über. Regina Ullmann galt in ihrer Kindheit als hochsensibel und überdurchschnittlich intelligent. Dennoch wurde sie wegen einer sprachlichen Behinderung nicht eingeschult. Nun ist sie Mutter von zwei unehelichen Kindern: Gerda, deren Vater Hanns Dorn Mitherausgeber einer Frauenzeitschrift ist, und Camilla, Tochter des genialen, aber drogenabhängigen Psychoanalytikers Otto Gross. Beide Kinder werden in einem Pflegeheim untergebracht und unter Vormundschaft von Richard Graf Du Moulin-Eckart, Professor für Geschichte an der Technischen Hochschule München, gestellt.

Auch für Regina Ullmann wurde die Lektüre von Rilkes frühen Werken wie »Das Stunden-Buch«, »Das Buch der Bilder« und »Neue Gedichte« zu einem Schlüsselerlebnis. Sie las die Gedichte, als hätte Rilke seine Worte direkt an sie gerichtet. So fühlte sie eine geistliche Nähe zu ihm, ja eine Seelenverwandtschaft. Sie glaubte an eine höhere Fügung, meinte Rilkes Ruf aus der Ferne vernommen zu haben und war gewiss: Wenn es einen Menschen auf der Welt gäbe, der ihr Klarheit über ihre Berufung als Schriftstellerin schenken könne, so sei es dieser Mann. Deshalb schickte sie ihm ihr Erstlingswerk »Die Feldpredigt« (1907) mit der Bitte um Begutachtung und ein Geleitwort. Rilke antwortete postwendend, zeigte sich von der »Feldpredigt« begeistert und schrieb das gewünschte Vorwort.

Dann kommt es 1912 zu einer ersten persönlichen Begegnung. Rilke empfängt Regina Ullmann nicht in seiner Wohnung, sondern auf neutralem Boden im »Hotel Marienbad«. Beim Anblick des verehrten Dichters verschlägt es Regina Ullmann die Sprache. Auf seine Fragen kann sie nur mit »ja« oder »nein« antworten. Rilke gefällt diese Schüchternheit, und er begegnet ihr mit einfühlsamer Zuwendung. Rilkes Rituale der Begegnung mit jungen Künstlerinnen sind eingeübt. Bewährt hat sich die gemeinsame Lektüre. Daher sagt er:

> »*Wollen wir nicht einiges miteinander lesen, Regina Ullmann? Etwa Claudel? – Sie kennen ihn nicht? Ich glaube, Sie sollten es … wollen Sie nicht morgen um drei Uhr wiederkommen?*«
> »Ja.«[15]

In einem stillen Salon des Hotels treffen sie sich wieder. Rilke liest aus den Werken Paul Claudels. Regina Ullmann hört zu. Sie stellt keine Fragen. Sie kommentiert nichts. Rilke liebt schweigende Frauen, wenn er aus seinen oder fremden Werken vorträgt. Spontane Reaktionen auf seine Rezitation sind ihm zuwider. Seine Worte sollen in der Seele der Zuhörerin nachhallen, wie die Predigt eines Priesters in den Herzen der Gemeinde. Regina Ullmann ist die ideale Zuhörerin für diese Erwartungshaltung. Erst am Abend und allein auf ihrem Zimmer brechen sich ihre Gefühle und Gedanken Bahn. Dann schreibt sie Gedichte. Wie der junge Rilke einst seine Gedichte dem Deutschlehrer und dem Fürsten von Thurn und Taxis vorlegte, um ein Urteil zu erhalten, so überreicht Regina Ullmann Rilke zaghaft ihre ersten Versuche auf lyrischem Gebiet. Sie erzählt auch von Gedichten, die sie zerrissen habe, weil sie ihr wertlos schienen. Rilke liest und kommentiert die Selbstzweifel der jungen Autorin an der Qualität ihrer Gedichte:

> »*Vielleicht aber findet sich ein Vers darin, eine Zeile oder nur ein einziges Wort, welches Geltung hat, und schon kann es eine Forderung an uns enthalten. Um dieses einen Wortes willen steht es noch da, das missglückte Gedicht. Und*

wenn wir es einmal in einer gesegneten Stunde lesen, kann es wirklich das werden, was es uns einstmals versprach und damals nicht zu halten vermochte. Sie dürfen kein Gedicht mehr zerreißen, Regina.«[16]

Das Leben in der Gegenwart eines großen Geistes hat auch gefährliche Seiten. Das Vorbild erdrückt und lähmt die eigenen Kräfte oder es verleitet zur Nachahmung. Rilke ist ein Autor, der viele Nachahmer seiner Verskunst gefunden hat. Auch Regina Ullmann beginnt Rilkes Stil zu imitieren. Als sie eines Tages ihrem Meister ein neues Gedicht vorlegt, zeigt sich dieser nach dem ersten Blick auf das Blatt verstimmt. Unruhig promeniert er durch das Zimmer und sagt schließlich:

»Das ist ein armes Gedicht, Regina!«

Mit diesem Urteil hat sie nicht gerechnet. Im Gegenteil! Sie ist stolz, sich seinem Stil genähert zu haben.

»Das ist gut! Und dabei hab' ich's Ihnen doch nachmachen wollen!«
»Das hab' ich mir gedacht. Das hab' ich mir gedacht.«

Rilke wiederholt den Satz. Dies ist immer ein Zeichen seiner Nachdenklichkeit. Sein Gesicht wird noch trauriger. Er geht zum Papierkorb und fordert Regina auf, ihn anzuschauen. Dann zerreißt er das Gedicht in winzige Schnitzelchen und sagt:

»Tun Sie das nie wieder, verstehen Sie: Nie wieder.«[17]

Auch Rainer Maria Rilke hat Vorbilder, deren Rang er anerkennt, ohne sie imitieren zu wollen. Zu den zeitgenössischen deutschen Autoren, die er verehrt, gehört der Arzt und Schriftsteller Hans Carossa. Persönlich begegnet sind sich die beiden noch nicht. Das soll sich nach dem Willen Regina Ullmanns nun ändern. Sie hat ein Treffen in Loulous Atelier arrangiert. Für Rilke soll es eine Überraschung werden. Wie es der Zufall will, treffen sich beide Dichter vor dem Haus. Dem geübten Auge des Arztes entgeht Rilkes müder, erloschener Blick nicht. Carossa tritt auf Rilke zu und zieht den Hut. Rilke zuckt zusammen und macht eine ängstliche, abwehrende Bewegung. Carossa stellt sich vor. Rilkes Blick wandelt sich, wird knabenhaft vergnügt und sanft. Ihm sei, sagt Rilke mit einer seiner Lieblingsphrasen, als kenne er Carossa ein Leben lang. Loulou ist noch nicht anwesend, als die beiden das Atelier betreten. Terpentingeruch liegt in der Luft. Die Wände sind voll fertiger und unfertiger Bilder. Rilke schweigt. Carossa bittet ihn, etwas vorzulesen. Dieser zögert keinen Moment, zückt sein schwarzes Notizbuch und liest. Er liest unbewegt weiter, als ein dunkelgekleidetes Mädchen mit weißer Schürze das Atelier betritt und auf dem Parkett ausgleitet. Brett, Tassen, Löffel und Kanne fallen scheppernd auf den Boden. Rilke liest den Text zu Ende, die Dienerin räumt unterdessen auf.

Dann betreten Regina und Loulou das Atelier. Mit ihnen kommt die von Rilke eingeladene alte Freundin Lou Andreas-Salomé. Regina wickelt ein Bündel Sanddornzweige aus weißem Seidenpapier. Einige Beeren fallen ab und beflecken ihr Kleid. Während sie das Gewand reinigt, beginnt Regina von einem kranken Kind zu erzählen. Sie hatte es der Behandlung Hans Carossas zugeführt. Rilke ist wie elektrisiert und will alles über die Krankheit wissen, lässt sich jedes Detail erzählen und hört »so andächtig zu, als wären es Gedichte. Dabei wurde er immer ernster und stiller, und auf einmal, mit verlorenem Lächeln, erklärte er, das ärztliche Geschäft sei doch das klarste, schönste, behütetste von allen, er selbst habe in seiner Jugend Medizin studieren wollen und hoffe, es sei dafür noch nicht zu spät.«[18] Carossa hat in dieser Stunde einen neuen Patienten gewonnen. Dass Rilke ihn als Dichter außerordentlich schätzt, gibt er nun zu erkennen. Vor dem Abschied öffnet er einen Wandschrank, entnimmt ein Buch mit Carossas Gedichten, tritt ins Licht eines der Fenster und rezitiert aus dem Bändchen.

Rilke hat Lou Andreas-Salomé um ihr Kommen gebeten, denn Eugene Albert will die Scheidung einreichen. Alles werde sich klären, sagt Rilke zu Loulou, sie werde in der russischen Freundin eine Mutter finden. Lou reist mit ihrem neuen Hund an. Der kleine weiße Terrier hört auf den in Russland beliebten Hundenamen Druschók (»Freundchen«). Bei seinem Atelierbesuch schaut Hans Carossa mit Bewunderung auf die drei Frauen. Sie sind höchst unterschiedlich und verehren doch alle den einen Mann. Auch Loulou fragt sich, was Rilke und Lou miteinander verbinde. Aus ihrer Sicht ist die Freundin bereits eine alte Frau. Sie findet Lou zu verkopft, fast männlich, von lautem Wesen, durchdringendem Verstand. Äußerlich mache sie einen ungepflegten Eindruck. Lou trägt unweibliche Reformkleider, die grauen Säcken ähneln. Auch von Engeln scheint sie nichts zu verstehen. Nachdem Lou und Rilke München verlassen haben, gelingt es Loulou, Eugene Alberts Entschluss zur Scheidung bis zum Ende des Krieges zu vertagen. Dann reist sie Rilke hinterher.

Rilke braucht eine neue Bleibe. Da trifft es sich gut, dass er in Berlin die Bekanntschaft mit Milly Antonie von Friedländer-Fuld macht. Die Tochter eines angesehenen Amsterdamer Bankiers ist standesgemäß mit einem reichen jüdischen Kohlenmagnaten verheiratet. Ihre gemeinsame Tochter Marie-Anne hatte zu Beginn des Jahres Lord John Mitford geehelicht, lebte aber bereits vor dem Krieg getrennt von ihm. So stand ihre gemeinsame Wohnung in der Bendlerstraße leer. Rilke zieht im Dezember ein und kann hier mit Loulou das Weihnachtsfest 1914 begehen. Für die Malerin wird es der schönste Heilige Abend ihres Lebens.

Rilke ist ein Meister der Inszenierung, besonders der Vorfreude auf die Weihnachtsfeier. Schon bei ihrer Ankunft beschenkt er die Freundin mit einer blauen Glasschale, auf deren Grund ein Bronzedrache weiße, violette und goldene Orchideen hält. Unter dem Weihnachtsbaum entdeckt Loulou eine Ledertasche, in deren Verschluss aus reinem Gold »Weihnachten 1914« in Rilkes Schrift eingraviert worden ist. Ihren eigenen Namen findet sie in Gold geprägt auf dem schwarzen Ledereinband von Rilkes Manuskript »Über den jungen Dichter« (1913), aus dem er ihr unter dem Tannenbaum vorliest. Nach den Weihnachtstagen besuchen sie das Ägyptische Museum in Berlin, wo der erst vor kurzem entdeckte Kopf Amenophis' III. ausgestellt wird. Rilke überredet den zuständigen Konservator, den Kopf aus der Vitrine zu nehmen, damit Loulou ihn abzeichnen kann.

Der Stimmungsumschwung bleibt nicht aus, zumal Rilke eigentlich das Interesse an Ägypten verloren hat. Das großzügige Angebot der Fürstin, sie auf einer Ägyptenreise zu begleiten, hat er bereits abgelehnt. Für Ägypten begeistern sich seit den spektakulären Funden im Tal der Könige viele Menschen. Rilke aber wird in seinen Elegien nicht von den Königen der alten Welt sprechen, sondern vom »Töpfer am Nil« (IX. Elegie)[19]. So fährt Loulou allein in die Münchener Finkenstraße zurück.

Hertha Koenig
»Wächter am Picasso«

Unterdessen erneuert Rilke den Kontakt zu einer alten Freundin. Es ist die Schriftstellerin, Gutsbesitzerin und

Kunstsammlerin Hertha Koenig. Das große Vermögen der Familie stammte von dem Großvater Leopold Koenig, der in Russland das Zuckermonopol besaß. In Bonn erwarb er eine Villa, die nach dem Zweiten Weltkrieg unter dem Namen »Villa Hammerschmidt« Gäste der Bundesregierung beherbergte. Im Westfälischen besitzt Hertha Koenig das Gut Böckel, auf dem Rilke in den kommenden Jahren mehrfach wie ein Landbaron residieren wird. Zudem gehört der Familie in der Widenmayerstraße 32 eine Münchner Wohnung. Rilke plant hier den kommenden Sommer zu verbringen. Aber das weiß Hertha Koenig noch nicht.

Kennengelernt hatten sich Rilke und Hertha Koenig im Januar 1910 in der Villa des Verlegers Samuel Fischer. Im Berliner Grunewald wurde gefeiert. Hertha tanzte Wiener Walzer mit Hugo von Hofmannsthal. Lovis Corinth stand mit dicker Zigarre vor einem van Gogh und pustete den Qualm auf das Bild. Rilke war mit seiner Frau Clara gekommen, ertrug aber weder Walzerklänge noch Tabakrauch und zog sich in die Stille eines abgelegenen Zimmers zurück. Zudem gab es zwischen den Eheleuten erneute Unstimmigkeiten. Die Gattin des Verlegers machte Hertha mit dem Ehepaar Rilke bekannt.

Drei Jahre später kommt es zu einer weiteren Begegnung. Rilkes ärztlicher Berater von blauem Geblüt, Privatdozent Wilhelm Schenk von Stauffenberg, hat ihm von verschiedenen Bildern Picassos aus dem Besitz von Hertha Koenig erzählt. Dies veranlasst den Dichter, die Gutsbesitzerin auf ein Gemälde aufmerksam zu machen, das in der Münchner Galerie »Thannhauser« ausgestellt ist. Es heißt »Die Gaukler« (»La Famille des Saltimbanques«). Dargestellt ist eine Familie von sechs Zirkusartisten. Rilke identifiziert sich sofort mit diesem fahrenden Volk. Er hält das 1905 entstandene Gemälde für eines der bedeutendsten Werke der Moderne. Picassos Bilder fänden große Beachtung, sagt Rilke.

Ihr Wert steige rapide, daher müsse man rasch zugreifen, bevor der Markt die Preise ins Astronomische treibe. Hertha Koenig zögert nicht lange, erwirbt das Bild und lässt die gesamte Wohnung in der Widenmayerstraße umgestalten, damit »Die Gaukler« in einem angemessenen Rahmen zur Geltung kommen.

Rilke kann stundenlang in stiller Betrachtung versunken vor einem Gemälde sitzen wie russische Mütterchen vor einer Ikone. In der Münchner Wohnung meditiert er an Herthas Seite vor dem Picasso. Sitzend und schauend verwandelt sich der Raum in eine moderne Privatkapelle. Immer wieder entdecken beide ein neues Detail und verständigen sich flüsternd darüber. Zu den ersten Gästen in Herthas Privatmuseum gehört Regina Ullmann. Rilke fasst sie an der Hand und führt sie wie ein Kind vor das Bild. Ullmann trägt ein altmodisches Sommerkleid und einen großen Hut. Eine Schäferin, denkt Hertha Koenig, wie aus dem Bild entsprungen und scheu wie ein Reh. Der Sommer 1915 kommt. Hertha wird ihn auf ihrem Gut verbringen. Rilke bittet als »Wächter am Picasso«[20] in die Münchner Wohnung einziehen zu dürfen, gemeinsam mit seiner Haushälterin, Fräulein Arnold. Er ist überzeugt, dass ihn der Picasso zur Wiederaufnahme der Arbeit an den Elegien inspirieren werde. Allerdings, so fügt er hinzu, falls einer der Nachbarn Klavier spiele, sei der Aufenthalt ausgeschlossen.

Rilke und seine Haushälterin beziehen die Wohnung. Allerdings stellt sich bald heraus, dass Fräulein Arnold nicht kochen kann. So nimmt Rilke seine vegetarischen Mahlzeiten im Restaurant »Ceres« ein. Viel wichtiger als die Mahlzeiten ist ihm die kontemplative Betrachtung des Bildes. Hier zeigt sich Fräulein Arnold als angemessen sensibel. Denn Rilke will von seinen Haushälterinnen vor allen Dingen eines: in Ruhe gelassen werden. Ein Sommer vergeht in stiller Betrachtung des Bildes, der sehnsüchtig erwartete neue kreative Schub aber bleibt aus. Rilke kann auf Abruf Verse schmieden. Hier aber geht es um die hohen Gipfel der Poesie, um »Höhenzüge, morgenrötliche Grate/ aller Erschaffung« (II. Elegie)[21]. Erst sieben Jahre später wird Rilke die Vollendung der fünften Elegie gelingen, die Hertha Koenig zugeeignet ist und mit den Versen eröffnet wird:

»*Wer aber* sind *sie, sag mir, die Fahrenden, diese ein wenig*
Flüchtigern noch als wir selbst, die dringend von früh an
wringt ein wem, wem *zu Liebe*
niemals zufriedener Wille?«[22]

Nur auf den ersten Blick erscheinen die folgenden Verse schwer verständlich. Wie die Artisten in schwebender Leichtigkeit alle Erdenschwere überwinden, so hoffen auch die Liebenden Erfüllung zu finden, »Türme aus Lust« und »Subrisio Saltat« – Glück des Lächelns, tanzendes Lächeln oder Lächeln des Tänzers, wie die lateinische Inschrift auf der Blumenvase verkündet.

»*Engel! o nimms, pflücks, das kleinblütige Heilkraut.*
Schaff eine Vase, verwahrs! Stells unter jene, uns noch *nicht*
offenen Freuden; in lieblicher Urne
rühms mit blumiger schwungiger Aufschrift ›Subrisio
Saltat.‹
Du dann, Liebliche,
du, von den reizendsten Freuden
stumm Übersprungne. Vielleicht sind
deine Fransen glücklich für dich –,
oder über den jungen
prallen Brüsten die grüne metallene Seide
fühlt sich unendlich verwöhnt und entbehrt nichts.
(…)
Engel!: Es wäre ein Platz, den wir nicht wissen, und dorten,

auf unsäglichem Teppich, zeigten die Liebenden, die's hier
bis zum Können nie bringen, ihre kühnen
hohen Figuren des Herzschwungs,
ihre Türme aus Lust
(...)
Würfen die dann ihre letzten, immer ersparten,
immer verborgenen, die wir nicht kennen, ewig
gültigen Münzen des Glücks vor das endlich
wahrhaft lächelnde Paar auf gestilltem
Teppich?«[23]

Rilke hatte auch Loulou Albert-Lasard vor das Bild geführt. Inzwischen weiß er, dass Loulou und er niemals als ein wahrhaft lächelndes Paar nach gestilltem Liebesverlangen auf dem Teppich ruhen werden. Sie sind »die Liebenden, die's hier bis zum Können nie bringen«. Türme der Lust gibt es für Rilke nur im Gedicht. Loulou macht es ihm leicht. Weder die Fürstin noch Lou Andreas-Salomé müssen dieses Mal für den Dichter sprechen. Loulou trennt sich schweren Herzens von Rilke, weil sie weiß, dass er zur letzten Hingabe an sie nicht fähig ist. Rilke kann sich nicht verschenken. Rilkes Frauen haben seine Briefe gesammelt, später in ihnen immer wieder gelesen und sich der Vergangenheit erinnert. Loulou will in die Zukunft schauen. Mit ihrer Tochter wird sie viele abenteuerliche Reisen nach Asien und Afrika unternehmen. Im Mai 1940 wird sie in das Lager Gurs verschleppt werden. Hier dokumentiert sie das Lagerleben in Bildern, die heute im »Haus der Ghettokämpfer« in Israel ausgestellt sind. Als sie sich von Rilke trennt, verbrennt sie seine Briefe. Sie behält jedoch ein kleines Buch, in das Rilke die an sie gerichteten Liebesgedichte und andere Texte eingetragen hat. Darunter Verse, die ursprünglich den Anfang einer Elegie bilden sollten:

»Ausgesetzt auf den Bergen des Herzens. Siehe, wie klein dort,
siehe: die letzte Ortschaft der Worte, und höher,
aber wie klein auch, ein letztes
Gehöft von Gefühl. Erkennst du's?«[24]

Der auf den Bergen Ausgesetzte ist Rilke selbst. An diese Verse knüpft ein Widmungsgedicht an, das er für Loulou geschrieben hat. In ihm ist alles über ihre gemeinsame Zeit gesagt:

»Einmal noch kam zu dem Ausgesetzten,
der auf seines Herzens Bergen ringt,
Duft der Täler. Und er trank den letzten
Atem wie die Nacht die Winde trinkt.
Stand und trank den Duft, und trank und kniete
noch ein Mal.

Über seinem steinigen Gebiete
war des Himmels atemloses Tal
ausgestürzt. Die Sterne pflücken nicht
Fülle, die die Menschenhände tragen,
schreiten schweigend, wie durch Hörensagen
durch ein weinendes Gesicht.«[25]

Unter dem Schutz der Fürstin
»Was, Maria hoaßen's? I hoaß doch aa net Mizzi!«

Der Tag kommt, da kann sich auch Rainer Maria Rilke nicht mehr dem Militärdienst entziehen. Mehrfach versucht er durch die Vorlage von ärztlichen Attesten eine Freistellung zu erreichen. Die Einberufung vom November 1915 setzt ein Datum, das Rilke erschüttert. Am 4. Januar 1916 soll er in die Turnauer Kaserne in Nordböhmen zur militärischen Grundausbildung einrücken. Da kann ihm niemand helfen – außer der einen, die immer hilft, wenn er sich in einer Sackgasse befindet. Rilke hat viele Frauen um sich, die ihm jeden Wunsch von den Augen ablesen, aber nur die Fürstin von Thurn und Taxis verfügt über jenen hohen politischen Einfluss auf die Generalität, der den Kelch eines Militärdienstes oder gar eines Einsatzes an der Ost- oder Westfront an Rilke vorübergehen lassen kann.

Während seiner Schulzeit erhielt Rilke zwar die Note »sehr gut« im Zimmergewehrschießen, aber keine seiner Freundinnen glaubt ernsthaft, dass er auch nur eine Sekunde in Stahlgewittern überstehen werde. Rilke schreibt Kriegsgedichte über den Kampf als inneres Erlebnis, aber er ist kein Mann der Tat. Eine wehrhafte Gesinnung besitzt er durchaus, aber nicht das passende Nervenkostüm für einen Grenzgang in den Schützengräben. »Fünf Gesänge« heißen jene Kriegsgedichte aus dem Jahr 1914, in denen Rilke Schmerz, Gefahr und Tod auf dem Schlachtfeld rühmt:

»Rühmend: denn immer wars rühmlich,
nicht in der Vorsicht einzelner Sorge zu sein, sondern in einem
gefühlter Gefahr, heilig gemeinsam. Gleich hoch
steht das Leben im Feld in den zahllosen Männern,
und mitten in jedem
tritt ein gefürsteter Tod auf den erkühntesten Platz.
Aber im Rühmen, o Freunde, rühmet den Schmerz auch,
rühmt ohne Wehleid den Schmerz, dass wir die Künftigen nicht
waren, sondern verwandter
allem Vergänglichem noch: rühmt es und klagt.«[26]
(IV. Gesang)

Rilke preist den Helden in der Gefahr und setzt zugleich alles in Bewegung, damit er selbst vom Militärdienst befreit wird. Die Fürstin steht einer wehrhaften Familie vor. Während sich Rilke gleich zu Kriegsbeginn mit Attesten versorgt, kämpfen ihre Söhne bereits an der Front. Pascha dient in Bosnien, Erich in Galizien. Ende November 1915 wird Rilke gemustert. Gegen das positive Ergebnis legt er Widerspruch ein. Eine zweite Musterung folgt. Rilke wird jetzt nicht nur wehrdiensttauglich geschrieben, sondern gilt als Drückeberger. Entscheidend ist jedoch nicht, was andere denken. Die Fürstin nimmt ihren Dichter wie eine Schutzmantelmadonna unter ihre Fittiche. Was nützt ein toter Dichter im Schlamm der Schützengräben oder unter der eisernen Kette eines Tanks? Sie erwartet von Rilke die Vollendung der Elegien. Das ist seine Berufung, und deshalb wird sie sich für ihn einsetzen.

Nach der zweiten Musterung sucht Rilke Hilfe bei Philipp Freiherr Schey-Rothschild, Offizier im Großen Generalstab. Schey lässt sich von den Attesten, die Rilke auch ihm vorlegt, nicht beeindrucken. Sein Blick auf die Lage ist realistisch. Einmal gemustert, kommt Rilke nicht mehr aus seiner Dienstverpflichtung. Vielleicht lässt sich aber eine Arbeit im Büro organisieren. Nicht nur mit Gewehren an der Front, auch mit den Waffen des Wortes könne Kriegsdienst geleistet werden. Philipp Schey tritt für Rilkes Verwendung in der Propagandaabteilung beim Vertreter des Kriegsministers, Exzellenz Feldzeugmeister Leopold von Schleyer, ein. Rilke bittet zudem die Fürstin um ein vermittelndes Wort durch Fürst Alexander. Zwei Mittel setzt er ein, um ihre Fürsprache zu erwirken: Er legt der Fürstin eine neue Elegie vor, die vierte. Dieses Schriftstück zählt bei ihr mehr als alle Atteste. Rilke muss dichten – nicht in den Krieg ziehen! Das zweite Mittel ist ein bewährtes Druckmittel: die Klage über seine Traumatisierungen in der Militärschule. Im Gegensatz zum

Heroismus seiner Kriegslyrik herrscht hier ein Ton der Weinerlichkeit vor, der seine Wirkung auf das mütterliche Herz der Fürstin nicht verfehlt:

> *»Nach Turnau einrücken und einer Ausbildung von selbst nur einigen Tagen unterworfen zu werden, das hieße für mich, die Militärschule wieder antreten. Sie wissen, Fürstin, was die für mein inneres Erleben gewesen ist, eine Fibel des Entsetzens.«*[27]

Der Militärdienst wäre das Ende seiner Existenz als Dichter. Rilke wird von den Soldaten des Ersten Weltkrieges viel gelesen, besonders seine kleine Geschichte vom Soldaten Cornet. Um sich vor dem Militärdienst erfolgreich zu drücken, muss Rilke jede pazifistische Haltung vermeiden. Wenn es einer versteht, militärische Gesinnung zu zeigen bei gleichzeitiger Forderung nach Privilegien für die eigene Person, dann er. Deshalb versteckt er sich auch gegenüber seiner mütterlichen Freundin hinter einer Fassade:

> *»Ich leide auch unter diesem Zerren und Sträuben: irgendwo ist ein Rest alten Soldatenblutes in mir, den es kränkt, dass ich da so viel Aufhebens mache und mich auflehne –, aber ich thus ja nicht um meinetwillen, sondern doch schließlich für meine Arbeit.«*[28]

In ihrer zupackenden Art knüpft die Fürstin Kontakt zum Wiener Kriegsarchiv. Rilke hätte »da sehr wenig, wenn überhaupt etwas zu tun«. Vorsichtig fragt sie: »Wäre Ihnen das recht eventuell?«[29] Um die angesetzte erneute Musterung in Turnau wird Rilke jedoch in keinem Fall herumkommen. Zum Bürodienst wird er nur abkommandiert, wenn er hier als »eingeschränkt diensttauglich« geschrieben wird. Die Stimmung bei der Musterung ist folglich auf beiden Seiten gereizt. Ein Feldwebel macht sich über Rilkes Vornamen lustig:

»Was, Maria hoaßen's? I hoaß doch aa net Mizzi!«

Der diensthabende Leutnant fügt hinzu:

»Sie, Ave Maria Rilke, meine Mutter hat gesagt, ich soll Sie gut behandeln, Sie sollen eine Kapazität sein.«

Rilke glaubt sich gerettet und atmet durch.

Da fährt der Leutnant fort:

»Zum Glück hab ich nie darauf geachtet, was sie mir sagen konnte, meine Mutter.«[30]

Die Arbeit im Kriegsarchiv lässt Rilke im Nichtstun bei sechs Stunden Anwesenheitspflicht sämtliche Freiheiten. Er wohnt im Wiener Palais der Fürstin und kann sich in der Stadt frei bewegen. Mit Loulou Albert-Lasard besucht er den Dichter Hugo von Hofmannsthal in Rodaun. Hier im frühsommerlichen Idyll entsteht das von Loulou angefertigte Porträt des Dichters. Über das Gemälde urteilt er später in abfälliger Weise. Es habe nur eine gewisse Ähnlichkeit mit ihm und sei nicht mehr als eine Improvisation. Loulou fehle, »schon allein im Körperlichen, die Kraft, ihre Intentionen durchzusetzen, aber auch das Können versagt, wo's nicht ein glücklicher Elan manchmal aufzubringen scheint«[31].

Bereits nach einem halben Jahr kann Rilke dank einer erneuten Intervention der Fürstin seinen Militärdienst beenden und nach München zurückkehren. Später wird er der Fürstin Fragmente der sechsten Elegie vorlegen. Sie trägt den Titel »Der Held«. Der größte Teil dieser Elegie ist bereits vor Ausbruch des Weltkrieges in Ronda entstanden. Vollendet wird sie erst im Februar 1922 mit Versen, in denen Rilke einen Helden aus biblischer Zeit preist. Es ist Simson (Samson). Simsons Geburt wurde, wie es sich für viele mythische Helden der alten Welt gehört, durch einen Engel angekündigt. Dieser Erwählte bewährt sich in vielen Kämpfen, schrickt auch vor einer Übermacht von eintausend Philistern nicht zurück und erschlägt sie mit einem Eselskinnbacken. Erst die List einer Frau bringt ihn zu Fall. Delila (Deleila) entlockt Simson im Liebesakt sein Geheimnis. Seine Kraft beruht auf seinen langen Haaren. Nach dem Liebesspiel schneidet sie ihm daher die Haare, sodass er von den Philistern gefangengenommen werden kann. Geblendet und gebunden an zwei Säulen ruft er seinen Gott an, er möge ihm ein letztes Mal die alte Kraft schenken. Die Bitte wird gewährt, und Simson bringt mit den Säulen das gesamte Gebäude zum Einsturz. 3000 Männer und Frauen sterben. Diese biblische Geschichte (Richter 13–16) ist Vorlage für Rilkes Lobpreis des Helden. Doch auch Krieger sind von Frauen geboren worden. Deshalb verknüpft Rilke, in der für ihn typischen Weise, das Loblied auf den Helden mit dem Hymnus auf die Mutter:

»*War er nicht Held schon in dir, o Mutter, begann nicht*
dort schon, in dir, seine herrische Auswahl?
Tausende brauten im Schooß und wollten er *sein,*
aber sieh: er ergriff und ließ aus –, wählte und konnte.
Und wenn er Säulen zerstieß, so wars, da er ausbrach
aus der Welt deines Leibs in die engere Welt, wo er weiter
wählte und konnte. O Mütter der Helden, o Ursprung
reißender Ströme! Ihr Schluchten, in die sich
hoch von dem Herzrand, klagend,
schon die Mädchen gestürzt, künftig die Opfer dem Sohn.
Denn hinstürmte der Held durch Aufenthalte der Liebe,

jeder hob ihn hinaus, jeder ihm meinende Herzschlag,
abgewendet schon, stand er am Ende der Lächeln, –anders.«

Elya Maria Nevar
»Es scheint mir voller Fügung, daß ich den Weg gefunden habe …«

Während an den Fronten die Materialschlachten wüten und in Feuer und Blut Millionen Opfer fordern, wendet Rilke sich erneut einem Stoff zu, der ihn schon mehrfach beschäftigt hat, so in dem Gedicht »Sankt Georg« (1907): der Gestalt des Ritters Georg und der Befreiung der Prinzessin. Anlass ist der Besuch einer Aufführung des 1486 entstandenen »Augsburger Georgspiels« durch Münchner Schauspieler und Laien im Sommer 1918. Die Rolle der Königstochter Elya spielt die junge Studentin Else Maria Hotop aus Hannover. Ihr Vater hat den Umzug seiner Tochter nach München geduldet, weil sie vorgegeben hatte, Kunstgeschichte bei Heinrich Wölfflin studieren zu wollen. Der Schweizer Kunsthistoriker Wölfflin ist eine herausragende Gestalt. Ein Studium der Kunstgeschichte bei diesem Mann bedeutet aus der Sicht des Vaters einen sinnvoll verbrachten Aufenthalt im Wartesaal zukünftiger Eheschließung. Else Maria aber will Schauspielerin werden. So identifiziert sie sich mit der Rolle der Prinzessin aus dem Georgspiel, die dem Drachen »Vernunft« geopfert werden soll. Sie will ihr eigenes Leben leben, ihrer Berufung folgen und Künstlerin sein. Rilkes Lyrik hat sie auf diesem Weg bestärkt. Auch sie kennt das »Stunden-Buch« und »Das Buch der Bilder« in großen Teilen auswendig. Durch ihren zweiten Vornamen »Maria« fühlt sie sich Rilke besonders verbunden. Nun steht sie als Prinzessin Elya auf der Bühne und erlebt das Wunder der Begegnung, das sich in Rilkes Welt so überreich ereignet.

Während der ersten Vorstellung flüstert ihr Partner plötzlich: »Rilke ist auch da.« Am nächsten Abend heißt es: »Rilke ist wieder da.« Vor der letzten Vorstellung wird Else Maria mitgeteilt: »Rilke will nach der Vorstellung auf die Bühne kommen. Er möchte Sie kennenlernen.« Wer nicht hinter dem Bühnenvorhang erscheint, ist Rilke. Die Prinzessin ist enttäuscht, aber nicht entmutigt. Sie setzt sich nieder und schreibt einen Brief. Das haben viele Frauen getan – respektvoll, demütig, vorsichtig anklopfend. Die junge Schauspielerin durchbricht jede Distanz und fällt doch nicht aus der Rolle. Ihren ersten Brief unterzeichnet sie mit dem Namen der Königstochter Elya und wird sich fortan Elya Maria Nevar nennen. Sie duzt Rilke ohne weitere Anredeformel und schreibt in atemberaubender Unmittelbarkeit:

> »*Rainer Maria –*
> *einmal liebte ich Deine Seele, fast so wie man Gott liebt. Das war, als ich das Stundenbuch zum ersten Mal erlebte. Und wenn ich Dir jetzt manchmal begegne, so bin ich traurig um die Seele, die hinter Mauern von Äußerlichkeit gefangen ist. Warum muss das immer sein? Kann es nicht einmal eine Seele größer leben, dieses alltägliche, niederziehende Leben – größer und innerlicher.*«[32]

Gefangen hinter den Mauern von Äußerlichkeiten: Diese Worte treffen Rilke unmittelbar. Elya hat ihn durchschaut. Auch er ist eine gefangene Prinzessin. Elya Maria Nevar will keine Affäre mit Rilke, denn sie hat bereits eine ernsthafte Liebesbeziehung mit dem Leiter der Schauspielschule im Münchner Hof- und Nationaltheater, Max Gümbel-Seiling, den sie 1920 heiraten wird. Elya will Rilke befreien zu sich selbst. Rilke antwortet postwendend und lädt sie zu einem Besuch in seine neue Wohnung in der Ainmillerstraße 34 ein. Am 2. Oktober 1918 steigt sie die vier Treppen zur Atelierwohnung hinauf. Rilke öffnet die Tür und nimmt das »Du« der Briefe auf: »Wie schön, daß du kommst!«[33] Es ist die Nacht vor Elyas 24. Geburtstag.

Rilke bewohnt ein Atelier. Durch eine Glastür kann er auf ein flaches Vordach treten und hat einen freien Blick über die Dächer und Kamine von Schwabing. Im Raum steht ein hoher, breiter Sessel mit einem Schemel. Hier wird vorgelesen, erzählt oder gemeinsam geschwiegen. Neben dem Schreibtisch befindet sich ein Stehpult. In einer Kammer hat Rilke seine Bücher aufgestellt. Dort lagert er auch Stöße unausgepackter Büchersendungen. Eine zweite Kammer beherbergt Hausrat. Blumen schmücken den Raum. Die Wände sind ohne Bilder. Gelesen wird bei gedämpftem Licht oder noch lieber beim Schein einer Kerze.

Der Besuch der jungen Frau hinterlässt einen tiefen Eindruck. Rilke ist fasziniert und zugleich ratlos, welche Rolle Elya in seinem Leben einnehmen soll. Er neigt dazu, in jeder Begegnung mit einer Frau eine Fügung zu sehen. Diese Frau schickt der Himmel! Vielleicht ist sie die lang ersehnte Unbekannte? Um Elyas Geheimnis zu ergründen, will er weiteren Kontakt zu ihr. Aber auf welcher Ebene sollen sie sich in Zukunft begegnen? Die Antwort findet er in einem Bild seiner Kindheitserinnerungen. Denn seit jeher liebt Rilke das gemeinsame Knien mit einer Frau vor etwas Höherem:

> »*Wenn ich an Dich denke, seh ich uns, wie in einem Traume, nebeneinander knien, und das wird wohl auch unsere Haltung sein zueinander. Wann kommst Du wieder zu mir? Soll es der Mittwoch sein? Schreib mir's.*«[34]

So entsteht die Mittwochsstunde als Ritual gemeinsamer Hingabe an den Geist einer höheren Liebe, die niemals in die Niederungen des Fleisches herabsteigen wird. Wer neben einer Frau kniet, der sucht eine andere Form der Vereinigung. Sie ist gewiss anspruchsvoller, absoluter und damit ergreifender, verbindlicher und fordernder als das rein sinnliche Spiel. Sie greift nach dem Absoluten. Rilke hätte wissen müssen, dass seine Worte vom gemeinsamen Knien in Elya eine Begeisterung entfachen werden, deren Folgen er rasch fürchten wird. Sie nennt ihn »Du Dichter« und schreibt voller Emphase:

> *»Ich knie. Und ich weiß, daß wir alle knien müssen – und bitten. Doch wenn wir knien – Du und ich – werden wir schauen. Und alles wird singen.«*[35]

Was ist hier Rollenspiel der jungen Schauspielerin, was echte Empfindung? Sie wird es im Einzelnen selbst weder wissen noch wissen wollen. Rilke und Elya spielen das alte Georgspiel. Aber hinter aller Lust an Ausdruck und pathetischer Gebärde steht auf beiden Seiten die Erfahrung eines Lebens im Uneigentlichen. So wie das Leben im Augenblick ist, darf es nicht weitergehen.

Elya spricht von der Verschmelzung ihrer Seelen und greift auf Bilder von Rilkes Gedichten zurück. Sie zitiert den Ausruf »Gott, du bist groß« aus dem »Stunden-Buch« und meint Rilke. Sie nennt ihn »Du Unsterblicher« und »Rainer Maria, Du voll der Güte!« Vor zu hohen Erwartungen hat Rilke Angst, aber grundsätzlich weist er die überzogenen Anreden nicht ab. Er sei noch nicht vollendet, deshalb solle Elya nichts Vollendetes von ihm erwarten. Bald pendelt sich die Beziehung auf ein weniger überspanntes Maß ein. Rilke schlägt vor, die Mittwochstreffen mit gemeinsamer Lektüre zu verbinden. Das ist seine Art, den hohen Empfindungen einen verlässlichen Rahmen zu geben.

Während draußen auf den Münchner Straßen die Revolution vorbereitet wird, sitzt Elya in Rilkes großem Lesesessel. Ihr zu Füßen hat er auf einem Hocker Platz genommen und trägt Gedichte vor. Elya lebt in Rilkes bisher veröffentlichten Büchern. Aus ihnen hat sie ein liebevolles Bild von Rilkes Mutter gewonnen, das ganz anders aussieht, als jene Zerrbilder, die Rilke selbst in Umlauf bringt, wenn er sich einer Frau nähert. Elya hat eine sehr gespannte Beziehung zu ihrer eigenen Mutter, deshalb projiziert sie Bilder der Sehnsucht auf Mutter und Sohn. Sophia Rilke sei »die schöne liebreiche Frau« und Rilke »das zarte, liebehungrige Kind«. Dann verschmelzen Kind und Mutter zu einer liebenden Einheit, in der sie sich aufgehoben weiß: »Ich fühle Dich manchmal, wenn ich an Dich denke, ganz sanft wie eine Mutter um mich Rainer Maria!«[36]

In diesen Tagen kehrt Hans Carossa aus dem Krieg zurück.[37] In München eröffnet er eine neue Praxis. Als er ein Geschäft betritt, fühlt er sich von hinten leicht, aber bestimmt am Ärmel gezogen. Er sieht sich um und blickt Rilke ins Gesicht. Rilke lächelt gequält. Er sieht besorgniserregend aus. Die beiden promenieren gemeinsam in Richtung Wittelsbacher Brunnen. Rilke erklärt sich, spricht von unbestimmten Beschwerden und führt diese auf eine ungemäße Ernährung zurück. Carossa weiß, dass Rilke das radikale Fasten als Allheilmittel gegen sämtliche Leiden betrachtet. Doch dieses Mal hat er übertrieben. Für seine vegetarische Ernährung fehlen wichtige Lebensmittel wie Milch, Mehl, Eier, Butter und der heiß geliebte Grieß. So verabreden sich die beiden für den nächsten Tag zu einer Visite. Rilke wird Carossas erster Patient. Der Arzt und Dichter wird Rilke sehen wie keine jener Frauen, die seine Liebe in den Kriegsjahren suchen. Rilke entkleidet sich. Carossa klopft Brust und Rücken ab. Dabei fällt ihm ein russisches Kreuz aus Silber auf[38], das der Dichter auf seiner Brust trägt. Carossa kann keine Krankheit des Leibes feststellen. Er weiß, warum sich sein Patient unwohl fühlt. Rilke befindet sich an einem seelischen Tiefpunkt. In diesem Jahr schreibt er nur das Widmungsgedicht »An die Musik« (1918):

»Musik: Atem der Statuen. Vielleicht:
Stille der Bilder. Du Sprache wo Sprachen
enden. Du Zeit,
die senkrecht steht auf der Richtung vergehender Herzen.

Gefühle zu wem? O du der Gefühle
Wandlung in was? –: in hörbare Landschaft.
Du Fremde: Musik. Du uns entwachsener
Herzraum. Innigstes unser,
das, uns übersteigend, hinausdrängt, –
heiliger Abschied:
da uns das Innere umsteht
als geübteste Ferne, als andere
Seite der Luft:
Rein,
riesig,
nicht mehr bewohnbar.«[39]

Rilke zweifelt mehr denn je, ob er die Elegien jemals vollenden wird. Daher stellt er eine letzte Fassung aus vollendeten und unvollendeten Teilen zusammen und schickt jeweils ein Exemplar zur Aufbewahrung an seinen Verleger Anton Kippenberg und Lou Andreas-Salomé. Politische Fragen beschäftigen ihn nur, wenn seine persönlichen Belange berührt werden. Das ist jetzt der Fall: Mit dem Sturz des Wittelsbacher Adelsgeschlechtes und der Absetzung König Ludwigs III. am 7. November 1918 geht eine Welt von einflussreichen Mäzenen unter. Rilke weiß, dass er seinen gewohnten Lebensstil in Deutschland nicht weiterführen kann. Wohin aber soll er gehen? Duino ist im Krieg zerstört worden. Durch die Vermittlung des Verlegers Kippenberg sind erste Kontakte in die Schweiz geknüpft. Eine Einladung zu einer Lesereise liegt vor, aber keine Einreisegenehmigung der Schweizer Behörden.

Am Tag der Münchner Novemberrevolution besucht er mit Elya das Konzert »Melodien aus alter und ältester Zeit«. Der Abend wird zu einem Abgesang auf das alte Europa. Am 17. November verfolgt er die Revolutionsfeier im Nationaltheater und trifft eine Entscheidung: In Deutschland ist seine Zukunft nicht mehr.

Rilke, der immer hochsensibel auf die Zeichen der Zeit reagiert, glaubt an eine neue Fügung, als Claire Studer in sein Leben tritt. Claire (Clara) ist aus der Schweiz nach München gekommen. Die begeisterte Rilke-Leserin hatte sich nach einer Affäre mit Yvan Goll von ihrem Ehemann, dem Schweizer Verleger Heinrich Studer, getrennt. Für Rilke ist sie eine Botin aus dem Land, in das er reisen möchte. Es kommt zu einer Begegnung und einem kleinen Briefwechsel. Rilke nennt die extravagante Schriftstellerin darin Liliane. Claire wird ihren Geliebten Yvan Goll heiraten und seinen Namen annehmen. Mit dem Werk ihres Mannes wird sie ebenso willkürlich umgehen wie mit ihren Erinnerungen an Rilke. In einem späten Interview erklärt sie:

> *»Mit Rilke war ich liiert, obwohl ich seinen Schnauzbart über den Negerlippen nicht ausstehen konnte. Als ich schwanger wurde, habe ich abgetrieben. Das Kind wäre ebenso idiotisch geworden wie seine Tochter, die dauernd Schlagsahne aß.«*[40]

Peinlich an dieser Äußerung der Skandalnudel Claire Goll ist vor allen Dingen, dass einige Biografen Rilkes ihr Glaubwürdigkeit zusprechen und die Behauptung einer sexuellen Affäre und Schwangerschaft unkritisch verbreiten. Rilke ist kein Mann fürs Bett. Sein bevorzugter Ort der erotischen

Begegnung mit einer Frau ist der Lesesessel. Hier thront die Frau, der er zu Füßen sitzt wie in dem geliebten Mittwochsritual mit Elya. Rilke will den Frauen dienen, wie es ihn die Mutter gelehrt hat. Er ist wie Parzival ein reiner Tor. Aber ein Tor, der weiß, dass er ein Parzival ist.

Auf den Straßen Münchens wehen rote Fahnen. Rilke schickt Elya in diesen Tagen weiße Nelken, als wollte er mit der Farbe einen politischen Kontrast setzen. »Oft scheint's mir doch so wehmütig, dass der Begriff des Königtums ausgelöscht werden konnte. Es scheint wenigstens gelungen. Die rote Fahne auf der Höhe des Königsschlosses schmerzt mich fast«[41], schreibt Elya. Wie soll sie sich in diesen Tagen verhalten, da das alte Leben zerbricht? Die Zukunft liegt in Finsternis und macht ihr Herz schwer. So schaut Elya zurück und schöpft Kraft aus einem Erlebnis, das Rilke tief bewegt hat. Er war zu Gast auf einem Schloss. Als er allein die Schlosskapelle betrat, fand er auf dem Lesepult statt der Bibel ein aufgeschlagenes Exemplar seines »Stunden-Buches«. Rilke war von dieser Wertschätzung seiner Gedichte gerührt. Er blätterte in seinem Buch und las mit lauter Stimme:

»Wir bauen an dir mit zitternden Händen
und wir türmen Atom auf Atom.
Aber wer kann dich vollenden,
du Dom.

Was ist Rom?
Es zerfällt.
Was ist die Welt?
Sie wird zerschlagen
eh deine Türme Kuppeln tragen,
eh aus Meilen von Mosaik
deine strahlende Stirne stieg.«

Er las weiter:

»Ich glaube an Alles noch nie Gesagte.
Ich will meine frömmsten Gefühle befrein.
Was noch keiner zu wollen wagte,
wird mir einmal unwillkürlich sein.

Ist das vermessen, mein Gott, vergieb.
Aber ich will dir damit nur sagen:
Meine beste Kraft soll sein wie ein Trieb,
so ohne Zürnen und ohne Zagen;
so haben dich ja die Kinder lieb.

Mit diesem Hinfluten, mit diesem Münden
in breiten Armen ins offene Meer,
mit dieser wachsenden Wiederkehr
will ich dich bekennen, will ich dich verkünden
wie keiner vorher.«

Während Rilke seine eigenen Gedichte rezitierte, betraten unbemerkt die Schlossbewohner den Raum und lauschten. Dieses Erlebnis hat er Elya erzählt und mit Worten geschlossen, die ihn zutiefst charakterisieren: »Es ist das, wofür ich am dankbarsten bin, daß ich es habe machen durfen.«[42]

Rilke versteht sich nicht als Künder einer neuen ästhetischen Religiosität. Dass ihn andere zu einem Heiligen stilisieren, ist ihm in keiner Weise recht. Das alte Europa ist im Weltkrieg untergegangen. Da sind in Politik, Wirtschaft, Kultur und Religion Erlösergestalten gefragt. Der Marburger Theologe Rudolf Otto entdeckt »Das Heilige« (1917) als grundlegende Erfahrung aller Religionen. Zum Inbegriff des Heiligen wird Franz von Assisi. Der Schriftsteller Alphons Petzold will sogar in Rilke eine Wiederkehr des seraphischen Heiligen sehen. Sein Buch »Franciscus von

Assisi« (1918) trägt die Widmung »Dem Bruder Franz unserer Zeit: Rainer Maria Rilke in treuer Gefolgschaft«.

Auch Elya neigt zu dieser religiösen Überhöhung und spricht Rilke gegenüber offen aus, »daß eine große Heiligkeit in Dir und um Dich ist.« Als Leserin des »Stunden-Buches« erwartet sie von Rilkes Sendung »die Neuerweckung dieser Heiligkeit«[43]. Rilke reagiert ungehalten und sagt: »Gäbe es nur einen Menschen in unserer Zeit, der Franz von Assisi gleich käme, so wäre unsere Zeit nicht die, die sie ist.«[44] Er weiß sehr wohl: Franz von Assisi gilt vielen als der größte Heilige der Christenheit. Einige halten ihn sogar für den wiedergekehrten Christus. Für Rilke sind an diesem Heiligen zwei Aspekte vorbildlich: die vollkommene Hingabe an einen höheren Willen und das Dichtertum. Denn mit dem »Sonnengesang« (1224/25) hat Franz eine zeitlose religiöse Hymne gedichtet.

Franz von Assisi gehört wie die Engel in eine überirdische Sphäre. Rilke vermischt diese Welt der katholischen Überlieferung nicht mit seinen spiritistischen Erfahrungen. Engel und Heilige sind keine Geister, die man auf esoterischen Sitzungen herbeizitieren kann. Am 14. Dezember 1918 sitzt Elya wieder in dem großen Sessel, bettet ihre Füße neben Rilke, der vor ihr auf dem Hocker Platz genommen hat. Er liest seinen kurzen Text »Erlebnis I« (1913). Darin berichtet er über ein okkultes Erlebnis mit einem Wiedergänger (Revenant). Wie die Berichte »Wir haben eine Erscheinung« (1914), »Erlebnis II« (1913) und »Erinnerung« (1914) nimmt auch »Erlebnis I« Erfahrungen aus dem ersten Duineser Aufenthalt auf. Rilke erzählt von den Geistern auf Duino, den früh verstorbenen Mädchen Polyxène und Raymondine. So führt das Gespräch zwangsläufig in den Winter 1911/12 zurück, die Zeit der Entstehung der ersten Elegien. Plötzlich sagt Rilke nicht mehr »ich«, sondern »er«. Elya weiß, wenn der Freund in der dritten Person spricht, dann gibt er Persönlichstes preis. Rilke spricht von jener Stunde, da ihm die ersten Verse der Elegien eingegeben wurden: »Wer, wenn ich schriee, hörte mich denn aus der Engel Ordnungen?« Dann kommentiert er das Geschehen mit den Worten: »Dies war meine Einweihung; ein Zustand, der immer hätte gesteigert werden können, verstünde man richtig zu leben.«[45]

Weihnachten verbringt Rilke trotz Elyas Bitte um eine gemeinsame Feier in der gewohnten Einsamkeit der Sechsuhrstunde. Nach Neujahr lässt er von seiner neuen Haushälterin Rosa Schmid das Atelier umräumen. Rilke schafft sich Raum, damit er während der Arbeit nach seiner Gewohnheit im Zimmer umherwandern kann. Er erzählt von Schmargendorf und der Entstehung des »Stunden-Buches«, von der Begegnung mit dem russischen Dichter Droschin. Er liest den belgischen Schriftsteller Emile Verhaeren und glaubt endlich wieder von einem produktiven Schub erfasst zu werden. Vergeblich. Rilke wird wieder krank. Er reagiert plötzlich überempfindlich auf Licht.

Auch für Elya beginnt eine schwere Zeit. Ihr Vater ist angereist und will das Leben seiner Tochter ordnen. Oberst Hotop besteht darauf, Rilke kennenzulernen, und bittet ihn zum Tee. Rilke lehnt die Einladung ab. Er befinde sich inmitten einer strengen »Retraite« (Rückzug). Das klingt in den Ohren des Vaters wenig glaubwürdig, zumal Rilke jeden Mittwoch Zeit für ein Treffen mit seiner Tochter hat. Diese Mittwochstunden erklärt Rilke, lenkten ihn nicht von seiner Arbeit ab, die Gespräche und Lektüren seien immer funktional und förderten seine Konzentration. So geht dieser Kelch an ihm vorüber.

Mit dem Frühjahr und der Frühlingsluft weht Aufbruchsstimmung durch München. Elya befreit sich von den elterlichen Bindungen. In den nächsten Jahren wird sie heiraten, Kinder bekommen und als Schauspielerin in verschiedenen deutschen Städten arbeiten. 1924 wird sie in die Schweiz übersiedeln. In Dornach wird sie eine gefeierte Darstellerin in den Mysteriendramen Rudolf Steiners. Rilke erhält die Einreisebewilligung für die Schweiz und verlässt am 11. Juni 1919 München. Von Lindau aus überquert er mit dem Dampfer den Bodensee, erreicht Romanshorn und reist mit der Bahn weiter. In Zürich wird er von Hans Bodmer, dem Präsidenten des Lesezirkels Hottingen, empfangen.

Nichts wäre unangemessener als bei dem Wort »Lesezirkel« an einen Kreis betulicher Pensionäre oder an ein Blättchen zu denken, wie es in den Wartezimmern der Ärzte oder beim Frisör ausliegt. Im Zürcher Stadtteil Hottingen wohnen die Reichen und Schönen, uralter schweizerischer Bildungsadel von hohem politischem Einfluss und wirtschaftlicher Macht. Hier begegnet Rilke den Frauen und Männern, die mühelos eine Aufenthaltsgenehmigung für ihn erwirken und seine finanzielle Zukunft sichern können. Dr. Maximilian Oskar Bircher-Benner und andere Ärzte steuern dazu die notwendigen Atteste über Rilkes labilen Gesundheitszustand bei.

Rilkes Lesereise durch die Schweiz darf auch nicht mit einer sogenannten »Dichterlesung« heutiger Zeit verwechselt werden. Hier geht es nicht um Bestsellerlisten, um Massenauflage, um Pressemitteilungen und Interviews. Das zeigt schon die Liste jener Namen, die beim Hottinger Lesezirkel vortragen werden: Hugo von Hofmannsthal, Gerhart Hauptmann, Hermann Hesse, Rudolf Alexander Schröder, Thomas Mann, Karl Kraus. Rilkes Schweizer Lesereise macht ihn mit den maßgeblichen Kulturträgern bekannt, die ihm mit diskreter Hilfe zur Seite stehen. Er wohnt in den besten Hotels des Landes, dem »Bellevue-Palace« in Bern, dem Genfer Hotel »Le Richemond«, dem Zürcher »Baur au Lac« und bald in einem Schlösschen, dem alten Salis'schen Palast in Soglio/Bergell. Hier in Graubünden ist einer der Stammorte der alten Schweizer Familie Salis. Rilke residiert in einem holzgetäfelten Gemach, aus dem er Elya über seine Schweizer Reise berichtet:

»Bern war besonders reich an solchen Fügungen, zwei Frauen dort, eine junge und eine Achtzigjährige, hoff ich mir dauernd verbunden zu erhalten und gewissermaßen nachträglich zu verdienen. Erfreulich war mir dabei, daß es sich um Menschen aus ganz alten Schweizer Familien handelt, – denn dieses mir ohnehin so wenig erfaßliche Land müsste mir völlig außerhalb des Verständnisses bleiben, wenn ich nicht an irgendwelchen Stellen, durch ihm Einheimische, anzunähern vermöchte: die Fügung hat das wunderbar mit sich gebracht; von den Palästen des alten Bern aus ist mir die ganze Umgebung weithin und alles, was mir hier widerfährt, erkennbarer geworden.«[46]

Die beiden Frauen, von denen Rilke spricht, sind seine erste Berner Mäzenin Yvonne von Wattenwyl-Freudenreich und die Gutsbesitzerin von Muri im Kanton Bern Elisabeth Emile von Gunzenbach. Bis zum Herbst des Jahres 1919 wohnt Rilke im Palast von Soglio. Dann beginnt ein unruhiges Reiseleben. Rilke versucht vor sich selbst zu fliehen. Das kann nicht gut gehen. Denn wohin er in den kommenden Monaten reist, er nimmt seine alten Probleme mit. Im Dezember zieht er nach Locarno im Tessin. Ostern 1920 klagt er über zahlreiche körperliche und seelische Beklemmungen aus seiner neuen Residenz Gut Schönenberg bei Pratteln im Kanton Basel:

»In solchem fatalen Zustande bin ich seit Wochen, nenn's krank, wenn Du willst –, und der Druck ist umso größer über mir, als ich den ganzen Winter über nicht die stille Zuflucht gefunden habe, nach der mir so ungeduldig und dringend zu Mute war.«[47]

Eine tiefe Sehnsucht nach Italien habe ihn ergriffen. Vielleicht werde er hier endlich die Konzentration für seine Arbeit finden? Dann fällt die Entscheidung für Venedig und den noblen Palazzo Valmarana.

> *»Das ›Pendel‹ liebe Elya, ob es zwar gleich wieder zurückschwingen wird, hat nun doch einen weiten Ausschlag über die Grenze gehabt, sieh wohin: ich bin in Italien, seit nahezu vierzehn Tagen; und seit gestern, allein, in dem schönen alten Mezzanino der Fürstin Taxis, die zu sehen ich, von einem Tag zum anderen, hergereist war.«*[48]

Rilke schätzt seine Lage realistisch ein, wenn er den Rückschlag des Pendels erwartet. Als ihm Elya die Geburt ihres ersten Sohnes Theophilus mitteilt, wohnt er nach einem Umweg über Paris wieder in der Schweiz. Rilke residiert auf Schloss Berg am Irchel:

> *»Das kleine alte, sehr entlegene Schlösschen, von dem aus ich Dir schreibe, hat mich vor einigen Wochen, mich allein mit einer Wirtschafterin, die mich stillschweigend und unfragend (oh ganz anders als Rosa!) versorgt, in seinen Schutz genommen-, und hier ist's nun wirklich völlig, Elya, VÖLLIG SO, wie ich's brauche: Du weißt, wie oft wir, in der etwas mühseligen Einsamkeit der Ainmillerstraße von solchen Schlössern geträumt haben. Ich glaube, nun braucht ich's wirklich! Ich konnte nicht mehr. – Aber nun ist die Verpflichtung auch ganz groß, das wunderbar Gewährte auch auszunutzen.«*[49]

Als Begleiterin aus der Ferne hatte wieder die Fürstin gewirkt. Gerufen von der Unbekannten, führt sie auf ihrem Schloss in Lautschin neue spiritistische Sitzungen durch. Ein Holländer ist zu Gast und der Sohn Pascha. Dieses Mal versuchen sie durch Gläserrücken Kontakt zur Geisterwelt zu knüpfen. Pascha »glasert«. Das Glas zögert, dann, mit einem heftigen Ruck, kommt eine Botschaft:

»Fatum –
volle Segel, hohe Türme –
Oleanderblüten töten bei der Nacht –
Marie soll lesen«

Die Fürstin wird weiter von dem Glas bedrängt. Dann notiert sie eine Frage: »Was soll ich machen?« Das Glas antwortet:

»Unbekannte.
Poeta –?
Nicht soll er Sand sammeln
Wuesten Sand –
sein Wissen?
Singen –
nicht irdisch –
zu viel zerfahren –
sich sammeln –«[50]

Fürstin Marie von Thurn und Taxis ist überzeugt, dass Rilke etwas mit dieser Nachricht anfangen kann, und übermittelt ihm das Protokoll der Sitzung nach Schloss Berg. Schon wartet auf ihn eine neue Begegnung mit jener Frau, die wie keine zweite Rilkes innere Sammlung zu neuem Schöpfertum in selbstloser Liebe begleiten wird. Ist sie die Unbekannte, auf deren Gegenwart Rilke seit seiner Spanienreise wartet?

Nanny Wunderly-Volkart – die große Mutter

Nike vom Zürchersee
»Schützen Sie mich.«

Rainer Maria Rilke wechselt in die Schweiz, weil mit den Adelshäusern des alten Europa auch sein Versorgungssystem untergegangen ist. Wer sein Vermögen rechtzeitig in Franken angelegt hat wie Gräfin Mary Dobrzenský, wohnt jetzt am Genfer See. Die Gräfin besitzt in Nyon ein Chalet und nutzt es, um einen Kreis von exilierten Künstlern und Intellektuellen um sich zu scharen. Auch Rilke verbringt im Juni 1919 einige Tage im gastfreundlichen Haus der aus Böhmen stammenden Adligen. In Winterthur, Meilen am Zürichsee, im Basler Land und Wallis findet Rilke, was Regina Ullmann »die natürliche Ergänzung dieses Dichterfürsten« nennt: »ein Patriziertum, das sich durch Großzügigkeit ebenso wie durch Noblesse auszeichnet«[1]. Nachdem sich Rilke einen zuverlässigen Kreis von Unterstützern in der Schweiz aufgebaut hat, wird er Regina Ullmann, Loulou Albert-Lasard und neue Freundinnen erfolgreich in seine Umverteilung der harten Schweizer Währung aufnehmen. Auch Clara und Ruth erfahren den Segen des Schweizer Frankens. Rilke stellt für alle Verwandten, Freunde und Bekannten großzügige Geschenklisten zusammen, deren Rechnungen seine neuen Gönner begleichen.

Rilkes Schweizer Mäzene sind die berühmten alten Familien der Bodmer, der Salis-Seewis, der Burckhardt und vor allen Dingen die überaus wohlhabenden Kaufleute und Gönner Reinhart und Volkart aus Winterthur. Die Volkarts besitzen das größte Handelshaus der Schweiz. Werner Reinhart, Teilhaber der Firma Gebrüder Volkart, und Nanny Wunderly-Volkart sichern Rilkes aufwendigen Lebensstil mit beispielloser Großzügigkeit. Diese Autorenförderung wird von einer langfristigen Perspektive getragen, die bis in die Gegenwart reicht.

Nanny Wunderly-Volkart lernt Rilke auf seiner Schweizer Lesereise kennen. Nanny nennt er Nike. Dies ist der griechische Name der Siegesgöttin Victoria. Ihr wurden in der Antike zahlreiche Statuen geweiht. Die berühmteste ist die Nike von Samothrake. Mit ihren weit ausladenden Flügeln sieht sie wie ein mächtiger Schutzengel aus. Rilke kennt sie aus dem Louvre und von den Siegessäulen in München und Berlin. Wenn er seinen Freundinnen Namen gibt, so ist dies auch ein Zeichen der Instrumentalisierung. Nike führt in Meilen am Zürchersee ein großes Haus mit zahlreichen Angestellten. Aus ihrem Garten schickt sie Rilke per Bahn Rosen und andere Blumen durch den Lötschbergtunnel in die Südschweiz. Bereits in den ersten Tagen ihres Kennenlernens spricht Nanny von den vielen mäzenatischen Verpflichtungen. Sie erfülle sie gern, doch manchmal würden sie ihr zu viel. Warum soll sich Nike mit so vielen Bedürftigen quälen? Eine Konzentration der Zuwendung auf eine Person sei gewiss eine Erleichterung für die zarte Gönnerin, mag Rilke gedacht haben. So stellt er ohne Umschweife seine Forderungen und gesteht:

»Ich brauche Sie. Ist es zu viel, daß ich das ausspreche? Stehe ich damit an Ihrem Herzen unter denen, die Ansprüche machen, – unter allen denen, von denen Sie zuletzt an der Bahn sprachen mit einer leisen Müdigkeit des Zuviel-Geben-müssens?«[2]

Er werde nicht zu hohe Forderungen stellen, nur eine Art ausgleichende Gerechtigkeit erwarten.

> *»Wenn nur von Ihnen, was mir seit Jahren gehört, zu mir immer übergeht, dieser Atem Ihrer Natur, dieser reine Überfluss Ihrer Blumen und Quellen.«*[3]

Neben Blumen schickt Nanny Brieflack und Wärmflaschen sowie Schaffelle und dicke Wolldecken für das Bett des Dichters, verschiedene Anzüge aus London zur Auswahl, Haferkekse, Kerzen, Briefmarken, Briefbögen und Taschentücher mit Monogramm. Möbel werden bezahlt und Mietforderungen beglichen, Zuwendungen für die Familie, Geschenke für Freunde und Bekannte, Reisekosten, Sanatoriumsaufenthalte, Bücher und vieles mehr.

Nike sammelt Gedichte, die um das Symbol der Sonne kreisen, und so reagiert Rilke auf ihre ersten Briefe mit viel sonnigem Pathos. Er öffnet einen Brief und hält ihn in die Sonnenstrahlen, dann über sein Herz, seine Augen – und erkennt selbst, dass er mit Nanny ohne diese Stilisierung von Empfindsamkeit und Ergriffenheit offen reden kann: »Wie schreib ich Ihnen schlecht, meine Vertrauliche; voller Nebengedanken steck ich«[4]. Rilke wohnt im »Grand Hotel Locarno«. Er will für längere Zeit in die Pension »Villa Muralto« umziehen und braucht Schweizer Franken und viel edles Mobiliar, um seine zwei Zimmer wohnlich einzurichten.

»Ein ganzer Wunschzettel« geht nach Meilen. Nanny nennt ihr Boudoir »das Stübli«, und bald redet auch Rilke von seinem Stübli in der Villa Muralto. Hier schreibt er seine Briefe, die er jetzt »Briefli« nennt. Die geschmeidige Anpassung ans Helvetische gelingt ihm routiniert rasch. Nebenan liegt das Schlafzimmer. Da Rilke bei offenem Fenster schläft, hat er einen großen Bedarf an Decken. Nike schickt Paket um Paket, trennt sich von persönlichen Gegenständen aus ihrem Stübli und sendet sie Rilke zur Einrichtung seines Arbeits- und Wohnzimmers. Werner Reinhart wird bei einem Besuch in der Villa Muralto sofort stutzig, weiß er doch, woher die Einrichtungsgegenstände stammen.

Eigentümer der Villa Muralto sind eine blonde Schweizerin und der deutsche Frühpensionär Herr Peter, der in fünf Jahren Kriegsdienst dreimal verwundet und verschüttet worden ist. Nun erfreut er sich seiner neuen Aufgabe als Vermieter. Der handwerklich geschickte Herr Peter erfüllt die Wünsche seines Gastes nach der Anfertigung eines Stehpultes und eines Bücherregals. Einen kleinen Hausrat mit goldenen Löffeln und edlem Porzellan steuert Nike bei, denn Rilke nimmt seine Abendmahlzeit auf dem Zimmer ein. Das Mittagessen im Salon findet er abscheulich, doch die Hafergrütze am Abend versöhnt ihn wieder mit der Kochkunst der Wirtin.

Gegenüber Nike versagt sich Rilke weitgehend die üblichen Klagen. Nur einmal lamentiert er über seine Militärschulzeit, die Belastung durch den Briefverkehr und Ansprüche seiner Tochter Ruth. Klagen über die eigene Mutter fehlen. Kein Wunder, appelliert er doch an Nannys mütterliches Herz. Daher vermeidet er auch alle erotischen Zweideutigkeiten. Nanny ist die große Mutter, die »unsägliche Liebende«, und engelgleiche Frau. In ihrer Gegenwart darf er wieder der kleine Junge sein, der mit Hingabe Geschenkbänder von den Weihnachtsgaben löst, der voller Dankbarkeit jedes einzelne Präsent rühmt und als Gegenleistung gibt, was seiner Begabung entspricht: Verse. Als Weihnachtsgeschenk des Jahres 1919 schickt er Nike die Abschrift von drei Elegien. Das ist Dank und Selbstverpflichtung. Alle guten Gaben von Nike sollen allein der Förderung dieses Werkes dienen. Niemals hat Rilke eine so ehrliche Beziehung zu einer Frau gehabt wie zu ihr, der er am 23. Dezember 1919 in aller Offenheit seine Lage schildert:

> »*Lassen Sie das, unsäglich Liebende, lassen das unser Weihnachten sein, daß Sie sie nun halten;* das, *kleine Nike, in Ihren gläubigen Händen halten, um dessentwillen ich noch leben muß. Messen Sie mich daran, leichte Liebende, ich* bins *nicht (wer dürfte das sein?) – aber zu Zeiten reißt michs dorthin, in dieses ›Dunkel aus Licht‹, unter diese Sternenbilder des Herzens, in diese reine Überwindung, die das Leben der Engel ist.*
>
> *Ich weiß, es ist keine Schande, hinter solchen Entschlüssen zurückzubleiben; aber ich muß doch noch ein Beträchtliches näher an ihnen wohnen, mit der Zeit; trösten Sie mich nicht von dort hinüber, Nike, geben Sie's zu: ich bin oft weit und durch das Jahr. (Lesen Sie die Jahreszahl!) Und das Leben geht.*
>
> *Aber es geht dorthin. Als Mensch bin ich getrost, Liebe, nur als Künstler sorg ich mich, weil ichs gestalten muß, unendlich gestalten muß, eh ich geh. Helfen Sie geduldig, dass mirs möglich sei. Schützen Sie mich. Lassen Sie mich knieen und hoffen in der Heimath Ihres blühenden Herzens!*«[5]

Nanny Wunderly-Volkart hat sich gegen diese Stilisierung zur Heiligen nicht gewehrt. Sie ist Mutter des erwachsenen Sohnes Charles, genannt Pind. Ob sie gern mehr Kinder gehabt hätte, wissen wir nicht. Gewiss gibt es einen sehr persönlichen Grund dafür, dass sie ihre Briefe an Rilke nicht veröffentlicht wissen wollte. Während seiner Besuche in Nannys Paradies am Zürchersee verbringt Rilke stille Tage: den Vormittag lesend oder schauend im Hängesessel, zwischendurch eine Stunde im Stübli, dann wieder im Garten und abends am Seebalkon. Er berät sie in allen Fragen der

Führung des Personals und der Erziehung von Hunden. Lord, ein Wolfshund, den Nike auf Anraten Rilkes erworben hat, erweist sich als schwer erziehbar. Eigenmächtig verbellt er Gäste, Anwohner und Spaziergänger. Rilke reagiert zuerst gelassen:

> *»Ich bin sicher, wenn Ihnen ein erfahrener Züchter und Erzieher zu Rate stände, würden Sie Lord diese jugendliche Unart, zu der irgend ein Pflichtgefühl mit Langerweile zusammenwirkt, bald abgewöhnt haben.«*[6]

Lords »Allarmlust« bedürfe einer »Er- oder Ent-ziehung«. Lord erweist sich jedoch als hartnäckiger Fall, und Rilke ist nicht nur ein Spezialist für den Aufbau neuer Beziehungen, noch mehr ist er ein Meister des Abschiednehmens. Er meint, hier sei jeder Erziehungsversuch hoffnungslos, und rät zu einem Inserat in der Zürichsee-Zeitung:

> *»Je rascher Sie ihn weggeben, desto besser. Nicht mehr sehr viel mit ihm sein, Chère, und ihn ruhig gehen lassen. Die Episode war lieb, trotz aller Stürme, und bleibt in seinem Leben gewiss wirksam. Da es so gekommen ist, muß man energisch und rasch nachgeben. Tun Sie's généreusement, auch so ists ein Ganzes gewesen!«*[7]

Nanny hätte ihr Mäzenatentum in Form einer einmaligen Schenkung oder eines monatlichen Stipendiums regeln können. Sie aber will die persönliche, tägliche Zuwendung, die Rilke ihr abverlangt. Nanny liebt ein zurückgezogenes Leben, die stille Arbeit im Garten, die kunsthandwerkliche Tätigkeit in ihrer eigenen Buchbinderei, das vertraute Gespräch unter vier Augen und kleine Fluchten: Gemeinsam fahren sie zu Kuren, treffen sich in einer Stadt zum Einkaufsbummel oder reisen mit dem Automobil durch die

Gegend. Dass Nanny unter Schlafstörungen und einer Unruhe des Gemütes leidet, entgeht Rilke nicht. Wo wären ihre Befindlichkeiten besser aufgehoben als bei ihm? Auch wird sie von chronischen Entzündungen im Hals-Nasen-Ohrenbereich geplagt. Felix Robert Nager, Professor für Hals-Nasen-Ohren-Heilkunde an der Universität Zürich und engagierter Katholik, versucht ihr Leiden zu lindern. Während akuter Phasen erlebt Nike immer wieder religiöse Anfechtungen. Rilke deutet diese Versuchungen positiv, sie seien »ja eben der feste und genaue Angriffspunkt, den Gott zu Ihnen hat, dass Ihnen Klagen und Singen aus der gleichen Mitte kommt!«[8] Er empfiehlt Nike strenge Bettruhe bei offenem Fenster. Jede Lektüre sei streng verboten, da sie die Phantasie nur reize, spricht Rilke aus Erfahrung. »Ruhen, womöglich Schlaf kommen lassen, – wie gut wird das Alles gewesen sein!«[9] Das ist der fürsorgliche Ton eines erwachsenen Sohnes, wie ihn Rilke auch gegenüber seiner Mutter pflegt.

Rilke schenkt Nanny eine Zuwendung, die sie von ihrem wirtschaftlich erfolgreichen Ehemann offenbar nicht erhält. Ohnehin ist Hans Wunderly in seiner Freizeit viel unterwegs. Seine Leidenschaft gilt der Jagd. Nanny liebt wie Rilke die vegetarische Küche und alkoholfreie Weine, ein stilles Zimmer voller Blumenschmuck, selbst gebackene Haferflockenplätzli, Kamillenshampoo, Bleistifte der Marke Koh-i-noor und Bettsöckli. Oftmals ist sie so verstört, dass sie auf das Mittagessen verzichten muss und nachts nicht schlafen kann. Dann wird sie von Ängsten heimgesucht.

Rilke sind diese Symptome von seiner Mutter her wohlbekannt. Wenn Nanny am Abend im Bett liege, sagt Rilke, dann werde er draußen unter dem Sternenzelt wandern und Schlaflieder singen, er werde ihr Herz wie eine kleine Wiege schaukeln, damit sie wie ein Kind darin schlafe. Gläubig wie die Kinder wollen sie gemeinsam werden. Wie zu einem

Kind spricht er von Schlaf-Körnchen gegen das Grauen. Wie bewältigt man die Angst? Nicht indem man sie leugne oder verdränge, sagt Rilke. Die Angst gehöre zum Leben. Aber das Leben in seiner unergründlichen Fülle sei mehr als die Angst. Dahin solle Nike ihre Gedanken richten, wenn sie schlaflos im Bett liege:

> *»Lassen Sie das Grauen vor den menschenähnlichen Stimmen nicht groß werden, gehen Sie gleich zum Nächstgrößeren über, in dem auch das Grauen noch eingebettet ist, so grenzenlos es scheinen mag.«*[10]

Die Schlafstörungen sind gelegentlich auch von Geruchshalluzinationen begleitet. Einmal riecht es nach Leichen und Blumen zugleich. Auch hier kann Rilke die Erschütterung der Freundin aus eigener Erfahrung kommentieren. Geister können als Gestalt sichtbar werden oder in der Form eines Geruches. Die Geruchshalluzination habe er als wesentlich eindrücklicher und unheimlicher erlebt. Rilke kennt durchaus Erklärungsversuche für die Gerüche in der Nacht. Er weiß, dass ein länger dauernder Besuch einer Freundin seine Gönnerin zu stark beansprucht hat. Aber der Geruch der Geister wird nicht auf eine psychologische Ursache reduziert. Rilke hat eine andere Erklärung: Erst die Überreizung der Nerven schärft die Wahrnehmung für das, was unsichtbar anwesend ist.

> *»Die Erscheinung in Meilen möchte ihren Ursprung in der eigentümlichen Steigerung und Erregung gehabt haben, in der Sie durch Tage und Nächte, durch Ihre Gespräche, sich hinhielten; solche Verfassung wirkt auf die Dinge und Wände des Hauses; die Dinge bekommen Fieber; die Schwingungszahl innen in ihrer Existenz steigert sich und es scheint, als gerieten* sie, *die keinen Temperamentsausweg*

haben, dann irgendwie außer sich: d. h. sie verlassen, ihrer Existenz nach, die Ebene des Zeitlichen, die sie sonst mit unserer Einstellung teilen, und werden zu Spiegeln, sei es vergangener, sei es künftiger Momente, deren Auffälligstes (Sichtliches oder Riechbares) sie in den Raum hineinstrahlen.«[11]

Rilke steht in der Mitte des vierten Lebensjahrzehnts. Ein gewisses Maß an Gelassenheit im Umgang mit seiner körperlichen und seelischen Natur hat er inzwischen erlangt. Schleimsuppe und ein Tee aus Tausendgüldenkraut helfen ihm gegen nervöse Zustände. Doch manchmal bleibt allein das Fasten. In den Tagen des Verzichts auf Nahrung macht Rilke außergewöhnliche Erfahrungen, über die er offen mit Nanny spricht. Er berichtet von der merkwürdigen Erfahrung des Schwebens – zwanzig Zentimeter über dem Boden. Dergleichen Erlebnisse behält man lieber für sich. Man sagt sie niemandem, nur dem Weisen. Das Schweben in der Luft, die Levitation, und das Fliegen sind bekannte Motive aus der Welt der Träume und der Märchen. Rilke spricht vom Schweben »als ein(em) Leichtwerden der ganzen Leiblichkeit«[12] im wörtlichen Sinn. Zwei Jugenderinnerungen gibt er preis. Das erste Erlebnis spielt im Wald nach dem Genuss von Wacholderbeeren auf nüchternen Magen:

»*In meiner Jugend, im Herbst, hatte ich solche Tage, da ich im Wald herumging, barfuss und fastend, nicht irgendwie kasteiig und bußfertig –, nur dann und wann zerbiss ich eine von den duffen, blau behauchten Wacholder-Beeren, und hatte die Empfindung, daß sie tief in mein Blut hineinduften in der inneren Wärme meines Körpers. Die Rehe kamen völlig heran zu mir und wenn wir einander anhauchten, so rechneten wir uns gegenseitig zum Wald und waren vertraulich.*«[13]

Das ist die Sprache der Legende und der religiösen Utopie. Bei Rilke verschwimmt die Grenze zwischen Dichtung und Wahrheit. Das gilt noch mehr für das zweite Erlebnis:

»*Meine Erinnerung ist, daß ich in solcher Höhe mich hinbewegt habe einmal, schon als Kind, schwebend mit geschlossenen Füßen, ich seh das Zimmer noch, wo ichs immer wieder versucht habe, wenn ich ganz allein im Hause war –, ein kleiner Zweifel mischte sich erst noch hinein, aber schon gelangs! (Wenn ich nur sagen könnte, welches Merkmal die Sache an sich hat, daß ich sie nicht für einen Traum halten mag.) In der Stube, wo ich schwebte, versuchte ich dann wohl auch, mich vornüber zu legen und waagrecht und schräg den Raum zu durchfahren, es war sehr natürlich; wenn ich aber draußen, im Freien in die Lage kam, mich dieser Fähigkeit zu überlassen, so hatte ich immer Rücksicht, aufrecht zu bleiben und nie über jene zwanzig Zentimeter hinauszugehen, um kein Aufsehen zu veranlassen und nicht das Ärgernis meiner Ungewöhnlichkeit unter die Leute zu bringen. Gings über eine Wiese, so reichte das Gras eben, eben streifend an meine Fußsohlen, bog sich ein bisschen (welche genaue Erinnerung daran mir geblieben ist), und es hatte eine eigene Beglückung, die Möglichkeit größeren und bewegteren Flugs, von der mein Körper erfüllt war, zurückzuhalten und im Besitze solcher Herrlichkeit bescheiden zu sein.*«[14]

Paranormale Erfahrungen, wie Rilke sie hier preisgibt, werden auch in den Legenden um Franz von Assisi berichtet: Auf dem Berg Alverna schwebt der engelgleiche Heilige über dem Boden. Er predigt den Vögeln. Ein Häschen sucht bei ihm Schutz vor seinen Verfolgern. Die Legende erzählt in poetischen Bildern von der Sehnsucht nach einem Leben in Frieden und Versöhnung. Auch von der großen spanischen Mystikerin Teresa von Ávila, dem einfältigen Heiligen Josef von Copertino oder der westfälischen Seherin Anna Katharina Emmerick wird berichtet, sie hätten über dem Boden schweben können. Rilke ist mit dieser Überlieferung vertraut und nimmt das Motiv der Levitation bereits 1912 in seine »Duineser Elegien« auf, wo es über die ekstatischen Erlebnisse der Heiligen heißt:

> *»Stimmen, Stimmen. Höre mein Herz, wie sonst nur*
> *Heilige hören: daß sie der riesige Ruf*
> *aufhob vom Boden; sie aber knieten,*
> *Unmögliche, weiter und achtetens nicht.«*[15]
> (I. Elegie)

Mit Nanny teilt Rilke viele Geheimnisse. Die stille Feier der Sechsuhrstunde und das Fest der mystischen Weihnacht aber bleiben Sophia Rilke vorbehalten. Auch in der Schweiz verbringt er den Heiligen Abend allein. Dass der merkwürdige Gast sein Stübli nicht verlassen will, irritiert die Besitzerin der Pension. Deshalb lässt Frau Peter das Zimmermädchen Sophie in gestärkter weißer Feiertagsbluse an Rilkes Tür anklopfen. In der Hand hält sie ein Tannenästchen mit einem Weihnachtslicht und sagt: »Ich bringe Herrn Rilke ein Weihnachts-Grüßli.«[16]

Während draußen die Glocken läuten und alle zur Kirche strömen, um die Geburt *des* Kindes zu feiern, blickt Rilke auf ein Foto seiner Tochter Ruth. Nanny gegenüber muss er nichts verbergen. Ruth ist ihm weiter fremd. Er hat keine Vatergefühle, reagiert sogar mit Abwehr ihr gegenüber, flüchtet sich in immer weiter ausufernde Briefwechsel mit anderen, ihm als Dichter wichtigeren Menschen. Nach den Festtagen holt ihn eine andere Realität ein. Rilke bekommt die Rechnung für Unterkunft, Verpflegung und viele weitere Dienste präsentiert. Von Nike erbittet er eine »Anleihe«, die in Gedichten erstattet wird. »Darum ja drängts mich so fort, ins Englische Erlebnis, wo diese Beschränknisse nicht einbrechen«, erklärt Rilke keck und schickt Nike das Bruchstück einer Elegie aus dem Jahr 1914 als erste Rückzahlung der »Anleihe«.

Angela Guttmann
»eine Mignon der russischen Ebene«

Viele Menschen wurden durch den Weltkrieg aus der Bahn geworfen. Manche führen nun ein Leben am Rand des Existenzminimums. Eine von ihnen ist Angela Guttmann. Die geschiedene junge Mutter, die später auf abenteuerliche Weise die Wirren der stalinistischen Verfolgung überleben wird, haust allein im alten »Castello di Ferro« bei Locarno. Rilke trifft die mittellose Schriftstellerin in einer Locarner Buchhandlung. Es ist die Konfrontation des Dichters mit einer Leserin, die sein »Stunden-Buch« wörtlich nimmt, besonders den dritten Teil »Von der Armut und vom Tode« (1903). Hier preist Rilke das franziskanische Ideal der Heimat- und Besitzlosigkeit:

»Denn Armut ist ein großer Glanz aus Innen …

Du bist der Arme, du der Mittellose,
du bist der Stein, der keine Stätte hat,
du bist der fortgeworfene Leprose,
der mit der Klapper umgeht vor der Stadt.

Denn dein ist nichts, so wenig wie des Windes,
und deine Blöße kaum bedeckt der Ruhm;
das Alltagskleidchen eines Waisenkindes
ist herrlicher und wie ein Eigentum.«[17]

Rilke glaubt zuerst, Angela sei Russin. Da reagiert er immer stark. Angela Guttmann hat in Paris einige Semester medizinische Vorlesungen gehört. Sie wird für Rilke das Ideal einer Dichterin, die allein ihrer schriftstellerischen Berufung folgt und dafür materielle Armut und Bedrängnis hinnimmt. Rilke lädt Angela in sein Stübli ein und lässt sie aus ihrem bewegten Leben erzählen: Geboren wurde sie als Angela Müllner in der mährischen Stadt Znaim (Znojmo). Sie war die Tochter eines katholischen Vaters. Als die Familie nach Wien umzog, lernte die Vierzehnjährige den mittellosen expressionistischen Schriftsteller Leopold Hubermann kennen. Sie brach die Schule ab und verließ ihr Elternhaus. Mit ihrem Geliebten reiste sie nach Triest. Im Februar 1909 wurde ihre Tochter Ligeia geboren, ein Jahr später heiratete sie Leopold Hubermann und erhielt die russische Staatsbürgerschaft. Hubermann war Pole, da seine Heimat jedoch von Russland besetzt ist, gilt er aus Moskauer Perspektive als Russe.

Ihr zweites Kind brachte Angela in einem Heim für Obdachlose in Triest zur Welt. Ihr Mann, ihre einjährige Tochter und sie teilten sich den Schlafraum mit 21 weiteren Bewohnern. Einige Tage nach der Niederkunft betrat ein alter Jude das Asyl. Er war blind, tastete sich durch den Raum an den Bewohnern vorbei zur hintersten Ecke, wo die Wöchnerin lag. Dann blieb er vor ihr stehen, beugte sich nieder, suchte ihr Gesicht, streichelte ihre Wange und sagte: »Du hast einen Sohn geboren.« Er legte einen Gulden auf die zerfetzte Decke und ging. Für Rilke ist dies ein marianisches Erlebnis, die rührende Analogie zur Christusgeburt in Armut und Schmutz.

Kurz nach der Geburt starb der Sohn. Das Ehepaar wohnte seit 1913 im Pariser Stadtteil Quartier Latin in einem abbruchreifen Haus. Angela veröffentlichte Erzählungen in expressionistischen Zeitungen, doch davon konnte sie nicht leben. Nach Ausbruch des Krieges wurde ihr Ehemann von der russischen Armee eingezogen. Sie zog nach Zürich, heiratete Simon Guttmann, den Herausgeber der Gedichte Georg Heyms, und gehörte bald zum Kreis der Dadaisten um Hugo Ball. Am 9. April 1917 stand sie mit einigen Kommunisten am Zürcher Bahnhof und verabschiedete Lenin, der über Deutschland in die Sowjetunion fahren wollte. Lenin sprach mit den Genossen russisch und deutsch. Er fasste Angelas Hand mit einem festen Druck und schaute ihr in die Augen, versprach allen Anwesenden, er werde in seiner Heimat die Gefängnistüren öffnen.

Rilke berichtet Nanny Wunderly-Volkart in seinen Briefen auch von der Begegnung mit und dem beschwerlichen Leben von Angela Guttmann: »Ein bisschen wie ein Hochstapler des Elends komm ich mir vor, wenn diese jungen Menschen, die's wirklich erfuhren, die noch jetzt drin stecken, denen die Armut immerfort näher ist, als die Luft ihres Zimmers –, wenn sie mich, auf das Zeugnis Malte's hin, für Ihresgleichen halten«[18], teilt Rilke seiner Gönnerin mit und berichtet auch von Angelas angegriffener Gesundheit. Sie leide unter einer Brustfellentzündung und Herzschwäche. Rilke führt Angela daher zu Dr. Hermann Bodmer, Arzt in Locarno und Freund Hermann Hesses. Beide beschließen, der jungen Frau zu helfen. Bodmer durch ärztliche Betreuung, Rilke, indem er Briefe mit der Bitte um finanzielle Unterstützung an Werner Reinhart sendet. Und er wendet sich erneut an Nanny Wunderly-Volkart:

»*Wo ist das Ausruhen, wo ist die Stille?; nie, denken Sie, nie war ein Moment der Geborgenheit. Und hinter allem, diese Sehnsucht danach (wie sollte sie in einer Frau nicht angewachsen sein!) dieses noch eigentlich Nicht-mehr-können, Nicht-mehr-mögen–, diese Sehnsucht nach Glück. Ach, Nike, es ist unbeschreiblich.*« Als Ausgleich, meint Rilke, müsse eine Wiedergutmachung geschehen, *»ja alle Engel des Himmels wirklich müssten bemüht sein!«*[19]

Rilke ist fest entschlossen, an Angela eine ausgleichende Gerechtigkeit zu üben. Die Vorbereitung einer Geburtstagsfeier bietet dazu willkommenen Anlass. Vor Jahren, als seine Pariser Freundin Marthe Hennebert 18 Jahre alt wurde, gab er bei der Fürstin ein angemessenes Geschenk in Auftrag. Zu Angelas 30. Geburtstag am 5. Februar 1920 nimmt er Nanny in die Pflicht. Großzügig schickt sie weiße Rosen und stiftet einen Geldbetrag, der Angela in den kommenden Monaten das Überleben sichern soll. Bald erfährt sie durch Rilke, Angelas Schulden seien so hoch, dass eine weitere Zuwendung nötig würde. Zugleich deutet Rilke an, er werde Locarno noch vor dem Geburtstag verlassen, um in den Kanton Basel zu ziehen. In gewohnter Weise bereitet er den Rückzug aus allen Verbindlichkeiten vor.

»Sei allem Abschied voran, als wäre er hinter
dir, wie der Winter, der eben geht.«[20]

Diese Verse aus den erst 1922 entstandenen »Sonetten an Orpheus« (Zweiter Teil, XIII. Sonett) lesen sich wie ein Nachhall des Abschieds von Locarno. Angela respektiert Rilkes Überforderung und seine Absetzbewegung. Sie ist eine weise Frau und möchte ihm den Aufbruch leicht machen. Noch bevor Rilke die Koffer packt, sagt sie:

»Nicht ein Einzelner, die Welt hat dich lieb.«[21]

Rilke flieht und denkt zugleich an »Adoption, damit nicht zu der Fähigkeit des Alleinseins, dem sie ja wirklich gewachsen ist, dieses Grauen der Verlassenheit sich fortwährend hinzugeselle. Denken Sie«, schreibt er Nanny, »sie dürfe noch einmal einen Vater erleben, einen geliebten, mitwissenden, zustimmenden, sorgenden: ich glaube, es würde ein Wunder in ihrem Herzen geschehen –, denn irgendwie ist sie eine Art Mignon, nur eine, die nicht vom Süden herkam, von Myrten und Götterbildern, eine slavische, eine Mignon der russischen Ebene, mit einem Blut voller Märchen und der unbeschreiblichsten Erinnerung an ein verlorenes (Wann?) Geborgengewesensein bei jenem Gott, von dem es in einer russischen Erzählung heißt, dass er in der Achselhöhle wohne.«[22]

Man muss sich nicht vorstellen, wie Rilkes Tochter Ruth auf die Idee einer Adoption reagiert hätte, um diese Zeilen mit Kopfschütteln zu lesen. Auch bedarf es keiner psychologischen Analyse, um in der Verklärung zur russischen Mignon eine Kompensation der Schuldgefühle zu erkennen. Niemand kennt Rilkes widersprüchliche Natur besser als er selbst.

Zum Abschied schenkt er Angela einen japanischen Vorhang aus reiner Seide. Nanny hatte ihm die kostbare Stickerei mit dem Motiv eines schreitenden Vogels zum Einzug geschenkt. Angela wird das nie erfahren. Sie erwidert die Gabe mit einem Gedicht:

»Das Schreiten eines Vogels über seidnen Gründen,
wo nur das letzte Fühlen seines Schrittes sie berührt,

und wo sie so in aller Helligkeit des Gleitens
sich lösen, wie ein Frühlingstag in seinen Winden.

Wo alles Licht von seinen Schwingen ein
Widerschein ist von den Gründen, die jenes
Eilen nur verstehn:

Wenn durch die Lieblichkeit des Gleitens
Dem Strahl ein Bild ersteht – auf seinem seidnen Gehen.«[23]

Noch einmal kommt es zu intensiven Gesprächen trotz des hohen Fiebers der jungen Freundin. Angela erzählt wieder aus ihrem Leben. Die Art, in der sie sich ihrer Vergangenheit stellt, auch den dunkelsten Erlebnissen, empfindet Rilke zu Recht als Kontrast zu seinem Umgang mit sich selbst:

> »*Wenn ich damit meine Erinnerungen an die Militärschule vergleiche: wievieles habe ich verdrängt, weils ganz unauflebbar war, wievieles auch hab ich mir nach und nach umgedeutet, um es auszuhalten, bei Angela nichts dergleichen*«, berichtet er Nanny. »*Ihr ist seit der Kindheit von den Menschen, die ihr die nächsten waren, nichts als das unerbittlichste Unrecht geschehen, aber indem sie es hinnahm, machte sie's Zug für Zug, zu einem Rechte Gottes,* so *und nicht anders durch diese Menschen auf sie zu wirken. Welche Demut, welche reine Unterwerfung.*«[24]

Dann steht der Umzug nach Gut Schönenberg bei Pratteln im Kanton Basel unmittelbar bevor. Rilke schenkt Angela warme Decken und zwei Schaffelle aus Nannys Besitz und lässt sie bettlägerig in Locarno zurück. Nur Bertolt Brecht wird noch gewissenloser handeln, als er die sterbende Geliebte Margarete Steffin im Juni 1941 in Moskau ihrem Schicksal überlässt. In sein Notizbuch notiert Rilke: »Sakrament der Trennung.«[25] Doch sein Gewissen kommt nicht zur Ruhe. Durch alle Entfernung und über die Alpen hinweg spürt er Angelas Gegenwart.

Unterdessen ist sein Appell an die Mäzene erfolgreich gewesen. Angela bekommt finanzielle Unterstützung. Das macht Rilke nun Sorgen. Er befürchtet, sie könne das Geld nutzen, um ihm nachzureisen. Dann bliebe ihm nur die Flucht. Angela verschenkt einen Teil der finanziellen Zuwendung an einen orthodoxen Juden und Talmudgelehrten. Dann geschieht, was Rilke befürchtet hat. Sie schickt ein Telegramm, in dem sie ihre Ankunft ankündigt. In Basel wohnt Angela im noblen Hotel »Drei Könige«. Bald erfährt Rilke, warum ihm die Freundin durch die Schweiz nachgereist ist. Kaum hat Rilke Locarno verlassen, wird Angela durch Gespräche verunsichert. Es heißt, so schreibt Rilke an Wunderly-Volkart, »das wäre so meine Art immer gewesen, zu Menschen gut zu sein, übermäßige Beziehungen mit ihnen anzuknüpfen, um sie dann mit einem Schlage auszulassen und nicht mehr zu kennen«[26].

Das ist die reine Wahrheit. »Unser Leben geht hin mit Verwandlung«, wird es in der VII. Elegie heißen und: »Jede dumpfe Umkehr der Welt hat solche Enterbte, denen das Frühere nicht und noch nicht das Nächste gehört.« Das sind Angelas Spuren in Rilkes Werk. Rilke und manche seiner Biografen glaubten, Angela Guttmann sei im Jahr 1922 ihrem Leiden erlegen. Tatsächlich aber studiert sie Psychoanalyse in Berlin bei Max Eitingon und Karl Abraham. Sie lernt mit Wilhelm Rohr ihren dritten Mann kennen und folgt ihm 1925 in die Sowjetunion. Aus Moskau schreibt sie Artikel für die »Frankfurter Zeitung«. Unter Stalin wird sie wie Rilkes Freund Heinrich Vogeler Opfer einer politischen Verleumdung. Im Gegensatz zu Vogeler aber überlebt sie die Lager. 1957 darf sie nach Moskau zurückkehren. In einem Brief aus dem Jahr 1961 charakterisiert sie sich mit folgenden Worten:

»*Wer war ich? Eine kleine Frau, nicht gerade hässlich und nicht besonders schön, mein Mut aber war ganz und gar unsichtbar, saß tief in mir, bis er endlich Zeit und Gelegenheit fand auszureifen. Vielleicht könnte er mich charakterisieren. Das hat mit Eigenlob nichts zu tun, ich habe mich nicht nur für mich erhalten, ich möchte leben, um Leben zu geben.*«[27]

Mouky entdeckt ein Schloss für Rilke
»Muzot oder Nicht-Muzot«

Während Angela Guttmann ihr Studium der Psychoanalyse aufnimmt, reist Rilke im Sommer 1920 nach Venedig. Er wohnt im Palazzo Valmarana. Der Ort ist vertraut, die Gastgeber auch, und wie in alten Zeiten öffnen die venezianischen Salons ihre Türen für Freunde und Bekannte bis weit nach Mitternacht. Unter der Oberfläche heiterer Betriebsamkeit zeigt sich jedoch eine andere Stimmung. Rilke sucht das Gespräch im kleinen Kreis mit der noch immer anmutigen Gräfin Luisa Cittadella und der ernsten Contessina di Valmarana. Durch vier Kriegsjahre hat die Contessina mit Ausdauer, Hingebung und Entschlossenheit Verwundete gepflegt. Während eines Monats, so erzählt die Krankenschwester, seien ihr 120 Kranke und Verwundete gestorben. Da einfache Soldaten in ihrem Sterben nicht von Ärzten begleitet werden, sei sie mit ihnen allein gewesen. Rilke ist bewegt von diesem diakonischen Engagement und weiß sich zugleich infrage gestellt. Seit zehn Jahren befindet er sich in einer Art Winterschlaf. Wie anders wäre sein Leben verlaufen, wenn er sich wie die Contessina den Herausforderungen der Zeit tätig gestellt hätte!

So dreht sich Rilkes Leben weiterhin im Kreis. Einladungen kommen von Katharina Kippenberg aus Leipzig, von der Fürstin aus Lautschin. Nein, er wolle sich nicht wiederholen, nicht ein zweites Mal nach Soglio reisen, schreibt er Nanny Wunderly-Volkart. Er wolle so leben wie sie: ein eigenes Stübli im schönen Haus und einen Garten besitzen. »Aber ich werde mir dergleichen nie schaffen können.«[28] Damit hat er zweifellos recht. Er kann sich keine Villa am Zürchersee oder ein Schloss in den Schweizer Bergen leisten. Doch Nanny hat die Botschaft verstanden. Rilke braucht ein eigenes Haus! Dann wird er aus dem Winterschlaf erwachen und wieder dichten.

Die Anmietung und schließlich der Erwerb einer passenden Immobilie sind unbedeutend im Vergleich zu der unlösbar scheinenden Frage: *Wo* soll der Dichter in der Schweiz eine Bleibe finden? Aus eigener Anschauung kennt Rilke die italienisch anmutende Südschweiz und die Kantone des Nordens. Zürich, Bern und Basel sind durch die nüchterne reformierte Tradition geprägt. In einer spirituellen Welt ohne Wunder und Weihrauch, ohne Heilige und Maria, ohne Altar und Stundengebet, ohne Niederknien und bunter Prozession an Fronleichnam oder Maria Himmelfahrt fühlt sich Rilke nicht heimisch. Mag er gelegentlich gegen Christus und die Priester wettern, er bleibt in der Seele ein Katholik. Dies wird ihm bewusst, als er auf einer Reise mit der elf Jahre jüngeren Malerin Elisabeth Dorothee Klossowska das Wallis entdeckt. Sierre, St. Maurice, Le Prieuré d'Etoy, die hohen Berge und der Aletschgletscher, Brigg, Münster, Reckingen und das breite Tal der Rhône, die französische Sprache – Rilke ist ergriffen von der Landschaft, den Menschen und den Kirchen.

> *»Liegts am Katholischsein: daß sich der Charme des achtzehnten Jahrhunderts noch so vielfach in diesen Gegenden bewahrt hat?«*[29]

Ein Jahr später, 1921, bereist er mit Mouky, wie Rilke seine Freundin Elisabeth Klossowska jetzt nennt, erneut das Wallis. Am Fest der Apostel Peter und Paul treffen sie in Sierre (Sion) ein. Er glaubt, die Kirchenglocken läuteten in diesem tiefkatholischen Kanton rufender, herber und befehlender als im Tessin. Mouky und Rilke besuchen eine katholische Messe. Dann gehen sie mit dem Makler Pierre de Rham auf Wohnungssuche. Rham leitet eine Immobilienfirma in Lausanne. Er ist Besitzer der Tour de Goubin in Sierre, eines Turmes in den Weinbergen. Rilke ist begeistert von diesem alten Gemäuer. Doch steht es nicht zum Verkauf. Was Pierre de Rham anzubieten hat, ist ein heruntergekommenes Gebäude, das zurzeit nicht vermietet ist. In ihm hausen Obdachlose und Saisonarbeiter, die sich einige Franken bei der Vendange (Weinernte) verdienen. Enttäuscht gehen Mouky und Rilke in Richtung Bahnhof. Da entdecken sie im Schaufenster des Coiffeurs eine Immobilien-Anzeige: ein Schlossturm aus dem 13. Jahrhundert. Zu diesem Kleinod gehört eine eigene Kapelle. Sie ist der heiligen Anna geweiht.

Rasch nehmen Rilke und Mouky Kontakt zur Besitzerin des Turmes auf. Mit Cécile Raunier-Keller unternehmen sie eine Ortsbegehung. Rilke ist enthusiasmiert und zögert doch. Er wolle den Turm erst für drei Monate mieten und dann den Vertrag jeweils monatlich verlängern. Auf derart exquisite Bedingungen lässt sich seine Mäzenin ein, nicht aber Cécile Raunier. Ohnehin ist sie leidend und hat nicht die Kraft, auf Rilkes Sonderwünsche einzugehen.

Rilke und seine Begleiterin bleiben vor Ort. Sie wohnen im noblen »Hotel Bellevue«. In den kommenden Tagen besichtigen sie erneut den Turm von Muzot. Er hat kein fließendes Wasser und keinen Stromanschluss. Im ersten Stock befindet sich eine kleine Kapelle. In der Türrahmung ist ein indisches Hakenkreuz, die Swastika, eingelassen. Die Bauern in der Umgebung wissen alle, was Rilke erst anlässlich der erneuten Besichtigung erfährt. Nur äußerlich ist das Schlösschen unbewohnt. Zwischen den alten Mauern haust ein Gespenst, eine junge Frau, die auf Muzot um 1500 Hochzeit gefeiert hat. Auch ihren Namen kennt hier jedermann. Sie heißt Isabelle de Chevron. In Rilkes Testament wird sie eigens Erwähnung finden.

Jetzt aber führt er erste Verhandlungen über die Mietkosten. Den kommenden Winter möchte er allein auf Muzot verbringen, so wie zehn Jahre zuvor den Winter auf Duino. Zur Einrichtung und Eingewöhnung solle Mouky vorerst mit ihm in den Turm ziehen. Während die Töchter der Besitzerin an das große Reinemachen gehen, fertigt Rilke Zeichnungen von den Zimmern an. Das »Plänli« schickt er Nanny, die in gewohnter Treue für Einrichtung, Lebensmittel, Haushälterin und weiteres Personal aufkommen wird. Sie unterbreitet ihrem Vetter Rilkes Bedingungen für einen Einzug. Reinhart, der den Turm bereits von früheren Besuchen im Wallis kennt, soll Muzot mieten, zugleich aber Rilke die vollkommene Freiheit gewähren, zu gehen oder zu bleiben, wie es seine Laune fordert. Die Bedingungen sind eindeutig: Rilke will die Elegien vollenden. Das kann er nur hier und nur ohne Druck.

Zuerst zieht Mouky ein und leitet die weiteren Renovierungsmaßnahmen, während Rilke auf der sonnigen Terrasse des »Bellevue« Erholung sucht. Dann ist sein Arbeitsraum eingerichtet. Nun habe er sein Stübli, meldet er Nanny. In der Hauskapelle mit dem Swastika-Zeichen lässt er ein Betpult aufstellen. Vorerst fehlt ihm nur neues Briefpapier mit dem Aufdruck »Château de Muzot sur/Sierre Valais«. Dann zeigen sich die ersten Probleme und eine Wunschliste folgt der anderen: Rilke kann an dem vorhandenen Tisch nicht schreiben, Ratten und Mäuse dringen durch Mauerrisse, ein Hausmädchen muss eingestellt werden, ein Junge, der morgens die Milch liefert, ein weiterer, der das Holz sägt und Lebensmittel aus dem Dorf besorgt. Nanny kümmert sich um alles, auch um das gewünschte Kistchen mit Kölnisch Wasser. Rilke verteilt es flaschenweise in seinem Schlafzimmer.

Reinhart bezahlt für ein halbes Jahr die Miete im Voraus. Dann droht der Postbote mit einem Streik. Eine derartige Flut von Briefen, Päckchen und Paketen, wie sie Rilke täglich empfängt, überfordere ihn. Pakete stelle er daher unten im Dorf ab. Rilke habe sich um den Transport auf sein Schlösschen selbst zu kümmern. Der neue Schlossherr sucht einen Fuhrmann. Vergeblich. Schließlich wird ein Diener vom »Hotel Bellevue« für diese Arbeit eingestellt. Rilke ist so erschöpft, dass er Nannys Pakete nicht mehr auspacken will. Ein Glas Wein, das der an Alkohol nicht gewöhnte Rilke getrunken hat, ist ihm zu Kopf gestiegen. Mouky rät ihm, das Schloss zu verlassen, wenn ihn der Aufenthalt überfordere. Rilke aber bleibt. Er wolle ernstlich versuchen, sich auf Muzot einzulassen, erklärt er gegenüber Nanny:

> »*Nur wissen muß ich, ich* kann, *ich* darf *fort jeden Augenblick; nicht wahr ich kann, ich darf, – und es würde Werner Reinhart nicht kränken?*«[30]

Nanny verliert nie die Geduld. Sie bestellt für Mouky Ölfarben aus Berlin. Dann erbittet Rilke eine Auswahlsendung von Pailetten. »Die Pailette ist ein Gegenstand persönlichster Wahl, beinah wie ein Hut, so wollte ich gerne, dass Mouky K. selber wähle. Ginge das. Das nichtbehaltene ginge umgehend zurück.«[31] Rilke fühlt sich vom Anspruchsdenken überfordert, das er selbst in der jungen Malerin geweckt hat. Mouky, die er auch Baladine oder Merline nennt, ist mit dem Kunsthistoriker Erich Klossowski verheiratet. Das Ehepaar hat zwei Söhne: Pierre und Arsène Davitcho Baltusz. Beide gelten als begabt, besonders Baltusz, der sich unter dem Namen Balthus einen Namen als Maler machen wird. Rilke bittet seine Schweizer Gönner, die kostspielige Ausbildung der Kinder zu finanzieren.

In der Verbindung mit Mouky lebt der alte Traum einer Künstlerehe wieder auf. Deshalb blickt Nanny Wunderly-Volkart mit Sorge auf die Wohnverhältnisse im Turm von Muzot. Rilke versucht ihre Bedenken zu zerstreuen. Mouky werde wie geplant am 17. Oktober 1921 ausziehen. Dann beginne für ihn die Zeit der Einsamkeit und des Schreibens. Nanny schweigt, sieht aber, was kommen wird. Wer einmal in diesem Ambiente arbeiten durfte, der will wieder zurückkehren.

Andererseits ist keinesfalls sicher, dass Rilke in Muzot bleiben wird. »Muzot oder Nicht-Muzot«[32], so lautet plötzlich wieder die Frage. In Moukys Gegenwart wird Rilke nicht zur Ruhe kommen. Deshalb muss sie endlich aus dem Turm ziehen und Platz für eine solide Haushälterin schaffen. Einige Mädchen stellen sich vor, doch immer gibt es etwas an ihnen auszusetzen. Sie können nicht kochen oder bereiten für Rilke ungewohnte Kost. Sie suchen nur eine Saisonarbeit im Winter, weil sie im Sommer wieder in den großen Hotels oder auf dem heimischen Bauernhof gebraucht werden. Um der speziellen Walliser Art gerecht zu werden, müsse es eine Einheimische sein, also zweisprachig, meint Rilke. Zudem müsse die ideale Haushälterin alle Tugenden der Demut in sich vereinen: bei geringer Bezahlung und voller Hingabe dem Dichter ohne jeden eigenen Anspruch dienen, dabei die Kunst vollkommen beherrschen, anwesend, aber unsichtbar zu sein, wenn der Herr es wünscht.

»Es müsste eine sehr selbständige, sehr findige Person sein; wenn ich die Eigenschaften alle zusammennehme, die ich von ihr zu verlangen geneigt wäre, so reichen sie für zwei Engel und drei Landmädchen.«[33]

Rilkes Nerven liegen blank. Nanny schickt daher ein großes Päckchen mit Nervennahrung: Distelzwiebäcke und »Chocolade«.

Frieda Baumgartner
»Feierte für sich –, ich legte ihr ein nett gemachtes Bücherpaket hin ...«

Eine Frau wie zwei Engel und drei Landmädchen wird schließlich gefunden. Sie stammt nicht aus dem Wallis, spricht aber Französisch und ist katholisch. Ihre Heimat ist der Kanton Solothurn. Frieda Baumgartner ist durch die katholische Tradition ihres Elternhauses geprägt. Sie ruht in sich und ist zum Dienst bereit. Rilke wird den Nachnamen seiner Haushälterin immer falsch schreiben. Frieda oder »das Geistlein«, wie sie sich selbst nennt, vollbringt das Unmögliche. Sie kommt nach Muzot und bleibt mit kurzen Unterbrechungen für Jahrzehnte als Hausdame und Betreuerin bis 1957 – weit über Rilkes Tod hinaus.

Der Anpassungsprozess an den hypersensiblen Schlossherrn verläuft erwartungsgemäß nicht ohne Reibungen. Trotz ihrer Bodenständigkeit und robusten Gesundheit, trotz ihrer zupackenden Art ist die Eingewöhnung nicht leicht. Vor Mäusen und Ratten hat sie keine Angst. Sie zähmt wild herumstreunende Katzen und gewöhnt sie an das Leben auf Muzot. Zudem wird ein mächtiger schwarzer Kater mit unbändigem Appetit angeschafft, der selbst jene Ratten frisst, die Frieda ihm direkt aus der Falle serviert. In der Mansarde über Rilkes Arbeitszimmer lagern die Apfelvorräte. Auch hier schickt Frieda den Riesenkater zum Einsatz gegen die Mäuse. Friedas Problem sind auch nicht die zahlreichen Hausangestellten, die Rilke wie einen Fürsten bedienen: der Gärtner Marcel Scheurer; der Schreiner mit dem typisch Walliser Namen Gabriel Imboden; Pierre Pont, der Holzlieferant; und viele weitere dienstbare Geister. Ein Mirakel ist für Frieda allein der geheimnisvolle Herr auf Muzot. Kopfschüttelnd bringt sie seine Briefe zur Post. 46 Seiten schreibt er an einem Tag, in der ersten Dezemberwoche 184 Seiten. Welch ein Mitteilungsdrang!

Innerhalb einer Woche hat sich Frieda jedoch den Verhältnissen auf Muzot angepasst. Rilke ist so sehr zufrieden, dass er sein Geistlein zur Lektüre anhält. Er schenkt ihr Bettina von Arnims Briefwechsel mit dem alten Goethe und lässt sie in den Verteiler von Nannys Liebesgaben aufnehmen. Bald hat sich Frieda auch daran gewöhnt, dass Rilke ihr niemals sagt, was er von ihr erwartet. Frieda erhält Anweisungen über den Umweg Meilen. Nanny Wunderly-Volkart klärt sie über Rilkes Körpersprache auf. Wenn er still durch den Garten wandle oder am Schreibtisch sitze, dürfe er nicht angesprochen werden, nicht einmal gegrüßt, auch eine kleine freundliche Bemerkung über das Wetter sei nicht erwünscht. Sie solle nur das Nötigste reden, und nur, wenn Rilke das Gespräch eröffne. In den kommenden Weihnachtstagen werde Rilke mit der Arbeit an einem bedeutenden Werk beginnen. Dann müsse absolutes Schweigen ohne Ausnahme auch am Heiligen Abend herrschen. Rilke hatte sich seiner Dolmetscherin Nanny so erklärt:

> »*Sie verstehen, Liebe, ich beklage mich nicht, sie ist wirklich gut in ihre Aufgabe hineingewachsen, kocht jetzt wirklich ganz respektabel und verständig und drängt sich in* keiner *Weise auf, – nur, dass* mir *eben, zu Zeiten, jedes Angeredetwerden zu viel ist, nicht weil es mich selbst so sehr störte; vielmehr stört mich die Furcht, daß es jeden Augenblick geschehen könnte.*«[34]

Am ersten Heiligen Abend auf Muzot sind Rilke und sein Geistlein bereits ein eingespieltes Team. Jeder hat von Nanny eine Geschenksendung erhalten, und jeder packt sie in seinem Zimmer für sich aus. Rilke öffnet die Päckchen nach

Einnahme seiner Abend-Grütze. »Frieda war sehr still, lieb und verständig. Feierte für sich –, ich legte ihr ein nett gemachtes Bücherpaket hin.«[35]

Die Vollendung der Elegien
»Genau das, mein unerbittlicher Gott, verlangtest Du von mir…«

Weihnachten beginnt, was Rilke später in religiöser Wortwahl als »Wunder« und »Gnade« bezeichnen wird. Er vollendet in einem Schwung die Elegien. Ein Jahrzehnt lang hatte der Stoff in ihm gearbeitet und konnte nicht bezwungen werden. Nun geschieht alles – wie in einem Diktat empfangen. Nicht nur die letzten zehn Jahre seines Lebens verdichten sich, die Tage der Inspiration führen tief zurück in die Jugend und Kindheit. Rilke denkt an seine Jugendzeit, den Zusammenbruch und anschließenden Aufenthalt im Krankenhaus.

Die Mutter hatte sich damals entschieden, Prag zu verlassen. Rilke fühlte sich alleingelassen, wie später viele seiner Freundinnen, denen er in einer plötzlichen Wendung des Gemüts den Rücken kehrte. Nun weiß er, dass er ein Ebenbild seiner Mutter ist und dass sie ihn nicht in böser Absicht verlassen hatte. Mit Unterbrechungen habe er ein Jahr im Spital gelegen, erzählt Rilke seiner Gönnerin Nanny. Später habe er erfahren, dass der Regimentsarzt Briefe der besorgten Mutter unterschlagen und Sophia Rilke jeden Briefkontakt verboten habe, weil dieser den Knaben in einen nervösen Ausnahmezustand versetze.

Als Weihnachtsgabe 1921 für Nanny Wunderly-Volkart schreibt Rilke eine Erinnerung an seine Zeit in der Militärschule. Er spricht von einer »Heimsuchung«, seiner verzweifelten Suche nach Identität, nach seiner Bestimmung in einer Welt, wo anscheinend alle Gleichaltrigen ihren Platz gefunden haben, nur er nicht:

»Aber ich? Bin ich nicht recht darauf angelegt, gerade um dies herum, was sich nicht leben ließ, was zu groß war, Dinge, Geschöpfe, Engel zu bilden, wenn es sein muss: Ungeheuer? Genau das, mein unerbittlicher Gott, verlangtest Du von mir –, riefst mich dazu an, weit eh ich mündig war. Und … und ich saß auf meinem trostlosen Spitalsbett, neben dem, ängstlich zusammengelegt, die Uniform meiner Zöglingsjahre lag, und schrieb nach Deinem Geheiß und erkannte nicht, was ich schrieb.«[36]

Wenn er mit fünfzig Kameraden im Schlafsaal gelegen habe, sei an innere Ruhe nicht zu denken gewesen. Der Befehlston habe in ihm nachgehallt und sei durch das Kommando des Unteroffiziers Gobec verstärkt worden: »Auf die rechte Seite niederlegen – Vaterunser beten – einschlafen!«[37] Dennoch, so bemerkt Rilke in aller Offenheit, wäre er gern Soldat gewesen, am liebsten ein Nachfahre des berühmten Feldmarschalls Radetzky, »denn so fremd mir das Kriegszeug auch war, so wünschte ich mir doch, es möchten, bis an mich heran, viele aus unserem Geschlecht an solchen Vorgängen bedeutend beteiligt gewesen sein; am liebsten hätte ich jeden, der sich da augenscheinlich hervortat, für einen vergangenen Verwandten gehalten; auch jenen, die sich mit vornehmer Langmut neben ihren Czako halb im Staube aufrichteten, nahm ich es übel, dass sie gar nicht mit mir zusammenhingen.«[38]

Rilke hatte erfahren müssen, wie das Idyll seiner Kindheit plötzlich auseinanderbrach. Doch Trennungen und Scheidungen beobachtete er auch in den weiteren Kreisen der Verwandten. Worauf war noch Verlass? Wo herrschten noch intakte Familientraditionen? Rilkes Erfahrung der Einsamkeit war gewiss konstitutionell angelegt. Doch auch die Zeit war aus den Fugen. »Wo kam ich vor? Was fortzusetzen, an was mich anzuschließen, war ich gekommen?«[39] Nach dem Weltkrieg und dem Zusammenbruch der Adelshäuser, nach der Revolution und den stürmischen Umwälzungen in der Weimarer Republik beschäftigten viele Menschen diese Fragen. Rilke setzt der Erfahrung des Traditionsabbruchs die Hinwendung zur inneren Welt entgegen. Er spricht von einem Vorraum des Herzens, einem Vorgefühl zukünftiger Freiheit, einer nicht in Worte zu fassenden Leichtigkeit des Seins:

> *»Was geschah –? Stand ich da auf einmal im eigenen Innenraum, von überall in seine Mitte hinein abgewiesen? Fülle ich jetzt, nach und nach, jene damals entworfene Weite aus?«*[40]

Mit dieser Beichte ist Nanny Wunderly-Volkart endgültig zur großen Mutter geworden. Daher lauten die letzten beiden Worte der Weihnachtsgabe: »Ein Kind.« In den nun entstehenden Elegien herrscht ein kindlicher Ton der Freude. Ein Jubel über die Natur:

> *»O und der Frühling begriffe –, da ist keine Stelle,*
> *die nicht trüge den Ton [der] Verkündigung.«*[41]
> (VII. Elegie)

Eine Befreiung von den Banden der Kindheit: »Glaubt nicht, Schicksal sei mehr, als das Dichte der Kindheit«[42]. Eine Vorfreude auf den kommenden Sommer. Bilder der Auferstehung jener Frauen, die Rilke in den letzten zehn Jahren begleiteten. Ein Lobpreis des Lebens, wie es Regina Ullmann, Elya Maria Nevar und Angelika Guttmann je auf ihre Weise vorgelebt haben:

»Hiersein ist herrlich. Ihr wusstet es, Mädchen, ihr *auch,*
die ihr scheinbar entbehrtet, versankt –, ihr, in den ärgsten
Gassen der Städte, Schwärende, oder dem Abfall
Offene. Denn eine Stunde war jeder, vielleicht nicht
ganz eine Stunde, ein mit den Maßen der Zeit kaum
Meßliches zwischen zwei Weilen –, da sie ein Dasein
hatte. Alles. Die Adern voll Dasein.
Nur, wir vergessen so leicht, was der lachende Nachbar
uns nicht bestätigt oder beneidet. Sichtbar
wollen wirs heben, wo doch das sichtbarste Glück uns
erst zu erkennen sich gibt, wenn wir es innen verwandeln.
Nirgends, Geliebte, wird Welt sein, als innen. Unser
Leben geht hin mit Verwandlung.«[43]

Durch die Verwandlung der schmerzlichen Vergangenheit in einen das ganze Leben umfassenden Lobpreis und durch die Annahme der eigenen Natur mit ihren Gaben und Schattenseiten gewinnt Rilke jenen höheren Standpunkt, auf dem er den Engeln auf Augenhöhe begegnen kann. In der I. und II. Elegie ist vom Verlust der Engel die Rede. In der VII. Elegie kehren die Engel wieder. Wie in den Weihnachtsritualen der Kindheit herrscht jetzt reiner Lobgesang. Rilke verweist auf die Musik und denkt vielleicht an die Pianistin Magda von Hattingberg, an die Kathedralen seiner Wahlheimat Frankreich, die er mit Marthe und anderen Frauen besucht hat. Selbst der Turm von Muzot findet seinen Ort:

»War es nicht Wunder? O staune Engel, denn wir *sinds,*
wir, o du Großer, erzähls, daß wir solches vermochten, mein Atem
reicht für die Rühmung nicht aus. So haben wir dennoch
nicht die Räume versäumt, diese gewährenden, diese
unseren *Räume. (Was müssen sie fürchterlich groß sein,*
da sie Jahrtausende nicht unseres Fühlns überfülln.)

Aber ein Turm war groß, nicht wahr? O Engel, er war es, –
groß, auch noch neben dir? Chartres war groß –, und Musik
reichte noch weiter hinan und überstieg uns. Doch selbst nur
eine Liebende –, oh, allein am nächtlichen Fenster …
reichte sie dir nicht ans Knie –?«[44]

Die Verwandlung und Annahme des gelebten Lebens ist ein Prozess der reifen Jahre. Rilkes Elegien sind ein Alterswerk, dessen Vollendung deshalb auf Schloss Duino nicht geleistet werden konnte. Was bleibt, wenn der Tod kommt? Und »was nimmt man hinüber?«, fragt die IX. Elegie. Die Antwort ist wieder ein Lobpreis des Lebens, in den Rilkes Erinnerungen an römische Aufenthalte und seine Ägyptenreise einfließen:

»*Preise dem Engel die Welt, nicht die unsägliche,* ihm
kannst du nicht grosstun mit herrlich Erfühltem; im Weltall,
wo er fühlender fühlt, bist du ein Neuling. Drum zeig
ihm das Einfache, das, von Geschlecht zu Geschlechtern gestaltet,
als ein Unsriges lebt, neben der Hand und im Blick.
Sag ihm die Dinge. Er wird staunender stehn; wie du standest
bei dem Seiler in Rom, oder beim Töpfer am Nil.
Zeig ihm, wie glücklich ein Ding sein kann, wie schuldlos und unser,
wie selbst das klagende Leid rein zur Gestalt sich entschließt,
dient als ein Ding, oder stirbt in ein Ding –, und jenseits
selig der Geige entgeht. – Und diese, vom Hingang
lebenden Dinge verstehn, dass du sie rühmst; vergänglich,
traun sie ein Rettendes uns, den Vergänglichsten, zu.

Wollen, wir sollen sie ganz im unsichtbaren Herzen verwandeln
in – o unendlich – in uns! Wer wir am Ende auch seien.«[45]
(IX. Elegie)

Während Rilke die Elegien vollendet, ist Nanny mit der Lösung eines Problems beschäftigt, das Sophia Rilke nicht zur Ruhe kommen lässt. Jedes Jahr hat sie zur Adventszeit von ihrem Sohn den aktuellen Heiligenkalender des Herder Verlags erhalten. Im Advent 1921 hatte Rilke eine Liste mit Weihnachtsgeschenken für Freunde und Bekannte zusammengestellt, die Nanny besorgte und bezahlte. Hatte sie diesen Posten vergessen? Sophia Rilke war erschüttert. Ein neues Jahr ohne Heiligenkalender aus dem Herder Verlag war für sie undenkbar. Nanny sucht in den Buchhandlungen Zürichs vergeblich danach. Rilke bestellt ihn direkt beim Verlag in Freiburg und erfährt über den Basler Vertreter, dass der Kalender für das Jahr 1922 vergriffen sei. Während er an einer neuen Elegie arbeitet, telefoniert Nanny mit dem Kloster Einsiedeln – vergeblich. Ein Marienkalender aus einer gut sortierten Buchhandlung dieses berühmten Wallfahrtsortes wird schließlich zum Ersatz.

Auf Schloss Duino hatte Rilke Dantes Werke gelesen. In der »Göttlichen Komödie« (1321) nimmt der große Dichter des italienischen Mittelalters seine Leser auf eine Jenseitsreise mit. Von der Hölle (»Inferno«) durch das Fegefeuer (»Purgatorio«) führt der Weg in den Himmel (»Paradiso«). Der Mystiker Dionysios von Areopagita hatte gelehrt, dass neun Chöre der Engel rühmend die göttliche Mitte umkreisen. Dieses Symbol einer Einheit in der Vielzahl der Stimmen und Erfahrungen findet sich auch in Dantes »Paradiso«. Mittelalterliche Dichter wie Wolfram von Eschenbach (»Willehalm«) kannten darüber hinaus einen zehnten Chor der Engel. Als Rilke die Elegien vollendet, erfährt die Vorstellung von einem zehnten Engelchor eine unerwartete Wiedergeburt. Rudolf Steiner, zu dessen Mitarbeitern inzwischen Elya Maria Nevar gehört, übernimmt die Vorstellung von zehn Engelchören in sein Lehrgebäude der Anthroposophie. Am Ende der Zeiten würden die Menschen den zehnten Engelchor bilden, heißt es. Dann seien Mensch und Engel, sichtbare und unsichtbare Schöpfung wieder vereint. Auf dieses Symbol der Ganzheit spielt Rilke in den ersten Versen der X. Elegie an:

»Dass ich dereinst, an dem Ausgang der grimmigen Einsicht,
Jubel und Ruhm aufsinge zustimmenden Engeln.«[46]

Rilke ist der große Sänger der Liebe. Aber er kann die Liebe im Alltag mit seiner Familie oder einer Freundin auf Dauer nicht leben. Die Liebe des Herzens ist aller irdischen Wirklichkeit voraus. So ist Rilkes Liebesdichtung auch ein Ausblick auf Kommendes und noch Einzulösendes. Mit dieser Sehnsucht nach Vollendung schließen die Elegien. Die zehnte und letzte ist nicht mehr von dieser Welt. Unter Engeln wird einst die Urverletzung geheilt, die Erfahrung des Verlassenwerdens durch die Mutter, die trotz aller Liebe den Sohn sich selbst überließ, wie später der Sohn die Tochter. Die zehnte Elegie spricht vom Leid, ohne das es keine Liebe gibt. Aber sie richtet den Blick über die Sterne in einen Himmel, wo wie am Ende von »Faust II« die Gestalt der großen Mutter und großen Liebenden erscheint. Dort wird das Leid in der Liebe aufgehen.

»Und höher, die Sterne. Neue. Die Sterne des Leidlands.
Langsam nennt sie die Klage: – Hier,
siehe: den Reiter, *den* Stab, *und das vollere Sternbild*
nennen sie Fruchtkranz. *Dann, weiter, dem Pol zu:*

Wiege; Weg; Das Brennende Buch; Puppe; Fenster.
Aber im südlichen Himmel, rein wie im Inneren
Einer gesegneten Hand, das klar erglänzende ›M‹,
das die Mütter bedeutet … –«[47]

Rühmen – so lautet auch das Schlüsselwort der fünfzig »Sonette an Orpheus«, die mit den Elegien in einem Schwung entstehen. Sie sind einem jung verstorbenen Mädchen gewidmet, Wera Ouckama Knoop, das stellvertretend für all jene Menschen steht, deren Lebensbahn ein jähes Ende fand. Führen die Elegien zur großen Mutter in den Himmel, so weisen die Sonette den Weg in die Unterwelt. Hier begegnet Rilke noch einmal den Bildern seines Lebens und seiner Dichtung: Rose und Mädchen, Tiere und Drachen, Kinder und Geliebte, Gott und Engel. Die Sonette sind ein Gebet – wie die Elegien und ihr großes Vorbild, die Psalmen des Alten Testaments. Sie zeigen die Verwandlung der Vergänglichkeit durch Sprache. Auch hier hat Rilke sehr persönliche Erinnerungen eingeflochten:

»Dir aber, Herr, o was weih ich dir, sag,
der das Ohr den Geschöpfen gelehrt? –
Mein Erinnern an einen Frühlingstag,
seinen Abend, in Russland –, ein Pferd …

Herüber vom Dorf kam der Schimmel allein,
an der vorderen Fessel den Pflock,
um die Nacht auf den Wiesen allein zu sein …«[48]
(XX. Sonett, 1. Teil)

Ein Pferd in Russland – das versteht nur eine Leserin: Sie hat Rilke die geistige Welt Russlands erschlossen. Lou Andreas-Salomé reagiert hymnisch auf die Nachricht von der Vollendung beider Werke. Sie spricht von einem »Urtext der Seele« und vergleicht die Niederschrift der Elegien mit dem Niederkommen einer Frau bei der Geburt ihres Kindes. Ja, sie scheut nicht einmal den Vergleich des Dichters mit Maria, der Muttergottes, denn beide hätten Gott in sich geboren:

»*Möglich wohl, dass eine Reaktion eintritt, weil das Geschöpf den Schöpfer aushalten musste, dann lass Dich nicht davon erschrecken (so fühlten sich auch die Marien nach der ihrem Zimmermann unfasslichen Geburt).*«[49]

In weitgehend gleichlautenden Briefen berichtet Rilke Nanny Wunderly-Volkart, Fürstin Marie von Thurn und Taxis, Katharina Kippenberg und der Urfreundin Lou von der Vollendung der Dichtung. Eine erste Abschrift der Sonette fertigt er für seine Mutter an.

»*Wunder. Gnade. – Alles in ein paar Tagen. Es war ein Orkan, wie auf* Duino *damals: alles, was in mir Faser, Geweb war, Rahmenwerk, hat gekracht und sich gebogen. An Essen war nicht zu denken.*«[50]

Rilke hat während der Niederschrift gefastet. Dieser Hinweis ist nicht ohne Bedeutung, hatte der Dichter doch gegenüber Nanny von visionären Zuständen gesprochen, die ihn während des Fastens heimgesucht hätten. Rilke will die Elegien als eine inspirierte Dichtung verstanden wissen, als »Signale aus dem Weltraum«:

»*Frieda hat brav standgehalten in diesen Tagen, da Muzot auf hoher See des Geistes trieb. Nun war sie wirklich das (…) ›Geistlein‹ – kaum da und doch sorgend und ohne Angst, wenn ich hier oben ungeheure Kommando-Rufe ausstieß und Signale aus dem Weltraum empfing und sie dröhnend beantwortete mit meinen immensen Salutschüssen! – Sie ist wirklich tapfer, das Geistlein.«*[51]

Wie die Urfreundin Lou, so wird auch Nanny zur Empfängerin einer persönlichen Botschaft. Rilke schickt ihr das »Frühlings-Liedchen« (XXI. Sonett, I. Teil) in einer Abschrift. Es führt weit zurück in Rilkes Kindheit, als der Knabe zur Freude der Mutter Gedichte rezitierte. Und ein weiteres Erlebnis ist hier in Dichtung verwandelt:

»Frühling ist wiedergekommen. Die Erde
ist wie ein Kind, das Gedichte weiß;
viele, o viele … Für die Beschwerde
langen Lernens bekommt sie den Preis.«[52]

Diese Heiterkeit wird Rilke in den kommenden Frühlingstagen beflügeln. Der Schnee im Garten taut. Eine neue Arbeit ruft.

Tod und Auferstehung eines Dichters – »Vereinigung der Mutter mit dem großen mütterlichen Reich«

Das Gespenst im Turm
»… das ruhelose Nachtwandern der Isabelle de Chevron nicht neu aufzuregen.«

Gegen seine chronischen Bauchschmerzen nimmt Rilke ein probiotisches Medikament aus Milchfermenten, Lactobacilline; es dient der Stabilisierung der Darmflora. Erfunden hatte es der Immunologe und Nobelpreisträger Ilja Iljitsch Metschnikow. »Chère, lachen Sie mich aus, aber ich schreie nach – Lactobacilline«[1], schreibt Rilke seiner Gönnerin Nanny nach Vollendung der Elegien. Auch der Garten von Muzot ruft nach einer Verjüngungskur. Zwei Frauen aus der Nachbarschaft legen für den Dichter ein Gemüsebeet an. Gemeinsam mit Frieda Baumgartner beginnt Rilke eine Neupflanzung von Beerensträuchern, Hortensien, weiß gefüllten Nelken, die sich nach dem Anwachsen als gelbe Margueriten entpuppen werden, und Rosen. Mit Geißblatt, Clematis und vier rosafarbenen Kletterrosen soll der Turm berankt und in ein Dornröschenschloss verwandelt werden. Rilke ist begeistert:

> »*Nike!* Rosen! *Ich werde einmal Rosen haben. Ich werde an die fünfzig Rosen haben, mit den hiesigen, alten 3, 54, die Rosenbogen nicht mitgerechnet. Eine Rosenschar, ein Volk von Rosen. Das Rosenwunder. Quel miracle!*«[2]

Die Rose ist ein altes Symbol der Liebenden, der Heiligen und der Märtyrer. Ihre Pflege verlangt viel Zeit und Müßiggang, ihr Wachstum aber vor allen Dingen den langen Atem des Gärtners. Erst in Jahrzehnten wird ein graues altes Gebäude in ein farbenprächtiges Rosenschloss verwandelt. Rilke hatte Adalbert Stifters Roman »Der Nachsommer«, in dem sich zwei alt gewordene Liebende an der überbordenden Blütenpracht alter Kletterrosen erfreuen, Frieda Baumgartner geschenkt. Sie liest das Buch in den stillen Abendstunden. Rosenwunder sind in zahlreichen Legenden bezeugt. Auch in der türkischen, persischen und arabischen Literatur. Für Rilke ist die Rose vor allen Dingen das Symbol seiner Schutzpatronin Maria. Sie wird in der beliebten »Lauretanischen Litanei« als mystische Rose verehrt, in der sich zarte Schönheit und stechender Schmerz vereinigen. Maria ist die jugendliche Mutter und die alte Frau, die den Martertod ihres Sohnes erleben muss. Die Rose duftet und sie sticht. Sie schmückt Garten und Haus und wird zur Dornenkrone gebunden. Sie ist der »reine Widerspruch«[3] von Rilkes eigenem Wesen.

Das warme Frühjahr befördert das Wachstum der Pflanzen und die Vermehrung der Schädlinge, sodass Rilke mit der Gartenpflege bald überfordert ist. Schnecken fressen die jungen Blätter einer Tabakspflanze. Rilke schreckt vor dem Einsatz von Chemie nicht zurück. Arbeit macht auch die Bewässerung der Kulturen. Die keimenden Sträucher und Rosen müssen täglich gegossen werden. 138 Gießkannen allein am Himmelfahrtstag zählt Rilke, während Frieda die Arbeit macht. Werner Reinhart hat inzwischen den Turm von Muzot dauerhaft erworben und einen Muzot-Fonds eingerichtet, dessen Budget die Anstellung eines Gärtners erlaubt. So blühen im Juni die Rosen zum ersten Mal auf; auch die Hochstämmigen öffnen sich zu voller Blütenpracht. Die ersten Muzot-Rosen opfert Rilke in der kleinen Hauskapelle. Für einen Moment ist er glücklich, lässt sogar den alten Stall ausräumen und erwägt die Anschaffung von Kaninchen, wie er sie in seiner Kindheit und Jugend immer um sich gehabt hatte. Dann kommen die ersten Rosenkäfer und bremsen Rilkes Euphorie. Frieda sammelt die Schädlinge von den Blüten. Dutzende sind es. Dann Hunderte. Mit der Rosenkäferplage wächst Rilkes Entschiedenheit, den Kampf aufzunehmen. So entscheidet er sich für den Einsatz von Insektenvertilgungsmitteln.

Geschäftigkeit waltet auch im Turm von Muzot. Der Kamin bedarf dringend einer Reinigung. Frieda organisiert diese Arbeit während der Abwesenheit des Hausherrn. Unerwartet kommt es zu erheblichen Schwierigkeiten, denn der Kaminfeger weigert sich, Muzot zu betreten. Eine Erhöhung des Lohnes reizt ihn nicht, seinen Widerstand aufzugeben. In der Abenddämmerung erscheinen plötzlich drei von Kohlenruß geschwärzte, kräftige Burschen und machen sich an die Arbeit. Angst steht ihnen ins Gesicht geschrieben. Sie kehren in großer Eile den Kamin, werfen den ausgekratzten Ruß rasch ins Zimmer und machen sich davon. Zwei Tage Putzarbeit benötigt das »Geistlein«, um die Folgen der Verschmutzung zu beseitigen. Tage später erfährt Frieda, warum der Kaminkehrer erst nicht kommen wollte und dann mit zwei Kollegen sein rußiges Werk durchgeführt hat: Die Gespensterfurcht hielt sie in Bann. Denn alle Dorfbewohner wissen, dass auf Muzot neben Rilke und seiner Haushälterin auch die unselige Isabelle de Chevron haust.

Rilke lacht herzlich, als ihm Frieda von den furchtsamen Kaminkehrern berichtet. Geister wohnen nicht in Kaminen. Dies anzunehmen ist naiv. Geister sind für Rilke unerlöste Seelen, denen jedoch durch Fürbitte nicht zu helfen ist. Den armen Seelen im Fegefeuer können die Lebenden durch ein Gebet beistehen. Geister aber lässt man am besten in Ruhe. In diesem Punkt sind sie ein wenig wie der Hausherr von

Muzot. Wie sehr Rilke den Turm und seine Umgebung als Eigentum der Isabelle de Chevron respektiert, zeigt sein schriftlich niedergelegter letzter Wille. Er wolle auf keinen Fall in Sierre oder Miège beigesetzt werden, »um das ruhelose Nachtwandern der Isabelle de Chevron nicht neu aufzuregen«[4].

Während Muzot im Frühjahrsputz gereinigt wird, laufen in Deutschland Hochzeitsvorbereitungen auf dem Land. Rilkes einzige Tochter wird heiraten und möchte vor der Eheschließung ihren Vater im Wallis besuchen. Wie Isabelle de Chevron ist Rilke jedoch auf seine Ruhe so sehr bedacht, dass er sich weigert, Ruth zu empfangen. Am 18. Mai 1922 heiratet sie Carl Sieber nach evangelischem Ritus. Rilke nimmt an der Hochzeit nicht teil. Seinem Schwiegersohn wird er auch später nie begegnen. Das Hochzeitsgeschenk für Ruth besorgt die Freundin aus Meilen. Immerhin stellt Rilke ein Bild seiner Tochter und ihres Mannes neben das Verlobungsbild seiner Eltern und zündet vier Kerzen zum Gedenken an.

Als Rilkes erstes Enkelkind geboren wird, sorgen wieder Nanny Wunderly-Volkart und Katharina Kippenberg für Geschenke. Seine Enkeltochter Christine wird der Großvater nie sehen. Auf die Nachricht von ihrer Geburt reagiert er mit einem Schwächeanfall:

> *»Ich habe schlechte Tage. Meine Zustände geben mir viel zu thun und die Nerven sind dermaßen, dermaßen irritabel, dass sie mir alle An- und Zufälle phantastisch vergrößern. Schade: könnt es doch so gut und still haben!«*[5]

Ja, es könnte alles so schön sein. Doch Rilkes Weigerung, Tochter und Enkelkind zu sehen, hat eine klar benennbare Ursache in der familiären Vorgeschichte und der wiederholten Erfahrung des Scheiterns. Zu oft wurden Erwartungen geweckt und enttäuscht, zu oft wollte man Gutes tun und bewirkte Böses. Christines Geburt vergegenwärtigt die Erinnerung an die desolaten Familienverhältnisse, mit denen Rilke leben musste, aber nie zu leben gelernt hat. Wie seine Mutter, so hält er Ehefrau und Tochter auf Distanz. Clara hat er 1918 zum letzten Mal gesehen. Sechs Jahre später bekommt er von ihr auf Muzot »eine Art Elementarunterricht in der ›Kunst Großvater zu sein‹«[6]. Eine ganz vergebliche Lektion. Rilke bleibt gefangen in sich selbst wie seine Mutter. Auch Sophia Rilke drängt es nicht zu einer persönlichen Begegnung mit ihrer ersten Urenkelin. Alte Enttäuschungen sind die Ursache: Sophia Rilke hat ihre Enkeltochter Ruth zum ersten und einzigen Mal gesehen, als diese elf Jahre alt geworden war. Gern hätte sie gelegentlich mit ihr Briefe gewechselt. Doch Ruth war schreibfaul, und Clara Rilke hielt ihre Tochter nicht zur Kontaktpflege an. »Erziehung, Erziehung, Erziehung: es ist schade, daß Ruth keine haben wird«, hatte Rilke schon vor Jahren gegenüber seiner Mutter geklagt und zugleich um Verständnis für Clara geworben:

»*Clara muß man das alles nachsehen. Sie ist nun einmal durch ihre Erziehung gar nicht auf Ordnung vorbereitet gewesen, dies ist schrecklich genug für sie, denn sie leidet selber am Meisten darunter und manche ihrer schweren Komplikationen rührt davon her, daß sie nichts zu organisieren vermag.* Ordnung ist ihr eine Überanstrengung, *sie will sie durchsetzen, dann und wann, stoßweise, aber es geht einfach über ihre Kraft. Bei ihr muß man vor allem immer denken, daß sie* ein Mensch in Noth *ist, in innerer Noth, ebenso gut könnte man von jemandem, der mit seinem Schiff umkippt einen Brief oder eine Stundeneintheilung erwarten wie von ihr, die mit allem zu ringen hat, für die Schwierigkeiten existieren, wo wir keine sehen und*

die so nie zu der Ruhe kommt, die nöthig ist, damit man sich etwas vornehmen und übersichtlich eintheilen kann. Alle Termine überraschen, überfallen sie: soll man um 1 Uhr bei jemandem frühstücken, so fängt sie fünf Minuten nach eins an, sich anzuziehen, und es ist gewiß, daß die Dinge, die zum Anziehen gehören, noch gar nichts davon ahnen und sozusagen, rechts und links auf Urlaub sind.
(…)
Ich schreibe ausführlicher über alles dies, um Dir zu zeigen, wie da nicht Lieblosigkeit, auch nicht ein bloßer Schlendrian im Spiel ist, sondern die ganze schwere Verkettung eines in hundert Hemmungen gebundenen und verstrickten Lebens, das den Gewinn seiner eigenen Anstrengungen auf verhängnisvolle Weise verliert und nur die Anstrengungen selbst addiert, die eine enorme Summe ergeben.«[7]

Immerhin lobt der Großvater die Wahl des Namens Christine wegen des zweifach vorkommenden hellen Vokals »i«, und die Urgroßmutter hört mit Genugtuung den Namen Christi. Dass ihre Enkeltochter Ruth ebenso wie ihr Sohn Rainer nicht katholisch getraut wird, werden Sophia Rilke und Rilkes noch lebende Großmutter nie erfahren. Für Sophia Rilke gilt eine Ehe nur, wenn sie von einem katholischen Priester als Sakrament gestiftet wurde. Rilkes Mutter wird also von ihrer Familie in diesem für sie wichtigen Punkt getäuscht. Auch in Bezug auf die Taufe ihres Urenkelkindes verlassen die jungen Eltern traditionelle Wege. Ruth und Carl Sieber lassen Christine nicht – wie damals in beiden großen Konfessionen üblich – unmittelbar nach der Geburt taufen:

»*Wegen Christinchen mach Dir, liebe Mama, keine Seelen-Sorge! Man muß junge Leute von heutzutage schon gewäh-*

ren lassen in Ihren Auffassungen; was uns unverständlich scheint, ist ihnen oft das natürlichste von der Welt und sie könnens beim besten Willen nicht anders sehen. Wenn sie die Taufe im Frühling vollziehen lassen wollen, so ists ja nur, weil sie sichs schön denken, mit dem Jahr Hand in Hand zu gehen und das Fest durch die Jahreszeit noch glücklicher zu gestalten.«[8]

Kindern, die nicht getauft sind, ist der Weg in den Himmel versperrt. So lehrt es die Kirche. Im Falle eines frühen Todes führen sie ein jenseitiges Leben in der Vorhölle, dem Limbus Puerum. Das will Sophia Rilke ihrer Urenkelin Christine ersparen. Hier geht es nicht um Theologie, sondern um tief empfundene Glaubenspraxis einer Frau, die ihr erstes Kind, ebenfalls ein Mädchen, früh verloren hat und allein im Glauben Trost fand.

Auch Rilke ist nicht so gelassen, wie er sich der Mutter gegenüber gibt. Die Frage der Terminierung der Taufe ist für ihn unwichtig, denn sein Problem der Beziehungslosigkeit bleibt. Wieder einmal plagen ihn Schuldgefühle. Er weiß, dass er weder zum Ehemann noch zum Vater taugt. In seinen Briefen an die Mutter wird dieser wunde Punkt immer wieder gestreift:

»Du hast recht –, ach ich habe zeitlebens wenig Talent gehabt, Sohn, Enkel und dergleichen zu sein, wie ich ja auch den Vorwurf auf mir ruhen lassen muß, in meinem Vatersein nachlässig und unaufmerksam gewesen zu sein. Dafür sind mir andere Dinge so dringend auferlegt, daß ich über ihnen sonst Unerläßliches meine vergessen zu dürfen. Hätt ich mehr Kräfte, *wie gerne würde ich das Eine* und *das Andere auf mich nehmen und hier und dort liebevoll Genüge thun! Aber es reicht immer mehr* nur *für die Arbeit und für die Aufgaben und Leistungen, die irgendwie mit* ihr *in Be-*

ziehung stehen, die Anforderungen der Kunst werden immer unerbittlicher, je weiter man in ihr vorschreitet.«[9]

Die Fürstin besucht Muzot
»Schweigend küsste ich ihn auf die Stirn, wie eine Mutter ihren Sohn …«

Buchvorstellungen ereignen sich heute im großen Rahmen und mit hohem medialem Aufwand durch Präsentation im Internet, mithilfe von Fernsehen und Zeitungen. Auf diese Weise soll ein Millionenpublikum erreicht werden. Rilke genügt *eine* Zuhörerin. Er widmet die »Duineser Elegien« der Fürstin Marie von Thurn und Taxis. Sie ist die hohe Dame. Er ist der Sänger. Wie die Minnesänger des Mittelalters, so stellt sich Rilke in den Minnedienst einer hohen Frau. Wolfram von Eschenbach schrieb seinen Roman »Parzival« in 25 000 Versen zu Ehren einer von ihm verehrten Dame. Zur »Buchpräsentation« reist die Fürstin im Juni 1922 ins Wallis und sieht, was sie nach zehn Jahren des Ringens um die Vollendung der Elegien in Rilke sehen will – einen verklärten Troubadour:

»Ich sah einen umgewandelten Menschen, einen strahlenden, seligen. Niemals werde ich den Ausdruck seiner Augen vergessen.«[10]

Die Fürstin logiert mit ihrem Zimmermädchen im »Hôtel Château Bellevue« in Sierre. Am 7. Juni besucht sie Muzot. Rilke hat die Lesung formvollendet inszeniert. Zuerst lässt er der Fürstin Rosen aus dem eigenen Garten bringen. Dann holt er sie aus dem Hotel ab. Sie betritt zum ersten Mal den mit Blumen überreich geschmückten Turm. Ihr Blick fällt auf die Darstellung des knienden heiligen Franziskus. Dann geht sie mit Rilke zum Studierzimmer hinauf, wirft nebenbei einen Blick in das Schlafzimmer und die kleine Hauskapelle mit der Swastika.

Am Schreibpult stehend, liest Rilke zum ersten Mal die Elegien in einem Zug, sieben Elegien am Vormittag, drei am Nachmittag. Die Fürstin ringt um Fassung. Jede gemäßigte Reaktion wäre auch unangemessen. Dann laufen Tränen über ihr Gesicht. Begeistert ruft sie: »Serafico – ich bin froh, daß ich *lebe.*«[11] Am nächsten Tag ist Rilke im Zimmer der Fürstin und liest ihr die 50 »Sonette an Orpheus« vor. Dann fällt er vor ihr auf die Knie wie der Minnesänger vor seiner Dame und empfängt ihren mütterlichen Segen:

> »*Als er die Sonette zu Ende gelesen hatte, schaute er mich schweigend an, ich konnte nicht reden, er sah, wie ergriffen ich war, und da beugte er die Knie, um mir die Hände zu küssen. Schweigend küsste ich ihn auf die Stirn, wie eine Mutter ihren Sohn, einen wunderbaren Sohn.*«[12]

Trotz aller Tränen ist die Fürstin keine sentimentale Hörerin. Ihre Familie hat sich seit Jahrhunderten im politischen und wirtschaftlichen Getriebe des alten Europa behauptet. Diese Welt von gestern ist unwiederbringlich im Weltkrieg untergegangen, und die Welt von morgen liegt noch im Dämmer der Zukunft. Anders als ihr Dichter hat die Fürstin einen ausgeprägten Familiensinn und ein großes Verantwortungsgefühl für die junge und noch kommende Generation. Was sie beim Hören der Elegien und der Sonette im Innersten bewegt, ist die Erfahrung einer Überwindung des Schmerzes, der Erniedrigung, des Elends und der Ausblick auf das Neue.

Nach der Lesung verlangen familiäre Angelegenheiten die baldige Anwesenheit der Fürstin. Sie verlässt das Hotel. Rilke bleibt. Denn schon haben sich die nächsten Bewunderer aus altem Adel eingestellt. Für diese Mitglieder aus seiner großen Ersatzfamilie hat der Dichter immer Zeit. Denn sie sind die wahren Werbeträger für seine neue Dichtung. Er verbringt die Abende auf der Terrasse des Hotels mit Franz Joseph Prinz von Battenberg, einem Bruder des englischen Admirals Mountbatten, und seiner Gemahlin Anna Prinzessin von Montenegro, Schwester Elenas von Italien.

Die Fürstin ist inzwischen im Kreis ihrer Enkelkinder Raymond und Louis angekommen und erlebt fröhliche Tage mit ihren Lieben. In einem Dankesschreiben für die Privatlesung erinnert sie Rilke an die Worte der »Unbekannten«. Diese hätten sich nun erfüllt:

> *»Jetzt aber ist er da, ›der singende Gott‹. Der Dichter den ich in dieser schmerzlichen Zeit für Deutschland ersehnte, die jubelnde Stimme, die sich über alle Klagen, über allen Jammer erheben sollte, ich habe sie beide gesehen und gehört, und ich danke Gott, daß es mir gegeben wurde, das zu erleben – dieser Trost für die Vergangenheit, dieser Jubel für die Gegenwart, diese unsägliche Hoffnung für die Zukunft –*
> *Serafico, trotz allem Düsteren was Euch trennt in diesem Wandeln:*
> ›Benedetta colei che in te s'incinse‹!«[13]

Mit den Erinnerungen an die spiritistischen Sitzungen auf Duino schließt die Fürstin den Kreis von der Entstehung bis zur Vollendung der Elegien. Zugleich betont sie die höhere Sendung des Dichters in seiner Zeit. Ja, sie überhöht ihn zu einem göttlichen Boten. Denn das Zitat aus Dantes Epos »Die göttliche Komödie« (Inferno 8.45) bezieht sich auf Christus und seine Mutter Maria. Nachdem Jesus böse Geister gebannt hat, preist ihn eine Frau mit den Worten: »Selig ist der Leib, der dich getragen hat, und die Brüste, an denen du gesogen hast!« (Lukas 11,27) Einen höheren Vergleich kann es nicht geben. Sophia Rilke ist die neue Maria.

Auf der Flucht vor Mouky Klossowska
»Im Alleinsein kann ich mit Allem fertig werden…«

Das Rosenwunder hat sich in Rilkes Leben ereignet. Rosen haben auf Muzot geblüht. Dann kommt der Herbst. Die Blüten und Blätter fallen, die Pflanze zeigt ihre Dornen. Rilke lässt die Kletterrosen umhüllen, damit sie vor dem Frost geschützt sind. Dann fällt der erste Schnee. Rilke fröstelt. Was soll nach den Elegien und den Sonetten noch kommen? Würde es ihm noch einmal gegeben sein, ein neues bedeutendes Werk zu schaffen? Rilke übersetzt Werke aus dem Französischen und dichtet in französischer Sprache die »Quatrains Valaisans«. Ein Ortswechsel, eine neue Begegnung haben ihn zuweilen inspiriert: Für einige Monate zieht er nach Paris, doch Muzot bleibt der Mittelpunkt seiner letzten Jahre. Hier verwaltet er, unterstützt von verschiedenen Sekretärinnen, sein dichterisches Erbe. Heimisch aber wird er auf Muzot nicht.

Inmitten der ersten Rosenblüte des neuen Jahres 1922 bringt sich Mouky Klossowska in Erinnerung. Während alte Freundinnen und Bekannte in respektvoller Distanz zu Rilke leben, bedrängt sie ihn geradezu. Sie möchte wieder die Rolle der Zauberin Merline spielen. Rilke fühlt sich ihr nicht gewachsen, hat aber keine Kraft, sie mit klaren Worten abzuweisen. Als sie im Herbst den Turm bezieht, gibt es sogleich Komplikationen. Mouky fühlt sich unwohl und leidet unter Schmerzen in den Gedärmen. Rilke verabreicht ihr Hofmanns Aether-Tropfen. Doch die betäuben nur, lösen aber nicht die Probleme der alleinerziehenden Mutter. Die Söhne müssen in die Schule, am besten auf ein Internat.

Mouky aber hat kein Geld. Rilke bittet Reinhart um Unterstützung. Als die pekuniären Probleme gelöst sind, möchte Rilke, dass Mouky mit ihren Kindern nach Paris zieht, weit weg aus dem Dunstkreis von Muzot. Die Malerin aber glaubt, gerade hier in der Einsamkeit wieder neuen kreativen Schwung zu erfahren.

»Mouky K's Lage!«, stöhnt Rilke. »Ich gestehe, daß ich kaum dazu komme, meine eigenen Beschlüsse zu bedenken, vor der immer wie eine Mauer dastehenden Rathlosigkeit ihres Lebens, für die ich keine Erleichterung weiß. Hätte sie nicht herkommen dürfen?«[14]

Nanny ist überzeugt, dass Rilke einen schweren Fehler gemacht hat. Aber noch hält sie sich im Urteil zurück. Sie hat ihre eigenen Probleme – auch mit ihrem jagdfreudigen Ehemann. Mouky will mit ihren Söhnen nicht nach Paris ziehen und überlegt ernsthaft, den kleinen Baltusz abzuschieben. Bei Nanny soll er das Handwerk der Buchbinderei erlernen. Rilke fühlt sich in seiner Rolle als Vermittler äußerst unwohl. Denn Nanny ist kein Kindermädchen. Auch steht er weiterhin in ihrer Pflicht. Denn Muzot war erworben worden, damit er an einsamem Ort seinem Bedürfnis nach Alleinsein nachkommen und die Elegien vollenden konnte:

> »*Muzot ist wie die Guß-Form für eine* einzige *Lebensgestalt, zwei Leben überfüllen sie*«, schreibt Rilke an Nanny. »*Im Alleinsein kann ich mit Allem fertig werden, und wenn ichs erst wieder werde sein können, so sollen Sie mich, Chère, so befriedet und besonnen finden, wie nur je. Ich kann eben* nur noch Alleinsein *(…) alles andere darf nur als Ausnahme vorkommen, für einzelne Stunden, Tage, – nie mehr in solcher Konstanz und Hindauer; darüber verdirbt so vieles, – über den unrechten, nur eben aus äußerer Nähe entstehenden Gemeinsamkeiten, wird die*

rechthabende gemeinsame Stunde seltener, befangener, ängstlicher.«[15]

Nanny hatte die Katastrophe kommen sehen, wie sie nun gesteht. Doch die Verhältnisse verändern sich nicht. Denn Rilke ist handlungsunfähig. Seine Schuldgefühle gegenüber Clara, Ruth und Christine sind Ursache seiner Unentschiedenheit. Er möchte nicht auch noch an Mouky und ihren Söhnen schuldig werden. Ja, er bestellt zu ihrem Geburtstag in gewohnter Weise bei Nanny die passenden Geschenke: Schokolade, einen großen Vorrat an Zigaretten für die Kettenraucherin, Bonbons im Chardon-Distel-Anis-Paket, eine alte Schildblattdose, vier Waschlappen und drei Waschhandschuhe, ein Eau de Lubin und einen Katalog zur Auswahl von Kleiderstoffen. Nanny plagen unterdessen ganz andere Sorgen. Ihr Mann hat Jagdfreunde aus Holland nach Mayrhofen ins Zillertal geladen – mit Damenprogramm!

Dann endlich zieht Mouky aus. Im Mai 1923 und im Februar 1924 sucht sie erneut Zuflucht. Rilke flüchtet in die Sanatorien von Schöneck, Ragaz und Val-Mont. Nanny spricht ihre Befürchtungen offen aus: Die Malerin wolle Rilke aus Muzot vertreiben und dort einen dauerhaften Wohnsitz einnehmen. Endlich erkennt auch Rilke, dass er und seine Gönnerin ausgenutzt werden: »Mouky gehört zu den Menschen, die, wenn sie einmal an einem Schalter eine große Summe ausgezahlt bekommen haben, immer wieder dort sich anstellen, auch wenn der Beamte versichert, daß keinerlei Sendung unter ihrer Adresse eingetroffen sei.«[16] Dennoch plagt ihn sein Gewissen. Er glaubt, Mouky habe alles aufgegeben, um mit ihm und den Kindern eine neue Familie zu gründen. Frieda Baumgartner aber bestärkt ihn in dem Entschluss, eine räumliche Trennung zu vollziehen. Mouky geht, und Rilke bleibt in Muzot.

Rilke lässt eine Kapelle renovieren
»Sende ein Gebet zu St. Anne de Muzot!«

Auch auf Muzot verbringt Rilke den Weihnachtsabend allein. Das stille Gedenken in der Sechsuhrstunde vereint ihn mit seiner Mutter. Im Hintergrund ihrer Liebe aber steht Rilkes noch lebende Großmutter – eine heilige Familie als Fragment. Anna Selbdritt bezeichnet in der Ikonografie einen Bildtypus. Auf ihm werden die Großmutter Anna, ihre Tochter Maria und das Jesuskind dargestellt. Wenige Schritte oberhalb von Muzot befindet sich eine baufällige Kapelle. Sie ist der heiligen Anna geweiht. Ein eisernes Gitter verwehrt den Zugang. Rilke besitzt den Schlüssel zum Heiligtum. Seit Jahren hat kein Priester mehr diesen Kraftort betreten und die heilige Messe gefeiert. Rilke sorgt für Blumenschmuck und Kerzen auf dem Altar. Sie sind Zeichen des Gedenkens für die Lebenden und die Toten. In der Welt seines Glaubens sind Raum und Zeit aufgehoben. Kein Namenstag des Vaters, keines der großen Feste des christlichen Jahres wird von Rilke vergessen. Neben dem Fest der göttlichen Geburt feiert er mit besonderer Hingabe Allerseelen. Hier zündet er im Gedenken an verstorbene Wegbegleiter Kerzen an. Die Schriftstellerin Elisabeth von Schmidt-Pauli war in Rilkes Münchner Jahren Zeugin dieses Brauches. Gemeinsam mit ihm opferte sie Kerzen zum Gedächtnis an Rodin und Paula Becker-Modersohn:

> *»Ja, es war für Rilke Gewissheit, daß Menschenseelen sich durch alle Lebensräume mit Taten, Gedanken und Gebeten verständigen können. Allerheiligen und Allerseelen waren also Feste, die Rilkes tiefstem Glauben Ausdruck gaben. Sind es doch die Tage, in denen die Menschenseelen die Kette schließen vom Himmelsglanz bis zum Dunkel des Abgrunds – vom Dunkel des Abgrunds bis zum Himmels-*

glanz. Und an denen Gott die Enden dieser Menschenkette uns allen fühlbar in seinen liebenden Händen hält.«[17]

An Weihnachten schmückt Rilke die Kapelle der heiligen Anna mit Christrosen und sorgt dafür, dass Kerzen während der gesamten Heiligen Nacht leuchten. Unter allen Sechsuhrstunden nimmt die Weihnacht des Jahres 1923 eine besondere Rolle ein. Die »Duineser Elegien« und die »Sonette an Orpheus« waren erschienen. Rilke hat jeweils ein Exemplar mit einer Widmung für seine Mutter versehen. Sophia Rilke verbringt Weihnachten 1923 in Franzensbad. In ihr Widmungsexemplar schreibt er:

»Meiner lieben guten Mama
diese Arbeit vieler Jahre: die 1912 in der glücklichen Einsamkeit auf Duino begonnen, durch den Krieg unterbrochen war, und nun, unter Zusammenwirkung soviel günstiger und schutzreicher Umstände, in der entlegenen Zuflucht zu Muzot, im gesegneten Winter 1921/22, konnte wieder aufgenommen und völlig heil vollendet werden.
René.
zu Weihnachten 1923.«[18]

Der beiliegende Brief schlägt einen Bogen von den Motiven der Dichtung zu den grundlegenden Erfahrungen der Kindheit. Rilke spricht von der Vorfreude auf das Weihnachtsfest, die nun in den Elegien zu einer Lebenshaltung froher Erwartung des Kommenden gesteigert sei. Er spricht von der Überwindung der Grenzen zwischen Leben und Tod und ihrer Verwandlung im großen Geheimnis des Rühmens.

Der Kern des Rosenwunders von Muzot ist die Rettung seiner Kindheit. Sie verdankt er allein Nanny Wunderly-Volkart und bringt dies in dem Widmungsgedicht »Für Nike. Weihnachten 1923« zum Ausdruck:

*»Alle die Stimmen der Bäche,
jeden Tropfen der Grotte,
bebend mit Armen voll Schwäche
geb ich sie wieder dem Gotte.*

*Jede Wendung der Winde
war mir Wink oder Schrecken;
jedes tiefe Entdecken
machte mich wieder zum Kinde –,*

und ich fühlte: ich weiß.

*Oh, ich weiß, ich begreife
Wesen und Wandel der Namen;
in dem Innern der Reife
ruht der ursprüngliche Samen,*

nur unendlich vermehrt.

*Daß es ein Göttliches binde,
hebt sich das Wort zur Beschwörung,
aber, statt daß es schwinde,
steht es im Glühn der Erhörung*

singend und unversehrt.«[19]

Nanny ist die Mutter der Elegien. Während der Niederschrift des Weihnachtsbriefes an seine Mutter werden Rilke diese Zusammenhänge bewusst, und deshalb fertigt er eine handschriftliche Kopie der vier Seiten für Nanny an. In selbstloser Liebe habe sie ihn gefördert:

»Niemand hat in meinem Leben so unbeirrt die Tradition jener großen Erfreuung fortgesetzt und gepflegt, zu der ich an der Thür des Weihnachtszimmers war erzogen worden; niemand, Nike, seit ich lebe, hat so wie Sie meinen Wunsch zur Freude erkannt und geehrt, ja geehrt – ich kann es nicht

anders sagen –, Sie *haben gewusst, daß das weiterführe, mir Freude zu machen: und so bin ich weitergekommen dabei, über ein glarner Tüchlein und über Paris, über Schloß Berg und über ein kleines Wort von Ihnen, zur rechten Zeit zugeworfen, über Großes und Kleines, das gleich groß ist der liebenden Befreundung:*
weitergekommen, durch Freude, Chère, voilà.«[20]

Dankbarkeit erfüllt Rilke. Eine Dankbarkeit, die in jene geistigen Räume weist, von denen die Elegien sprechen. »Zwar kein Meister der Verführung, aber ein Meister der Dankbarkeit. Er war es.«[21] So urteilt der Philosoph Hans Blumenberg über Rilke. Zu seinem 50. Geburtstag will Rilke ein sichtbares Zeichen seiner Dankbarkeit setzten, einen Ort der Erinnerung stiften. Was bietet sich mehr an, als das kleine Heiligtum der Anna von Muzot? Die Renovierung der St. Annenkapelle ist ihm so wichtig, dass er ganz im Gegensatz zu seiner Gewohnheit die Kosten selbst übernimmt. Sein Honorarkonto beim Insel Verlag wird er dazu sogar überziehen.

Seinen Geburtstag am 4. Dezember 1925 verbringt Rilke allein in seinem Turm. Berge von Briefen und Glückwunschkarten türmen sich um ihn herum. Draußen schlafen die Rosenbeete, sorgfältig in Tannenreisig gehüllt, bei Temperaturen um minus 16 Grad. Rilke liest nur wenige Briefe. Dann wandert er durch das tief verschneite Land. Vier Tage später feiert er mit den Wallisern das Fest der unbefleckten Empfängnis Mariens. Der 8. Dezember ist auch sein Tauftag. An diesem Marientag bedankt er sich bei seiner Mutter für die Geburtstagsgrüße und berichtet ihr von St. Anne de Muzot. Bevor er seinen Brief zur Post bringen lässt, hält er »ihn noch ins Glockengeläut hinaus, damit er ein paar dieser Schwingungen in seinen Papieratomen zu Dir hinübernimmt«.[22] Dann begibt sich Rilke in die

Klinik Val-Mont am Genfer See. Seinen gesundheitlichen Zustand verschweigt er gegenüber der Mutter. Nanny Wunderly-Volkart vertritt ihre Stelle auch in allen Fragen der seelischen und körperlichen Beschwerden. Ihr gegenüber beschreibt Rilke drei Tage vor dem Heiligabend 1925 die Ergebnisse der Anamnese durch den leitenden Arzt Dr. Theodor Haemmerli:

> *»Die Schwellungen im Munde, die so störend und quälend sind, sind noch ausgebreiteter als ich selber dachte, bieten aber, wie er mir wieder versichert, keinen Anlass für die Phobie, die ich damit verbinde. Es scheint, dass diese Verhärtungen der Papillen doch zum Theil von den Zahnverhältnissen herkommen, die zwei Stellen, die ich schon seit Ragaz aufzuweisen hatte, schienen eher zurückgegangen –, aber es sind andere da und das Ganze, wennschon er recht haben sollte mit seiner Unschuldigkeit, ist höchst peinlich und langwierig. Ich bin jetzt am Meisten von diesen Übelständen gestört und gehemmt und es ist schade, daß man, wie es scheint, so gar nichts thun kann, die Beschwerlichkeiten, die mir daraus entstehen, zu mildern.«*[23]

Vielleicht ist die Renovierung der Kapelle nicht nur ein Zeichen des Dankes für das gelebte Leben, sondern eine Opfergabe, verbunden mit der Bitte um Genesung. Rilke ist seit Jahren ernsthaft krank. Die Symptome lassen sich nicht verdrängen: Unwohlsein, Ermüdung, Gewichtsverlust, Schwellung der Lymphknoten, Ausschläge, Infektionen, Entzündungen der Mundschleimhaut, Darmblutungen und ein lästiger Priapismus, über den er mit Lou Andreas-Salomé spricht. Die Diagnose bleibt lange offen. Rilke ist ein großer Hypochonder und leidet ein Leben lang unter einer depressiven Anpassungsstörung, die den Magen angreift. An diesen psychischen Leiden wird er jedoch nicht sterben, sondern an Leukämie (Blutkrebs), einer Erkrankung des blutbildenden und lymphatischen Systems durch stark vermehrte Bildung weißer Blutkörperchen.

In den kalten Wintermonaten mussten die Renovierungsarbeiten an der Kapelle eingestellt werden. Nun, im Frühjahr, berichtet Rilke seiner Mutter von raschen Fortschritten und bittet sie um ihre Unterstützung der Arbeiten durch ihr Gebet. Ostern solle die erste Messe gefeiert werden: »Sende ein Gebet zu St. Anne de Muzot!«[24] Ostern 1926 kommt. Die Bauarbeiten sind jedoch noch nicht vollendet. Inzwischen hat auch Sophia Rilke Geld gespendet. Rilke plant die erste Messe in St. Anne de Muzot zum 15. Mai, dem Namenstag seiner Mutter. Doch auch dieser Termin verstreicht. Ohnehin ist Rilke selten vor Ort. Die meiste Zeit verbringt er in Val-Mont oder in Ragaz. Im Juli 1926 kann er seiner Mutter den Abschluss der Renovierungsarbeiten melden. Doch fehlen Details wie neue Altardecken, auf die es Rilke sehr ankommt. Die Wiedereinweihung seiner Stiftung wird er nicht mehr erleben.

Lally Horstmann
»Er sprach von der Heiligen Teresa von Avila …«

Im Zimmer Nummer 47 der Klinik Val-Mont ist Rilke Dauerpatient, seit ihn Nanny Wunderly-Volkart mit ihrem Auto zum ersten Mal an den Genfer See gefahren hat. Nanny und ihr Vetter Reinhart tragen die Kosten für Behandlung, Pflege, Unterkunft und Ernährung. Die Ärzte um Dr. Haemmerli haben sich auf Patienten mit Problemen des Verdauungsapparates und Neurasthenie spezialisiert. Rilkes erste Fahrt in die Klinik bei Montreux war von bösen Vorahnungen begleitet. Er hatte von einem Unfall geträumt, der sich tatsächlich auf der Rückfahrt am 23. Juni 1924 ereignete.

Nannys Wagen kam von der Straße ab. Fahrerin und Beifahrer blieben jedoch unverletzt. Weihnachten und die Jahreswende 1924/25 hatten Nanny und Rilke gemeinsam in der Klinik verbracht. Nanny malte; Rilke übte sich im Zeichnen und fertigte ein Selbstporträt an. Es waren entspannte Tage, in denen Erinnerungen an die Jugendzeit auflebten, als Rilke die Edition der Gedichte seiner Mutter vorbereitete. Der Aufenthalt, den Rilke zu Weihnachten 1925 antritt, dauert über fünf Monate. Auch in dieser Zeit besucht ihn Nanny und unternimmt mit ihm Einkaufsfahrten. So werden zwei Holzleuchter für die St. Annenkapelle erworben.

Val-Mont bietet jene vertraute Atmosphäre von dienstbaren Geistern, die Rilke schätzt. Er ist ein berühmter Patient mit noch berühmteren Mäzenen im Hintergrund. Ärzte und Pflegerinnen messen seine Bedeutung weniger an den Elegien oder Sonetten als an der Adresse, an die sämtliche Rechnungen gehen. Mit Fräulein Matthiasson, seiner schwedischen Physiotherapeutin, plaudert er über Schweden, mit seiner Pflegerin Louise Simonin lässt sich der fotoscheue Dichter sogar vor der Klinik fröhlich lächelnd ablichten.

Trotz einer vorzüglichen Betreuung durch Krankenschwestern und behandelnde Ärzte fühlt sich Rilke im Sanatorium Val-Mont einsam. Besonders in den frühen Abendstunden nach Verzehr seines Breis fehlt ihm eine schöngeistige Seele, mit der er den Tag in gemeinsamer Lektüre ruhig beschließen kann. Drei Monate weilt Rilke bereits auf dem Zauberberg über dem Genfer See, da tritt eine neue Frau in sein Leben. Lally Horstmann könnte Rilkes Tochter sein. Lally ist jüdischer Abstammung. Ihr Vater, der Bankier und Historiker Paul von Schwabach, führt mit seiner Gattin einen weltoffenen Salon. Lallys Schwester ist mit dem Rilke bekannten Bankier Edward von der Heydt verheiratet. Sie selbst heiratet den fast zwanzig Jahre älteren Rittmeister

a. D. Dr. jur. Alfred Horstmann, der als Angehöriger des diplomatischen Dienstes in Berlin als Ministerialdirigent im Auswärtigen Amt bestallt ist.

Lally ist eine Frau aus jenem Adel, der mit nahezu unermesslichem Reichtum und hohem politischen Einfluss die Geschicke des alten Europa gesteuert hat. Sie liest ohne Mühe Marcel Proust und James Joyce im Original. Nach Val-Mont kommt sie für zwei Monate, begleitet von ihrem Dienstmädchen und der Pekinesenhündin Fou-Li. Sie bewohnt das nobelste Zimmer mit einem eigenen offenen Kamin. Rilke braucht an diesem 11. März 1926 nur wenige Stunden, um alles Wichtige über die soeben angereiste Dame zu erfahren und im »Gotha«, dem Adelskalender, zu überprüfen. Bereits am nächsten Vormittag klopft es an die Tür mit der Nummer 31. Lally wird eine langstielige Rose mit noch geschlossener rosafarbener Knospe überreicht. Mit dem beiliegenden Grußwort wird sie auf Val-Mont willkommen geheißen. Rilke handelt formvollendet und in einer Weise, als wäre er der Hausherr des Sanatoriums. Denn nicht er überbringt die jungfräuliche Rose, sondern der Oberarzt in seinem Auftrag.

Natürlich weiß Lally Horstmann, wer Rainer Maria Rilke ist. Am nächsten Tag schickt er ihr über den ärztlichen Dienst einen Bildband mit französischen Skulpturen der Gotik, in dem er seine Lieblingsobjekte markiert hat. Am Abend des dritten Tages hat Rilke das Zimmer bereits erobert. Lally Horstmann ist eigentlich kerngesund, aber seit der Geburt ihres ersten Kindes hat sich ihre Lebenssituation verändert. So gönnt sie sich eine Auszeit mit Kur und Nachkur zur Behandlung ihrer leichten Anpassungsstörungen. Dann steht Rilke vor ihr: schmächtig gebaut, eine üppige Unterlippe, leicht hervortretende blaue Augen. Er ist nervös und spielt mit einem silbernen Kreuz. Lally erinnert sich: »Eine seiner schlanken, knochigen und nervösen Hände berührte das silberne Kreuz, das er gewöhnlich unter seinem Jackett verbarg; es hing an einer Uhrkette über der Weste, dicht am Herzen.«[25] Wie die Ärzte und Rilkes Freunde hat auch Lally den Eindruck, dass »sein Leiden eher nervlicher Natur«[26] sei. Die Konversation wird auf Deutsch und Französisch geführt, das Rilke »sehr langsam, nach Worten suchend, die er sorgsam aus seinem immensen Vokabular auswählte«[27], spricht.

Bald nimmt Rilke auch seinen Lunch an Lallys Kamin ein. Danach liest er vor oder monologisiert endlos. Lally fühlt sich von diesem Mann überfordert. Sie schweigt. Rilke redet weiter. Er klagt über seine Angst, sich ausgeschrieben zu haben, über seine seelischen Qualen. Lally hat ihre eigenen geheimen Probleme. Sie lebt in einer besonders intensiven Beziehung zu ihrem Bruder Paul. Irgendwann merkt Rilke, dass er nur um sich selbst kreist. Elf Tage nach Lallys Ankunft sendet er ihr über den ärztlichen Zimmerservice eine schriftliche Entschuldigung:

»Liebe Gnädigste Frau,

was Ihre Güte mir auch darwider versichern möchte, nichts wird meine Überzeugung verringern, daß ich Sie gestern durch zu vieles und zu langes Reden ermüdet habe. Ich hab es mir strenge, strengstens vorgehalten. Aber …

Aber die Ebene zu Ihnen hat den rechten Neigungswinkel (wie gut, daß alles zuletzt Mathematik ist), ferner hören Sie wunderbar zu, und, zuletzt, merk ich, daß die lange Abschränkung und Isolierung mich, wo einmal die Gelegenheit schön und lohnend ist, geschwätzig gemacht haben.«[28]

Lally Horstmann ist eine junge, sehr attraktive Frau, mit herausforderndem Blick. So hat sie Augustus John vor einem Zweig mit Granatäpfeln porträtiert.[29] Lally trägt ein körperbetontes schwarzes Kleid mit entblößter linker Schulter. In einer Hand hält sie einen Apfel und bettet ihn in ihren Schoß. An dieser Stelle platziert, symbolisiert die verbotene Frucht wie die gesamte Körperhaltung reine Leidenschaft. Rilke aber ist am Ende seiner Kräfte angekommen. Als Dichter hat er alles gesagt, was ihm zu sagen gegeben war. Im Gegensatz zu anderen kultivierten Frauen, denen Rilke einst Gedichte vorlas und Geschichten erzählte, erlebt Lally einen alten und schwachen Mann in aussichtloser Lage. Er wirbt noch mit Worten, aber beide wissen, dass alles Werben letztlich ins Leere läuft.

Rilke hat in seinen Gedichten alles ausgedrückt und bereits vor zwanzig Jahren Worte für die Momente der Entsagung mit Lally am warmen Feuer des Kamins gefunden. Alles, was geschieht, ist nur Wiederholung. In Paris entstand das Gedicht »Abisag« (1907), in dem er das einsame nächtliche Lager des alten Königs David und der Abisag von Sunem beschreibt. Da heißt es im Gedicht:

»*Und manchmal, als ein Kundiger der Frauen,*
erkannte er durch seine Augenbrauen
den unbewegten, küsselosen Mund;
und sah: ihres Gefühles grüne Rute
neigte sich nicht herab zu seinem Grund.
Ihn fröstelte. Er horchte wie ein Hund
und suchte sich in seinem letzten Blute.«[30]

Wie David so wird auch Rilke die junge Frau an seiner Seite nicht »erkennen«. Oft fühlt er sich sogar so schwach, dass er den Besuch auf ihrem Zimmer absagen muss. Dann schickt er Lally als Zeichen seiner unsichtbaren Gegenwart eine kleine Figur aus Elfenbein, an der er sehr hängt. Sie zeigt einen Hirten, der ein Schaf auf den Schultern trägt. Eine Christusfigur. Ursula Voß, die Herausgeberin des kleinen Buches »Eine Begegnung in Val-Mont«, hat Rilkes verbale

Erotik bei gleichzeitiger Verweigerung einer letzten Hingabe treffend beschrieben:

> *»Rilke wußte um die aphrodisische Wirkung seiner Poesie auf Frauen, die ihm im Anerkennen seiner Größe seine Weigerung, sich ihnen zur Gänze zu geben, nicht vorwarfen, vielmehr, wie aus einer bereitwillig angenommenen Opferhaltung, die auch Lally eigen war, sich in die Rolle der mal aimée fügten. Nie hat sich seine Intensität in einer Liebesbindung verströmt, immer nur hat er das Begreifen der Liebe in Hymnen besungen.«*[31]

So begnügt sich Lally mit der Rolle der Zuhörerin. Rilke spricht über Ronda und seine Reise durch Spanien. Er hatte auf Lallys Schreibtisch eine Grammatik der spanischen Sprache entdeckt. Diese gibt ihm das Stichwort für den kleinen Vortrag. Spanien ist für Rilke das Land der großen Heiligen, die zugleich große Liebende sind. Allen voran die spanische Nationalheilige und Ordensreformerin Teresa von Avila, die aufgrund ihrer schöpferischen Potenz zu den bedeutendsten Dichterinnen des Landes zählt. Rilke kennt die berühmte Skulptur aus Carrara-Marmor, die Bernini von der Heiligen anfertigte. Sie zeigt Teresa im Zustand einer geradezu erotischen Verzückung auf dem Höhepunkt völliger Hingabe an ein himmlisches Liebeserlebnis. Vor ihr steht ein Engel mit einem Liebespfeil, mit dem er die Seele der Heiligen durchbohrt hat. Transverberation oder Durchstoßung des Herzens wird dieser ekstatische Akt der Einswerdung mit der Liebe Gottes genannt. Wie Rilke, so hat Teresa den Erfahrungsraum der Liebe durchschritten. Berühmte Werke sind so entstanden. Die Kirchenlehrerin kannte aber auch lange Phasen des Verstummens, der Krankheit und der geistigen Lähmung. Auf sie nimmt Rilke im Gespräch Bezug, wie Lally berichtet:

»Der göttliche Funke mied ihn, keine Selbstquälerei konnte die geistige Kraft herbeizwingen, ohne die er verloren war, verloren und verzweifelt. Er sprach von der Heiligen Teresa von Avila, der Gott Gnade erwiesen und dann wieder entzogen hatte. Es war ihm schon früher geschehen, aber dann, nach einiger Zeit, fühlte er wieder Leben in sich einströmen: plötzlich begann ein Quell in ihm zu sprudeln, und von der Fülle seiner aus dem Inneren herausdrängenden Visionen wurde er geradezu überwältigt. So überkamen ihn die ›Sonette an Orpheus‹ und die noch ausstehenden ›Duineser Elegien‹, die er in einem einzigen schöpferischen Sturm vollendete. Jetzt irrte er wieder in einer Wüste, und er kämpfte erbittert und vergeblich.«[32]

Nach der Kur am Genfer See begibt sich Lally nach Ascona am Lago Maggiore. Rilke soll sie begleiten. Die Finanzierung seines Aufenthaltes ist gesichert. Doch ist er zum Reisen zu schwach. Auch die geplante Begegnung in Berlin kann nicht verwirklicht werden. Alfred Horstmann arbeitet nun im diplomatischen Dienst in Brüssel und Lissabon. Nach der »Machtergreifung« durch die Nationalsozialisten wird er aufgrund seiner Ehe mit Lally 1933 im Auswärtigen Amt nicht mehr verwendet. Im Falle einer Scheidung bietet ihm Reichsaußenminister Ribbentrop eine hohe Position an. Alfred und Lally Horstmann werden nach dem Krieg auch vom sowjetischen Geheimdienst NKWD verfolgt und 1946 verhaftet. Horstmann stirbt im Konzentrationslager Sachsenhausen. Lally wandert nach Brasilien aus, wo sie ihre Erinnerungen an die Begegnung in Val-Mont verfasst. Darin berichtet sie auch von einem letzten Wort des Dichters. Rilke gesteht, er leide mehr, als Worte zu sagen vermögen:

»Je souffre plus que mots peuvent le dire.«[33]

Marina Zwetajewa
»Ich liebe Dich und will mit Dir schlafen …«

Kaum ist Lally Horstmann mit Hund und Zofe abgereist, kommt es zu einer weiteren Begegnung mit einer jungen Frau. Sie zählt heute zu den bedeutendsten Dichterinnen Russlands. Marina Iwanowna Zwetajewa ahnt nicht, wie krank Rilke wirklich ist, als sie in sein Leben tritt. Die hochbegabte Musikerin, Dichterin und Mutter lebt mittellos im Pariser Exil. Ihr Vater Iwan Wladimirowitsch Zwetajew, Sohn eines Dorfpopen aus Talizy, war Kunsthistoriker in Moskau und Gründer des Puschkin-Museums. In lateinischer Sprache hatte er über das altitalische Volk der Osken promoviert. Ihre Mutter, Maria Alexandrowna Zwetajewa, war eine begnadete Pianistin. Nach einer unglücklichen Jugendliebe zu einem verheirateten Mann hatte diese den Witwer Zwetajew geheiratet. Obwohl über zwanzig Jahre jünger als ihr Mann, starb sie weit vor ihm.

Beide Elternteile beherrschten fließend die europäischen Sprachen Deutsch, Englisch, Französisch sowie Italienisch in Wort und Schrift. Marinas Sprachbegabung übertraf sogar die ihrer Eltern.[34] Bereits mit sechs Jahren schrieb sie Gedichte in deutscher und französischer Sprache. In früher Jugendzeit besuchte sie Internate in der französischsprachigen Schweiz und im Schwarzwald. Nach dem Tod ihrer Mutter führte sie gelegentlich die Auslandskorrespondenz ihres Vaters. Er rief die Vierzehnjährige zum Diktat in russischer Sprache, aus der sie seine Briefe direkt ins Französische oder Deutsche übersetzte.

Der russische Name »Marina« bedeutet »Meerjungfrau«. Schon als Kind liebt Marina Zwetajewa die deutsche romantische Dichtung von Geistern aus der Anderwelt. Fouqués »Undine« (1811) ist ihr Lieblingsbuch. Marina Zwetajewa, die heute neben Anna Achmatowa als bedeutendste russische Lyrikerin des 20. Jahrhunderts gilt, ist eine begeisterte Leserin von Rilkes »Stunden-Buch«. Über Boris Pasternak sucht sie persönlichen Kontakt.[35] Da sie als Russin keine Einreisegenehmigung in die Schweiz erhält, bittet sie um ein Treffen im benachbarten Savoyen. Die Unkosten soll Rilke übernehmen.

Marina schreibt mit weit geöffnetem Herzen in schonungsloser Offenheit. Rilkes Seele ist ihr ein offenes Buch, ihre Sprache durchwoben von Anspielungen und indirekten Zitaten aus seinen Gedichten. Sie hat den Dichter nie gesehen und wird ihm auch niemals persönlich begegnen. Dennoch kennt sie ihn genau. Beide sind seelenverwandt. Dies ist Ursache der Anziehungskraft und hohen Empathie und zugleich der Grund, warum sich beide außerhalb der dichterischen Imagination niemals werden lieben können. Im realen Leben braucht Rilke Frauen wie Nanny Wunderly-Volkart.

Ohne etwas Genaues von Rilke zu wissen, erkennt die russische Leserin seine dichterischen Wurzeln in der Mutterbeziehung: »Sie sind auch ein Muttersohn. Ein *Mann* nach der *weiblichen* Linie darum so *reich.*«[36] Bereits in ihrem ersten Brief benutzt Marina das vertrauliche Du als Anrede:

> *»Was ich von Dir will, Rainer? Nichts. Alles. Daß Du mir es gönnst jeden Augenblick meines Lebens zu Dir aufzublicken – wie auf einen Berg, der mich schützt (so ein steinerner Schutzengel!).«*[37]

Rilke hatte Marina Zwetajewa die Sonette geschickt und die Elegien mit der Widmung:

> *»Für Marina Zwetajewa*
> *Wir rühren uns. Womit? Mit Flügelschlägen,*
> *mit Fernen selber rühren wir uns an.*

Ein *Dichter einzig lebt, und dann und wann*
Kommt, der ihn trägt, dem, der ihn trug, entgegen.
Rainer Maria Rilke«[38]

Rilke hat Dichtungen aus vielen Sprachen Europas übersetzt, oft zur Verwunderung jener, die ihn wie die Fürstin von Thurn und Taxis gut kannten. Wirklich heimisch wurde er wohl nur in der französischen Sprache. Sein Russisch, wenn er es jemals wirklich beherrscht haben sollte, reicht nicht annäherungsweise aus, Marinas Gedichte im Original zu lesen, obwohl die Dichterin für anspruchsvolle Wendungen Übersetzungshilfen an den Rand geschrieben hat. Auch Rilke macht in seinen Sonetten eine Anmerkung. Neben Sonett I. XVI notiert er: »An einen Hund«[39]. Warum? Ahnt er Marinas große Hundeliebe? Marina wird durch das Gedicht an ihre Zeit in einem deutschen Internat erinnert, wo sie übermütigen Umgang mit den Gassenhunden pflegte:

»Rainer, das reinste Glück, Beglücktsein, die Stirn auf die Hundestirn gedrückt, Aug in Aug, und der Hund, erstaunt, befremdet und geschmeichelt (passiert nicht alle Tage!) grollt. Und dann hält man ihm mit beiden Händen das Maul zu – denn beißen kann er, aus lauter Rührung! – und küsst. Küßt los.

Hast Du da, wo du bist, einen Hund? Und wo bist Du? Val-Mont (Valmont) so hieß der Held des harten und kalten und klugen Buches: Laclos ›Liaisons dangereuses‹, das bei uns in Russland – ich weiß nicht warum, das moralischste Buch! – neben den Memoiren des Casanova (den ich heiß liebe!) verboten war.«[40]

Das Küssen gehörte nie zu Rilkes Stärke. Jetzt fühlt er sich regelrecht bedrängt von diesem Orkan der Sinnlichkeit, in dem alle Formen der Liebe von der zärtlichen Umarmung eines Tieres bis zu den Verführungskünsten Casanovas in einem Atemzug genannt werden. Den Höhepunkt bildet Marinas Bericht über ihre nächtliche Lektüre der Elegien:

> *»Was Dir von dem Buche sagen? Die letzte Stufe. Mein Bett wurde zur Wolke.«*[41]

Marina Zwetajewa schreibt von ihren Kindern und erkundigt sich nach Rilkes Lebensweise. Sie könne sich nicht vorstellen, dass er Kinder habe. Rilke berichtet kurz von seiner missglückten Ehe und rechtfertigt seine Beziehungslosigkeit zu Tochter und Enkeltochter mit der Notwendigkeit, in Abgeschiedenheit zu leben. Nach Vollendung der Elegien sei ihm die geliebte Einsamkeit unerträglich geworden. Er spricht über seinen Aufenthalt in Val-Mont, verschweigt aber die Entzündungen in der Mundhöhle und seine große Müdigkeit. Marina spürt, dass Rilke ihre Briefe als Belastung empfindet, und will ihn deshalb nicht weiter bedrängen. Sie kündigt die Beziehung auf, macht dies jedoch in einer unwiderstehlichen Weise, in der sie ihre Willensbekundung zugleich durch die Anerkennung der schicksalhaften Fügung ihrer Beziehung aufhebt:

> *»Also, Rainer, vorbei. Ich will nicht zu Dir. Ich will nicht wollen.«*[42]

Rilke reagiert auf diese nicht ernst gemeinte Aufkündigung der Beziehung mit einer Marina gewidmeten Elegie, von der sie irrtümlich glaubt, sie werde einst als »Marina-Elegie« den »Duineser Elegien« hinzugefügt werden. Nach über fünf Monaten Aufenthalt in Val-Mont ist Rilke in seinen Schlossturm zurückgekehrt. Hier schreibt er die Elegie für Marina und legt ihr fünf Fotografien von Muzot bei. Jetzt, wo ihm diese Dichtung gelungen ist, kann er Marina auch den Grund seiner Abwehr allzu großer Nähe gestehen. Es sind Versagensängste. Marina aber fühlt sich durch Rilkes Zueignung der Elegie in ihrer Zuwendung bestärkt. Mit Worten wie magischen Zaubersprüchen beschwört sie den Dichter. Wohin er blicke, er werde allein sie sehen:

»*Der erste Hund, den Du nach diesem Briefe streichelst,* bin ich. *Paß auf, was er für Augen macht.*«[43]

Selbst bei geschlossenen Augen werde er ihr nicht entgehen können:

»*Du bist, was ich heut nacht träumen werde, was* mich *heut nacht träumen wird.*«[44]

Im Schlaf werde sie von Rilke träumen und träumend mit Rilke schlafen:

»*Ich liebe Dich und will mit Dir schlafen (…). Rainer, es wird Abend, ich liebe Dich. Ein Zug heult. Züge sind Wölfe, Wölfe sind Russland. Kein Zug – ganz Russland heult nach Dir. Rainer, sei mir nicht bös, bös oder nicht, heut Nacht schlaf ich mit Dir. (…) Antworten brauchst Du nicht – weiterküssen.*«[45]

Rilke erträgt die Einsamkeit auf Muzot nicht und folgt einer Einladung der Fürstin nach Ragaz. Hier verbringt er den August in russischer Gesellschaft. Marie von Thurn und Taxis macht ihn mit Fürstin Marie Dimitriewna (Mima) Gagárine bekannt. »Du reisest immer. Du lebst nirgends, und mit Russen triffst Du zusammen, die nicht ich sind«, droht Marina Zwetajewa. »Hör' dass Du's weißt: im Rainerland vertrete ich allein Russland.«[46] Rilke zögert mit einer

Antwort. Er hat weiterhin Angst vor einer Begegnung und versucht sich durch eine Flucht ins Reich der Phantasie von Marinas Begehren zu befreien. Schon in Val-Mont habe er sich eine Landkarte von Savoyen besorgt und nach einem kleinen Ort für ein Treffen gesucht. Er habe sich die Begegnung vorgestellt, schreibt er, und so habe diese also bereits stattgefunden. Marina lässt diese poetischen Verklärungen nicht gelten:

> *»Rainer, sag nur immer ja zu allem, was ich will, – so arg wird's doch nicht werden.«*[47]

Rilke kapituliert und schweigt. Von Ragaz folgt er einer neuen Einladung ins »Hotel Savoy« nach Ouchy-Lausanne. Sein Gastgeber ist Richard Weininger, Bruder des Philosophen Otto Weininger, der sich auf spektakuläre Weise im Wiener Sterbehaus Ludwig van Beethovens das Leben genommen hatte. Im »Hotel Savoy« begegnet Rilke der jungen Ägypterin Nimet Eloui Bey. Sie ist die Tochter des ersten Kammerherrn des Sultans Hussein Pascha und vermögende Witwe von Azis Eloui Bey. In zweiter Ehe ist sie mit Fürst Nicolas Meshchersky verheiratet. Rilke kennt sie als begeisterte Leserin des »Malte«. Mit dem Namen Nimet Eloui Bey verbindet sich die Rosenaffäre von Muzot und das Gerücht, Rilke sei an einer Blutvergiftung durch den Stich einer Rose aus dem herbstlichen Garten gestorben. Die rasante Autofahrerin hatte Rilke Anfang Oktober in Muzot besucht. Rilke wollte das Haus mit den letzten Rosen aus seinem Garten schmücken und verletzte sich beim Abschneiden an einem Finger der linken Hand. Kurz danach entzündete sich das Nagelbett des rechten Daumens, sodass Rilke mit zwei verbundenen Händen seinen Gast empfangen musste. Nanny Wunderly-Volkart ist erschüttert und sieht nicht zu Unrecht ein Zeichen. Da sie an einer Lumbago erkrankt ist, kann sie Rilke nicht zur Seite stehen. Zur Betreuung und Unterstützung hat sie jedoch die junge Russin Jewgenija Tschernoswitowa eingestellt. Génia wohnt im »Hotel Bellevue«. Sie begleitet Rilke auch auf seiner letzten Fahrt in die Klinik Val-Mont.

Orpheus geht in die Unterwelt
»Rose, oh reiner Widerspruch«

Am 8. Dezember 1926 schreibt Rilke einen letzten Brief an Nanny. Seine Welt ist die kleine Insel Schmerz. Zwei Wünsche hat er noch: Er bittet um einen weichen Wollschal für die Schultern und Nachthemden von Dr. Lahmann. Den allerletzten Wunsch braucht er nicht auszusprechen: Nanny kommt und ist bei ihm, als er am 29. Dezember um 3.30 Uhr stirbt. Außer ihr will Rilke niemanden sehen, auch seine Frau Clara nicht, die aus Deutschland anreist. Sophia Rilke weiß spätestens in der Sechsuhrstunde des Heiligen Abends, dass ihr Kind schwer erkrankt ist. Zum ersten Mal seit ihrer Verabredung hat ihr der Sohn keinen Weihnachtsbrief geschrieben. Sein letztes Schreiben vom 29. November war der Sorge um den Gesundheitszustand der Mutter gewidmet:

> *»So kann ich nichts, als Dich dem Schutze Gottes und Deinem eigenen großen Muth und Glauben anvertrauen!«*[48]

Ein Jahr vor seinem Tod hatte Rilke seinen letzten Willen schriftlich niedergelegt und Nanny anvertraut. Wegen des Hausgespenstes Isabelle de Chevron will er nicht in der Nähe von Muzot begraben liegen, sondern auf dem hochgelegenen Friedhof von Raron direkt neben der Kirche. Er wünscht weder die Spendung des Sakraments der letzten

Ölung noch die Anwesenheit eines Priesters bei seiner Beerdigung:

> *»Schlimm genug, daß ich, in den körperlichen Nöthen meiner Natur, den Vermittler und Verhandler, im Arzte, zulassen mußte; der Begegnung meiner Seele, aufs Offene zu, wäre jeder geistliche Zwischenhändler kränkend und zuwider.«*[49]

Am 2. Januar 1927 findet die Beisetzung statt. Anwesend sind Werner Reinhart, Anton und Katharina Kippenberg, Loulou Albert-Lazard und Regina Ullmann. Rilke hatte auch verfügt, dass ihm ein alter Grabstein gesetzt werde. Nach der Einebnung der Schriftzüge sei sein Familienwappen mit den Hunden einzumeißeln und folgender Spruch:

> *»Rose, oh reiner Widerspruch, Lust,*
> *Niemandes Schlaf zu sein unter soviel*
> *Lidern.«*[50]

Den widersprüchlichen Charakter der Rose hatte Rilke zuletzt am eigenen Leib erfahren. Was aber ist die Mitte, in der alle Gegensätze des Lebens zusammenfallen? Ihr Geheimnis liegt verborgen hinter den Blütenblättern. Hinter den geschlossenen Augenlidern liegt eine innere Welt. Hier leben die Träume. Das Geheimnis der Rose aber weist noch über sie hinaus. Kein Schlaf. Keine Träume. Niemandem zu gehören, auch nicht sich selbst. Nur Lust zu sein. Liebe.

Als Marina Zwetajewa von Rilkes Tod erfährt, schreibt sie dem Verstorbenen einen Brief. Schreiben ist für sie wie das Gebet und der Traum eine Möglichkeit des Gespräches. Rilke ist für sie nicht tot. Er ist auferstanden und verwandelt in die höhere Seinsform der Engel. Dies glaubt Marina und erläutert ihre Rilkes Tod vorwegnehmenden Gedanken in einem Brief vom 1. Januar 1927 an Boris Pasternak. Mit seinen letzten »Walliser Gedichten« (1826) habe sich Rilke einen neuen Sprachraum erschlossen. Nun dichte und wirke er in der Sprache der Engel:

> *»Der Drang zum Französischen erwies sich als Engelsbegierde, jenseitig. Mit dem Buch ›Vergers‹ sprach er sich in Engelssprache aus. Siehst Du, er ist Engel, ich spüre ihn unverbrüchlich an meiner* rechten *Schulter (nicht meine Seite). Boris, ich bin froh, daß ›Bellevue‹ das letzte Wort war, das er von mir vernahm. Denn es ist sein erstes Wort von dort, im Blick auf die Erde!«*[51]

Diesem Bekenntnis legt sie die Kopie eines deutsch geschriebenen Briefes an Rilke bei. In ihm heißt es:

> *»Liebster, ich weiß, daß Du mich jetzt – Rainer, jetzt wein ich – daß Du mich jetzt ohne Post lesen kannst, eben liesest. Lieber, wenn Du gestorben bist, gibt es keinen Tod, ist Leben keines. (…)*
>
> *Liebster, mach, daß ich manchmal von Dir träume.*
>
> *An ein hieriges Zusammenkommen haben wir beide nie geglaubt; – wie aufs Hier sein, ja? Du bist mir vorgegangen und ordnest – Stube nicht, Haus nicht – die Landschaft zu meinem Bewillkommen.*
>
> *Ich küsse Dich auf den Mund? Schläfe? Stirn? Lieber Mund, (denn todt bist Du nicht) wie einen rechten Lebenden.*
>
> *Liebster, lieb mich anders und mehr als alle. Sei mir nicht bös, – gewöhne Dich meiner, denn so bleibe ich.*
>
> *Was noch?*
>
> *Zu hoch, vielleicht? Nicht hoch, nicht weit (… un peu trop en face de ce spectacle émouvant) … noch nicht, noch ganz nah, Stirn an Schulter.*
>
> *Mein lieber großer Junge – Du, Rainer, schreibt mir!«*[52]

Marina hatte zu Lebzeiten Rilkes um die Zusendung einer Kulturgeschichte der griechischen Mythologie gebeten. Diese Bitte erfüllt nun Jewgenija Tschernoswitowa. Die junge Russin hat die letzten zwei Monate Rilkes Leben aus unmittelbarer Nähe erlebt. Jeden Tag, jede Stunde dieser Bekanntschaft solle sie nun aufschreiben und sich Eckermanns »Goethe« zum Vorbild nehmen. Dann spricht Marina auch gegenüber Jewgenija von der höheren Existenz, in die Rilke eingetreten sei:

> »*Wollen Sie eine Wahrheit über Gedichte? Jede Zeile ist Zusammenarbeit mit ›höheren Mächten‹, und der Dichter ist* viel, *wenn er Sekretär ist! Haben Sie schon einmal daran gedacht, wie schön dieses Wort ist: Sekretär (secret)?*
>
> *Rilkes Rolle hat sich insofern gewandelt, als er, solange er lebte, mit ihr zusammenarbeitete, jetzt aber selber eine ›Höhere Macht‹ ist.*
>
> *Betrachten Sie all dies nicht als* Russische Mystik! *Es geht um* irdische *Dinge. Selbst die* himmlischste *Eingebung ist nichts, wenn sie nicht in* Irdisches *umgewandelt werden kann.*«[53]

Am 8. Februar 1927 träumt sie von Rilke. Sie befindet sich in einem großen Saal und bewegt sich schwebend an vielen in Schwarz gekleideten Menschen vorbei. Leuchter mit zahllosen Kerzen erhellen den Raum. Etwas abseits sitzt ein Mann. Sie schaut ihn an. Er stellt sich als Rainer Maria Rilke vor. Die Anwesenden beginnen zu tanzen. Marina nimmt Rilke an der Hand und führt ihn in ein anderes Zimmer. Hier fragt sie ihn: »Wie kommt es, daß Sie meine Gedichte nicht verstehen? Sie sprechen doch so vorzüglich Russisch?« »Jetzt«[54], antwortet Rilke. Marina wird in die Sowjetunion zurückkehren. Rilkes Briefe begleiten sie. Bevor sie während des Zweiten Weltkriegs aus Moskau evakuiert wird, vertraut sie diese Dokumente einer Freundin an. Marina Zwetajewa nimmt sich am 31. August 1941 das Leben.[55]

Als Rilkes Großmutter im Alter von 99 Jahren stirbt, verlässt Sophia Prag und zieht für einige Zeit ins Wallis. Jeden Tag verbindet sie sich in der St. Annenkapelle im Gebet mit ihrem Sohn. Dann ergreift sie wieder die alte Unruhe, und sie zieht nach München.

> *»Wissen Sie«*, erklärt sie der Schriftstellerin und Salonière Hertha Koenig, *»er war nicht nur ein großer Mann, er war auch ein guter Sohn. Sehen Sie, wie er war: statt zum Geburtstag zu verchampagnisieren, hat er das Geld für die Kapelle verwandt. Denken Sie, er heißt dort bei den einfachen Leuten allgemein, ›der fromme Rilke‹.«*[56]

Dann lebt Sophia Rilke in der Erinnerung an eine wunderbare Kindheit und die gemeinsamen Gebete: »Ich bin bei meinem tiefgeliebten René … Tag und Nacht die Wunde unheilbar, … tränenschwer. Bete zum Allerbarmer um Ergebung.«[57] Einer ihrer Seelsorger ist Pater Peter Lippert SJ, ein kluger und feinfühliger Schriftsteller und großer Kenner von Rilkes Werk. Im »Malte«, aber auch in seinen Gedichten hat Rilke der bekannten Geschichte vom verlorenen Sohn eine sehr persönliche Deutung gegeben: Der Sohn verlässt das Elternhaus, weil er die Liebe nicht ertragen kann. Die Geschichte des verlorenen Sohnes ist für Rilke die Geschichte von einem Menschen, der nicht geliebt werden wollte. Pater Lippert kommentiert diese Deutung mit folgenden Worten:

> *»Nur gegenüber den Menschen, die uns lieben, ist es schwierig, den Mut zum Eigenen zu haben. Wie wundervoll hat Rainer Maria Rilke diese Belastung durch die Liebe geschildert! (…) Ja, das ist es! Wenn der Mensch dem Menschen*

ein Gefängnis wird, dann wird er's durch die Liebe. Und die Liebe ist die stärkste, die unzerreißbarste Fessel, die man einem Menschen anlegen kann; darum weckt sie so oft einen verzweifelten ›Haß‹ in dem ›geliebten‹ Menschen.«[58]

Ob Sophia Rilke Trost in den Worten des Paters gefunden hat, ist nicht überliefert. In seinen »Les Quatrains Valaisans« – den Walliser Gedichten – hatte Rilke jene Landschaft beschrieben, zwischen deren Weinbergen die kleine Kapelle der heiligen Anna steht und zum Gebet einlädt. Hier werde auch in Zukunft das Geheimnis der Mütter gefeiert: »Et confondons la mère avec l'immense règne maternel.«

»Tragen wir dennoch zu diesem Heiligtum
alles, was uns ernährt: das Brot und das Salz,
die schöne Traube … Vereinigung
der Mutter mit dem großen mütterlichen Reich.«[59]

Epilog

Katharina Kippenberg
»tiefste Ehrfurcht vor diesem Leiden«

Der Erfolg eines Dichters in seiner Zeit ist von vielen Faktoren abhängig. Die Wahl des richtigen Verlages gehört dazu. Rilke hatte mit dem Insel Verlag zugleich eine Verlegerin und Lektorin gefunden, deren überragende menschliche und geistige Größe in der deutschen Verlagslandschaft bis auf den heutigen Tag beispiellos geblieben ist. Alle bedeutenden Werke von Rilke wurden in diesem Verlag publiziert. Vom »Stunden-Buch« und dem »Cornet« über den »Malte Laurids Brigge« bis zu den »Duineser Elegien«. Rilkes größter Bucherfolg erreichte bis heute eine Gesamtauflage von rund einer Million verkaufter Exemplare: Es ist das kleine Werk »Cornet«, das in beiden Weltkriegen von vielen deutschen Soldaten gelesen wurde. Katharina Kippenberg unterstützte den Dichter auch in dem Jahrzehnt der Schreibhemmung zwischen Anfang und Vollendung der »Duineser Elegien«.

Katharina Kippenberg, die »Insel-Herrin«[1], wie Rilke seine Verlegerin nannte, wurde seine Biografin. Ihre Lebensbeschreibung »Rainer Maria Rilke. Ein Beitrag« (1938) und ihre Deutung der späten Gedichte »Rainer Maria Rilkes Duineser Elegien und Sonette an Orpheus« (1946) bieten noch immer den besten Zugang zu Leben und Werk des Dichters. Katharina Kippenbergs geistliche Heimat waren die Lieder Paul Gerhardts, besonders das Abendlied »Nun ruhen alle Wälder«. Rilkes Elegien deutet sie aus diesem geistlichen Raum eigener Erfahrung:

»Demnach steht die Erde überall unter dem Thron der großmögenden Engel; dem Übersinnlichen wird sich in dieser religiösen Bekenntnisdichtung eindeutig gebeugt.«[2]

Anton und Katharina Kippenberg haben auch in die Zukunft investiert, als sie Rilke eine Heimat im Leipziger Insel Verlag boten und über zwei Jahrzehnte seine nie endenden finanziellen Ansprüche großzügig befriedigten. Rilke war in seinem Leben vielen außergewöhnlichen Frauen begegnet. Mit Katharina Kippenberg fand er eine Verlegerin, die ihm in vielfacher Hinsicht seelenverwandt war. Immer wieder musste sie lange Phasen schwerer Krankheit durchmachen. Dieser Erfahrung von Leid gewann sie einen mystischen Liebesbegriff ab: Der wahrhaft Liebende ist ein wahrhaftig Leidender. Liebe ist Leiden. Leiden ist Lieben. In diesem Geheimnis der Passion fühlten sich Katharina Kippenberg und Rilke tief verbunden.

Der Umgang mit dem eigenen Kranksein zieht sich als roter Faden durch die letzten Briefe des Dichters und seiner Verlegerin. Katharina Kippenberg erlitt 1917 eine Hirnhautentzündung, deren schmerzhafte Folgen periodisch wiederkehrten. Gut die Hälfte des Jahres verbrachte sie deshalb in »wahren Ekstasen des Schmerzes«[3] in Krankenhäusern oder Sanatorien. Ihr letzter Brief an Rilke vom Dezember 1926 enthält daher nicht nur Trost, sondern ein Bekenntnis zum Geheimnis des Leidens:

»Mein lieber Freund!
Ich weiß, daß Sie sehr leiden, und möchte Ihnen sagen, nicht daß mir das Herz dabei blutet, denn das wissen Sie schon, aber daß ich die tiefste Ehrfurcht vor diesem Leiden habe. Was Ihnen auch im Leben begegnet sei, Sie haben Großes daraus gewonnen und gewebt und werden auch diesem Leiden groß begegnen (...). Mir schien oft, wenn ich am

meisten versunken schien und am kränksten, war es an einer anderen Stelle am stärksten, ohne daß man es ahnte. Ich hatte nach einer langen Schwäche einmal, was man eine Vision nennen muß, stark und schön. Da wußte ich, daß etwas Unberührbares in aller Abwesenheit weitergewirkt hatte und daß aus dem bitteren Trank der Krankheit doch immer etwas Lindes in einen tieferen Boden abtropft. Auch haben Wünsche Kraft, wie sollten da nicht die unseren, so innig und herzlich wie sie gebracht sind, zu Ihnen heranreichen?«[4]

Diese Worte des Gedenkens mögen Rilke auf höherem Wege erreicht haben, der Brief aber kann nicht mehr in seine Hände gelegt werden. Katharina Kippenberg scheut keine Kosten, die großen Koryphäen ihrer Zeit an Rilkes Sterbebett zu schicken. Der Chirurg Geheimrat Professor Erwin Payr und der Bakteriologe Professor Richard Pfeiffer können dem Dichter nicht mehr helfen. Exakt in jener Stunde, als Katharina Kippenberg den letzten Brief niederschreibt, verabschiedet sich Rilke von Professor Richard Pfeiffer und richtet zur Weitergabe ein letztes Wort an die Leipziger Freundin: »Grüßen Sie Katharina Kippenberg von mir. Das ist eine edle Frau.«[5]

Nach dem Requiem in der katholischen Kirche zu Raron erfolgt in Gegenwart von Katharina Kippenberg die Beisetzung direkt an der Kirchenmauer. Eine Ehre, die nicht einmal den Priestern der Gemeinde zuteil wird. Der Himmel an diesem kalten Januartag ist bedeckt. Was dann geschieht, würde man in der nüchternen Sprache der Meteorologen eine kurze Aufhellung der geschlossenen Wolkendecke nennen. Doch Katharina Kippenberg erlebt die Wirklichkeit mit den Augen einer Frau, deren Blick sich an den Werken der deutschen Romantiker geschult hat. Für sie und ihren Dichter ist die Welt voller Zeichen und Hinweise auf das große Geheimnis der Liebenden und Leidenden. In ihrer Rilke-Biografie berichtet sie von einer Vision am offenen Grab: Die Glocken läuteten, da »zerrissen sie die Wolken; es sah aus, als ob ein riesiger Engel blendend hervorträte, ein unsagbarer Aufruhr, ein Schwang und Überschwang setzte ein von oben nach unten, von unten nach oben«[6].

Nach oben richtete sich auch der Blick der leidenden Verlegerin – nicht erst im Frühjahr 1947. Am Barbaratag des 4. Dezembers 1943, Rilkes Geburtstag, war das Leipziger Verlagshaus in Schutt und Asche versunken. Rilkes Briefwechsel hatten die Vernichtung überstanden, weil sie vorsorglich aufs Land ausgelagert worden waren. Im Februar 1945 hatten Brandbomben das Wohnhaus der Verlegerin in der Richterstraße zerstört. Schwer erkrankt war Katharina Kippenberg in den Westen geflohen und hatte ihre letzten Tage in einem Marburger Krankenhaus verbracht. Auf dem Sterbebett vollendete sie ihre Deutung der großen Engelgesänge des Freundes. Das in zartem Blau gebundene Buch »Rainer Maria Rilkes Duineser Elegien« bezieht sich ausdrücklich auf die deutsche Gegenwart jener Jahre. Indem Katharina Kippenberg die zerstörten deutschen Städte, die verbrannten Bibliotheken und die zahllosen Toten in den Blick nimmt, konfrontiert sie Rilkes Engel mit der schrecklichen Wirklichkeit des Jahres 1945. Eine Welt liegt in Trümmern. Was hat »Rilke, der eine tiefreligiöse Natur war«[7], dieser Zeit zu sagen? Rilkes Botschaft ist der Glaube an das unsichtbare Reich des Geistes, an eine unzerstörbare innere Welt in der Seele des Menschen. »Von seiner Kindheit an hat der Dichter das Übersinnliche gekannt«[8]. In dieser Erfahrung einer unsichtbaren Welt hinter der sichtbaren sieht Katharina Kippenberg eine große Chance der Erneuerung:

> *»Die Seele soll aus ihrem Bedürfen und Begehren heraus, mit Hilfe ihrer göttlichen Keimkraft die Welt, die sichtbar*

nicht mehr vorhanden ist, in der Innerlichkeit neu erstehen lassen. (…) Was vor so kurzer Zeit noch wie ein unbestimmter Wunsch klang, scheint jetzt eine gigantische Aufgabe, bei der die Seele auf eine letzte Probe gestellt wird.

Denn sie ist auf eine grausame Art ihrer besten Hilfen beraubt. Die Bilder und Zeichen ihrer frommen Kindheit, die Dome, Kirchen und Kapellen, in denen ihre frühen Träume Gestalt gewonnen hatten, die Formensprache, die von ihrem Glauben und ihrer liebenden Anbetung redete, ist zum großen Teil für immer verstummt und in Asche gesunken.«[9]

Am 12. Juni 1947 wird Rilkes wenige Tage zuvor verstorbene Verlegerin auf dem alten Teil des Ockershäuser Friedhofs in Marburg beerdigt. In seiner Ansprache am offenen Grab zitiert der berühmte evangelische Theologe Rudolf Bultmann Rilkes Engeldichtung und das Lieblingslied von Katharina Kippenberg, das ihr in Leben und Sterben Trost war, weil es ihr in allem Leiden half, den Blick in eine andere Wirklichkeit zu richten:

»*Breit aus die Flügel beide,*
O Jesu, meine Freude,
Und nimm dein Küchlein ein.
Will Satan mich verschlingen,
So lass die Englein singen:
Dies Kind soll unverletzet sein.«[10]

Anmerkungen

Kapitel 1

1 Rainer Maria Rilke: Brief an die Mutter vom 21.12.1913. Briefe II, S. 253.
2 Phia Rilke: Gedanken für den Tag, S. 9.
3 Rainer Maria Rilke: Brief an die Mutter Weihnachten 1923. Briefe II, S. 564 f.
4 Ebenda.
5 Fürstin Marie von Thurn und Taxis-Hohenlohe: Erinnerungen, S. 12.
6 Rainer Maria Rilke: Argwohn Josephs. Sämtliche Werke I, S. 671.
7 Phia Rilke: Gedanken für den Tag, S. 13.
8 A. a. O., S. 30.
9 A. a. O., S. 31.
10 Zitiert nach: Rilke Chronik I, S. 15.
11 Rainer Maria Rilke: Brief an die Mutter vom 20.3.1906. Briefe II, S. 503.
12 Sämtliche Werke I, S. 505.
13 Mein Geburtshaus. Aus: Larenopfer. In: Gedichte 1895 bis 1910, S. 39.
14 Josef Rilke: Brief an Sophia Rilke vom April 1891. Zitiert nach: Rilke Chronik I, S. 18.
15 Jaroslav Rilke: Brief an Josef Rilke vom 4.6.1892. Zitiert nach: A. a. O., S. 22.
16 Sämtliche Werke I, S. 491 f.
17 Zitiert nach: Rilke Chronik. I. S. 14.
18 Zitiert nach: A. a. O., S. 17.
19 Zitiert nach: Ebenda.
20 Rainer Maria Rilke: Brief an Valerie von David-Rhonfeld vom 4.12.1894. »Sieh dir die Liebenden an«, S. 164 f.
21 A. a. O., S. 166.
22 Vgl. dazu: Fürstin Marie von Thurn und Taxis-Hohenlohe: Erinnerungen, S. 48.
23 Valerie von David-Rhonfeld: Brief an Curt Hirschfeld vom 7.7.1927. Zitiert nach: »Sieh dir die Liebenden an«, S. 278.
24 A. a. O., S. 281 f.
25 A. a. O., S. 279.
26 Rainer Maria Rilke: Undatierter Brief an Valerie von David-Rhonfeld. A. a. O., S. 91 f.
27 Rainer Maria Rilke: Undatiertes Gedicht für Valerie von David-Rhonfeld. A. a. O., S. 179.
28 A. a. O., S. 180.
29 Rainer Maria Rilke: Brief an Valerie von David-Rhonfeld vom September 1894. A. a. O., S. 157.
30 Rainer Maria Rilke: Brief an Valerie von David-Rhonfeld von Weihnachten 1893. A. a. O., S. 116 f.
31 Rainer Maria Rilke: Brief an Valerie von David-Rhonfeld

zum Jahresanfang 1894. A. a. O., S. 122 f.
32 Phia Rilke: Gedanken für den Tag. S. 11.
33 A. a. O., S. 13.
34 A. a. O., S. 16.
35 Rainer Maria Rilke: Brief an die Mutter vom 15. 4. 1909. Briefe I, S. 621.
36 Rainer Maria Rilke: Brief an die Mutter vom 2. 7. 1908. A. a. O., S. 590 f.
37 Rainer Maria Rilke: Brief an die Mutter vom 25. 12. 1919. Briefe II, S. 445.
38 Ebenda.
39 Rainer Maria Rilke: Brief an die Mutter vom 10. 3. 1904 Briefe I, S. 426.
40 Ebenda.
41 Rainer Maria Rilke: Brief an die Mutter vom 5. 5. 1901. Briefe I, S. 249.
42 Rainer Maria Rilke: Brief an die Mutter vom 6. 9. 1908. A. a. O., S. 600.
43 Ebenda.
44 Rainer Maria Rilke: Ach, wehe, meine Mutter reißt mich ein. Aus. Lou Albert-Lasard: Wege mit Rilke, S. 82.
45 Rainer Maria Rilke: Brief an die Mutter vom 1. 5. 1910. Briefe II, S. 19 f.
46 Rainer Maria Rilke: Brief an die Mutter vom 2. 5. 1912. A. a. O., S. 143.

Kapitel 2

1 Rainer Maria Rilke/Lou Andreas-Salomé: Briefwechsel, S. 7.
2 Zitiert nach Ralph Freedman: Rainer Maria Rilke I, S. 92.
3 Zitiert nach Gunna Wendt: Lou Andreas-Salomé und Rilke, S. 85.
4 Lou Andreas-Salomé: Im Kampf um Gott, S. 105.
5 Sämtliche Werke III, S. 158.
6 Rainer Maria Rilke/Lou Andreas-Salomé: Briefwechsel, S. 9.
7 A. a. O., S. 10.
8 A. a. O., S. 11.
9 Lou Andreas-Salomé: Lebensrückblick, S. 112.
10 Rainer Maria Rilke/Lou Andreas-Salomé: Briefwechsel, S. 15.
11 A. a. O., S. 19 f.
12 A. a. O., S. 26.
13 A. a. O., S. 21.
14 A. a. O., S. 124 f.
15 Rainer Maria Rilke: Das Florenzer Tagebuch, S. 27.
16 A. a. O., S. 28.
17 A. a. O., S. 40.
18 A. a. O., S. 71.
19 A. a. O., S. 73.
20 A. a. O., S. 57.
21 A. a. O., S. 94.
22 A. a. O., S. 108.
23 A. a. O., S. 112.
24 A. a. O., S. 114.
25 Rainer Maria Rilke: Brief an die Mutter vom 29. 4. 1899. Briefe I, S. 102.
26 Lou Andreas-Salomé: Lebensrückblick, S. 94.
27 Rainer Maria Rilke/Lou Andreas-Salomé: Briefwechsel, S. 142 f.
28 Zitiert nach Ralph Freedman: Rainer Maria Rilke I, S. 144.

29 Rainer Maria Rilke: Brief an die Mutter vom 3.5.1899. Briefe I, S. 103.
30 Zitiert nach Gunter Martens/Annemarie Post-Martens: Rainer Maria Rilke, S. 35.
31 Jelena Woronina: Brief an Rainer Maria Rilke vom 17.7.1899. Zitiert nach Ralph Freedman: Rainer Maria Rilke I, S. 149.
32 Zitiert nach: Rilke Chronik I, S. 89.
33 Sämtliche Werke III, S. 657.
34 A. a. O., S. 309 f.
35 A. a. O., S. 350.
36 A. a. O., S. 314.
37 A. a. O., S. 334.
38 A. a. O., S. 358.
39 Rainer Maria Rilke: Brief an Alfred Lichtwark vom 12.1.1900. Zitiert nach: Rilke Chronik I, S. 96.
40 Rainer Maria Rilke: Brief an Ellen Key vom 13.2.1903. Briefwechsel mit Ellen Key, S. 9.
41 Rainer Maria Rilke: Geschichten vom lieben Gott. Sämtliche Werke IV, S. 355.
42 A. a. O., S. 347.
43 Sämtliche Werke III, S. 322 f.
44 Briefe an die Mutter I, S. 174.
45 Zitiert nach: Gunter Martens/Annemarie Post-Martens: Rainer Maria Rilke, S. 40.
46 Lou Andreas-Salomé: »Russland mit Rainer«, S. 29.
47 Vgl. Lou Andreas-Salomé: Lebensrückblick, S. 94.
48 Briefe und Tagebücher aus der Frühzeit, S. 41.
49 Lou Andreas-Salomé: »Russland mit Rainer«. S. 109.
50 Lou Andreas-Salomé: Lebensrückblick, S. 95.
51 Lou Andreas-Salomé: »Russland mit Rainer«, S. 61 f.
52 Lou Andreas-Salomé: Lebensrückblick, S. 117.
53 A. a. O., S. 99.
54 Zitiert nach: Rainer Maria Rilke/Lou Andreas-Salomé: Briefwechsel, S. 41.
55 Sämtliche Werke II, S. 246.
56 Zitiert nach Ralph Freedman: Rainer Maria Rilke I, S. 176.
57 Lou Andreas-Salomé: Lebensrückblick, S. 96.
58 Briefe und Tagebücher aus der Frühzeit, S. 37.
59 Rainer Maria Rilke: Brief an Lou vom 11.8.1900. Rainer Maria Rilke/Lou Andreas-Salomé: Briefwechsel, S. 44.
60 Lou Andreas-Salomé: »Russland mit Rainer«, S. 90.
61 A. a. O., S. 132 f.
62 Lou Andreas-Salomé: Die Erotik, S. 21.
63 Lou Andreas-Salomé: Brief an Rilke vom 26.2.1901. Rainer Maria Rilke/Lou Andreas-Salomé: Briefwechsel, S. 54 ff.
64 Lou Andreas-Salomé: »Russland mit Rainer«, S. 145.
65 Zitiert nach: Gunter Martens/Annemarie Post-Martens: Rainer Maria Rilke, S. 46.
66 Lou Andreas-Salomé: Brief an Rilke vom 26.2.1901. Rainer Maria Rilke/Lou Andreas Salomé: Briefwechsel, S. 49.
67 A. a. O., S. 54.
68 A. a. O., S. 55.
69 A. a. O., S 511.
70 A. a. O., S. 53.

71 Rainer Maria Rilke: Brief an Lou vom 10.8.1903. A.a.O., S. 107.
72 Lou Andreas-Salomé: Brief an Rilke vom 16.3.1924. A.a.O., S. 464.
73 Rainer Maria Rilke: Brief an Lou vom 22.4.1924. A.a.O., S. 466.
74 Rainer Maria Rilke: Brief an Lou vom 31.10.1925. A.a.O., S. 476.
75 Lou Andreas-Salomé: Brief an Rilke vom 12.12.1925. A.a.O., S. 482.
76 Zitiert nach: Ralph Freedmann: Rainer Maria Rilke II, S. 456.
77 Rainer Maria Rilke: Brief an Lou vom 12.12.1926. Rainer Maria Rilke/Lou Andreas-Salomé. Briefwechsel, S. 484f.
78 A.a.O., S. 624.
79 Lou Andreas-Salomé: Rainer Maria Rilke, S. 118f.
80 Zitiert nach: Kerstin Decker: Lou Andreas-Salomé, S. 331.
81 Zitiert nach: Brigitte Kronauer: Vorwort zu Lou Andreas-Salomé. »Russland mit Rainer«, S. 22.
82 Gertrud Bäumer: Gestalt und Wandel. S. 482f.

Kapitel 3

1 Rainer Maria Rilke: Brief an Paula Becker vom 6.11.1900. Briefe und Tagebücher aus der Frühzeit. S. 72.
2 Tagebuch vom 16.9.1900. A.a.O., S. 313.
3 A.a.O., S. 290.
4 A.a.O., S. 291.
5 A.a.O., S. 312.
6 Tagebuch vom 9.9.1900. A.a.O., S. 283f.
7 Zitiert nach: Marina Sauer: Clara-Rilke-Westhoff, S. 26.
8 Briefe und Tagebücher aus der Frühzeit, S. 287f.
9 Zitiert nach: Werner, Wolfgang: Paula Modersohn-Becker in Briefen und Tagebüchern, S. 174.
10 Briefe und Tagebücher aus der Frühzeit, S. 360f.
11 Zitiert nach: Gunna Wendt: Clara und Paula, S. 98.
12 A.a.O., S. 99.
13 Briefe und Tagebücher aus der Frühzeit, S. 76.
14 Rainer Maria Rilke: Brief an Clara Westhoff vom 11.12.1900. A.a.O., S. 89.
15 Rainer Maria Rilke: Brief an Paula Becker vom 13.1.1901. Rainer Maria Rilke: Briefe aus den Jahren 1902 bis 1904, S. 146.
16 Paula Becker: Brief an Otto Modersohn vom 8.2.1901. Zitiert nach: Wolfgang Leppmann: Rilke. Leben & Werk, S. 165.
17 Paula Becker: Brief an Rilke vom 3.2.1901. Zitiert nach: Ralph Freedman: Rainer Maria Rilke I, S. 208.
18 Clara Westhoff an Paula Becker. Zitiert nach: Marina Sauer: Clara-Rilke-Westhoff, S. 55.
19 Rainer Maria Rilke/Clara Westhoff: Brief an Sophia Rilke vom 9.5.1901. Briefe an die Mutter 1896 bis 1926, S. 247f.

20 Zitiert nach: Rilke Chronik I, S. 126.
21 Briefe und Tagebücher aus der Frühzeit, S. 88.
22 Ebenda.
23 Rainer Maria Rilke: Brief an Clara Westhoff vom 18. 11. 1900. A. a. O., S. 78 f.
24 Rainer Maria Rilke: Brief an Emmanuel von Bodman vom 7. 8. 1901. A. a. O., S. 107 f.
25 Sämtliche Werke I, S. 338.
26 Zitiert nach: Gunna Wendt: Clara und Paula, S. 117.
27 Otto Modersohn an Paula Becker. A. a. O., S. 112.
28 A. a. O., S. 119.
29 Paula Becker an Clara Westhoff. A. a. O., S. 121.
30 Rainer Maria Rilke: Brief an Franziska zu Reventlow vom 18. 12. 1901. Briefe und Tagebücher aus der Frühzeit, S. 134 f.
31 Rainer Maria Rilke: Brief an die Mutter vom 13. 12. 1901. Briefe I, 11. 11. 1902, S. 294.
32 Rainer Maria Rilke: Brief an Carl Mönckeberg vom 6. 1. 1902. Briefe und Tagebücher aus der Frühzeit, S. 136.
33 Rainer Maria Rilke: Brief an Pol de Mont vom 10. 1. 1902. A. a. O., S. 148 f.
34 A. a. O., S. 104.
35 Ebenda.
36 Rainer Maria Rilke: Brief an Julie Weinmann vom 25. 6. 1902. A. a. O., S. 192.
37 Rainer Maria Rilke: Brief von Ende August 1902 an Clara Rilke-Westhoff. Zitiert nach: Marina Sauer: Clara-Rilke-Westhoff, S. 67 f.
38 Rainer Maria Rilke: Brief an die Mutter vom 11. 11. 1902. Briefe I, S. 343.
39 Rainer Maria Rilke: Brief an Oskar Zwintscher vom 10. 10. 1902. Zitiert nach: Rilke Chronik I, S. 152 f.
40 Rainer Maria Rilke: Brief an Clara Rilke-Westhoff vom 31. 8. 1902. Briefe aus den Jahren 1901 bis 1906, S. 24 f.
41 Rainer Maria Rilke: Brief an Lou Andreas-Salomé vom 18. 7. 1903. Rainer Maria Rilke/Lou Andreas-Salomé: Briefwechsel, S. 67 ff.
42 Rainer Maria Rilke: Brief an Lou Andreas-Salomé vom 8. 8. 1903. A. a. O., S. 96.
43 Rainer Maria Rilke: Brief an Clara Rilke-Westhoff vom 5. 9. 1902. Briefe aus den Jahren 1901 bis 1906, S. 36 f.
44 Lou Andreas-Salomé: Brief an Rilke vom 8. 8. 1903. Rainer Maria Rilke/Lou Andreas-Salomé: Briefwechsel, S. 90.
45 Zitiert nach: Marina Sauer: Clara-Rilke-Westhoff. Biografie, Berlin 1990, S. 73
46 Aus Otto Modersohns Tagebuch. Zitiert nach: Gunna Wendt: Clara und Paula, S. 141.
47 Paula Becker: Brief an Otto Modersohn. A. a. O., S. 138.
48 Rainer Maria Rilke: Requiem. Für eine Freundin. Sämtliche Werke I, S. 653.
49 Rainer Maria Rilke: Brief an Lou Andreas-Salomé vom 25. 7. 1903. Rainer Maria Rilke/Lou Andreas-Salomé: Briefwechsel, S. 80 f.

50 Rainer Maria Rilke: Brief an Lou vom 8. August 1903. A. a. O., S. 97.
51 Zitiert nach: Marina Sauer: Clara-Rilke-Westhoff, S. 109.
52 Rainer Maria Rilke: Brief an Ellen Key vom 6. 9. 1902. Briefwechsel mit Ellen Key, S. 4.
53 Rainer Maria Rilke: Rezension zu Ellen Keys Buch »Das Jahrhundert des Kindes«. In: Briefwechsel mit Ellen Key, S. 251.
54 Rainer Maria Rilke: Brief an Ellen Key vom 17. 12. 1911. A. a. O., S. 225 f.
55 A. a. O., S. 6.
56 Ellen Key: Brief an Rilke vom 18. 4. 1903. A. a. O., S. 29.
57 Rainer Maria Rilke: Brief an Ellen Key vom 17. 12. 1911. A. a. O., S. 223.
58 A. a. O., Vorwort, S. XIII.
59 Rainer Maria Rilke: Brief an Ellen Key vom 30. 11. 1921. A. a. O., S. 245.
60 Rainer Maria Rilke: Brief vom 16. 4. 1920. Briefe an Nanny Wunderly-Volkart I, S. 59.
61 Rainer Maria Rilke. Brief vom 30. 11. 1921 an Ellen Key. Briefwechsel mit Ellen Key, S. 242.
62 Rainer Maria Rilke: Brief vom 16. 4. 1920. Briefe an Nanny Wunderly-Volkart I, S. 212. Rainer Maria Rilke: Brief vom 17. 9. 1921. A. a. O., S. 551 f.
63 Rainer Maria Rilke: Brief vom 7. 12. 1921. A. a. O., S. 596.
64 Rainer Maria Rilke: Brief vom 15. 1. 1922. A. a. O., S. 596.
65 Zitiert nach: Marina Sauer: Clara-Rilke-Westhoff, S. 141.
66 Rainer Maria Rilke: Brief an Lou vom 8. 8. 1903. Rainer Maria Rilke/Lou Andreas-Salomé: Briefwechsel, S. 259 f.

Kapitel 4

1 Marie von Thurn und Taxis: Brief an Rilke vom 9. 3. 1913. Rainer Maria Rilke/Marie von Thurn und Taxis: Briefwechsel I, S. 273 f.
2 Rudolf Kassner: Einleitung zum Briefwechsel Rilke – Marie von Thurn und Taxis. A. a. O., S. XVIII.
3 Rudolf Kassner: Erinnerungen an Rainer Maria Rilke, S. 300.
4 Ebenda.
5 Zitiert nach: Helene von Nostitz: Aus dem alten Europa, S. 75.
6 Ebenda.
7 Die folgende Darstellung orientiert sich an den Erinnerungen der Fürstin. Vgl. Marie von Thurn und Taxis: Erinnerungen an Rainer Maria Rilke, S. 6 ff.
8 Rainer Maria Rilke: Brief an die Fürstin vom 14. 12. 1909. Rainer Maria Rilke/Marie von Thurn und Taxis: Briefwechsel I, S. 4.
9 Marie von Thurn und Taxis: Erinnerungen an Rainer Maria Rilke, S. 15.
10 Rainer Maria Rilke: Brief an die Fürstin vom 31. 5. 1911. Marie von Thurn und Taxis: Erinnerungen an Rainer Maria Rilke, Briefwechsel I, S. 42.

11 Sämtliche Werke I, S. 565 f.
12 Rainer Maria Rilke: Brief an die Fürstin vom 15.12.1911. Rainer Maria Rilke/Marie von Thurn und Taxis: Briefwechsel I, S. 75.
13 Rainer Maria Rilke: Brief an die Fürstin vom 24.12.1911. A.a.O., S. 79 f.
14 Sämtliche Werke I, S. 685.
15 A.a.O., S. 698.
16 Rainer Maria Rilke: Brief an die Fürstin vom 12.1.1912. Rainer Maria Rilke/Marie von Thurn und Taxis: Briefwechsel I, S. 91.
17 Sämtliche Werke I, S. 721.
18 A.a.O., S. 688.
19 A.a.O., S. 690.
20 Rainer Maria Rilke: Brief an die Fürstin vom 16.1.1912. Rainer Maria Rilke/Marie von Thurn und Taxis: Briefwechsel I, S. 96.
21 Rudolf Kassner: Zum Briefwechsel Rilke – Marie von Thurn und Taxis. A.a.O., S. XXXI.
22 Marie von Thurn und Taxis: Brief an Rilke vom 27.7.1912. Briefwechsel I, S. 183.
23 Marie von Thurn und Taxis: Brief an Rilke vom 8.8.1912. A.a.O., S. 191.
24 Marie von Thurn und Taxis: Brief an Rilke vom 15.10.1912. A.a.O., S. 203.
25 Marie von Thurn und Taxis: Brief an Rilke vom 5.1.1913. A.a.O., S. 254.
26 Die Protokolle der Sitzungen sind abgedruckt in: Rainer Maria Rilke/Marie von Thurn und Taxis: Briefwechsel II, S. 899 ff.
27 Sämtliche Werke I, S. 706.
28 Rainer Maria Rilke: Brief an die Fürstin vom 17.12.1912. Rainer Maria Rilke/Marie von Thurn und Taxis: Briefwechsel I, S. 246 f.
29 Rainer Maria Rilke: Brief an die Fürstin vom 21.3.1913. A.a.O., S. 279 f.
30 Helene von Nostitz: Aus dem alten Europa, S. 164.
31 A.a.O., S. 166.
32 Marie von Thurn und Taxis: Brief an Rilke vom 10.8.1913. Rainer Maria Rilke/Marie von Thurn und Taxis: Briefwechsel I, S. 306.
33 A.a.O., S. 305.
34 Marie von Thurn und Taxis: Brief an Rilke vom 21.12.1912. A.a.O., S. 338.
35 Rainer Maria Rilke: Brief an die Fürstin vom 27.12.1913. A.a.O., S. 344.
36 Sämtliche Werke I, S. 488.
37 Rainer Maria Rilke: Brief an Magda von Hattingberg vom 26.1.1914. Zitiert nach: Magda von Hattingberg: Rilke und Benvenuta, S. 16.
38 Rainer Maria Rilke: Undatierter Brief an Magda von Hattingberg. A.a.O., S. 18.
39 Rainer Maria Rilke: Undatierter Brief an Magda von Hattingberg. A.a.O., S. 41.
40 Rainer Maria Rilke: Undatierter Brief an Magda von Hattingberg. A.a.O., S. 44.
41 A.a.O., S. 48.
42 A.a.O., S. 57.

43 A. a. O., S. 74.
44 Ebenda.
45 A. a. O., S. 95.
46 Rainer Maria Rilke: Undatierter Brief an Magda von Hattingberg. A. a. O., S. 100.
47 A. a. O., S. 142.
48 A. a. O., S. 145.
49 A. a. O., S. 160.
50 A. a. O., S. 240.
51 Ebenda.
52 A. a. O., S. 245.
53 Rainer Maria Rilke: Brief an die Fürstin vom 24. 2. 1915. Rainer Maria Rilke/Marie von Thurn und Taxis: Briefwechsel I, S. 399 f.
54 Marie von Thurn und Taxis: Brief an Rilke vom 6. 3. 1915. A. a. O., S. 404.
55 Ebenda.

Kapitel 5

1 Sämtliche Werke I, S. 557.
2 Der Dialog folgt: Lou Albert-Lasard: Wege mit Rilke. S. 12.
3 Ebenda.
4 A. a. O., S. 13.
5 A. a. O., S. 9.
6 A. a. O., S. 14.
7 A. a. O., S. 23. Loulou Albert-Lasards Werk wurde 1983 durch eine Retrospektive in Deutschland gewürdigt. 2003 kamen Fälschungen für 25 000 Euro auf den Markt. Dazu: Stefan Koldehoff: Die Kunst des Studienrats. Er fälschte Werke von Lou Albert-Lasard. In: FAZ vom 21. 11. 2013.
8 Lou Albert-Lasard: Wege mit Rilke, S. 36.
9 A. a. O., S. 27.
10 A. a. O., S. 33.
11 A. a. O., S. 42.
12 A. a. O., S. 45.
13 A. a. O., S. 178.
14 Sämtliche Werke I, S. 617.
15 Regina Ullmann: Erinnerungen an Rilke, S. 19.
16 A. a. O., S. 21.
17 A. a. O., S. 23.
18 Hans Carossa: Führung und Geleit, S. 76.
19 Sämtliche Werke I, S. 719.
20 Rainer Maria Rilke: Brief an Hertha Koenig vom 11. 6. 1915. In: Hertha Koenig: Erinnerungen an Rilke, S. 19.
21 Sämtliche Werke I, S. 689.
22 A. a. O., S. 701.
23 A. a. O., S. 703.
24 Lou Albert-Lasard: Wege mit Rilke. S. 49.
25 A. a. O., S. 50.
26 Sämtliche Werke I, S. 90.
27 Rainer Maria Rilke: Brief an die Fürstin vom 2. 12. 1915. In: Rainer Maria Rilke/Marie von Thurn und Taxis: Briefwechsel I, S. 461.
28 Ebenda.
29 Marie von Thurn und Taxis: Brief an Rilke vom 2. 12. 1915. In: A. a. O., S. 463.
30 Lou Albert-Lasard: Wege mit Rilke, S. 128.
31 Rainer Maria Rilke: Brief vom 27. 2. 1920. Briefe an Nanny Wunderly-Volkart I, S. 166.
32 Elya Maria Nevar: Undatierter Brief an Rilke vom September 1918. Elya Maria Nevar: Freundschaft mit Rilke, S. 21.
33 A. a. O., S. 25.

34 Rainer Maria Rilke: Brief an Elya Maria Nevar vom 4.10.1918. In: A.a.O., S. 27.
35 Elya Maria Nevar: Brief an Rilke vom 6.10.1918. In: A.a.O., S. 27.
36 Elya Maria Nevar: Brief an Rilke vom 23.10.1918. In: A.a.O., S. 31.
37 Hans Carossa: Führung und Geleit, S. 124.
38 Hans Carossa: Ungleiche Welten, S. 21.
39 Sämtliche Werke II, S. 111.
40 Interview mit Claire Goll. In: Abendzeitung (München) vom 31.7.1973.
41 Elya Maria Nevar: Brief an Rilke vom 17.11.1918. In: Elya Maria Nevar: Freundschaft mit Rilke, S. 41 f.
42 A.a.O., S. 48 f.
43 Elya Maria Nevar: Brief an Rilke vom 17.3.1919. In: A.a.O., S. 86.
44 A.a.O., S. 87.
45 A.a.O., S. 51.
46 Rainer Maria Rilke: Brief an Elya Maria Nevar vom 30.7.1919. In: A.a.O., S. 120.
47 Rainer Maria Rilke: Brief vom Gründonnerstag 1920 an Elya Maria Nevar. In: A.a.O., S. 149.
48 Rainer Maria Rilke: Brief an Elya Maria Nevar vom 23.6.1920. In: A.a.O., S. 158.
49 Rainer Maria Rilke: Brief an Elya Maria Nevar vom 13.12.1920. In: A.a.O., S. 165.
50 Marie von Thurn und Taxis: Brief an Rilke vom 18.8.1920. Briefwechsel I, S. 617.

Kapitel 6

1 Regina Ullmann: Erinnerungen an Rilke, S. 29.
2 Rainer Maria Rilke: Brief vom 9.12.1919. Briefe an Nanny Wunderly-Volkart I, S. 22 f.
3 A.a.O., S. 23.
4 Rainer Maria Rilke: Brief vom 11.12.1919. Briefe an Nanny Wunderly-Volkart I, S. 25.
5 Rainer Maria Rilke: Brief vom 23.12.1919. A.a.O., S. 55.
6 Rainer Maria Rilke: Brief vom 4.7.1921. A.a.O., S. 492f.
7 Rainer Maria Rilke: Brief vom 20.7.1921. A.a.O., S. 514.
8 Rainer Maria Rilke: Brief vom 21.4.1922. Briefe an Nanny Wunderly-Volkart II, S. 740.
9 Ebenda.
10 Rainer Maria Rilke: Brief vom 15.1.1920. Briefe an Nanny Wunderly-Volkart I, S. 110 f.
11 Rainer Maria Rilke: Brief vom 8.3.1922. Briefe an Nanny Wunderly-Volkart II, S. 698 f.
12 Rainer Maria Rilke: Brief vom 9.1.1920. Briefe an Nanny Wunderly-Volkart I, S. 94.
13 Ebenda.
14 A.a.O., S. 94 f.
15 Sämtliche Werke I, S. 687.
16 Rainer Maria Rilke: Brief vom 24.12.1919. Briefe an Nanny Wunderly-Volkart I, S. 58.
17 Sämtliche Werke I, S. 356.
18 Rainer Maria Rilke: Brief vom 11.1.1920. Briefe an Nanny Wunderly-Volkart I, S. 92.
19 Rainer Maria Rilke: Brief vom 23.1.1920. A.a.O., S. 122.
20 Sämtliche Werke I, S. 759.
21 Rainer Maria Rilke: Brief vom

30.1.1920. Briefe an Nanny Wunderly-Volkart I, S. 136.

22 Rainer Maria Rilke: Brief vom 1.2.1920. A.a.O., S. 142.

23 Rainer Maria Rilke: Brief vom 11.2.1920. A.a.O., S. 150.

24 Rainer Maria Rilke: Brief vom 16.2.1920. A.a.O., S. 153.

25 Ebenda.

26 Rainer Maria Rilke: Brief vom 16.4.1920. A.a.O., S. 212.

27 Angela Rohr (= Guttmann): Brief an Genosse Bredel vom 27.10.1961. In: Angela Rohr: Der Vogel, S. 9.

28 Rainer Maria Rilke: Brief vom 6.7.1920. Briefe an Nanny Wunderly-Volkart I, S. 265.

29 Rainer Maria Rilke: Brief vom 14.10.1920. A.a.O., S. 330.

30 Rainer Maria Rilke: Brief vom 30.7.1921. A.a.O., S. 528.

31 Rainer Maria Rilke: Brief vom 4.8.1921. A.a.O., S. 534

32 Rainer Maria Rilke: Brief vom 17.9.1921. A.a.O., S. 551.

33 Rainer Maria Rilke: Brief vom 24.9.1921. A.a.O., S. 554.

34 Rainer Maria Rilke: Brief vom 7.12.1921. A.a.O., S. 594.

35 Rainer Maria Rilke: Brief vom 25.12.1921. A.a.O., S. 627.

36 Rainer Maria Rilke: Brief von Weihnachten 1921. A.a.O., S. 618.

37 Ebenda.

38 Ebenda.

39 Ebenda.

40 Ebenda.

41 Sämtliche Werke I, S. 709.

42 A.a.O., S. 710.

43 Ebenda.

44 A.a.O., S. 712.

45 A.a.O., S. 719.

46 A.a.O., S. 721.

47 A.a.O., S. 725.

48 A.a.O., S. 743.

49 Lou Andreas-Salomé: Brief an Rilke vom 16.2.1922. Lou Andreas-Salomé/Rainer Maria Rilke: Briefwechsel, S. 447.

50 Rainer Maria Rilke: Brief an Lou Andreas-Salomé vom 11.2.1922. A.a.O., S. 444.

51 Rainer Maria Rilke: Brief vom 15.2.1922. Briefe an Nanny Wunderly-Volkart I, S. 672.

52 Sämtliche Werke I, S. 744.

Kapitel 7

1 Rainer Maria Rilke: Brief vom 18.2.1922. Briefe an Nanny Wunderly-Volkart I, S. 675.

2 Rainer Maria Rilke: Brief vom 20.3.1922. Briefe an Nanny Wunderly-Volkart II, S. 715.

3 Sämtliche Werke II, S. 185

4 Rainer Maria Rilke: Testament vom 27.10.1925. In: Briefe an Nanny Wunderly-Volkart II, S. 1192.

5 Rainer Maria Rilke: Brief an Nanny Wunderly-Volkart vom 18.12.1923. Briefe II, S. 942.

6 Rainer Maria Rilke: Brief an die Fürstin vom 24.5.1924. Briefe II, S. 806.

7 Rainer Maria Rilke: Brief an die Mutter vom 8.1.1913. Briefe II, S. 196 ff.

8 Rainer Maria Rilke: Brief an die Mutter vom 24.1.1924. Briefe II, S. 571.

9 Rainer Maria Rilke: Brief an die Mutter vom 25.12.1919. Briefe II, S. 445 f.

10 Fürstin Marie von Thurn und Taxis-Hohenlohe: Erinnerungen, S. 93.
11 Zitiert nach: Rainer Maria Rilke: Brief an die Fürstin vom 9.6.1922. Briefe II, S. 755.
12 Fürstin Marie von Thurn und Taxis-Hohenlohe: Erinnerungen, S. 94.
13 Marie von Thurn und Taxis: Brief an Rilke vom 11.6.1922. Briefe II, S. 714.
14 Brief an Nanny Wunderly-Volkart vom 12.10.1922. Briefe II, S. 791.
15 Rainer Maria Rilke: Brief an Nanny Wunderly-Volkart vom 20.10.1922. A.a.O., S. 798.
16 Rainer Maria Rilke: Brief an Nanny Wunderly-Volkart vom 25.2.1924. A.a.O., S. 977.
17 Elisabeth von Schmidt-Pauli: Rainer Maria Rilke, S. 170.
18 Briefe an die Mutter II, S. 651.
19 Zitiert in: Briefe an Nanny Wunderly-Volkart, S. 947.
20 Brief an Nanny Wunderly-Volkart vom 23.12.1923. A.a.O., S. 947.
21 Hans Blumenberg: Rilke empfängt Signale aus dem Weltall. NZZ vom 14./15. Dezember 1996, S. 49.
22 Rainer Maria Rilke: Brief an die Mutter vom 8.12.1925. Briefe II, S. 618.
23 Rainer Maria Rilke: Brief an Nanny Wunderly-Volkart vom 21.12.1925. A.a.O., S. 1091f.
24 Rainer Maria Rilke: Brief an die Mutter vom 29.3.1926. A.a.O., S. 629.
25 Lally Horstmann: Rilke in Val-Mont. In: Ursula Voß: Eine Begegnung in Val-Mont, S. 53.
26 A.a.O., S. 52
27 A.a.O., S. 59.
28 Rainer Maria Rilke: Brief an Lally Horstmann vom 22.3.1926. In: A.a.O., S. 15.
29 A.a.O., S. 57.
30 Sämtliche Werke I, S. 487.
31 Ursula Voß: Eine Begegnung in Val-Mont, S. 75.
32 Lally Horstmann. Rilke in Val-Mont. In: A.a.O., S. 58.
33 A.a.O., S. 67. Über den Tod ihres Mannes berichtet sie in: Lally Horstmann: Kein Grund für Tränen, S. 204ff.
34 Vgl. Anastassja Zwetajewa: Kindheit mit Marina, S. 236.
35 Vgl. Curdin Ebneter: Rilke – Tsvetaïeva – Pasternak.
36 Marina Zwetajewa: Brief an Rilke vom 9.5.1926. Rainer Maria Rilke/Marina Zwetajewa/Boris Pasternak: Briefwechsel, S. 107.
37 A.a.O., S. 108.
38 Rainer Maria Rilke: Brief an Marina Zwetajewa vom 3.5.1926. A.a.O., S. 105.
39 A.a.O., S. 288. Anm. 24.
40 Marina Zwetajewa: Brief an Rilke vom 12.5.1926. A.a.O., S. 118.
41 Marina Zwetajewa: Brief an Rilke von Christi Himmelfahrt 1926. A.a.O., S. 121.
42 Marina Zwetajewa: Brief an Rilke vom 3.7.1926. A.a.O., S. 157.
43 Marina Zwetajewa: Brief an Rilke vom 14.6.1926. A.a.O., S. 176.

44 Marina Zwetajewa: Brief an Rilke vom 2.8.1926. A.a.O., S. 231.
45 A.a.O., S. 233f.
46 Ebenda.
47 Marina Zwetajewa: Brief an Rilke vom 22.8.1926. A.a.O., S. 237.
48 Rainer Maria Rilke: Brief an die Mutter vom 29.11.1926. Briefe II, S. 644.
49 Zitiert nach: Briefe an Nanny Wunderly-Volkart II, S. 1192.
50 Sämtliche Werke II, S. 185.
51 Marina Zwetajewa: Brief an Boris Pasternak vom 1.1.1927. Rainer Maria Rilke/Marina Zwetajewa/Boris Pasternak: Briefwechsel, S. 246f.
52 A.a.O., S. 247f.
53 Rainer Maria Rilke: Undatierter Brief an Jewgenija Tschernoswitowa vom Januar 1927. A.a.O., S. 252.
54 Brief an Boris Pasternak vom 9.2.1927. A.a.O., S. 258.
55 Marija Belkina: Die letzten Jahre der Marina Zwetajewa, S. 284ff.; Elaine Feinstein: Marina Zwetajewa, S. 349ff.
56 Hertha Koenig: Erinnerungen an Rilke, S. 78.
57 Sophia Rilke: Brief an Hertha Koenig vom 22. Februar 1931. In: Hertha Koenig: Erinnerungen an Rilke, S. 97
58 Peter Lippert: Aus dem Engadin, S. 64f.
59 Rainer Maria Rilke: Les Quatrains Valaisans/Die Walliser Gedichte, S. 31.

Epilog

1 Rainer Maria Rilke: Brief an Katharina Kippenberg vom 5.7.1917. Briefe an seinen Verleger, S. 264.
2 Katharina Kippenberg: Rainer Maria Rilkes Duineser Elegien und Sonette an Orpheus, S. 101.
3 Katharina Kippenberg: Undatierter Brief an Rilke aus dem Sanatorium Neu-Wittelsbach von Ende 1922. In: Rainer Maria Rilke/Katharina Kippenberg: Briefwechsel, S. 478.
4 Katharina Kippenberg: Brief an Rilke vom 27.12.1926. A.a.O., S. 617.
5 A.a.O., S. 616.
6 Katharina Kippenberg: Rainer Maria Rilke. Ein Beitrag, S. 388.
7 Katharina Kippenberg: Rainer Maria Rilkes Duineser Elegien und Sonette an Orpheus, S. 87.
8 A.a.O., S. 102.
9 A.a.O., S. 83.
10 Rudolf Bultmann: Katharina Kippenberg zum Gedächtnis, S. 5.

Bibliografie

Briefe/Werke (in der Reihenfolge des Erscheinens)

Briefe und Tagebücher aus der Frühzeit 1899 bis 1902, Leipzig 1931.

Briefe an seinen Verleger 1906–1926, hrsg. Ruth Sieber-Rilke/Carl Sieber, Leipzig 1941.

Lettres françaises à Merline 1919–1922, Paris 1950.

Rainer Maria Rilke/Marie von Thurn und Taxis: Briefwechsel, Band I/II, Zürich 1951.

Correspondance 1920–1926, hrsg. von Dieter Bassermann, Zürich 1954.

Rainer Maria Rilke/Katharina Kippenberg: Briefwechsel, Frankfurt a. M. 1954.

Rainer Maria Rilke/Briefwechsel mit Benvenuta, Bechtle Verlag 1954.

Briefe an Sidonie Nádherny von Borutin, hrsg. von Bernhard Blume, Frankfurt a. M. 1973.

Die Briefe an Gräfin Sizzo 1921–1926, hrsg. von Ingeborg Schnack, Frankfurt a. M. 1977.

Briefe an Nanny Wunderly-Volkart, Band I/II, hrsg. im Auftrag der Schweizerischen Landesbibliothek und unter Mitarbeit von Niklaus Bigler besorgt durch Rätus Luck, Frankfurt am Main 1977.

Sämtliche Werke, Band I–VI hrsg. vom Rilke-Archiv in Verbindung mit Ruth Sieber-Rilke, besorgt durch Ernst Zinn, Frankfurt am Main 1987.

Briefwechsel mit Regina Ullmann und Ellen Delp, hrsg. von Walter Simon, Frankfurt a. M. 1987.

Rainer Maria Rilke/Marina Zwetajewa/Boris Pasternak: Briefwechsel, hrsg. von Jewgenij Pasternak et al. Frankfurt a. M. 1988 (2. Auflage).

Briefwechsel mit den Brüdern Reinhart 1919–1926, hrsg. von Rätus Luck. Unter Mitwirkung von Hugo Sarbach, Frankfurt a. M. 1988.

Rainer Maria Rilke/Lou Andreas-Salomé: Briefwechsel, hrsg. v. Ernst Pfeiffer, Frankfurt a. M. 1989.

Briefe, Band I/II, hrsg. von Horst Nalewski, Frankfurt a. M. 1991.

Briefe und Tagebücher aus der Frühzeit, hrsg. von Horst Nalewski, Frankfurt a. M. 1991.

Briefwechsel mit Ellen Key. Mit Briefen von und an Clara Rilke-Westhoff, hrsg. von Theodore Fiedler, Frankfurt a. M. und Leipzig 1993.

Das Florenzer Tagebuch, Frankfurt a. M. und Leipzig 1994.

Brief an Schweizer Freunde, hrsg. von Rätus Luck, Frankfurt a. M. und Leipzig 1995.

Gedichte 1895 bis 1910. Herausgegeben von Manfred Engel und Ulrich Fülleborn, Frankfurt a. M. 1996. (= Werke. Kommentierte Ausgabe in vier Bänden. Band I).
Briefwechsel mit Magda von Hattingberg »Benvenuta«, hrsg. von Ingeborg Schnack und Renate Scharffenberg, Frankfurt a. M. und Leipzig 2000.
Les Quatrains Valaisans/Die Walliser Gedichte. Zweisprachige Ausgabe. Ins Deutsche übertragen von Yvonne Goetzfried, Cadolzburg 2002.
»Sieh dir die Liebenden an«. Briefe an Valerie von David Rhonfeld, hrsg. von Renate Scharffenberg und August Stahl, Frankfurt a. M. 2003.
Briefwechsel mit einer jungen Frau (Lisa Heise), Frankfurt a. M. und Leipzig, 2003.
Briefe an die Mutter 1896–1926, Band I/II, hrsg. von Hella Sieber-Rilke, Frankfurt a. M. 2009.
Briefe an Hertha Koenig 1914–1921, hrsg. von Theo Neteler, Pendragon Verlag Bielefeld 2009.
Briefe von Gut Böckel 24. Juli–2. Oktober 1917, hrsg. von Theo Neteler, Pendragon Verlag Bielefeld 2011.

Erinnerungen (alphabetisch)

Lou Albert-Lasard: Wege mit Rilke, Frankfurt a. M. 1952.
Lou Andreas-Salomé: Rainer Maria Rilke, 1. Aufl. Leipzig 1928, Neuaufl. Frankfurt a. M. 1988.
Hans Carossa: Führung und Geleit. Ein Lebensbericht (= Insel TB 1465), Leipzig 1939.
Hans Carossa: Ungleiche Welten. Lebensbericht (= Insel TB 1471), Frankfurt a. M. 1951.
Interview mit Claire Goll. In: Abendzeitung (München) vom 31. Juli 1973.
Magda von Hattingberg: Rilke und Benvenuta. Ein Buch des Dankes, Wien 1947 (2. Auflage).
Lally Horstmann: Kein Grund für Tränen. Aufzeichnungen aus dem Untergang. Berlin 1943–1946, mit einer Einführung von Harold Nicolson, hrsg. von Ursula Voß, Berlin 1995.
Rainer Maria Rilke/Lally Horstmann: Eine Begegnung in Val-Mont, hrsg. von Ursula Voß, Frankfurt a. M. 1996.
Rudolf Kassner: Erinnerungen an Rainer Maria Rilke. In: Buch der Erinnerung, Leipzig 1938.
Rudolf Kassner: Rilke. Gesammelte Erinnerungen 1926–1956, hrsg. von Klaus E. Bohnenkamp, Pfullingen 1956.
Katharina Kippenberg: Rainer Maria Rilke. Ein Beitrag, Leipzig 1938.
Katharina Kippenberg: Rainer Maria Rilkes Duineser Elegien und Sonette an Orpheus, Frankfurt a. M. 1946.
Hertha Koenig: Erinnerungen an Rilke und Rilkes Mutter, Frankfurt a. M. 2000.

Elya Maria Nevar: Freundschaft mit Rilke, Bern 1946.
Helene von Nostitz: Aus dem alten Europa. Menschen und Städte, Frankfurt a. M. 1993.
Angela Rohr (= Guttmann): Der Vogel. Gesammelte Erzählungen und Reportagen, hrsg. von Gesine Bey, Berlin 2010.
Jean Rudolf von Salis: Rilkes Schweizer Jahre. Ein Beitrag zur Biographie von Rilkes Spätzeit, Frankfurt a. M. 1975.
Elisabeth von Schmidt-Pauli: Rainer Maria Rilke. Ein Gedenkbuch, Basel 1940.
Fürstin Marie von Thurn und Taxis-Hohenlohe: Erinnerungen an Rainer Maria Rilke, Berlin und München 1937 (3. Auflage).
Regina Ullmann: Erinnerungen an Rilke, St. Gallen 1944.
Marga Wertheimer: Arbeitsstunden mit Rainer Maria Rilke, Zürich und New York 1940.

Sekundärliteratur/Monografien (alphabetisch)

Lou Andreas-Salomé: Im Kampf um Gott, München 2007.
Lou Andreas-Salomé: Die Erotik, Norderstedt 2008.
Lou Andreas-Salomé: Lebensrückblick. Grundriß einiger Lebenserinnerungen, Hamburg 2011.
Lou Andreas-Salomé: »Russland mit Rainer«. Tagebuch der Reise mit Rainer Maria Rilke im Jahre 1900, hrsg. von Stéphanie Michaud in Verbindung mit Dorothee Pfeiffer, Marbach 1999.
Gertrud Bäumer: Gestalt und Wandel. Frauenbildnisse, Berlin 1939.
Sibylle Becker-Grüll: Vokabeln der Not. Kunst als Selbstrettung bei Rainer Maria Rilke, Bonn 1978.
Marija Belkina: Die letzten Jahre der Marina Zwetajewa, Frankfurt a. M. 1991.
Otto Betz: »Morgenrötliche Grate aller Erschaffung«. Rilkes Engel. In: Internationale katholische Zeitschrift Communio 4 (1997), S. 368 – 381.
Hans Blumenberg: Rilke empfängt Signale aus dem Weltall. In: NZZ vom 14./15. Dezember 1996.
Rudolf Bultmann: Katharina Kippenberg zum Gedächtnis. Sonderdruck 1947.
Günter Busch/Liselotte von Reinken (Hrsg.): Paula Modersohn-Becker in Briefen und Tagebüchern, Frankfurt a. M. 1979.
Gunnar Decker: Rilkes Frauen oder Die Erfindung der Liebe, Berlin 2006.
Kerstin Decker: Lou Andreas-Salomé. Der bittersüße Funke Ich, Berlin 2010.
Curdin Ebneter (Hrsg.): Rilke – Tsvetaïeva – Pasternak. Amitiés russes/Russische Freundschaften. Sierre und Siders 2006.
Manfred Engel: Rainer Maria Rilkes »Duineser Elegien« und die moderne Lyrik, Stuttgart 1986.

Elaine Feinstein: Marina Zwetajewa. Eine Biographie, Frankfurt a. M. 1990.

Ralph Freedman: Rainer Maria Rilke. Band I/II, Frankfurt am Main 2001.

Romano Guardini: Rilkes Deutung des Daseins, München 1953.

Vera Hauschild (Hrsg.): Rilke heute. Der Ort des Dichters in der Moderne, Frankfurt a. M. 1997.

Hans Egon Holthusen: Rilke, Hamburg 1958.

Ilsedore B. Jonas: Rilke und die Duse, Frankfurt a. M. und Leipzig 1993.

Kaiserin Elisabeth: Das poetische Tagebuch, hrsg. von Brigitte Hamann, Wien 2008.

Sandra Kluwe: Krisis und Kairos. Eine Analyse der Werkgeschichte Rainer Maria Rilkes, Berlin 2003.

Stefan Koldehoff: Die Kunst des Studienrats. Er fälschte Werke von Lou Albert-Lasard. In: FAZ vom 21. November 2013.

Brigitte Kronauer: Vorwort zu Lou Andreas-Salomé: »Russland mit Rainer«. Tagebuch der Reise mit Rainer Maria Rilke im Jahre 1900, hrsg. von Stéphanie Michaud in Verbindung mit Dorothee Pfeiffer, Marbach 1999.

Wolfgang Leppmann: Rilke. Leben & Werk, Zürich 1983.

Peter Lippert: Aus dem Engadin. Briefe zum Frohmachen, München 1929.

Gunter Martens/Annemarie Post-Martens: Rainer Maria Rilke, Reinbek bei Hamburg 2008.

Phia Rilke: Gedanken für den Tag, hrsg. von Hella Sieber-Rilke, Frankfurt a. M. 2002.

Rilke: Leben, Werk und Zeit in Texten und Bildern, hrsg. von Horst Nalewski, Frankfurt am Main und Leipzig 1992.

Perdita Rösch: Die Hermeneutik des Boten. Der Engel als Denkfigur bei Paul Klee und Rainer Maria Rilke, München 2009.

Marina Sauer: Die Bildhauerin Clara Rilke-Westhoff 1878–1954. Leben und Werk, Bremen 1986.

Marina Sauer: Clara-Rilke-Westhoff. Biografie, Berlin 1990.

Stefan Schank: Rilke in der Schweiz, Freiburg i. Br. 2000.

Ingeborg Schnack: Rainer Maria Rilke. Chronik seines Lebens und seines Werks. Band I/II, Frankfurt am M. 1990.

Gunna Wendt: Clara und Paula. Das Leben von Clara Rilke-Westhoff und Paula Modersohn-Becker, München 2007.

Gunna Wendt: Lou Andreas-Salomé und Rilke – eine amour fou, Berlin 2010.

Uwe Wolff: Breit aus die Flügel beide. Von den Engeln des Lebens, Freiburg 1993.

Maurice Zermatten: Rilkes letzte Lebensjahre, Fribourg o. J.

Anastassja Zwetajewa: Kindheit mit Marina, München 1977.

Personenregister

Bildnachweis

akg-images, Berlin: Tafeln 6, 7, 8, 9, 12 oben rechts, 14, 15
Deutsches Literaturarchiv, Marbach: Tafel 11
dpa Picture-Alliance GmbH, Frankfurt: Tafel 5
Insel-Verlag, Berlin: Tafel 3
Pendragon Verlag, Bielefeld: Tafel 13 unten
Rilke-Archiv, Gernsbach: Tafel 2
Schweizerische Nationalbibliothek, Bern: Tafel 10 oben
ullstein bild, Berlin: Tafeln 1, 4, 10 unten, 12 unten links, 16
Charles Wunderly, Meilen/Schweiz: Tafel 13 oben